Honoré d'Urfé

L'Astrée

*Textes choisis
et présentés
par Jean Lafond*
**Professeur
à l'Université de Tours**
Deuxième édition revue et corrigée

Gallimard

PRÉFACE

Une idylle de cinq mille pages, dans le décor d'une campagne douceâtre, où de faux bergers, conduisant d'improbables moutons, dissertent à longueur de temps sur l'amour, telle est à peu près, de nos jours, l'image que le grand public retient de l'Astrée. De là à dire que l'Astrée est illisible... Qu'importe en effet que des générations de lecteurs aient, jusqu'à Jean-Jacques et Marie-Antoinette, passionnément aimé le roman d'Honoré d'Urfé, si nous sommes devenus incapables d'y trouver notre plaisir?

Serait-ce le signe de temps nouveaux? Tout récemment, un écrivain, Michel Chaillou, s'est laissé porter par ce texte réputé illisible et, dans une dérive de la lecture et de l'imaginaire, il a tiré de leurs limbes de papier les lieux oubliés : Chalmazel et Cervières, le pont de la Bouteresse et Isoure, Montverdun et le Grand Pré, où se rassemblent le soir les bergers. Mythique et réel, ancien et moderne, tout le pays de Forez est appelé à se redéployer dans les mots et le rythme des phrases, « avec ses mirages, son espace moutonnant, poissonnant, où des ombres au fin fond du discours échangent des paroles aussi chimiques que l'eau des sources ». Le Sentiment géographique parcourt ainsi une terre qui « se dissout dans l'infini de son texte », et ce pays à demi *réel, situé sur la limite incertaine où se mêlent veille et sommeil, en vient à consonner avec un discours aussi continu et aussi vagabond que le cours du Lignon. Une telle lecture, où l'Astrée se fait à nouveau texte et songe de nature et d'amour, est sans doute la plus active et la meilleure qu'on puisse faire. En fixant la modulation des rêves qu'elle produit, elle échappe du moins au mauvais infini de ce bovarysme où tombe trop facilement le lecteur de roman, et elle donne la preuve de la toujours vivace activité du texte de d'Urfé. La preuve que le « miroir du songe » n'a pas à tout jamais perdu son tain.*

Plus modestement, et à défaut de pouvoir nous engager dans une telle pratique, ouvrons, si possible, quelques voies d'accès à une œuvre qui est peut-être moins simple que ne le voudrait sa légende.

*

*Nous sommes en Gaule, au ve siècle de notre ère, dans cette partie de la plaine du Forez qu'arrosent les claires ondes du Lignon. D'Urfé justifie le choix de cette « petite contrée, et peu connue parmi les Gaules » par le charme du pays, et par tout ce qu'il doit au lieu de sa naissance, à la terre de ses ancêtres. Il feint d'oublier que c'est le pays de son enfance et de ses amours adolescentes qu'il entend d'abord faire revivre. Il en respectera scrupuleusement la topographie, mais le climat pastoral transfigurera des lieux qui deviendront dès le xviie siècle un but de pèlerinage, comme il est fréquent pour les paysages promus par la littérature au rang de lieux mythiques, qu'il s'agisse de la vallée du Lys chez Balzac ou d'Illiers-Combray chez Proust. L'univers du Lignon se constitue en effet en lieu clos, conformément à la tradition de l'*hortus conclusus, *du jardin d'amour médiéval. Comme dans l'Arcadie antique, c'est l'âge d'or qui a subsisté ici, grâce à « la forte muraille » des montagnes qui entou-*

rent la plaine. *Et cette situation exceptionnelle, jointe à la douceur de ses habitants, explique que le Forez ait miraculeusement préservé son indépendance depuis les temps les plus reculés. Les envahisseurs successifs, Romains ou Barbares, ont laissé au pays toutes ses libertés :* « *par un privilège surnaturel, explique Galathée à Céladon, nous avons été particulièrement maintenus en nos franchises, puisque de tant de peuples qui, comme torrents, sont fondus dessus la Gaule, il n'y en a point eu qui nous ait troublés en notre repos; même Alaric, roi des Wisigoths, lorsqu'il conquit avec l'Aquitaine toutes les provinces de deçà Loire, ayant su nos statuts, en reconfirma les privilèges, et, sans usurper aucune autorité sur nous, nous laissa en nos anciennes franchises* » *(I, II). Attirés par ce statut privilégié, un certain nombre de nobles des environs se sont réfugiés là et n'ont pris l'habit de bergers que* « *pour vivre plus doucement et sans contrainte* ». *Ainsi s'est constitué un monde libre et heureux, où s'est maintenue intacte la fidélité à l'esprit et aux valeurs de la Gaule ancienne.*

Sur ce peuple manifestement béni des dieux règne une femme, et, depuis la déesse Diane, ou la princesse Galathée, « *qui donna son nom aux Gaulois* », *le pouvoir s'est toujours transmis de mère en fille. La* « *Dame de toutes ces contrées* », *comme l'appelle d'Urfé, est actuellement la* « *nymphe* » *Amasis à laquelle doit succéder sa fille Galathée. Pourquoi faut-il que ce monde soit conçu comme régi par un pouvoir exclusivement féminin ? Les historiens consultés par d'Urfé ne lui donnaient aucun exemple d'une telle situation. Tout au plus signalaient-ils le rôle important joué par les femmes dans le monde gaulois, mais ce rôle ne concernait guère que la justice et la religion. En revanche, comme vestige et survivance de l'âge d'or, le Forez ne pouvait qu'être soumis à la loi d'inversion qui, depuis le Platon du*

Politique, *commande le rapport de notre ère violente au temps heureux de Cronos. La souveraineté politique des femmes prolonge et accomplit la souveraineté amoureuse qu'elles exercent déjà, et la métaphore qui fonde la relation « maîtresse »/« serviteur » s'en trouve ainsi réalisée. Le féminisme de l'Astrée, à maintes reprises exprimé par la voix de Silvandre, est, par là même, cohérent avec son principe, l'affirmation de la supériorité féminine. Contre-épreuve caractéristique : lorsque le violent Polémas veut prendre le pouvoir en épousant de gré ou de force Galathée, il ne cache pas aux siens son désir d'abroger une loi, à ses yeux inique, et d'instaurer la succession patrilinéaire. Le pouvoir absolu qu'il défend et la guerre qu'il entreprend font bien de lui le tyran d'un âge de fer.*

Les rives du Lignon n'abritent pas pour autant la République de Platon ou celle de Thomas More, qui ne doivent leurs vertus qu'à une organisation sociale et politique toute rationnelle. Nulle trace ici d'utopie communautaire : la propriété existe, et une hiérarchie qui confère aux nymphes et aux chevaliers un état supérieur à celui des bergers et des bergères. Céladon sait quel respect il doit, lui simple pasteur, à Galathée et à ses suivantes : « quoiqu'il n'eût pas accoutumé de se trouver ailleurs qu'entre les bergers, ses semblables, si est-ce que la bonne naissance qu'il avait lui apprenait assez ce qu'il devait à de telles personnes ». Et pourtant, au regard du bonheur, les nymphes découvrent que les bergères, dans l'humilité de leur condition, goûtent des plaisirs plus grands et plus purs que les leurs. L'éloge de la vie pastorale, lié à la défense des valeurs traditionnelles, qui sont celles de la campagne, va de pair avec la critique des mœurs de la cour et de la ville, où la fidélité à la parole donnée et la constance amoureuse sont oubliées et moquées. L'épître au berger Céladon, en tête de la Seconde Partie, est révélatrice de l'état d'esprit « vieux

Gaulois » qui, dans l'Astrée, exalte, au détriment du
présent, les grandes valeurs morales du passé : la franchise, le sens de l'honneur, la pureté des mœurs. La vie
pastorale, où les besoins et les désirs sont satisfaits à peu
de frais, assure seule la paix de l'âme et le vrai bonheur.
En témoigne l'histoire du père de Céladon. Abusé par le
monde et ses faux attraits, Alcippe quitte l'état de berger,
et fréquente successivement la cour de France, Londres,
Byzance et la Grèce. Il n'en abandonne pas moins un
jour l'aventure et les succès galants pour reprendre la
houlette et retrouver la paix du cœur (I, II).

   L'Astrée n'a cependant rien d'un traité de morale en
action, et son univers ne se ferme pas sur l'exaltation
d'un passé mythique. Si orientée qu'elle soit dans ses
conclusions, l'histoire d'Alcippe fait la part belle aux
bonnes fortunes du personnage et le plaisir du conte n'a
que peu de chose à voir avec la leçon morale. Au
demeurant, ce fragment d'Eden qu'est le Forez n'est pas
rigoureusement clos sur lui-même. On y vient de toutes
parts pour y chercher une amante, un amant, une
origine ou un sens perdus. C'est affaire aux histoires
enchâssées de nous raconter les voies, souvent complexes
et capricieuses, qu'un destin artiste a suivies pour faire
se rencontrer ici tant de personnages en quête d'eux-
mêmes ou de l'autre. Des amoureux viennent parfois de
très loin consulter la fontaine merveilleuse de la Vérité
d'Amour, où, « par la force des enchantements, l'amant
qui s'y regardait voyait celle qu'il aimait ; que s'il était
aimé d'elle, il s'y voyait auprès, que si, de fortune, elle en
aimait un autre, l'autre y était représenté et non pas lui »
(I, II). A son défaut, ils consultent les dieux, ou s'adres-
sent à tel berger ou bergère qui, dans la droite tradition
des cours d'amour, juge de leurs différends ou leur ensei-
gne ce qu'ils doivent espérer ou craindre. Un oracle
condamne Laonice à ne plus rechercher l'amour de
Tircis, et, à sa suite, Silvandre prononce un jugement qui

*confirme et justifie l'arrêt des dieux. Mais « l'inconnu »
Silvandre n'est lui-même venu là que pour apprendre qui
est son père et quel son pays, et recouvrer ainsi son
identité. Il n'y parviendra qu'à la fin du livre, et après
bien des difficultés. Les péripéties et les obstacles ne sont
cependant là que pour multiplier les peurs et les plaisirs
du lecteur. Les dieux veillent : la quête s'achèvera bien
pour les bons, et les méchants seront punis. Le désordre
que suscite passagèrement le trublion Polémas ne saurait
prévaloir contre l'ordre du monde, et la Providence
montre une grande bonne volonté à collaborer avec le
romancier pour sauver les uns et perdre les autres, selon
une juste rétribution des mérites. Cette fin heureuse, il ne
semble pas que d'Urfé ait mis beaucoup d'empressement
à l'atteindre. C'est le trajet, le cheminement de ses
personnages à travers les périls, les souffrances et les
joies, qui l'intéresse, et non le bout de la route. Et il prend
son temps. Les situations qui révèlent des caractères ou
les débats qui éclairent un problème sont aussi complète-
ment exploités qu'il est possible de le faire. La rhétorique
de l'amplification occupe ainsi toute l'étendue qu'en bon
cicéronien, l'ancien élève des jésuites croit nécessaire de
lui donner.*

   *Le même souci d'expansion maximale se retrouve dans
le considérable répertoire d'individus et de relations
amoureuses qu'il met en œuvre, à travers les deux cents
personnages de l'Astrée. Sous la diversité des situations,
tous les problèmes qui se sont posés à la casuistique
amoureuse, d'Ovide à André Le Chapelain, sont abordés,
et il ne serait probablement pas impossible de formaliser
les données des différents cas présentés, des différentes
« questions d'amour » soumises au lecteur. On abouti-
rait à une sorte d'*ars combinatoria, qui permettrait sans
doute de constater le désir qu'a eu de se renouveler, au
cours des différentes Parties, un auteur toujours inquiet
de ne pas se répéter. Et les doublets — telles les histoires*

*d'Astrée et Céladon, de Diane et Silvandre — n'en apparaîtraient, dans leurs écarts et leurs variations, que plus significatifs. D'Urfé poursuit là du reste une des ambitions de l'époque : cet automne de la Renaissance est l'âge, dans de nombreux domaines, de la constitution de totalités méthodiquement organisées, l'âge des bilans et des sommes. Dans l'*Astrée*, se trouvent associés un traité d'éducation sentimentale et une somme de casuistique amoureuse. Et on comprend que d'Urfé se soit pris au jeu et qu'il ait été la première victime de cette passion d'un univers maintenant total. L'Astrée est le premier grand roman inachevé : ne serait-ce pas parce qu'il était, en son principe, inachevable ?*

*

Qu'elle soit œuvre dramatique ou romanesque, la pastorale, comme après elle l'opéra, vit de conventions, qu'il faut accepter comme telles. La plus évidente est celle qui réduit toute l'action à la conquête amoureuse. Le berger n'est pas ici pour, écologiquement, élever ses moutons, mais pour « faire l'amour », ce qui, au XVIIe siècle, a pour premier sens : faire sa cour et parler d'amour. Le code amoureux veut que, s'il lui agrée, la bergère accueille favorablement l'amant qui se met à son service, et que l'amant obéisse sans réserve aux ordres de sa maîtresse. Céladon ne discute pas les commandements d'Astrée, et c'est la preuve la plus haute qu'il puisse donner de la sincérité et de la force de ses sentiments, puisqu'elle le conduit à préférer la mort à l'insoumission. Par là, il est bien le parfait amant, tel que l'avaient défini dès le XIIe siècle les théoriciens du service d'amour. Et l'Astrée ne fait que perpétuer le modèle ancien de l'amour courtois lorsqu'il montre, comme le porte le titre, « les divers effets de l'honnête amitié ».

La théorie de l'honnête amitié est construite sur la

conception qui, d'Aristote à saint Thomas, fait de l'amitié « le plus haut des amours », pour reprendre la formule du P. Sertillanges, qui précise : « celui qui aime sans vouloir du bien, mais en recherchant lui-même son bien, celui-là n'aime pas d'un amour d'amitié ; il aime d'un amour de désir (cujusdam concupiscentiae) ». C'est bien là ce que développe la bergère Célidée : « j'ai ouï dire qu'on peut aimer en deux sortes : l'une est selon la raison, on me l'a nommée amitié honnête et vertueuse, et celle qui se laisse emporter à ses désirs, amour ». Cet amour-ci est une « fièvre ardente », dont le nom « est aussi diffamé parmi les personnes d'honneur que l'autre est estimable et honorée » (II, II). Cependant, l'extrême pointe de l'amour-don de soi est atteinte dans une sorte d'amour absolu, d'amour extatique, où l'être aimant s'anéantit volontairement dans l'objet aimé. A la convergence de la spiritualité chrétienne, ou juive, et d'une métaphysique averroïste, telle que l'ont élaborée certains trattatistes de la Renaissance italienne — Ficin, Leone Ebreo et Varchi — cette conception mystique de l'amour, qui, en conformité avec la raison mais au-delà d'elle, est union des âmes, domine les rapports des deux couples modèles d'Astrée et Céladon, de Diane et Silvandre. Le roman n'enferme pas toutefois la psychologie de l'amour dans le carcan de la théorie. Outre que la réalité n'est pas l'idéal, d'Urfé a pris soin de replacer les héros de l'honnête amitié dans le monde réel, et face aux tentations du désir. Au très intellectuel Silvandre, il oppose le très charnel Hylas, dont La Fontaine déjà faisait dire à l'un des quatre amis de Psyché *qu'il était « plus nécessaire dans le roman qu'une douzaine de Céladons » et « le véritable héros d'*Astrée *». L'épisode des Tables d'Amour, trop souvent réduit aux pages où s'exprime la conception du parfait amour, montre Hylas et Silvandre dans leur complémentarité. Hylas y joue, et fort bien, son personnage de provocateur, lorsqu'il falsifie des vers qui* *contreviennent à ses vues, mais le plaisir que prennent tous les personnages à son refus de la métaphysique éthérée de Silvandre n'est pas sans porter sens. Et si l'on rit de sa prédilection pour la beauté et pour l'amour physique, ce n'est pas qu'il soit simplement plaisant, c'est que le paradoxe de son attitude parmi les bergers révèle ce qu'eux-mêmes ne veulent pas ou n'osent pas dire ou voir. Hylas est leur inconscient, ou la mauvaise conscience d'une mystique amoureuse que tout le monde révère, mais que peu de bergers et bergères vivent jusqu'à ses conséquences extrêmes.*

Il est caractéristique que Silvandre n'a, jusqu'alors, jamais aimé, ce qui lui vaut le surnom d' « insensible ». Il ne doit de découvrir l'amour qu'au rôle de serviteur de Diane qu'il accepte de jouer. Mais, comme tel acteur mis en scène par le drame baroque, il est peu à peu pris à son rôle. Et il accordera toujours plus d'importance à l'esprit qu'aux sens. Diane lui est, à cet égard, fort bien appariée, dont le nom suffit à dire l'éloignement pour toute forme d'amour physique. Hylas, en revanche, dans son attachement à hylé, la matière, fait sans doute la part trop belle aux sens et au corps, mais il rappelle utilement, en contrepoint de l'exaltation amoureuse, la réalité d'une nature qui, pour parvenir à ses fins, s'embarrasse peu de toute la philosophie de Leone Ebreo. Ne serait-ce que par son ironie, et la fonction qu'elle remplit chaque fois que le récit risque de verser dans l'ennui, Hylas a la vertu, très positive, de miner l'esprit de sérieux qui menace les systèmes et les doctrinaires. Hylas et Silvandre font ainsi couple dans l'insuffisance relative de leurs positions. Céladon, en face d'eux, est moins purement intellectuel et moins purement charnel, mais il vit plus humainement sa condition d'homme. Quand sa fidélité à servir Astrée le conduit à pratiquer un ascétisme dangereux, son directeur de conscience, Adamas, le rappelle à plus de mesure. Et quand il prétend que l'amour consiste à n'avoir plus ni volonté ni entendement, Adamas lui réplique : « Si cela est, vous cessez d'être homme. » « L'erreur » sera corrigée, et la tentation de l'oubli de soi surmontée, qui n'était que faiblesse passagère, physique plus encore que morale. Céladon a un corps et des sens, et Gérard Genette a raison, contre certaines conclusions de Jacques Ehrmann, de rappeler que « Céladon et Astrée donnent l'exemple — et cela (...) dès l'enfance — d'un des amours physiques les plus chimiquement purs de toute la littérature romanesque ». Il est curieux en effet que l'érotisme qui pousse le jeune Céladon à risquer sa vie pour voir Astrée nue ait été très généralement occulté, et qu'on n'ait gardé du personnage que l'image un peu pâle — vert « céladon » — de l'éternel soupirant, du transi d'amour. Faut-il accuser de cette mutilation la censure qui a longtemps sévi sur certains passages du texte? Faut-il, plus subtilement, y voir l'indice d'un mode de lecture qui interdirait de donner à Céladon d'autre place et d'autre fonction dans le système des personnages que celles de la belle âme? La sensualité chez lui n'est pourtant pas un accident, et la part faite au corps n'est ni la part du feu, ni la présence du Malin. Ce n'est pas pour rien que, lors des fêtes données en l'honneur de Vénus, Céladon gagne le concours de lutte et Silvandre celui de chant. Au premier la force, au second la grâce! Et plus tard, au cours de la guerre, Céladon n'hésitera pas à intervenir courageusement, au risque de se trahir, puisqu'il joue alors le personnage féminin d'Alexis. Peut-être Gérard Genette a-t-il été lui-même victime de l'opposition, jugée trop souvent irréductible, entre l'amour spirituel et l'amour physique, lorsqu'il voit dans l'Astrée « un roman et son anti-roman, le Pur Amour avec sa libido : le serpent dans la bergerie ». La sensualité ne menace le monde pastoral que si on réduit cet univers à la mesure la plus étroite d'une théorie dont les excès, nous venons de le voir, sont condamnés. Céladon est *aussi charnel qu'il est spirituel et si l'on en juge par Montaigne, comme par Leone Ebreo et, plus généralement, par l'anthropologie qu'a toujours soutenue le christianisme d'un homme total, fait de chair et d'âme, on ne peut que tenter de rétablir ce parfait amant dans son unité indissociable d'être humain. Sans doute faut-il pour cela se débarrasser du moralisme à travers lequel nous tendons à penser l'ensemble du XVIIe siècle. Or, le premier XVIIe siècle n'est, en bon héritier du XVIe, ni bégueule ni rigoriste. Etre homme, pour Adamas, c'est éviter aussi bien les excès de l'ascèse que l'abandon aux plaisirs de la chair, et la philosophie de d'Urfé fait appel à cet effort de synthèse et d'équilibre dont ses maîtres jésuites lui avaient très certainement montré la voie. Céladon n'est pas la belle âme qui, en rupture avec son propre idéal, s'enchanterait tout à coup de voir et de caresser l'aimée. Et il n'adhère pas davantage à un platonisme qui placerait le salut dans la condamnation radicale du corps. Entre Hylas et Silvandre, il répond à un modèle qui se situe à égale distance de l'un et de l'autre, en même temps qu'il les dépasse tous deux par la qualité de son amour. En lui la visée contemplative et spirituelle surmonte, mais n'abolit jamais l'instinct ni le désir, et il vit la condition humaine dans la plénitude d'un être mixte, fait de chair et d'âme.*

*

D'où vient alors le serpent qui s'est glissé dans la bergerie ? Si le Forez a perdu certains des privilèges de l'âge d'or, c'est, selon d'Urfé, que s'est établie la tyrannie de l'amour, « ce flatteur ». Et le thème, qui apparaît dès la première page, sera repris plus tard : l'amour produit les mêmes effets que l'ambition à la cour, il est source de conflits et de rivalités, il est source de guerre. La chute et l'éviction hors de l'Eden, c'est donc l'amour qui en est la

*cause. Mais rien qui s'oppose là au récit biblique,
puisque c'est le mauvais amour dont les bergers sont
victimes, et tout le roman est conduit comme une suite
d'épreuves destinées à ramener la paix et le bonheur au
royaume d'Amasis et dans les couples dissociés. La
chevalerie d'amour peut n'être, de la part des bergers, que
feinte soumission et désir « de vaincre et de parachever
tout ce qu'ils entreprennent », comme le dit, sur le mode
de l'euphémisme, Adamas, lorsqu'il met en garde Léonide contre les dangers de la passion. La relation des sexes
est dès lors moins simple que ne le voudrait la simplicité
des mœurs. Bergers et bergères doivent, pour tenir cachés
leurs véritables sentiments, feindre d'aimer qui ils n'aiment pas, et de ne pas aimer qui ils aiment. La dissimulation s'impose, mais c'en est fini avec elle de l'âge de
l'innocence, et de ce vert paradis des amours enfantines
dont la nostalgie traverse tout le livre. Ce paradis
n'échappait pas à la sensualité, comme on le voit avec
Céladon, mais elle était alors sans retour sur elle-même,
et se confondait avec la satisfaction la plus immédiate
du désir. Or tous les personnages découvrent, un jour ou
l'autre, le conflit des intérêts, des désirs, des volontés
individuelles. Et s'ils font apparemment peu de progrès
dans l'expression de leurs états d'âme, ils constatent
néanmoins qu'ils ont changé. Ainsi Phillis, rappelant les
subterfuges auxquels ses amies et elle se livraient pour
échapper aux yeux de parents ou de rivaux, constate
après coup : « à la vérité, nous étions bien écolières
d'amour en ce temps-là » (I, IV). La durée seule met à
l'épreuve l'amant, et permet de distinguer le berger
séducteur du berger amoureux. Car les gestes sont
trompeurs, et plus encore les paroles, puisque la parole,
comme d'Urfé le sait déjà, a été donnée à l'homme pour
dissimuler sa pensée. Il faudra donc ruser pour déjouer
la ruse, et il faudra sans cesse interpréter des signes. Or,
les signes sont rarement univoques. Toute interprétation*

en devient aléatoire et sujette à caution : Céladon est-il amoureux d'Aminthe, comme Sémire le fait croire à Astrée ? Il est condamné sur l'apparence, et il faudra tout le roman pour que l'erreur d'Astrée soit réparée. Une partie des aventures prend ainsi son départ dans l'ambiguïté des attitudes, des gestes, des propos, dans une mauvaise lecture des signes.

Les incertitudes, trop bien prolongées parfois, du quiproquo relèvent de ce jeu, ou l'intervention de chevaliers inconnus, ou l'échange des vêtements. Des femmes échappent à leurs poursuivants habillées en hommes, ou combattent sous l'armure du chevalier. Des hommes pénètrent habillés en femmes dans les lieux qui leur sont interdits. Le travestissement de Céladon en Alexis, fille d'Adamas, n'est exceptionnel que par les effets qui en sont tirés, car une situation très voisine avait déjà été exploitée, dans l'histoire de Diane, entre Filandre et Callirée (I, VI). Le plaisir du lecteur tient au trouble qui affecte l'identité du personnage. Le travestissement peut tromper sur le sexe, il entre dans l'ensemble plus vaste des moyens dont use la pastorale pour susciter l'intérêt d'une énigme constamment renouvelée : « qui est qui ? ». Quant aux individus, il leur arrive de douter de la réalité, selon le topos sceptique si souvent exploité par la poésie baroque : est-ce que je dors ou est-ce que je veille ? Ou à douter d'eux-mêmes : c'est le cas de Silvandre qui ignore quels étaient ses parents, mais c'est aussi le cas de Diane, qui ne se reconnaît plus lorsqu'elle en vient à aimer ce « berger inconnu ». De son côté Céladon, à son réveil dans le palais d'Isoure, se demande s'il est « vif ou mort » (I, II), et d'Urfé ne se fait pas faute de développer le thème. L'inconstance des choses et des êtres, l'échange des marques extérieures de la personne ou du sexe, l'incertitude qui frappe brutalement l'identité ou le réel, autant de motifs destinés à provoquer un sentiment d'instabilité, mais ce sentiment est toujours tenu à distance et maîtrisé. Dans ces moments où l'image de la réalité et du sujet est ébranlée, dédoublée, c'est le plaisir de la surprise qui l'emporte, et l'intellectualisme de d'Urfé empêche l'image d'être gagnée par le vertige et la déraison baroques. L'univers pastoral, fût-il nourri de fantasmes érotiques, relève d'un imaginaire dominé, il est dépaysement et trouble délicieux, mais il n'affecte jamais vraiment l'ordre et la solidité du monde réel. Une thématique baroque ou maniériste est ainsi traitée selon des normes classiques.

*

Astrée n'est pas seulement la plus belle des bergères et la maîtresse du plus fidèle des amants. Dans cette redondance de l'âge d'or et cet îlot de paix au milieu d'un océan de violences qu'est le Forez du Ve siècle, son nom évoque celui de la déesse, fille de Zeus et de Thémis, qui déserta la terre où elle régnait, le jour où les hommes eurent inventé la guerre et détruit ainsi les derniers vestiges du premier âge. Le mythe d'Astrée est un de ceux dont s'est emparée la Renaissance pour y inscrire sa nostalgie et son espérance, et Frances A. Yates a montré que des programmes politiques s'étaient trouvés successivement associés à cette réactivation. Dans sa lecture de La Cité de Dieu, le haut Moyen Age unit, comme garants de l'ordre du monde, le Pape, chef de l'Eglise, et l'Empereur, chef du monde. Quand, en 476, est déposé le dernier empereur romain d'Occident, l'empire ne subsiste plus qu'en Orient, et il faut attendre l'an 800 pour que Charlemagne restaure l'empire d'Occident. La translatio imperii, le transfert du pouvoir, ne cessera de hanter les consciences, et le conflit des nationalismes naissants ne ruinera pas, chez les humanistes, le grand espoir du retour ici-bas de la Justice et de la Paix. Le mythe d'Astrée fournit aux monarques européens et à *leurs propagandistes la figure allégorique de ce nouvel âge où un pouvoir juste assurera les bienfaits de l'unité restaurée. Il est particulièrement actif dans l'Angleterre d'Elisabeth et dans la France d'Henri IV : Elisabeth est identifiée à la Vierge de l'éternel printemps et la conversion d'Henri IV fut interprétée, dans un vaste courant d'opinion, comme « l'apparition d'une nouvelle ère, plus libérale, dans l'histoire religieuse de l'Europe ». A ce courant, Frances A. Yates rattache la publication de l'Astrée. Ce qui ne va pas sans poser problème, quand on sait les positions politiques et religieuses de l'ancien ligueur qu'était d'Urfé, dont le roman ne sera dédié au roi qu'à l'occasion de la Seconde Partie, en 1610, soit quelques mois avant la mort d'Henri IV. Mais qu'Honoré d'Urfé ait ou non placé tous ses espoirs dans un roi qui fût seul capable d'assurer l'unité de la France et de l'Europe importe moins pour nous que le symbolisme dont se charge alors la figure d'Astrée. Le personnage garde dans le roman quelque chose de la déesse, et c'est en cela qu'Adamas peut conseiller à Céladon de lui ériger des autels et de lui consacrer un culte. Mais jalouse et exigeante comme le sont les déesses, elle se laisse duper par Sémire et chasse Céladon. Encore qu'elle n'y soit pas rigoureusement comparable, la dissension des amants peut passer pour la métaphore du départ de la déesse, leur réunion pour celle de son retour, puisque, après l'éloignement et la guerre, les retrouvailles ouvrent aux bergers, à Amasis, à Adamas et à tous les personnages réunis dans le Forez une ère de bonheur, dans la paix retrouvée. Lorsque Adamas sacrifie aux dieux, lors de la fête du Gui salutaire, dans le temple de l'Amitié situé, non sans intention, devant le sanctuaire dédié par Céladon à sa maîtresse, sa prière s'achève par le souhait que Teutatès, « notre seul et unique Dieu », fasse revenir « cette déesse Astrée par la présence de laquelle nous espérons toute sorte de bénédictions » (III, IX). Il n'y a cependant jamais confusion entre la déesse et la bergère : l'allusion mythologique est plus ornementale que profondément symbolique.*

*Le politique n'est au demeurant pas exclu de l'*Astrée *et il s'y rencontre sous une forme plus complexe que le religieux. Car le parti que prend d'Urfé pour traiter du christianisme est radical. Il consiste, contre toute vraisemblance historique, à l'éliminer de l'univers où se déroule l'action. Est-ce le souci, qu'on rencontre déjà chez Montaigne et qu'on retrouvera chez les auteurs classiques, de ne pas mêler le profane et le sacré ? Est-ce la peur de s'attirer les foudres des théologiens ? Dans les lointains apparaissent saint Rémi et saint Augustin, mais le Forez ignore les missionnaires, les ermites, les évêques évangélisateurs du V*e *siècle. Fidèle à son plus lointain passé, la région est restée très attachée à la religion celtique, et Rome même n'a pas eu de véritable influence sur sa vie religieuse. Tout au plus le sanctuaire de Bonlieu abrite-t-il, dans un esprit d'irénisme parfait, des vierges qui se destinent à être druides et des vestales, sous l'autorité d'une druide. Mais il suffit qu'Adamas expose son système du monde et sa théologie pour que l'équivoque soit levée : les Foréziens adorent un Dieu en trois personnes, qui reçoivent les attributs et les fonctions du Père, du Fils et du Saint-Esprit. Ils vénèrent en différents lieux une Vierge qui doit enfanter, et leurs cérémonies ne sont pas sans rappeler les cérémonies chrétiennes. Préfigurant le syncrétisme du Pierre-Daniel Huet des* Questions d'Aulnay, *d'Urfé voit ainsi dans la religion gauloise la préparation et l'annonce de la religion chrétienne qui s'y trouve en quelque sorte programmée. Ayant reçu de la grâce divine la pré-notion des vérités chrétiennes, les Celtes sont des chrétiens en puissance, et la théologie de leurs prêtres est, comme l'Ancien Testament par rapport au Nouveau, une figure du message christique. Tout conflit est dès lors, par* *avance, écarté entre paganisme et christianisme et, à défaut d'être conforme à l'histoire, la solution a le mérite d'être simple et nette.*

Elle a surtout le mérite d'être cohérente avec l'intention politique qui sous-tend la vision de l'histoire. Le paganisme n'est pas gaulois, il est romain, tout comme l'envahisseur de la Gaule n'est pas le Franc, ou plus généralement le barbare venu d'outre-Rhin, c'est Rome et ses légions, « ces usurpateurs de l'autrui, je veux dire ces peuples qu'on appelle Romains », comme le dit Adamas (II, VIII). Les bergers qui peuplent le Forez sont issus de familles qui ont fui les exactions des Romains, mais ils ne luttent pas plus contre eux que leurs adversaires ne cherchent à envahir les terres franches où ils se sont réfugiés. Leurs rapports sont de coexistence pacifique. Signe de cette coexistence, l'installation du pouvoir exercé par « la Dame de toutes ces contrées » donne lieu, au livre second de la Première Partie, à une double référence : selon les Romains, c'est la chaste Diane qui, avant de quitter les lieux, pour des raisons morales transposant celles qu'on prête à la déesse Astrée, a mis à sa place l'une des filles de sa cour ; selon les druides, c'est à Galathée, fille d'un roi nommé Celte, qu'on doit le régime en vigueur, et cette deuxième version s'inspire de la généalogie des rois de Gaule de Jean Le Maire de Belges, qui s'appuie lui-même sur Annius de Viterbe[1]. L'équilibre maintenu entre les deux types d'explication

---

1. On doit à l'Italien Giovanni Nanni, moine et professeur de théologie, qui est plus connu sous le nom d'Annius de Viterbe, d'avoir publié, à la fin du XVe siècle, un ensemble de textes qu'il attribue à divers auteurs anciens. Ces textes étaient des faux. Ils n'en connurent pas moins une grande diffusion dans l'Europe savante du XVIe siècle, et il y avait encore à la fin du XVIIe siècle des tenants de leur authenticité (cf. les *Dictionnaires* de Moreri et de Bayle).

*ne doit cependant pas faire illusion, et Claude-Gilbert Dubois a bien montré tout ce que l'*Astrée *doit au mythe celtique, qui se développe dans l'opinion après 1560, à l'heure où, un peu partout, la visée universaliste de l'humanisme est abandonnée au profit des particularismes locaux ou nationaux. On en vient alors à récrire l'histoire en fonction des passions du moment, et à l'heure des conflits avec l'Italie, on entend ruiner les prétentions de la sœur latine à l'*imperium *culturel en se dotant d'une histoire bien antérieure à la sienne. La légende troyenne avait fourni la matière des premières spéculations sur l'origine de la royauté française. Et on sait que *La Franciade *de Ronsard avait fait d'un certain Francus, fils d'Hector, le fondateur de la lignée des rois de France. C'était, seize siècles plus tard, répéter l'opération politique à laquelle nous devons l'*Enéide. Le mythe troyen sera toutefois peu à peu abandonné. A la filiation par le mythique Francus ou Francion, s'ajoute, puis se substitue, la filiation par le non moins mythique Samothès, qui, issu en droite ligne de Noé par Japhet, aurait établi la dynastie des rois de Gaule. C'était faire doublement pièce aux Italiens : la Grèce et Rome, dont ils se proclamaient les héritiers, n'étaient plus au fondement de la civilisation européenne, et le paganisme antique se trouvait condamné par une civilisation virtuellement ou effectivement chrétienne, dont la généalogie, qu'elle fût celle du Christ ou de la royauté mérovingienne, remontait à la Bible.*

Dans cette réaction contre les thèses universalistes du premier humanisme et dans ce recours à un mythe d'origine, il y a manifestement un effort de « décolonisation culturelle », pour reprendre le terme de C.-G. Dubois. Le problème posé par les invasions barbares, si importantes précisément au Ve siècle, est ainsi résolu par un retournement des positions traditionnelles. Dans le long discours qu'Adamas tient à Céladon pour l'instruire *de l'histoire du peuple gaulois et le catéchiser, les véritables envahisseurs, ce sont les Romains, qui ont « usurpé la domination des Gaulois », en exerçant une « extrême tyrannie », non seulement sur les biens mais sur les âmes (II, VIII). Mais, ajoute Adamas, « parmi la tyrannie de ces étrangers, nous avons toujours conservé quelque pureté en nos sacrifices, et avons adoré Dieu comme il faut, et même* en cette contrée où nous n'avons jamais reconnu la puissance de ces usurpateurs pour le respect qu'ils ont toujours porté à Diane, de laquelle ils ont pensé que notre grande nymphe représentait la personne. Et maintenant que les Francs ont amené avec eux leurs druides, faisant bien paraître qu'ils ont été autrefois Gaulois, il semble que notre autorité et nos saintes coutumes reviennent en leur splendeur ». Les Francs ne sont dès lors nullement des barbares ou des étrangers, mais des Gaulois qui, passés très anciennement en Germanie, reviennent à présent dans la terre mère. Ce sont donc, ici comme chez Guillaume Postel, des libérateurs, qui, en la délivrant, rendent la Gaule à sa tradition politique et religieuse la plus authentique. La conquête romaine, interprétée comme un châtiment divin, avait arrêté et dévié l'histoire. L'arrivée des Francs permet à cette histoire brisée de reprendre son cours et, dans les retrouvailles avec un peuple frère, elle laisse espérer le grand avenir qui est promis à la nation française sous la conduite de ses rois.*

Le Ve siècle de l'Astrée n'est pas, on le voit, sans arrière-plan politique : un destin se noue alors, dont les sujets d'Henri IV doivent se souvenir pour tirer des leçons applicables au présent. La convention d'un Forez épargné par la guerre permet de constituer le lieu privilégié où se seraient maintenues intactes une tradition et une culture bien supérieures, dans leur pureté, au

---

* Les astérisques renvoient au Lexique, en fin de volume.

*paganisme antique. Ainsi s'explique qu'aient pu être
préservés le dépôt sacré, l'héritage d'un passé que,
bientôt, avec Clovis, les Francs assumeront comme leur.
Quand s'ouvre l'Astrée, Mérovée est encore roi des
Francs, et les plus nobles chevaliers du Forez partent
combattre à ses côtés. Et qu'on ne croie pas que les
spéculations sur Mérovée, les Francs et les Gaulois ne
sont que rêveries de romancier : le préambule d'un
cahier de doléances rédigé par les états de 1614 rappelle
au roi que la noblesse « de la province et gouvernement
d'Orléans » est issue « de ces braves Français qui
passèrent le Rhin sous les enseignes du généreux Mérovée » et que « ces Celtes orléanais » n'ont en rien
démérité de leurs ancêtres. Francs et Celtes, même
combat ! Childéric succède à Mérovée en 459, et l'événement est signalé dans la Seconde Partie. L'historien
Claude Fauchet tient à marquer l'importance de cette
date : « il fut élu Roi en la place de son père par les
Francs, que dorénavant je veux appeler Français, puisqu'ils sont tous Gaulois, et ne changeront plus de pays ».
Pour la naissance de la nation française, ces années 450-
460, où d'Urfé situe le roman, représentent donc des
années cardinales, et les historiens d'aujourd'hui ne sont
pas loin de partager ce point de vue[2]. Mais si d'Urfé a
rejoint par nationalisme les positions celtisantes d'un
certain nombre de ses contemporains, c'est qu'il aspire
comme eux à trouver dans l'histoire une réponse à la
crise d'identité nationale que traverse un pays marqué
par la guerre civile, une crise qu'il a vécue lui-même dans
la Ligue, puis, après son échec, dans sa double citoyen-
neté de Savoyard et de Français. Les mythes d'origine*

2. Voir les travaux du professeur K. F. Werner, en particulier « Conquête franque de la Gaule ou changement de
régime ? » in *Childéric-Clovis, rois des Francs*, Tournai, Cas-
terman, 1983.

*sont précisément faits pour répondre aux questions des temps difficiles. Par le retour aux racines d'une famille ou d'une nation, l'individu attend d'eux qu'ils lui procurent le sentiment de la continuité dans un temps et de la permanence dans un lieu. Les d'Urfé s'en sont préoccupés, qui se sont enorgueillis d'une lointaine origine germanique et d'une longue tradition familiale de noblesse forézienne. Pour les personnages de l'*Astrée*, la quête de leur identité est peut-être le signe du même malaise, qui se manifeste, ici, dans la psychologie du sentiment, là, dans le rapport à la réalité politique et sociale. Se chercher et chercher une patrie sont sans doute, en période de crise, une seule et même chose. Il s'agit dans les deux cas de recouvrer une identité perdue ou menacée, en retrouvant, sinon « le lieu et la formule », du moins le lieu et l'histoire, fussent-ils mythiques, qui soient capables de redonner un sens au présent.*

*

*Le mythe d'Astrée n'est sans doute pas la seule trace de l'inscription d'une symbolique dans le roman. La critique, tout particulièrement avec Jacques Bonnet, Yves Hersant et Bernard Yon, a mis en valeur certains rapports privilégiés dans la construction de l'espace et la distribution du temps. Peut-être y aurait-il ainsi une « géométrie sacrée » de l'*Astrée*. Le triangle y figure l'unité dans la trinité, cette unitrinité qui est glorifiée dans la devise de la chapelle de la Bastie par la devise UNI, gravée au centre de triangles inscrits dans un cercle. Or l'action se déroule dans la plaine du Forez, fermée de toutes parts par un cercle de montagnes. Et au cœur de la plaine, « les trois pointes de Marcilly, d'Isoure et de Montverdun », forment un triangle qui, dit d'Urfé, serait presque « parfait » si, Montverdun « était un peu plus à main droite du côté de Laigneu » (II, VIII). Sans se*

*réduire à un espace strictement géométrique, le Forez
serait ainsi le théâtre d'une aventure lourde de signification, puisqu'en elle se manifesterait la volonté des dieux.*

*Il en va de même des quatre carrés du palais d'Isoure.
Groupés à leur tour en carré, ils abritent deux cavernes,
celle qui contient les tombes des infortunés Damon et
Fortune, et celle de la magicienne Mandrague, qui a fait
leur malheur, et deux espaces hautement symboliques :
un dédale de coudriers et la fontaine de la Vérité
d'Amour. Le carré est connu pour être la figure de
l'univers créé et le nombre quatre celui de sa totalisation.
Or, s'agissant de l'amour, il semble que s'opposent ici
deux à deux le véritable amour (Damon et Fortune) et le
faux et mauvais amour (Mandrague), la vérité de
l'Amour (la fontaine) et l'erreur, ou mieux l'errance, où
les amants risquent de se perdre (le dédale) : dans l'une
de ses lettres à Céladon, Astrée compare la recherche
amoureuse à « un dangereux labyrinthe » (I, III). Il est
vrai que le dédale du jardin est « si gracieux, qu'encore
que les chemins par leurs divers détours se perdissent
confusément l'un dans l'autre, si ne laissaient-ils, par
leurs ombrages, d'être fort agréables » (I, II). Le parcours
amoureux a ses charmes, mais les chemins n'en sont pas
moins confus, sans doute dangereux, et le labyrinthe ne
permet traditionnellement d'atteindre au but désiré qu'a-
près des épreuves qui ont valeur initiatique.*

*Pour les amours d'Astrée et de Céladon, ils seraient
rythmés, selon Jacques Bonnet, sur les phases de la lune,
et la chronologie du roman, qui ne couvre que quelques
mois, de mars à la fin de juillet, ferait apparaître une
correspondance étroite entre la pleine lune et chacun des
épisodes importants. Yves Hersant insiste de son côté sur
l'aspect cyclique du temps, Céladon passant par des
périodes d'obscurité et de lumière, selon qu'il se cache ou
s'approche de son « astre ». Ces hypothèses sont sédui-
santes, elles exigeraient cependant d'être soigneusement*

vérifiées. Peut-on ainsi tirer argument d'un rapprochement entre Céladon *et le verbe* celer ? *Le nom n'a pas été
inventé par d'Urfé. Il est d'origine grecque et se rencontre
dans les* Métamorphoses *d'Ovide pour désigner l'un des
guerriers tués par Persée :* « tombent à leur tour Céladon
de Mendès, Astraeus, de mère palestinienne... » (V, 144).
*La rencontre de Céladon et d'Astraeus serait-elle de
hasard ? Tout se passe comme si d'Urfé avait utilisé
l'index d'un Ovide, où, à côté d'une* Astraea, *il rencontrait un* Astraeus *le renvoyant au passage en question. Si
l'on veut bien tenir pour négligeable la différence de sexe
— et on le peut :* Amasis, *nom de roi en grec, devient nom
de reine dans l'*Astrée — *se trouveraient ainsi associés
chez Ovide deux noms que le roman reprendra. La
référence (fausse du reste) à la racine de* celer *ne
viendrait au mieux que surdéterminer un nom littérairement prédestiné à être associé à celui d'Astrée.*

*Cet exemple ne prétend pas diminuer l'intérêt qu'il y
aurait à préciser la part du symbolique dans l'œuvre.
Mais, plus que d'autres, le domaine exige des convergences rigoureusement établies. Faute de quoi, se projettent sur la lecture les fantasmes personnels du lecteur. Il
n'en est pas moins évident que certains aspects de
l'œuvre se trouveraient sans doute éclairés par l'onomastique, l'astrologie, l'alchimie, et plus généralement cet
hermétisme si répandu à la fin du XVIe siècle dans les
milieux cultivés. D'Urfé « cabalise » dans ses* Epîtres, *et
rien n'interdit de penser qu'il s'est plu à lier certains
thèmes ou certains personnages à tout un réseau de
correspondances. Ainsi pour les lions et les licornes qui
gardent la fontaine de la Vérité d'Amour : le couple du
lion et de l'animal à corne a pour lui le prestige de
l'antiquité la plus reculée, et il associe un principe actif
— action violente et virilité — à un principe passif —
pureté et féminité — que l'on retrouve en acte dans le
partage des personnages. Par son nom comme par*

*l'intensité, le feu de sa passion, Astrée, « solaire »,
s'oppose à Diane, « lunaire ». La dualité du masculin et
du féminin ne semble se concilier qu'en Céladon, à
propos duquel on a pu évoquer l'androgyne platonicien.
Mais plus qu'à Platon, c'est à l'hermétisme alchimique
que font penser les multiples travestissements de Céladon
en femme. Car, même si l'on admet que la pastorale fait
un grand usage du travesti, on doit s'interroger sur sa
signification, et surtout dans le cas de Céladon, dont la
vie est considérée par Adamas comme ayant une valeur
exemplaire. Dans toutes les formes religieuses où l'an-
drogynie est donnée pour l'idéal à atteindre, l'échange
des vêtements relève du rituel d'accès à une humanité
plus parfaite. L'homme, rappelle Mircea Eliade, n'y
abandonne pas pour autant sa virilité, il la dépasse pour
réaliser momentanément l'unité des sexes. Et le même
procès se retrouve, pour l'historien des religions, dans
toute relation amoureuse : « on peut même parler, écrit-
il, d'une androgynisation de l'homme par l'amour,
puisque, dans l'amour, chaque sexe acquiert, conquiert
les " qualités " du sexe opposé (la grâce, la soumission,
le dévouement acquis par l'homme amoureux, etc.) ».
Dans le roman de d'Urfé, c'est bien davantage à l'huma-
nisation d'une femme-déesse qu'on assiste avec Astrée.
Céladon, lui, « meurt » à l'ouverture du roman, et subit
une passion longue et douloureuse, à l'issue de laquelle il
renaît enfin révélé à Astrée et à lui-même par l'épreuve et
par l'expérience de soi et des autres, et sans doute en effet
celle de sa propre féminité.*

*Il resterait néanmoins à savoir si la symbolique peut
fournir la clé de l'œuvre. L'imprécision très volontaire
que met d'Urfé à situer les événements dans une chronologie, ou dans un espace rigoureusement déterminés,
son refus d'assimiler totalement Astrée à la déesse de
l'âge d'or interdisent d'appliquer au texte une grille
d'interprétation trop précise, qui transformerait le*

*roman en fable. L'*Astrée *n'est pas* Le Songe de Poly-
phile, *où l'allégorisme structure l'ensemble du texte. La
symbolique est ici d'abord moyen romanesque parmi
d'autres. Présente et nécessaire dans tel épisode ou telle
description, elle s'efface ailleurs pour ne laisser apparaître que le souci de raconter une belle histoire. Toute
l'habileté de l'auteur, qui est grande, tient sans doute au
fait qu'il situe le narrateur en ce lieu où le réel et
l'imaginaire peuvent également être dits et se rencontrer,
sans que le lecteur soit jamais mis en demeure de choisir
entre les deux versants du discours, le discours de la
représentation, où la réalité est donnée pour vraie, et le
discours de l'imaginaire, producteur d'un univers autre,
plus soumis au songe, au désir, au fantasme qu'au
principe de réalité.*

*Dira-t-on que ce rêve est naïf et bien peu élaboré ? C'est
ce qu'on peut mettre en doute : la linéarité apparente du
propos cache des effets de mise en perspective qui ne sont
pas si simples. A moins que l'on n'entende récuser la
naïveté de la convention pastorale. Mais comment ne
pas voir que cette convention, qui, honnêtement affi-
chée, ne trompe personne, est très loin d'épuiser l'intérêt
de l'œuvre ? Quand Poussin met en scène ces mêmes
bergers dans une nature qui n'est pas plus réelle que celle
de l'*Astrée, *nous ne songeons pas à reprocher à Poussin
la banalité de ses sujets. Nous pensons bien plutôt, avec
William Hazlitt, qu'il est « le plus poétique des
peintres ». La poésie de l'*Astrée *tient, sans doute pour
une part, comme celle des* Bergers d'Arcadie, *à la
nostalgie d'un âge d'or à jamais révolu, mais elle garde la
fraîcheur des contes de fées. Un conteur ici n'en finit pas
de s'étonner des figures innombrables de la relation
amoureuse comme des développements, reprises et variations, du discours sur l'homme et sur l'amour. Sous la
surface d'un texte en apparence abandonné au fil du
récit, il y a même une expérience du plaisir d'écrire qui, si*

*elle n'est plus exactement la nôtre, met néanmoins au
principe de l'œuvre littéraire la générosité créatrice de la
parole. A force de « parler pour parler », s'élabore ainsi,
bien avant l'Ulysse de Joyce, la visée totalisante d'une
somme romanesque où, sous le couvert de la pastorale,
se conjuguent toutes les ressources du conte et de la
chronique, de l'histoire tragique, du roman courtois et
du roman de chevalerie. La matière romanesque s'y
déploie, dans la continuité et l'abondance d'une écriture
homogène, selon des registres allant du pathétique, sinon
du mélodramatique, au gracieux et à l'humour. Avec,
dans les meilleures pages, la facilité et l'évidence du rêve.
Car c'est un autre temps, un autre lieu qui nous sont, dès
les premières lignes, ouverts et donnés, pour peu qu'on
veuille bien se laisser prendre au charme du toujours
neuf « il y avait une fois » : « Auprès de l'ancienne ville
de Lyon, du côté du soleil couchant, il y a un pays
nommé Forez, qui, en sa petitesse, contient tout ce qui
est de plus rare au reste des Gaules... »*

Jean Lafond

L'Astrée

LA PREMIÈRE
PARTIE DE L'ASTRÉE
DE MESSIRE HONORÉ D'URFÉ

LIVRE PREMIER

Auprès de l'ancienne ville de Lyon, du côté du soleil couchant, il y a un pays nommé Forez[1], qui, en sa petitesse, contient ce qui est de plus rare au reste des Gaules, car, étant divisé en plaines et en montagnes, les unes et les autres sont si fertiles, et situées en un air si tempéré que la terre y est capable de tout ce que peut désirer le laboureur. Au cœur du pays est le plus beau de la plaine, ceinte, comme d'une forte muraille, des monts assez voisins et arrosée du fleuve de Loire, qui, prenant sa source assez près de là, passe presque par le milieu, non point encore trop enflé ni orgueilleux, mais doux et paisible. Plusieurs autres ruisseaux en divers lieux la vont baignant de leurs claires ondes, mais l'un des plus beaux est Lignon, qui, vagabond en son cours, aussi bien que douteux en sa source, va serpentant par cette plaine depuis les hautes montagnes de Cervières et de Chalmazel[2], jusques à Feurs, où Loire le recevant, et lui faisant perdre son nom propre, l'emporte pour tribut à l'Océan.

Or, sur les bords de ces délectables rivières, on a vu de tout temps quantité de bergers, qui, pour la bonté de l'air, la fertilité du rivage et leur douceur naturelle, vivent avec autant de bonne fortune, qu'ils reconnaissent peu la fortune. Et crois qu'ils n'eussent dû envier le contentement du premier siècle, si Amour leur eût aussi bien permis de conserver leur félicité que le Ciel leur en avait été véritablement* prodigue. Mais, endormis en leur repos, ils se soumirent à ce flatteur, qui, tôt après, changea son autorité en tyrannie.

Céladon fut un de ceux qui plus vivement la ressentirent, tellement épris des perfections d'Astrée, que la haine de leurs parents ne put l'empêcher de se perdre entièrement en elle. Il est vrai que, si en la perte de soi-même on peut faire quelque acquisition, dont on se doive contenter, il se peut dire heureux de s'être perdu si à propos, pour gagner la bonne volonté de la belle Astrée, qui, assurée de son amitié, ne voulut que l'ingratitude en fût le paiement, mais plutôt une réciproque affection avec laquelle elle recevait son amitié et ses services. De sorte que si l'on vit depuis quelques changements entre eux, il faut croire que le Ciel le permit, seulement pour faire paraître que rien n'est constant que l'inconstance, durable même en son changement. Car, ayant vécu bienheureux l'espace de trois ans, lorsque moins ils craignaient le fâcheux accident qui leur arriva, ils se virent poussés par la trahison de Sémyre aux plus profondes infortunes de l'amour ; d'autant que Céladon, désireux de cacher son affection pour décevoir* l'importunité de leurs parents, qui d'une haine entre eux vieille interrompaient par toutes sortes d'artifices leurs desseins amoureux, s'efforçait de montrer que la recherche qu'il faisait de cette bergère était plutôt commune que particulière. Ruse vraiment assez bonne, si Sémyre ne l'eût point malicieusement déguisée, fondant sur cette

dissimulation la trahison dont il déçut* Astrée, et
qu'elle paya depuis avec tant d'ennuis, de regrets et de
larmes.

De fortune*, ce jour, l'amoureux berger s'étant levé
fort matin pour entretenir ses pensées, laissant paître
l'herbe moins foulée à ses troupeaux, s'alla asseoir sur
le bord de la tortueuse rivière de Lignon, attendant la
venue de sa belle bergère, qui ne tarda guère après lui,
car, éveillée d'un soupçon trop cuisant, elle n'avait pu
clore l'œil de toute la nuit. A peine le soleil commençait de dorer le haut des montagnes d'Isoure et de
Marcilly[3], quand le berger aperçut de loin un troupeau qu'il reconnut bientôt pour celui d'Astrée. Car
outre que Mélampe, chien tant aimé de sa bergère,
aussitôt qu'il le vit, le vint folâtrement caresser,
encore remarqua-t-il la brebis plus chérie[4] de sa
maîtresse, quoiqu'elle ne portât ce matin les rubans
de diverses couleurs qu'elle soulait* avoir à la tête en
façon de guirlande, parce que la bergère, atteinte de
trop de déplaisir, ne s'était donné le loisir de l'agencer
comme de coutume. Elle venait après assez lente-
ment, et, comme on pouvait juger à ses façons, elle
avait quelque chose en l'âme qui l'affligeait beaucoup,
et la ravissait tellement en ses pensées que, fût* par
mégarde ou autrement, passant assez près du berger,
elle ne tourna pas seulement les yeux vers le lieu où il
était, et s'alla asseoir assez loin de là sur le bord de la
rivière. Céladon sans y prendre garde, croyant qu'elle
ne l'eût vu, et qu'elle l'allât chercher où il avait
accoutumé de l'attendre, rassemblant ses brebis avec
sa houlette, les chassa après elle, qui déjà, s'étant
assise contre un vieux tronc, le coude appuyé sur le
genou, la joue sur la main, se soutenait la tête et

demeurait tellement pensive, que, si Céladon n'eût été plus qu'aveugle en son malheur, il eût bien aisément vu que cette tristesse ne lui pouvait procéder que de l'opinion du changement de son amitié, tout autre déplaisir n'ayant assez de pouvoir pour lui causer de si tristes et profonds pensers. Mais d'autant qu'un malheur inespéré est beaucoup plus malaisé à supporter, je crois que la fortune, pour lui ôter toute sorte de résistance, le voulut ainsi assaillir inopinément.

Ignorant donc son prochain malheur, après avoir choisi pour ses brebis le lieu plus commode près de celles de sa bergère, il lui vint donner le bonjour, plein de contentement de l'avoir rencontrée, à quoi elle répondit et de visage et de parole si froidement que l'hiver ne porte point tant de froideurs ni de glaçons. Le berger, qui n'avait pas accoutumé de la voir telle, se trouva d'abord fort étonné, et, quoiqu'il ne se figurât la grandeur de sa disgrâce telle qu'il l'éprouva peu après, si est-ce que la doute [5] d'avoir offensé ce qu'il aimait, le remplit de si grands ennuis * que le moindre était capable de lui ôter la vie. Si la bergère eût daigné le regarder, ou que son jaloux soupçon lui eût permis de considérer quel soudain changement la froideur de sa réponse avait causé en son visage, pour certain * la connaissance de tel effet lui eût fait perdre entièrement ses méfiances ; mais il ne fallait pas que Céladon fût le Phénix du bonheur, comme il l'était de l'amour, ni que la fortune lui fît plus de faveur qu'au reste des hommes, qu'elle ne laisse jamais assurés en leur contentement. Ayant donc ainsi demeuré longuement pensif, il revint à soi, et, tournant la vue sur sa bergère, rencontra par hasard qu'elle le regardait, mais d'un œil si triste qu'il ne laissa aucune sorte de joie en son âme, si la doute où il était y en avait oublié quelqu'une. Ils étaient si proches de Lignon que le berger y pouvait aisément atteindre du bout de sa houlette, et le dégel avait si fort grossi son cours, que tout glorieux et chargé des dépouilles de ses bords, il descendait impétueusement dans Loire. Le lieu où ils étaient assis était un tertre un peu relevé, contre lequel la fureur de l'onde en vain s'allait rompant, soutenu par en bas d'un rocher tout nu, couvert au-dessus seulement d'un peu de mousse. De ce lieu le berger frappait dans la rivière du bout de sa houlette, dont il ne touchait point tant de gouttes d'eau que de divers pensers le venaient assaillir, qui, flottant comme l'onde, n'étaient point si tôt arrivés qu'ils en étaient chassés par d'autres plus violents.

Il n'y avait une seule action de sa vie, ni une seule de ses pensées, qu'il ne rappelât en son âme, pour entrer en compte avec elles, et savoir en quoi il avait offensé ; mais, n'en pouvant condamner une seule, son amitié le contraignit de lui demander l'occasion de sa colère. Elle, qui ne voyait point ses actions, ou qui, les voyant, les jugeait toutes au désavantage du berger, allait rallumant son cœur d'un plus ardent dépit, si bien que, quand il voulut ouvrir la bouche, elle ne lui donna pas même le loisir de proférer les premières paroles, sans l'interrompre, en disant : « Ce ne vous est donc pas assez, perfide et déloyal berger, d'être trompeur et méchant envers la personne qui le méritait le moins, si, continuant vos infidélités, vous ne tâchiez d'abuser celle qui vous a obligé à toute sorte de franchise ? Donc vous avez bien la hardiesse de soutenir ma vue, après m'avoir tant offensée ? Donc vous m'osez présenter, sans rougir, ce visage dissi-

mulé qui couvre une âme si double, et si parjure ? Ah !
va, va tromper une autre, va perfide, et t'adresse à
quelqu'une, de qui tes perfidies ne soient point encore
reconnues, et ne pense plus de te pouvoir déguiser à
moi, qui ne reconnais que trop, à mes dépens, les effets
de tes infidélités et trahisons. »

Quel devint alors ce fidèle berger ? celui qui a bien
aimé le peut juger, si jamais tel reproche lui a été fait
injustement. Il tombe à ses genoux, pâle et transi, plus
que n'est pas[6] une personne morte : « Est-ce, belle
bergère, lui dit-il, pour m'éprouver, ou pour me
désespérer ? — Ce n'est, dit-elle, ni pour l'un, ni pour
l'autre, mais pour la vérité, n'étant plus de besoin
d'essayer[7] une chose si reconnue. — Ah ! dit le berger,
pourquoi n'ai-je ôté ce jour malheureux de ma vie ? —
Il eût été à propos pour tous deux, dit-elle, que non
point un jour, mais tous les jours que je t'ai vu,
eussent été ôtés de la tienne et de la mienne. Il est vrai
que tes actions ont fait que je me treuve déchargée
d'une chose, qui, ayant effet, m'eût déplu davantage
que ton infidélité[8]. Que si le ressouvenir de ce qui s'est
passé entre nous (que je désire toutefois être effacé)
m'a encore laissé quelque pouvoir, va-t'en, déloyal, et
garde-toi bien de te faire jamais voir à moi que je ne te
le commande. »

Céladon voulut répliquer, mais Amour, qui oit si
clairement, à ce coup lui boucha pour son malheur les
oreilles ; et parce qu'elle s'en voulait aller, il fut
contraint de la retenir par sa robe, lui disant : « Je ne
vous retiens pas pour vous demander pardon de
l'erreur qui m'est inconnue, mais seulement pour vous
faire voir quelle est la fin que j'élis pour ôter du
monde celui que vous faites paraître d'avoir tant en

horreur. » Mais elle, que la colère transportait, sans
tourner seulement les yeux vers lui, se débattit de telle
furie qu'elle échappa, et ne lui laissa autre chose
qu'un ruban, sur lequel par hasard il avait mis la
main. Elle le soulait * porter au-devant de sa robe
pour agencer son collet, et y attachait quelquefois des
fleurs, quand la saison le lui permettait ; à ce coup
elle y avait une bague que son père lui avait donnée.
Le triste berger, la voyant partir avec tant de colère,
demeura quelque temps immobile, sans presque
savoir ce qu'il tenait en la main, quoiqu'il eût les yeux
dessus. Enfin, avec un grand soupir, revenant de cette
pensée, et reconnaissant ce ruban : « Sois témoin, dit-
il, ô cher cordon, que plutôt que de rompre un seul des
nœuds de mon affection, j'ai mieux aimé perdre la vie,
afin que, quand je serai mort, et que cette cruelle te
verra, pour être sur moi, tu l'assures qu'il n'y a rien au
monde qui puisse être plus aimé que je l'aime, ni
amant plus mal reconnu que je suis. » Et lors, se
l'attachant au bras, et baisant la bague : « Et toi, dit-
il, symbole d'une entière et parfaite amitié, sois
content de ne me point éloigner * à ma mort, afin que
ce gage pour le moins me demeure de celle qui m'avait
tant promis d'affection. » A peine eut-il fini ces mots
que, tournant les yeux du côté d'Astrée, il se jeta les
bras croisés dans la rivière.

En ce lieu Lignon était très profond et très impé-
tueux, car c'était un amas de l'eau, et un regorgement
que le rocher lui faisait faire contre-mont ; si bien que
le berger demeura longuement avant que d'aller à
fond, et plus encore à revenir, et lorsqu'il parut, ce fut
un genou premier, et puis un bras, et soudain enve-

loppé du tournoiement de l'onde, il fut emporté bien
loin de là dessous l'eau.

Déjà Astrée était accourue sur le bord, et voyant ce
qu'elle avait tant aimé, et qu'elle ne pouvait encore
haïr, être à son occasion si près de la mort, se trouva si
surprise de frayeur qu'au lieu de lui donner secours
elle tomba évanouie, et si près du bord qu'au premier
mouvement qu'elle fit lorsqu'elle revint à soi, qui fut
longtemps après, elle tomba dans l'eau, en si grand
danger que tout ce que purent faire quelques bergers,
qui se trouvèrent près de là, fut de la sauver, et avec
l'aide encore de sa robe, qui, la soutenant sur l'eau,
leur donna loisir de la tirer à bord, mais tant hors
d'elle-même que, sans qu'elle le sentît, ils la portèrent
en la cabane plus proche, qui se trouva être de Phillis,
où quelques-unes de ses compagnes lui changèrent ses
habits mouillés, sans qu'elle pût parler, tant elle était
étonnée, et pour le hasard qu'elle avait couru, et pour
la perte de Céladon, qui cependant fut emporté de
l'eau avec tant de furie que de lui-même il alla donner
sur le sec, fort loin, de l'autre côté de la rivière, entre
quelques petits arbres, mais avec fort peu de signe de
vie.

Aussitôt que Phillis (qui pour lors n'était point chez
elle) sut l'accident arrivé à sa compagne, elle se mit
à courir de toute sa force; et n'eût été que Lycidas la
rencontra, elle ne se fût arrêtée pour quelque autre
que c'eût été. Encore lui dit-elle fort brièvement le
danger qu'Astrée avait couru, sans lui parler de
Céladon; aussi n'en savait-elle rien. Ce berger était
frère de Céladon, à qui le Ciel l'avait lié d'un nœud
d'amitié beaucoup plus étroit que celui de parentage;
d'autre côté Astrée, et Phillis, outre qu'elles étaient

germaines, s'aimaient d'une si étroite amitié qu'elle méritait bien d'être comparée à celle des deux frères. Que si Céladon eut de la sympathie avec Astrée, Lycidas n'eut pas moins d'inclination à servir Phillis, ni Phillis à aimer Lycidas.

De fortune*, au même temps qu'ils arrivèrent, Astrée ouvrit les yeux, et certes bien changés de ce qu'ils soulaient* être, quand Amour victorieux s'y montrait triomphant de tout ce qui les voyait et qu'ils voyaient. Leurs regards étaient lents et abattus, leurs paupières pesantes et endormies, et leurs éclairs changés en larmes, larmes toutefois qui, tenant de ce cœur tout enflammé d'où elles venaient, et de ces yeux brûlants par où elles passaient, brûlaient et d'amour et de pitié tous ceux qui étaient à l'entour d'elle. Quand elle aperçut sa compagne Phillis, ce fut bien lors qu'elle reçut un grand élancement, et plus encore quand elle vit Lycidas ; et quoiqu'elle ne voulût que ceux qui étaient près d'elle reconnussent le principal sujet de son mal, si fut-elle contrainte de lui dire que son frère s'était noyé en lui voulant aider. Ce berger à ces nouvelles fut si étonné, que, sans s'arrêter davantage, il courut sur le lieu malheureux avec tous ces bergers, laissant Astrée et Phillis seules, qui peu après se mirent à les suivre, mais si tristement que, quoiqu'elles eussent beaucoup à dire, elles ne se pouvaient parler. Cependant les bergers, arrivés sur le bord et jetant l'œil d'un côté et d'autre, ne trouvèrent aucune marque de ce qu'ils cherchaient, sinon ceux qui coururent plus bas, qui trouvèrent fort loin son chapeau, que le courant de l'eau avait emporté, et qui par hasard s'était arrêté entre quelques arbres que la rivière avait déracinés et abattus. Ce furent là toutes

les nouvelles qu'ils purent avoir de ce qu'ils cherchaient ; car pour lui il était déjà bien éloigné, et en
lieu où il était impossible de le retrouver, parce
qu'avant qu'Astrée fût revenue de son évanouissement, Céladon, comme j'ai dit, poussé de l'eau, donna
de l'autre côté entre quelques arbres, où difficilement
pouvait-il être vu.

Et lorsqu'il était entre la mort et la vie, il arriva sur
le même lieu trois belles Nymphes[9], dont les cheveux
épars allaient ondoyant sur les épaules, couverts
d'une guirlande de diverses perles : elles avaient le
sein découvert, et les manches de la robe retroussées
jusque sur le coude, d'où sortait un linomple[10] délié,
qui, froncé, venait finir auprès de la main, où deux
gros bracelets de perles semblaient le tenir attaché.
Chacune avait au côté le carquois rempli de flèches, et
portait en la main un arc d'ivoire ; le bas de leur robe
par le devant était retroussé sur la hanche, qui laissait
paraître leurs brodequins dorés jusques à mi-jambe. Il
semblait qu'elles fussent venues en ce lieu avec quelque dessein, car l'une disait ainsi : « C'est bien ici le
lieu, voici bien le repli de la rivière, voyez comme elle
va impétueusement là-haut, outrageant le bord de
l'autre côté, qui se rompt et tourne tout court en çà.
Considérez cette touffe d'arbres, c'est sans doute celle
qui nous a été représentée dans le miroir. — Il est vrai,
disait la première, mais il n'y a encore guère d'apparence en tout le reste, et me semble que voici un lieu
assez écarté pour trouver ce que nous y venons
chercher. » La troisième, qui n'avait point encore
parlé : « Si, y a-t-il bien, dit-elle, quelque apparence
en ce qu'il vous a dit, puisqu'il vous a si bien

représenté ce lieu que je ne crois point qu'il y ait ici un arbre que vous n'ayez vu dans le miroir. »

Avec semblables mots, elles approchèrent si près de Céladon que quelques feuilles seulement le leur cachaient. Et parce qu'ayant remarqué toute chose particulièrement, elles reconnurent que c'était là sans doute le lieu qui leur avait été montré, elles s'y assirent, en délibération de voir si la fin serait aussi véritable que le commencement ; mais elles ne se furent sitôt baissées pour s'asseoir que la principale d'entre elles aperçut Céladon, et parce qu'elle croyait que ce fût un berger endormi, elle étendit les mains de chaque côté sur ses compagnes. Puis, sans dire mot, mettant le doigt sur la bouche, leur montra de l'autre main entre ces petits arbres ce qu'elle voyait, et se leva le plus doucement qu'elle put pour ne l'éveiller ; mais, le voyant de plus près, elle le crut mort, car il avait encore les jambes en l'eau, le bras droit mollement étendu par-dessus la tête, le gauche à demi tourné par derrière, et comme engagé sous le corps. Le col faisait un pli en avant pour la pesanteur de la tête, qui se laissait aller en arrière, la bouche à demi entrouverte et presque pleine de sablon dégouttait encore de tous côtés ; le visage en quelques lieux égratigné et souillé, les yeux à moitié clos, et les cheveux, qu'il portait assez longs, si mouillés que l'eau en coulait comme de deux sources le long de ses joues, dont la vive couleur était si effacée qu'un mort ne l'a point d'autre sorte. Le milieu des reins était tellement avancé qu'il semblait rompu, et cela faisait paraître le ventre plus enflé[11], quoique, rempli de tant d'eau, il le fût assez de lui-même.

Ces nymphes, le voyant en cet état, en eurent pitié,

et Léonide, qui avait parlé la première, comme plus pitoyable et plus officieuse, fut la première qui le prit sous le corps pour le tirer à la rive. Au même instant, l'eau qu'il avait avalée ressortait en telle abondance que la nymphe, le trouvant encore chaud, eut opinion qu'on le pourrait sauver. Lors, Galathée, qui était la principale, se tournant vers la dernière, qui la regardait sans lui aider : « Et vous, Silvie, lui dit-elle, que veut dire, ma mignonne, que vous êtes si fainéante ? Mettez la main à l'œuvre, si ce n'est pour soulager votre compagne, pour la pitié au moins de ce pauvre berger. — Je m'amusais *, dit-elle, Madame, à considérer que, quoiqu'il soit bien changé, il me semble que je le reconnais. » Et lors se baissant, elle le prit de l'autre côté, et le regardant de plus près : « Pour certain *, dit-elle, je ne me trompe pas, c'est celui que je veux dire, et certes il mérite bien que vous le secouriez ; car outre qu'il est d'une des principales familles de cette contrée ¹², encore a-t-il tant de mérites que la peine y sera bien employée. »

Cependant l'eau sortait en telle abondance que le berger, étant fort allégé, commença à respirer, non toutefois qu'il ouvrît les yeux, ni qu'il revînt entièrement. Et parce que Galathée eut opinion que c'était cettui-ci dont le druide lui avait parlé, elle-même commença d'aider à ses compagnes, disant qu'il le fallait porter en son palais d'Isoure, où elles le pourraient mieux faire secourir. Et ainsi, non point sans peine, elles le portèrent jusques où le petit Méril gardait leur chariot, sur lequel, montant toutes trois, Léonide fut celle qui les guida, et, pour n'être vues avec cette proie par les gardes du palais, elles allèrent descendre à une porte secrète.

Au même temps qu'elles furent parties, Astrée
revenant de son évanouissement tomba dans l'eau,
comme nous avons dit, si bien que Lycidas, ni ceux
qui vinrent chercher Céladon, n'en eurent autres
nouvelles que celles que j'ai dites, par lesquelles
Lycidas, n'étant que trop assuré de la perte de son
frère, s'en revenait pour se plaindre avec Astrée de
leur commun désastre. Elle ne faisait que d'arriver sur
le bord de la rivière, où, contrainte du déplaisir, elle
s'était assise autant pleine d'ennui et d'étonnement
qu'elle l'avait peu auparavant été d'inconsidération et
de jalousie. Elle était seule, car Phillis, voyant revenir
Lycidas, était allée chercher des nouvelles comme les
autres. Ce berger arrivant, et de lassitude et de désir
de savoir comme ce malheur était advenu, s'assit près
d'elle, et la prenant par la main, lui dit : « Mon Dieu,
belle bergère, quel malheur est le nôtre ! Je dis le
nôtre : car si j'ai perdu un frère, vous avez aussi perdu
une personne qui n'était point tant à soi-même qu'à
vous. » Ou qu'Astrée fût ententive [13] ailleurs, ou que
ce discours lui ennuyât *, elle n'y fit point de réponse,
dont Lycidas étonné, comme par reproche, continua :
« Est-il possible, Astrée, que la perte de ce misérable
fils (car telle le nommait-elle) ne vous touche l'âme
assez vivement pour vous faire accompagner sa mort
au moins de quelques larmes ? S'il ne vous avait point
aimée, ou que cette amitié vous fût inconnue, ce serait
chose supportable de ne vous voir ressentir davantage
son malheur ; mais puisque vous ne pouvez ignorer
qu'il ne vous ait aimée plus que lui-même, c'est chose
cruelle, Astrée, croyez-moi, de vous voir aussi peu
émue que si vous ne le connaissiez point. »
La bergère tourna alors le regard tristement vers

lui, et, après l'avoir quelque temps considéré, elle lui
répondit : « Berger, il me déplaît de la mort de votre
frère, non pour amitié qu'il m'ait portée, mais d'autant qu'il avait des conditions d'ailleurs qui peuvent
bien rendre sa perte regrettable ; car, quant à l'amitié
dont vous parlez, elle a été si commune aux autres
bergères mes compagnes, qu'elles doivent (pour le
moins) avoir autant de regret que moi. — Ah ! ingrate
bergère, (s'écria incontinent Lycidas) je tiendrai le
Ciel pour être de vos complices, s'il ne punit cette
injustice en vous ! Vous avez pu croire celui inconstant à qui le courroux d'un père, les inimitiés des
parents, les cruautés de votre rigueur n'ont pu diminuer la moindre partie de l'extrême affection que vous
ne sauriez feindre de n'avoir mille et mille fois
reconnue en lui trop clairement. Vraiment celle-ci est
bien une méconnaissance qui surpasse toutes les plus
grandes ingratitudes, puisque ses actions et ses services n'ont pu vous rendre assurée d'une chose, dont
personne que vous ne doute plus. — Aussi, répondit
Astrée, n'y avait-il personne à qui elle touchât comme
à moi. — Elle le devait certes (répliqua le berger)
puisqu'il était tant à vous que je ne sais, et si fait je le
sais, qu'il eût plutôt désobéi aux grands Dieux qu'à la
moindre de vos volontés. »

Alors la bergère en colère lui répondit : « Laissons
ce discours, Lycidas, et croyez-moi qu'il n'est point à
l'avantage de votre frère ; mais s'il m'a trompée, et
laissée avec ce déplaisir de n'avoir plus tôt su reconnaître ses tromperies, et finesses, il s'en est allé, certes,
avec une belle dépouille, et de belles marques de sa
perfidie. — Vous me rendez (répliqua Lycidas) le plus
étonné du monde : en quoi avez-vous reconnu ce que

vous lui reprochez ? — Berger, ajouta Astrée, l'histoire
en serait trop longue et trop ennuyeuse. Contentez-
vous que, si vous ne le savez, vous êtes seul en cette
ignorance, et qu'en toute cette rivière de Lignon, il n'y
a berger qui ne vous die que Céladon aimait en mille
lieux. Et sans aller plus loin, hier, j'ouïs de mes
oreilles mêmes les discours d'amour qu'il tenait à son
Aminthe, car ainsi la nommait-il, auxquels je me fusse
arrêtée plus longtemps, n'eût été que sa honte me
déplaisait, et que, pour dire le vrai, j'avais d'autres
affaires ailleurs qui me pressaient davantage. »

Lycidas alors, comme transporté, s'écria : « Je ne
demande plus la cause de la mort de mon frère, c'est
votre jalousie, Astrée, et jalousie fondée sur beaucoup
de raisons, pour être cause d'un si grand malheur.
Hélas ! Céladon, que je vois bien réussir à cette heure
vraies les prophéties de tes soupçons, quand tu disais
que cette feinte te donnait tant de peine qu'elle te
coûterait la vie ; mais encore ne connaissais-tu pas de
quel côté ce malheur te devait advenir. » Puis, s'adressant à la bergère : « Est-il croyable, dit-il, Astrée, que
cette maladie ait été si grande qu'elle vous ait fait
oublier les commandements que vous lui avez faits si
souvent ? Si serais-je bien témoin de cinq ou six fois
pour le moins qu'il se mit à genoux devant vous, pour
vous supplier de les révoquer : vous souvient-il point
que, quand il revint d'Italie[14], ce fut une de vos
premières ordonnances, et que dedans ce rocher, où
depuis si souvent je vous vis ensemble, il vous requit
de lui ordonner de mourir, plutôt que de feindre d'en
aimer une autre ? Mon Astrée, vous dit-il (je me
ressouviendrai toute ma vie des mêmes[15] paroles) ce
n'est point pour refuser, mais pour ne pouvoir obser-

ver ce commandement, que je me jette à vos pieds, et
vous supplie que, pour tirer preuve de ce que vous
pouvez sur moi, vous me commandiez de mourir, et
non point de servir, comme que ce soit, autre qu'Astrée. Et vous lui répondîtes : Mon fils, je veux cette
preuve de votre amitié, et non point votre mort, qui ne
peut être sans la mienne ; car, outre que je sais que
celle-ci vous est la plus difficile, encore nous rappor-
tera-t-elle une commodité que nous devons principalement rechercher, qui est de clore et les yeux et la
bouche aux plus curieux et aux plus médisants. S'il
vous répliqua plusieurs fois, et s'il en fit tous les refus
que l'obéissance (à quoi son affection l'obligeait
envers vous) lui pouvait permettre, je m'en remets à
vous-même, si vous voulez vous en ressouvenir ; tant il
y a que je ne crois point qu'il vous ait jamais désobéi,
que pour ce seul sujet. Et, à la vérité, ce lui était une
contrainte si grande, que toutes les fois qu'il revenait
du lieu où il était forcé de feindre, il fallait qu'il se mît
sur un lit, comme revenant de faire un très grand
effort. »

Et lors, il s'arrêta pour quelque temps, et puis il
reprit ainsi : « Or sus, Astrée, mon frère est mort. C'en
est fait, quoi que vous en croyiez, ou mécroyiez, ne lui
peut rapporter bien ni mal, de sorte que vous ne devez
plus penser que je vous en parle en sa considération,
mais pour la seule vérité. Toutefois ayez-en telle
croyance qu'il vous plaira : si jurerai-je qu'il n'y
a point deux jours que je le trouvai gravant des vers
sur l'écorce de ces arbres, qui sont par delà la grande
prairie à main gauche du bié [16] et m'assure que si vous
y daignez tourner les yeux, vous remarquerez que
c'est lui qui les y a coupés ; car vous reconnaissez trop

bien ses caractères, si ce n'est qu'oublieuse de lui et de ses services passés, vous ayez de même perdu la mémoire de tout ce qui le touche, mais je m'assure que les dieux ne le permettront pour sa satisfaction, et pour votre punition. Les vers sont tels :

MADRIGAL

Je pourrai bien dessus moi-même,
Quoique mon amour soit extrême,
Obtenir encore ce point
De dire que je n'aime point.

Mais feindre d'en aimer une autre,
Et d'en adorer l'œil vainqueur,
Comme en effet* je fais le vôtre,
Je n'en saurais avoir le cœur.

Et s'il le faut, ou que je meure,
Faites-moi mourir de bonne heure.

Il peut y avoir sept ou huit jours, qu'ayant été contraint de m'en aller pour quelque temps sur les rives de Loire, pour réponse, il m'écrivit une lettre que je veux que vous voyiez, et si, en la lisant, vous ne reconnaissez son innocence, je veux croire qu'avec votre bonne volonté vous avez perdu pour lui toute espèce de jugement. » Et lors, la prenant en sa poche, la lui lut. Elle était telle :

RÉPONSE DE CÉLADON

A LYCIDAS

Ne t'enquiers plus de ce que je fais, mais sache que je continue toujours en ma peine ordinaire. Aimer et ne l'oser faire paraître, n'aimer point et jurer le contraire : cher frère, c'est tout l'exercice, ou plutôt le supplice de ton Céladon. On dit que deux contraires ne peuvent en même temps être en même lieu, toutefois la vraie et la feinte amitié sont d'ordinaire en mes actions ; mais ne t'en étonne point, car je suis contraint à l'un par la perfection, et à l'autre par le commandement de mon Astre. Que si cette vie te semble étrange, ressouviens-toi que les miracles sont les œuvres ordinaires des dieux et que veux-tu que ma déesse cause en moi que des miracles ?

Il y avait longtemps qu'Astrée n'avait rien répondu, parce que les paroles de Lycidas la mettaient presque hors d'elle-même. Si est-ce que la jalousie, qui retenait encore quelque force en son âme, lui fit prendre ce papier, comme étant en doute que Céladon l'eût écrit.

Et quoiqu'elle reconnût que vraiment c'était lui, si disputait-elle le contraire en son âme, suivant la coutume de plusieurs personnes, qui veulent toujours fortifier, comme que ce soit [17], leur opinion. Et, presque au même temps, plusieurs bergers arrivèrent de la quête de Céladon, où ils n'avaient trouvé autre marque de lui que son chapeau, qui ne fut à la triste Astrée qu'un grand renouvellement d'ennui *. Et parce qu'elle se ressouvint d'une cachette qu'Amour leur avait fait

inventer, et qu'elle n'eût pas voulu être reconnue, elle
fit signe à Phillis de le prendre. Et lors chacun se mit
sur les regrets et sur les louanges du pauvre berger, et
n'en y eut un seul qui n'en racontât quelque vertueuse
action; elle sans plus, qui le ressentait davantage,
était contrainte de demeurer muette, et de le montrer
le moins, sachant bien que la souveraine prudence en
amour est de tenir son affection cachée, ou pour le
moins de n'en faire jamais rien paraître inutilement.
Et parce que la force qu'elle se faisait en cela était très
grande, et qu'elle ne pouvait la supporter plus longuement, elle s'approcha de Phillis, et la pria de ne la
point suivre, afin que les autres en fissent de même; et
lui prenant le chapeau qu'elle tenait en sa main, elle
partit seule, et se mit à suivre le sentier par où ses pas
sans élection* la guidaient. Il n'y avait guère berger
en la troupe qui ne sût l'affection de Céladon, parce
que ses parents par leurs contrariétés l'avaient découvert plus que ses actions, mais elle s'y était conduite
avec tant de discrétion que, hormis Sémyre, Lycidas
et Phillis, il n'y en avait point qui sût la bonne volonté
qu'elle lui portait, et encore que l'on connût bien que
cette perte l'affligeait, si* l'attribuait-on plutôt à un
bon naturel qu'à un amour (tant profite la bonne
opinion que l'on a d'une personne).

Cependant elle continuait son chemin, le long
duquel mille pensers, ou plutôt mille déplaisirs, la
talonnaient pas à pas, de telle sorte que, quelquefois
douteuse, d'autres fois assurée de l'affection de Céladon, elle ne savait si elle le devait plaindre, ou se
plaindre de lui. Si elle se ressouvenait de ce que
Lycidas lui venait de dire, elle le jugeait innocent; que
si les paroles qu'elle lui avait ouï tenir auprès de la

bergère Aminthe lui revenaient en la mémoire, elle le
condamnait comme coupable. En ce labyrinthe de
diverses pensées, elle alla longuement errante par ce
bois, sans nulle élection* de chemin, et par fortune,
ou par le vouloir du Ciel, qui ne pouvait souffrir que
l'innocence de Céladon demeurât plus longtemps
douteuse en son âme, ses pas la conduisirent, sans
qu'elle y pensât, le long du petit ruisseau entre les
mêmes arbres où Lycidas lui avait dit que les vers de
Céladon étaient gravés. Le désir de savoir s'il avait dit
vrai eût bien eu assez de pouvoir en elle pour les lui
faire chercher fort curieusement [18], encore qu'ils eussent été fort cachés : mais la coupure qui était encore
toute fraîche les lui découvrit assez tôt. O Dieu !
comme elle les reconnut pour être de Céladon, et
comme promptement elle y courut pour les lire, mais
combien vivement lui touchèrent-ils l'âme ! Elle s'assit en terre, et mettant en son giron le chapeau et la
lettre de Céladon, elle demeura quelque temps les
mains jointes ensemble, et les doigts serrés l'un dans
l'autre, tenant les yeux sur ce qui lui restait de son
berger. Et, voyant que le chapeau grossissait à l'endroit où il avait accoutumé de mettre ses lettres,
quand il voulait les lui donner secrètement, elle y
porta curieusement la main, et, passant les doigts
dessous la doublure, rencontra le feutre apiécé,
duquel détachant la ganse, elle en tira un papier que
ce jour même Céladon y avait mis. Cette finesse fut
inventée entre eux, lorsque la malveillance de leurs
pères les empêchait de se pouvoir parler ; car, feignant
de se jeter par jeu ce chapeau, ils pouvaient aisément
recevoir et donner leurs lettres. Toute tremblante, elle
sortit celle-ci hors de sa petite cachette, et, toute hors

de soi, après l'avoir dépliée, elle y jeta la vue pour la lire ; mais elle avait tellement égaré les puissances de son âme qu'elle fut contrainte de se frotter plusieurs fois les yeux avant que de le pouvoir faire ; enfin elle lut tels mots :

LETTRE DE CÉLADON
À LA BERGÈRE ASTRÉE

Mon Astre, si la dissimulation à quoi vous me contraignez est pour me faire mourir de peine, vous le pouvez plus aisément d'une seule parole ; si c'est pour punir mon outrecuidance, vous êtes juge trop doux de m'ordonner un moindre supplice que la mort. Que si c'est pour éprouver quelle puissance vous avez sur moi, pourquoi n'en recherchez-vous un témoignage plus prompt que celui-ci, de qui la longueur vous doit être ennuyeuse : car je ne saurais penser que ce soit pour celer notre dessein comme vous dites, puisque, ne pouvant vivre en telle contrainte, ma mort sans doute en donnera assez prompte et déplorable connaissance. Jugez donc, mon bel Astre, que c'est assez enduré, et qu'il est désormais temps que vous me permettiez de faire le personnage de Céladon, ayant si longuement, et avec tant de peine, représenté celui de la personne du monde qui lui est la plus contraire.

O quels couteaux tranchants furent ces paroles en son âme, lorsqu'elles lui remirent en mémoire le commandement qu'elle lui avait fait, et la résolution qu'ils avaient prise de cacher par cette dissimulation leur amitié ! Mais voyez quels sont les enchantements d'amour : elle recevait un déplaisir extrême de la mort de Céladon, et toutefois elle n'était point sans quelque contentement au milieu de tant d'ennuis, connaissant que véritablement il ne lui avait point été infidèle. Et dès qu'elle en fut certaine, et que tant de preuves eurent éclairci les nuages de sa jalousie, toutes ces considérations se joignirent ensemble, pour avoir plus de force à la tourmenter ; de sorte que ne pouvant recourre* à autre remède qu'aux larmes, tant pour plaindre Céladon, que pour pleurer sa propre perte, elle donna commencement à ses regrets, avec un ruisseau de pleurs. Et puis de cent pitoyables hélas ! interrompant le repos de son estomac*, d'infinis sanglots le respirer de sa vie, et d'impitoyables mains outrageant ses belles mains mêmes, elle se ramentut [19] la fidèle amitié qu'elle avait auparavant reconnue en ce berger, l'extrémité de son affection, le désespoir où l'avait poussé si promptement la rigueur de sa réponse. Et puis, se représentant le temps heureux qu'il l'avait servie, les plaisirs et contentements que l'honnêteté de sa recherche lui avait rapportés, et quel commencement d'ennui* elle ressentait déjà par sa perte, encore qu'elle le trouvât trés grand, si* ne le jugeait-elle égal à son imprudence, puisque le terme de tant d'années lui devait donner assez d'assurance de sa fidélité.

D'autre côté, Lycidas, qui était si mal satisfait d'Astrée qu'il n'en pouvait presque avec patience souffrir la pensée, se leva d'auprès de Phillis, pour ne dire chose contre sa compagne qui lui déplût, et partit l'estomac* si enflé, les yeux si couverts de larmes, et le visage si changé, que sa bergère, le voyant en tel état, et donnant à ce coup quelque chose à son amitié, le suivit sans craindre ce qu'on pourrait dire d'elle. Il

allait les bras croisés sur l'estomac*, la tête baissée, le
chapeau enfoncé, mais l'âme encore plus plongée dans
la tristesse. Et parce que la pitié de son mal obligeait
les bergers qui l'aimaient à participer à ses ennuis, ils
allaient suivant et plaignant* après lui ; mais ce
pitoyable office ne lui était qu'un rengrègement* de
douleur. Car l'extrême ennui* a cela que la solitude
doit être son premier appareil[20], parce qu'en compagnie l'âme n'ose librement pousser dehors les venins
de son mal, et jusques à ce qu'elle s'en soit déchargée,
elle n'est capable des remèdes de la consolation. Etant
en cette peine, de fortune* ils rencontrèrent un jeune
berger couché de son long sur l'herbe, et deux bergères
auprès de lui ; l'une, lui tenant la tête en son giron, et
l'autre , jouant d'une harpe, cependant qu'il allait
soupirant tels vers, les yeux tendus contre le ciel, les
mains jointes sur son estomac*, et le visage tout
couvert de larmes :

STANCES
SUR LA MORT DE CLÉON

La beauté que la mort en cendre a fait résoudre,
   La dépouillant si tôt de son humanité,
   Passa comme un éclair, et brûla comme un foudre,
   Tant elle eut peu de vie, et beaucoup de beauté.

Ces yeux, jadis auteurs des douces entreprises,
   Des plus chères amours sont à jamais fermés,
   Beaux yeux, qui furent pleins de tant de mignardises
   Qu'on ne les vit jamais sans qu'ils fussent aimés.

S'il est vrai, la beauté d'entre nous est ravie,
   Amour pleure vaincu, qui fut toujours vainqueur :

Et celle qui donnait à mille cœurs la vie
Est morte, si ce n'est qu'elle vive en mon cœur.

Et quel bien désormais peut être désirable,
Puisque le plus parfait est le plus tôt ravi ?
Et qu'ainsi que du corps l'ombre est inséparable,
Il faut qu'un bien toujours soit d'un malheur suivi ?

Il semble, ma Cléon, que votre destinée
Ait, dès son Orient, votre jour achevé,
Et que votre beauté, morte aussitôt que née,
Au lieu de son berceau son cercueil ait trouvé.

Non, vous ne mourez pas, mais c'est plutôt moi-même,
Puisque, vivant, je fus de vous seule animé,
Et si l'amant a vie en la chose qu'il aime,
Vous revivez en moi m'ayant toujours aimé.

Que si je vis, amour veut donner connaissance
Que même sur la mort il a commandement,
Ou, comme étant un dieu, pour montrer sa puissance
Et sans âme et sans cœur faire vivre un amant.

Mais, Cléon, si du Ciel l'ordonnance fatale
D'un trépas inhumain vous fait sentir l'effort[21],
Amour à vos destins rend ma fortune égale,
Vous mourez par mon deuil, et moi par votre mort.

Je regrettais ainsi mes douleurs immortelles,
Sans que par mes regrets la mort pût s'attendrir :
Et mes deux yeux changés en sources éternelles,
Qui pleurèrent mon mal, ne surent l'amoindrir.

Quand Amour avec moi d'une si belle morte
Ayant plaint la malheur qui cause mes travaux,

Séchons, dit-il, nos yeux, plaignons d'une autre
sorte,
Aussi bien tous les pleurs sont moindres que nos
maux.*

Lycidas et Phillis eussent bien eu assez de curiosité
pour s'enquérir de l'ennui* de ce berger, si le leur
propre le leur eût permis ; mais, voyant qu'il avait
autant de besoin de consolation qu'eux, ils ne voulurent ajouter le mal d'autrui au leur, et ainsi, laissant
les autres bergers attentifs à l'écouter, ils continuèrent
leur chemin sans être suivis de personne, pour le désir
que chacun avait de savoir qui était cette troupe
inconnue. A peine était parti Lycidas qu'ils ouïrent
d'assez loin une autre voix qui semblait de s'approcher d'eux, et la voulant écouter, ils furent empêchés
par la bergère qui tenait la tête du berger dans son
giron, avec telles plaintes : « Eh bien ! cruel, eh bien,
berger sans pitié ! jusqu'à quand ce courage obstiné
s'endurcira-t-il à mes prières ? jusqu'à quand as-tu
ordonné que je sois dédaignée pour une chose qui n'est
plus ? et que pour une morte je sois privée de ce qui lui
est inutile ? Regarde, Tircis, regarde, idolâtre des
morts, et ennemi des vivants, quelle est la perfection
de mon amitié, et apprends quelquefois, apprends à
aimer les personnes qui vivent, et non pas celles qui
sont mortes, qu'il faut laisser en repos après le dernier
adieu, et non pas en troubler les cendres bienheu-
reuses par des larmes inutiles, et prends garde, si tu
continues, de n'attirer sur toi la vengeance de ta
cruauté, et de ton injustice. »
Le berger alors, sans tourner les yeux vers elle, lui
répondit froidement : « Plût à Dieu, belle bergère,

qu'il me fût permis de vous pouvoir satisfaire par ma mort, car pour vous ôter, et moi aussi, de la peine où nous sommes, je la chérirais plus que ma vie! Mais puisque, comme si souvent vous m'avez dit, ce ne serait que rengréger* votre mal, je vous supplie, Laonice, rentrez en vous-même, et considérez combien vous avez peu de raison de vouloir deux fois faire mourir ma chère Cléon. Il suffit bien (puisque mon malheur l'a ainsi voulu) qu'elle ait une fois payé le tribut de son humanité; que si, après sa mort, elle est venue revivre en moi par la force de mon amitié, pourquoi, cruelle, la voulez-vous faire remourir par l'oubli qu'une nouvelle amour causerait en mon âme? Non, non, bergère, vos reproches n'auront jamais tant de force en moi que de me faire consentir à un si mauvais conseil, d'autant que ce que vous nommez cruauté, je l'appelle fidélité, et ce que vous croyez digne de punition, je l'estime mériter une extrême louange. Je vous ai dit qu'en mon cercueil la mémoire de ma Cléon vivra parmi mes os. Ce que je vous ai dit, je l'ai mille fois juré aux dieux immortels, et à cette belle âme qui est avecques eux; et croiriez-vous qu'ils laissassent impuni Tircis, si, oublieux de ses serments, il devenait infidèle? Ah! que je voie plutôt le ciel pleuvoir des foudres sur mon chef que jamais j'offense ni mon serment ni ma chère Cléon. » Elle voulait répliquer, lorsque le berger qui allait chantant les interrompit, pour être déjà trop près d'eux, avec tels vers :

CHANSON

DE L'INCONSTANT HYLAS

Si l'on me dédaigne, je laisse
La cruelle avec son dédain,
Sans que j'attende au lendemain
De faire nouvelle maîtresse ;
C'est erreur de se consumer
A se faire par force aimer.

Le plus souvent ces tant discrètes,
Qui vont nos amours méprisant,
Ont au cœur un feu plus cuisant ;
Mais les flammes en sont secrètes
Que pour d'autres nous allumons,
Cependant que nous les aimons.

Le trop fidèle opiniâtre,
Qui, déçu* de sa loyauté,
Aime une cruelle beauté,
Ne semble*-t-il point l'idolâtre
Qui de quelque idole impuissant
Jamais le secours ne ressent ?

On dit que qui ne se lasse
De longuement importuner,
Par force enfin se fait donner ;
Mais c'est avoir mauvaise grâce,
Quoiqu'on puisse avoir de quelqu'un,
Que d'être toujours importun.

Voyez-les, ces amants fidèles,
Ils sont toujours pleins de douleurs.

Les soupirs, les regrets, les pleurs
Sont leurs contenances plus belles,
Et semble que, pour être amant,
Il faille plaindre* seulement.

Celui doit-il s'appeler homme,
Qui, l'honneur de l'homme étouffant,
Pleure tout ainsi qu'un enfant
Pour la perte de quelque pomme ?
Ne faut-il plutôt le nommer
Un fol qui croit de bien aimer ?

Moi, qui veux fuir ces sottises,
Qui ne donnent que de l'ennui*,
Sage par le malheur d'autrui,
J'use toujours de mes franchises[22]*,*
Et ne puis être mécontent
Que l'on m'en appelle inconstant.

A ces derniers vers, ce berger se trouva si proche de Tircis, qu'il put voir les larmes de Laonice, et parce qu'encore qu'étrangers, ils ne laissaient de se connaître, et de s'être déjà pratiqués quelque temps par les chemins, ce berger, sachant quel était l'ennui* de Laonice et de Tircis, s'adressa d'abord à lui de cette sorte : « O berger désolé (car à cause de sa triste vie, c'était le nom que chacun lui donnait), si j'étais comme vous, que je m'estimerais malheureux ! » Tircis, l'oyant parler, se releva pour lui répondre : « Et moi, lui dit-il, Hylas, si j'étais en votre place, que je me dirais infortuné ! — S'il me fallait plaindre*, ajouta celui-ci, autant que vous pour toutes les maîtresses que j'ai perdues, j'aurais à plaindre* plus longuement que je ne saurais vivre. — Si vous faisiez comme moi,

répondit Tircis, vous n'en auriez à plaindre* qu'une
seule. — Et si vous faisiez comme moi, répliqua Hylas,
vous n'en plaindriez* point du tout. — C'est en quoi,
dit le désolé, je vous estime misérable ; car si rien ne
peut être le prix d'amour que l'Amour même, vous ne
fûtes jamais aimé de personne, puisque vous n'aimâtes jamais, et ainsi vous pouvez bien marchander
plusieurs amitiés, mais non pas les acheter, n'ayant
pas la monnaie dont telle marchandise se paye. — Et à
quoi connaissez-vous, répondit Hylas, que je n'aime
point ? — Je le connais, dit Tircis, à votre perpétuel
changement. — Nous sommes, dit-il, d'une bien différente opinion, car j'ai toujours cru que l'ouvrier se
rendait plus parfait, plus il exerçait souvent le métier
dont il faisait profession. — Cela est vrai, répondit
Tircis, quand on suit les règles de l'art, mais quand on
fait autrement, il advient comme à ceux qui, s'étant
fourvoyés, plus ils marchent, et plus ils s'éloignent de
leur chemin. Et c'est pourquoi, tout ainsi que la pierre
qui roule continuellement ne se revêtit jamais de
mousse, mais plutôt d'ordure et de saleté, de même
votre légèreté se peut bien acquérir de la honte, mais
non jamais de l'amour. Il faut que vous sachiez, Hylas,
que les blessures d'Amour sont de telle qualité que
jamais elles ne guérissent. — Dieu me garde, dit
Hylas, d'un tel blesseur. — Vous avez raison, répliqua
Tircis, car si, à chaque fois que vous avez été blessé
d'une nouvelle beauté, vous aviez reçu une plaie
incurable, je ne sais si, en tout votre corps, il y aurait
plus une place saine[23], mais aussi vous êtes privé de
ces douceurs et de ces félicités qu'Amour donne aux
vrais amants, et cela, miraculeusement (comme
toutes ses autres actions) par la même blessure qu'il

leur a faite. Que si la langue pouvait bien exprimer ce que le cœur ne peut entièrement goûter, et qu'il vous fût permis d'ouïr les secrets de ce dieu, je ne crois pas que vous ne voulussiez renoncer à votre infidélité. »

Hylas alors en souriant : « Sans mentir, dit-il, vous avez raison, Tircis, de vous mettre du nombre de ceux qu'Amour traite bien. Quant à moi, s'il traite tous les autres comme vous, je vous en quitte de bon cœur ma part[24], et pouvez garder tout seul vos félicités et vos contentements, et ne craignez que je les vous envie. Il y a plus d'un mois que nous sommes presque d'ordinaire ensemble ; mais marquez-moi le jour, l'heure, ou le moment, où j'ai pu voir vos yeux sans l'agréable compagnie de vos larmes et, au contraire, dites avec vérité le jour, l'heure, et le moment où vous m'avez seulement ouï soupirer pour mes amours. Tout homme qui n'aura point le goût perverti, comme vous le sens, ne trouvera-t-il les douceurs de ma vie plus agréables, et aimables, que les amertumes ordinaires de la vôtre ? »

Et, se tournant vers la bergère qui s'était plainte de Tircis : « Et vous, insensible bergère, ne prendrez-vous jamais assez de courage pour vous délivrer de la tyrannie où ce dénaturé berger vous fait vivre ? Voulez-vous par votre patience vous rendre complice de sa faute ? Ne connaissez-vous pas qu'il fait gloire de vos larmes, et que vos supplications l'élèvent à telle arrogance qu'il lui semble que vous lui êtes trop obligée, quand il les écoute avec mépris ? »

La bergère avec un grand hélas ! lui répondit : « Il est fort aisé, Hylas, à celui qui est sain de conseiller le malade, mais si tu étais en ma place, tu connaîtrais que c'est en vain que tu me donnes ce conseil, et que la douleur me peut bien ôter l'âme du corps, mais non pas la raison chasser de mon âme cette trop forte passion. Que si cet aimé berger use envers moi de tyrannie, il peut encore traiter avec beaucoup plus absolue puissance, quand il lui plaira, ne pouvant vouloir d'avantage sur moi que[25] son autorité ne s'étende beaucoup plus outre. Laissons donc là tes conseils, Hylas, et cesse tes reproches, qui ne peuvent que rengréger* mon mal sans espoir d'allégeance, car je suis tellement toute à Tircis, que je n'ai pas même ma volonté. — Comment, dit le berger, votre volonté n'est pas vôtre ? Et que sert-il donc de vous aimer, et servir ? — Cela même, répondit Laonice, que me sert l'amitié et le service que je rends à ce berger. — C'est-à-dire, répliqua Hylas, que je perds mon temps et ma peine, et que, vous racontant mon affection, ce n'est qu'éveiller en vous les paroles dont, après, vous vous servez en parlant à Tircis. — Que veux-tu, Hylas, lui dit-elle en soupirant, que je te réponde là-dessus, sinon qu'il y a longtemps que je vais pleurant ce malheur, mais beaucoup plus en ma considération qu'en la tienne. — Je n'en doute point, dit Hylas, mais puisque vous êtes de cette humeur, et que je puis plus sur moi que vous ne pouvez sur vous, touchez là, bergère, dit-il lui tendant la main, ou donnez-moi congé, ou recevez-le de moi, et croyez qu'aussi bien, si vous ne le faites, je ne laisserai pas de me retirer, ayant trop de honte de servir une si pauvre maîtresse. »

Elle lui répondit assez froidement : « Ni toi ni moi n'y ferons pas grand perte. Pour le moins, je t'assure bien que celle-là ne me fera jamais oublier le mauvais traitement que je reçois de ce berger. — Si vous aviez, lui répondit-il, autant de connaissance de ce que vous perdez en me perdant que vous montrez peu de raison en la poursuite que vous faites, vous me plaindriez plus que vous ne souhaitez l'affection de Tircis ; mais le regret que vous aurez de moi sera bien petit, s'il n'égale celui que j'ai pour vous. » Et lors, il chanta tels vers en s'en allant :

SONNET

Puisqu'il faut arracher la profonde racine
Qu'amour en vous voyant me planta dans le cœur,
Et que tant de désirs avec tant de langueur
Ont si soigneusement nourrie en ma poitrine :

Puisqu'il faut que le temps, qui vit son origine,
Triomphe de sa fin, et s'en nomme vainqueur,
Faisons un beau dessein, et, sans vivre en langueur,
Ôtons-en tout d'un coup, et la fleur, et l'épine [26].

Chassons tous ces désirs, éteignons tous ces feux,
Rompons tous ces liens, serrés de tant de nœuds,
Et prenons de nous-même un congé volontaire.

Nous le vaincrons ainsi, cet Amour indompté,
Et ferons sagement de notre volonté [27]
Ce que le temps enfin nous forcerait de faire.

Si ce berger fût venu en ce pays en une saison moins fâcheuse, il y eût trouvé sans doute plus d'amis, mais l'ennui* de Céladon, dont la perte était encore si nouvelle, rendait si tristes tous ceux de ce rivage, qu'ils ne se pouvaient arrêter à telles gaillardises. C'est pourquoi ils le laissèrent aller, sans avoir curio-

sité de lui demander, ni à Tircis aussi, quel était le
sujet qui les conduisait ; et quelques-uns retournèrent
en leurs cabanes, et quelques autres, continuant de
rechercher Céladon, passèrent, qui deçà, qui delà la
rivière, sans laisser jusques à la Loire ni arbre, ni
buisson, dont ils ne découvrissent les cachettes. Toutefois ce fut en vain, car ils ne surent jamais en trouver
d'autres nouvelles ; seulement Silvandre rencontra
Polémas tout seul, non point loin du lieu où, peu
auparavant, Galathée et les autres Nymphes avaient
pris Céladon. Et parce qu'il commandait à toute la
contrée sous l'autorité de la Nymphe Amasis, le
berger, qui l'avait plusieurs fois vu à Marcilly, lui
rendit en le saluant tout l'honneur qu'il lui fut
possible. Et d'autant qu'il s'enquit de ce qu'il allait
cherchant le long du rivage, il lui dit la perte de
Céladon, de quoi Polémas fut marri, ayant toujours
aimé ceux de sa famille.

D'autre côté, Lycidas, qui se promenait avec Phillis,
après avoir quelque temps demeuré muet, enfin se
tournant vers elle : « Eh bien, belle bergère, lui dit-il,
que vous semble de l'humeur de votre compagne ? »
Elle, qui ne savait encore la jalousie d'Astrée, lui
répondit que c'était le moindre déplaisir qu'elle en
devait avoir, et qu'en un si grand ennui *, il lui devait
bien être permis d'éloigner *, et fuir toute compagnie ;
car Phillis pensait qu'il se plaignait, de ce qu'elle s'en
était allée seule. « Oui certes, répliqua Lycidas, c'est
le moindre, mais aussi crois-je qu'en vérité c'est le
plus grand, et faut dire que c'est bien la plus ingrate
du monde, et la plus indigne d'être aimée. Voyez, pour
Dieu ! quelle humeur est la sienne : mon frère n'a
jamais eu dessein, tant s'en faut, n'a jamais eu pouvoir

d'aimer qu'elle seule ; elle le sait, la cruelle qu'elle est,
car les preuves qu'il lui en a rendues ne laissent rien
en doute. Le temps a été vaincu, les difficultés, voire
les impossibilités dédaignées, les absences surmon-
tées, les courroux paternels méprisés, ses rigueurs, ses
cruautés, ses dédains mêmes supportés, par une si
grande longueur de temps, que je ne sais autre qui
l'eût pu faire que Céladon. Et, avec tout cela, ne voilà
pas cette volage, qui, comme je crois, ayant ingratement changé de volonté, s'ennuyait * de voir plus
longuement vivre celui qu'autrefois elle n'avait pu
faire mourir par ses rigueurs et qu'à cette heure elle
savait avoir si indignement offensé ? Ne voilà pas, dis-
je, cette volage qui se feint de nouveaux prétextes de
haine et de jalousie, lui commande un éternel exil, et
le désespère, jusques à lui faire rechercher la mort ? —
Mon Dieu, dit Phillis tout étonnée, que me dites-vous,
Lycidas ? est-il possible qu'Astrée ait fait une telle
faute ? — Il est vraiment très certain, répondit le
berger, elle m'en a dit une partie, et le reste je l'ai
aisément jugé par ses discours. Mais bien qu'elle
triomphe de la vie de mon frère, et que sa perfidie, et
ingratitude, lui déguise cette faute, comme elle
aimera le mieux, si * vous fais-je serment que jamais
amant n'eut tant d'affection ni de fidélité que lui. Non
point que je veuille qu'elle le sache, si ce n'est que cela
lui rapporte, par la connaissance qu'il lui pourrait
donner de son erreur, quelque extrême déplaisir ; car
d'ores en là [28], je lui suis autant mortel ennemi que
mon frère lui a été fidèle serviteur, et elle indigne d'en
être aimée. »

Ainsi allaient discourant Lycidas et Phillis : lui,
infiniment fâché de la mort de son frère, et infiniment

offensé contre Astrée; elle, marrie de Céladon, fâchée
de l'ennui * de Lycidas, et étonnée de la jalousie de sa
compagne. Toutefois, voyant que la plaie en était
encore trop sensible, elle ne voulut y joindre les
extrêmes remèdes, mais seulement quelques légers
préparatifs, pour adoucir, et non point pour résoudre;
car en toute façon elle ne voulait pas que la perte de
Céladon lui coûtât Lycidas, et elle considérait bien
que, si la haine continuait entre lui et Astrée, il fallait
qu'elle rompît avec l'un des deux, et toutefois l'amour
ne voulait point céder à l'amitié, ni l'amitié à l'amour,
et si * l'un ne voulait consentir à la mort de l'autre.
D'autre côté, Astrée, remplie de tant d'occasions
d'ennuis *, comme je vous ai dit, lâcha si bien la bonde
à ses pleurs, et s'assoupit tellement en sa douleur que,
pour n'avoir assez de larmes pour laver son erreur, ni
assez de paroles pour déclarer son regret, ses yeux et
sa bouche remirent leur office à son imagination, si
longuement, qu'abattue de trop d'ennui *, elle s'endormit sur telles pensées.

Livres II à XI de la Première Partie

« Cependant que ces choses se passaient de cette sorte entre ces bergers et bergères, Céladon reçut des trois belles nymphes, dans le palais d'Isoure, tous les meilleurs allègements qui leur furent possibles ; mais le travail * que l'eau lui avait donné avait été si grand que, quelque remède qu'elles lui fissent, il ne put ouvrir les yeux, ni donner autre signe de vie que le battement du cœur, passant ainsi le reste du jour et une bonne partie de la nuit avant qu'il revînt à soi. » Ainsi commence le livre II. Céladon ouvre enfin les yeux et découvre le palais et ses jardins : le labyrinthe de coudriers, la fontaine de la Vérité d'Amour, qui permet aux amants de savoir s'ils sont aimés, la grotte de Damon et Fortune, l'antre de la magicienne Mandrague. A leur demande, il raconte aux nymphes l'histoire de son père, Alcippe, et Léonide celle de l'insensible Silvie, dont l'indifférence à l'amour est à l'origine de l'interdiction qui est faite à présent de consulter la fontaine (livre III).

L'impérieuse Galathée, qui est fille de la reine Amasis, « dame de toutes ces contrées », entend être aimée de Céladon, qui s'y refuse. Elle lui fait alors défense de la quitter. Céladon en tombe gravement malade. Léonide, qui s'est éprise à son tour de Céladon, obtient de Galathée la permission d'aller chercher son oncle, le grand druide Adamas, seul capable de guérir Céladon.

Le voyage de Léonide et les différentes rencontres auxquel-

les il donne lieu sont le prétexte, des livres IV à VIII, à une
longue suite de récits rétrospectifs. Astrée y raconte la
naissance de son amour pour Céladon. Lors d'une représentation du jugement de Pâris dans le temple de Vénus, le jeune
Céladon — il a quatorze ou quinze ans, et Astrée douze ou
treize — s'est déguisé en bergère pour voir Astrée, qui n'est
couverte que de ses cheveux épars, et lui donner le prix de la
beauté (livre IV). Léonide découvre que Galathée a été la
victime d'un faux magicien, Climanthe, et qu'en croyant
rencontrer en Céladon l'époux que les dieux lui destinent,
elle a été la dupe d'une grossière machination de Polémas,
qui prétend l'épouser. Les aventures, au livre V, d'une
coquette, Stelle, sont suivies de celles de la sage et douloureuse Diane, qui demeure inconsolable de la mort de son
amant (livre VI). Les amours enfantines de Tircis et de
Laonice sont l'objet du livre VII et sont suivies des histoires
de Silvandre et d'Hylas. Silvandre, qui fut enlevé à ses
parents dès son enfance, est venu dans le Forez pour
connaître sa véritable identité. Nourri de la mystique du
parfait amour, il accepte par jeu de servir Diane, dont il
devient bientôt sincèrement amoureux. Faisant contrepoint
au thème de Silvandre, Hylas — « tête chauve » et « poil
ardent » — aime toutes les femmes qu'il rencontre et propose
à qui veut l'entendre la théorie de son inconstance (livre
VIII).

Dans leur voyage de retour au palais d'Isoure, Léonide
raconte à Adamas les amours malheureuses de Galathée et
de Lindamor, qui, de désespoir, l'a quittée pour se mettre au
service du roi franc Mérovée (livre IX). Récit complété et
corrigé peu après par Silvie. Faute de pouvoir obtenir de
Galathée qu'elle libère Céladon, Adamas et Léonide décident
de l'aider à s'enfuir en le déguisant en nymphe. Entre-temps,
nous sont rapportées l'histoire des parents de Diane, Célion
et Bellinde (livre XI) et l'histoire de Ligdamon qui est pris
pour Lydias dans un long et tragique quiproquo.

Céladon, enfin rétabli, visite la grotte de Damon et Fortune. Six tableaux, décrits par Adamas, y racontent l'infor-
tune des deux amants, victimes de l'amour de la magicienne
Mandrague pour Damon. Céladon, Galathée et Silvie
commentent rapidement l'aventure, en revenant « au logis,
où l'heure du repas les appelait » (fin du livre XI).

LE DOUZIÈME LIVRE
DE LA PREMIÈRE PARTIE
D'ASTRÉE

Dès que le jour commença de poindre, Léonide, suivant la résolution que, le soir, Adamas, sa compagne, et Céladon avaient prise ensemble, vint trouver le berger dans sa chambre, afin de lui mettre l'habit que son oncle [29] lui avait apporté. Mais le petit Méril, qui, par le commandement de Galathée, demeurait presque d'ordinaire avec Céladon, pour épier les actions de Léonide autant que pour servir le berger, les empêcha longtemps de le pouvoir faire ; enfin quelque bruit qu'ils ouïrent dans la cour fit sortir Méril pour leur en rapporter des nouvelles. Tout incontinent, Céladon se leva, et la nymphe (voyez à quoi l'amour la faisait abaisser !) lui aida à s'habiller, car il n'eût su sans elle s'approprier ces habits. Voilà peu après le petit Méril, qui revint si courant qu'il faillit de les surprendre ; toutefois Céladon, qui s'y prenait garde, entra dans une garde-robe [30] en attendant qu'il s'en retournât. Il ne fut plutôt entré qu'il demanda où était Céladon. « Il est dans cette garde-robe, dit la nymphe, il ressortira incontinent. Mais que lui veux-tu ? — Je voulais, répondit le garçon, lui dire qu'Amasis vient d'entrer céans. »

Léonide fut un peu surprise, craignant ne pouvoir achever ce qu'elle avait commencé ; toutefois pour s'en conseiller à Céladon, elle dit à Méril : « Petit Méril, je te prie, va courant en avertir madame, car peut-être elle sera surprise. » L'enfant s'y en courut, et Céladon sortit riant de ces nouvelles. « Eh quoi, dit la nymphe, vous riez, Céladon, de cette venue ? Vous pourriez bien être empêché. — Tant s'en faut, dit-il, continuez seulement de m'habiller, car, dans la confusion de tant de nymphes, je pourrai plus aisément me dérober. »

Mais cependant qu'ils étaient bien attentifs à leur besogne, voilà Galathée qui entra si à l'impourvu que Céladon ne put se retirer au cabinet. Si la nymphe demeura étonnée de cet accident, et Céladon aussi, vous le pouvez juger. Toutefois la finesse de Léonide fut plus grande et plus prompte qu'il n'est pas croyable, car, voyant entrer Galathée, elle retint Céladon qui se voulait cacher, et se tournant vers la nymphe, faisant bien l'empêchée [31] : « Madame, lui dit-elle, s'il ne vous plaît de faire en sorte que madame ne vienne ici, nous sommes perdues ; quant à moi, je ferai bien tout ce que je pourrai pour déguiser Céladon, mais je crains de n'en pouvoir pas venir à bout. »

Galathée, qui, au commencement, ne savait que juger de cette métamorphose, loua l'esprit de Léonide d'avoir inventé cette ruse, et, s'approchant d'eux, se mit à considérer Céladon, si bien déguisé sous cet habit qu'elle ne put s'empêcher de rire, et répondit à la nymphe : « M'amie, nous étions perdues sans vous, car il n'y avait pas moyen de cacher ce berger à tant de personnes qui viennent avec Amasis, où [32], étant vêtu de cet habit, non seulement nous sommes assurées, mais encore je veux le faire voir à toutes vos compagnes, qui le prendront pour fille. » Et puis elle passait d'un autre côté et le considérait comme ravie, car sa beauté par ces agencements paraissait beaucoup plus. Cependant Léonide, pour mieux jouer son personnage, lui dit qu'elle s'en pouvait aller, de peur qu'Amasis ne les surprît. Ainsi la nymphe, après avoir résolu que Céladon se dirait parente d'Adamas, nommée Lucinde, sortit pour entretenir sa mère, après avoir commandé à Léonide de la conduire où elles seraient, aussitôt qu'elle l'aurait vêtue. « Il faut avouer la vérité, dit Céladon, après qu'elle s'en fut allée, de ma vie je ne fus si étonné, que j'ai été de ces trois accidents : de la venue d'Amasis, de la surprise de Galathée et de votre prompte invention. — Berger, ce qui est de moi, dit-elle, procède de la volonté que j'ai de vous sortir de peine, et plût à Dieu que tout le reste de votre contentement en dépendît aussi bien que ceci, vous connaîtriez quel est le bien que je vous veux. — Pour remerciement de tant d'obligation, répondit le berger, je ne puis que vous offrir la vie que vous me conservez. »

Avec semblables discours, ils s'allaient entretenant, lorsque Méril entra dans la chambre et, voyant Céladon presque vêtu, il en fut ravi et dit : « Il n'y a personne qui puisse le reconnaître, et moi-même, qui suis tous les jours près de lui, ne croirais point que ce fût lui, si je ne le voyais habiller. » Céladon lui répondit : « Et qui t'a dit que je me déguisais ainsi ? — C'est, répondit-il, madame, qui m'a commandé de vous nommer Lucinde, et que je dise que vous étiez parente d'Adamas, et même m'a envoyé tout incontinent vers le druide pour l'en avertir, qui ne s'est pu empêcher d'en rire quand il l'a su et m'a promis de le faire, comme madame l'ordonnait. — Voilà qui va bien, dit le berger, et garde de t'en oublier. »

Cependant Amasis, étant descendue du chariot, rencontra Galathée au pied de l'escalier, avec Silvie et Adamas. « Ma fille, lui dit-elle, vous êtes trop long-temps en votre solitude, il faut que je vous débauche un peu, vu même que les nouvelles que j'ai eues de Clidaman et de Lindamor me réjouissent de sorte que je n'ai pu en jouir seule plus longuement. C'est pourquoi je viens vous en faire part et veux que vous reveniez avec moi à Marcilly, où je fais faire les feux de joie de si bonnes nouvelles. — Je loue Dieu, répondit Galathée, de tant de bonheur, et le supplie de le vous conserver un siècle *. Mais à la vérité, madame, ce lieu est si agréable qu'il me fait souci de le laisser. — Ce ne sera pas, répliqua Amasis, pour longtemps. Mais parce que je ne veux m'en retourner que sur le soir, allons nous promener, et je vous dirai tout ce que j'ai appris. »

Alors Adamas lui baisa la robe et lui dit : « Il faut bien, madame, que vos nouvelles soient bonnes, puis-que, pour les dire à madame votre fille, vous êtes partie si matin. — Il y a déjà, dit-elle, deux ou trois jours que je les reçus, et fis incontinent résolution de venir, car il ne me semble pas que je puisse jouir d'un contentement toute seule, et puis certes la chose mérite bien d'être sue. »

Avec semblables discours, elle descendit dans le jardin, où, commençant son promenoir, ayant mis Galathée d'un côté, et Adamas de l'autre, elle reprit de cette sorte :

HISTOIRE
DE LYDIAS ET DE MÉLANDRE

Considérant les étranges accidents qui arrivent par l'amour, il me semble que l'on est presque contraint d'avouer que, si la fortune a plusieurs roues pour hausser et baisser, pour tourner et changer les choses humaines, la roue d'amour est celle dont elle se sert le plus souvent, car il n'y a rien d'où l'on voie sortir tant de changements que de cette passion. Les exemples en sont tous les jours devant nos yeux si communs que ce serait superfluité de les redire ; toutefois il faut que vous avouiez, quand vous aurez entendu ce que je veux dire, que cet accident est un des plus remarquables que vous en ayez encore ouï raconter.

Vous savez comme Clidaman par hasard devint serviteur de Silvie, et comme Guyemants, par la lettre qu'il lui porta de son frère, en devint aussi amoureux. Je m'assure que depuis vous n'avez point ignoré le dessein qui les fit partir tous deux si secrètement pour aller trouver Mérovée, ni que, pour ne laisser point Clidaman seul en lieu si éloigné, j'envoyai après lui sous la charge [33] de Lindamor une partie des jeunes chevaliers de cette contrée. Mais difficilement pourrez-vous avoir entendu ce qui leur est advenu depuis qu'ils sont partis, et c'est ce que je veux vous raconter à cette heure, car il n'y a rien qui ne mérite d'être su.

Soudain que Clidaman fut arrivé en l'armée, Guyemants, qui y était fort connu, lui fit baiser les mains à Mérovée et à Childéric, et, sans leur dire qui il était, leur fit seulement entendre que c'était un jeune chevalier de bonne maison qui désirait de les servir ;

ils furent reçus à bras ouverts et principalement pour
être venus en un temps que leurs ennemis, s'étant
renforcés, reprenaient courage, et les menaçaient
d'une bataille. Mais quand Lindamor fut arrivé, et
qu'on sut qui était Clidaman, on ne saurait dire
l'honneur ni les caresses qui lui furent faites, car déjà
en trois ou quatre rencontres il s'était tellement
signalé que les amis et les ennemis le connaissaient, et
l'estimaient.

Entre autres prisonniers qu'ils firent, lui et Guyemants, car ils allaient toujours en toutes leurs entreprises ensemble, il s'y en trouva un jeune de la
Grande-Bretagne, tant beau, mais tant triste qu'il fit
pitié à Clidaman. Et parce que plus il demeurait en
cette captivité, et plus il faisait paraître d'ennui *, un
jour il le fit appeler, et après l'avoir enquis de son être,
et de sa qualité, il lui demanda l'occasion de sa
tristesse, disant que, si elle procédait de la prison, il
devait, comme homme de courage, supporter semblables accidents, et que tant s'en faut il devait remercier
le Ciel qu'il l'eût fait tomber entre leurs mains,
puisqu'il était en lieu où il ne recevrait que toute
courtoisie, et que l'éloignement de sa liberté ne
procédait que du commandement de Mérovée, qui
avait défendu que l'on ne mît point encore de prisonniers à rançon, et que, quand il le leur permettrait, il
verrait quelle était leur courtoisie.

Ce jeune homme le remercia, mais toutefois ne put
s'empêcher de soupirer, dont Clidaman, plus ému
encore, lui en demanda la cause, à quoi il répondit :
« Seigneur chevalier, cette tristesse que vous voyez
peinte en mon visage et ces soupirs qui se dérobent si
souvent de mon estomac * ne procèdent pas de cette

prison dont vous me parlez, mais d'une autre qui me lie bien plus étroitement. Car le temps ou la rançon me peuvent désobliger de celle-ci, mais de l'autre, il n'y a rien que la mort qui m'en puisse retirer. Et toutefois, d'autant que je suis résolu, encore la supporterais-je avec patience, si je n'en prévoyais la fin trop prompte, non pas par ma mort seule, mais par la perte de la personne qui me tient pris si étroitement. »

Clidaman jugea bien à ses paroles que c'était Amour qui le travaillait *, et par la preuve qu'il en faisait en lui-même, considérant le mal de son prisonnier, il en eut tant de pitié qu'il l'assura de procurer sa liberté le plus promptement qu'il lui serait possible, sachant assez par expérience quelles sont les passions et les inquiétudes qui accompagnent une personne qui aime bien. « Puis, lui dit-il, que [34] vous savez que c'est [35] qu'amour, et que votre courtoisie m'oblige à croire que quelque connaissance que vous puissiez avoir de moi ne vous fera changer cette bonne volonté, afin que vous jugiez le sujet que j'ai de me plaindre, voire de me désespérer, voyant le mal si prochain et le remède tant éloigné, pourvu que vous me promettiez de ne me découvrir, je vous dirai des choses qui sans doute vous feront étonner. » Et lors le lui ayant promis, il commença de cette sorte :

« Seigneur chevalier, cet accoutrement que vous me voyez n'est pas le mien propre, mais Amour, qui autrefois a vêtu des hommes en femmes, se joue de moi de cette sorte et m'ayant fait oublier en partie ce que j'étais, m'a revêtu d'un habit contraire au mien, car je ne suis pas homme, mais fille d'une des bonnes maisons de Bretagne, et me nomme Mélandre, venue entre vos mains par la plus grande fortune qui ait jamais été conduite par l'amour.

Il y a quelque temps qu'un jeune homme nommé Lydias vint à Londres fuitif[36] de son pays, à ce que j'ai su depuis, pour avoir tué son ennemi en champ clos. Tous deux étaient de cette partie de la Gaule qu'on appelle Neustrie[37], mais parce que le mort était apparenté des plus grands d'entre eux, il fut contraint de sortir du pays, pour éviter les rigueurs de la justice. Ainsi donc parvenu à Londres, comme c'est la coutume de notre nation, il y trouva tant de courtoisie qu'il n'y avait bonne maison où il ne fût incontinent familier ; entre autres il vivait aussi privément chez mon père que s'il eût été chez lui. Et parce qu'il faisait dessein de demeurer là aussi longuement que le retour en sa patrie lui serait interdit, il délibéra de faire semblant d'aimer quelque chose, afin de se conformer mieux à l'humeur de ceux de la Grande-Bretagne qui ont tous quelque particulière dame. En cette résolution il tourna, je ne sais si je dois dire pour bonne ou mauvaise fortune, les yeux sur moi, et fût * qu'il me trouvât ou plus à son gré ou plus à sa commodité, il commença de se montrer mon serviteur. Quelles dissimulations, quelles recherches, quels serments furent ceux dont il usa en mon endroit ! Je ne veux vous ennuyer par un trop long discours ; tant y a qu'après une assez longue recherche, car il y demeura deux ans, je l'aimai sans dissimulation, d'autant que sa beauté, sa courtoisie, sa discrétion, et sa valeur étaient de trop grands attraits pour ne vaincre avec une longue recherche toute âme, pour barbare qu'elle fût. Je ne rougirai donc de l'avouer à une personne qui a eprouvé l'amour, ni de dire que ce commencement-là fut la fin de mon repos.

Or les choses étant en cet état, et vivant avec tout le contentement que peut [38] une personne qui aime et qui est assurée de la personne aimée, il advint que les Francs, après avoir gagné tant de batailles contre les empereurs romains, contre les Goths, et contre les Gaulois, tournèrent les armes contre les Neustriens, et les réduisirent à tels termes qu'à cause qu'ils sont nos anciens alliés, ils furent contraints d'envoyer à Londres pour demander secours qui, suivant l'alliance faite entre eux et ceux de la Grande-Bretagne, leur fut accordé et par le roi et par les Etats.

Soudain cette nouvelle fut divulguée par tout le royaume, et nous qui étions en la principale ville en fûmes avertis les premiers. Et, dès l'heure même, Lydias commença de penser à son retour, s'assurant que ceux de sa patrie ayant affaire de ses semblables l'absoudraient facilement de la mort d'Aronte. Toutefois, parce qu'il m'avait toujours promis de ne s'en point aller qu'il ne m'emmenât avec lui, ce que le malicieux avait fait pour me tromper, et de peur que je ne misse empêchement à son départ, il me cacha son dessein.

Mais, comme il n'y a feu si secrètement couvert dont il ne sorte quelque fumée, aussi n'y a-t-il rien de si secret dont quelque chose ne se découvre, et par ainsi* quelques-uns, sans y penser, me le dirent. Aussitôt que je le sus, la première fois que je le vis, je le tirai à part : « Eh bien, lui dis-je, Lydias, avez-vous résolu que je ne sache point que vous me laissez ? Croyez-vous mon amitié si faible qu'elle ne puisse soutenir les coups de votre fortune ? Si vos affaires

veulent que vous retourniez en votre patrie, pourquoi
ne permet votre amitié que je m'en aille avec vous ?
Demandez-moi à mon père, je m'assure qu'il sera bien
aise de notre alliance, car je sais qu'il vous aime ; mais
de me laisser seule ici, avec votre foi parjure, non,
Lydias, croyez-moi, ne commettez point une si grande
faute, car les dieux vous en puniront. »

Il me répondit froidement qu'il n'avait point pensé
à son retour, et que toutes les affaires ne lui étaient
rien au prix du bien de ma présence, que je l'offensais
d'en douter, mais que ses actions me contraindraient
de l'avouer.

Et toutefois ce parjure, deux jours après, s'en alla
avec les premières troupes qui partirent de la Grande-
Bretagne, et prit son temps si à propos qu'il arriva sur
le bord de la mer le même jour qu'ils devaient partir,
et ainsi s'embarqua avec eux. Nous fûmes incontinent
avertis de son départ ; toutefois je m'étais tellement
figurée qu'il m'aimait, que je fus la dernière qui le
crût, de sorte qu'il y avait plus de huit jours qu'il était
parti, que je ne me pouvais persuader qu'un homme si
bien né fût si trompeur et ingrat. Enfin, un jour
s'écoulant après l'autre, sans que j'en eusse aucune
nouvelle, je reconnus que j'étais trompée et que
véritablement Lydias était parti.

Si alors mon ennui * fut grand, jugez-le, seigneur
chevalier, puisque, tombant malade, je fus réduite à
tel terme que les médecins ne connaissant mon mal
en désespérèrent, et, m'abandonnant, me tenaient
comme morte ; mais amour, qui voulut montrer sa
puissance, et qu'il est même meilleur médecin qu'Es-
culape, me guérit par un étrange antidote. Et voyez
comme il se plaît aux effets qui sont contraires à nos

résolutions : lorsque je sus la fuite de Lydias, car en
vérité elle pouvait se nommer ainsi, je m'en sentis de
telle sorte offensée qu'après avoir invoqué mille fois le
Ciel, comme témoin de ses perfidies, je jurai que je ne
l'aimerais jamais, autant de fois qu'il m'avait juré de
m'aimer à jamais. Et je puis dire que nous fûmes aussi
parjures l'un que l'autre, car, lorsque ma haine était
en sa plus grande fureur, ne voilà pas un vaisseau qui
venait de Calais, pour rapporter que le secours y était
arrivé heureusement, qui nous dit que Lydias y avait
passé, en intention de faire la guerre avec ceux de la
Grande-Bretagne, mais qu'aussitôt que le gouverneur
du lieu (qui s'était trouvé parent d'Aronte) en avait été
averti, il l'avait fait mettre en prison comme ayant été
déjà auparavant condamné, qu'on le tenait pour
perdu, parce que ce gouverneur avait un très grand
crédit parmi les Neustriens, qu'à la vérité il y avait un
moyen de le sauver, mais si difficile qu'il n'y avait
personne qui le voulût hasarder, et qui était tel.

Aussitôt que Lydias se vit saisi, il lui demanda
comment un chevalier plein de tant de réputation
comme lui voulait venger ses querelles par la voie de
la justice et non point par les armes ; car c'est une
coutume entre les Gaulois de ne recourre * jamais à la
justice en ce qui offense l'honneur, mais au combat, et
ceux qui font autrement sont tenus pour déshonorés.
Lypandas, qui est le nom de ce gouverneur, lui
répondit qu'il n'avait point tué Aronte en homme de
bien, et que, s'il n'était condamné par la justice, il le
lui maintiendrait avec les armes, mais qu'étant honteux de se battre avec un criminel, s'il y avait
quelqu'un de ses amis qui se présentât pour lui, il
s'offrait de le combattre sur cette querelle ; que, s'il y

était vaincu, il le mettrait en liberté, qu'autrement la
justice en serait faite, et que pour donner loisir à ses
parents et amis, il le garderait un mois en sa puissance ; que, si personne ne se présentait dans ce temps,
il le remettrait entre les rigoureuses mains des anciens
de Rothomague[39], pour être traité selon ses mérites.
Et qu'afin qu'il n'y eût point d'avantage pour personne, il voulait que ce combat se fît avec l'épée et le
poignard et en chemise. Mais Lypandas étant estimé
l'un des plus vaillants hommes de toute la Neustrie, il
n'y avait personne qui eût la hardiesse d'entreprendre
le combat, outre que les amis de Lydias, n'en étant pas
avertis, ne pouvaient lui rendre ce bon office.

O seigneur chevalier ! quand je me ressouviens des
contrariétés qui me combattirent, oyant ces nouvelles,
il faut que j'avoue que je ne fus de ma vie si confuse,
non pas même quand ce perfide me laissa. Alors
Amour voulut que je reconnusse les propositions faites
contre lui être plus impuissantes, quand il voulait,
que les flots n'aboyent en vain contre un roche pour
l'ébranler, car il fallut, pour payer le tribut d'amour,
recourre * à l'ordinaire monnaie dont l'on paye ses
impôts, qui sont les larmes.

Mais après avoir longuement, et vainement, pleuré
l'infidèle Lydias, il fallut enfin que je me résolusse à sa
conservation, quoiqu'elle me dût coûter et le repos et
l'honneur. Et transportée de cette nouvelle fureur, ou
plutôt de ce renouvellement d'amour, je résolus
d'aller à Calais en intention de trouver là les moyens
d'avertir les parents et les amis de Lydias. Et donnant
ordre le plus secrètement qu'il me fut possible à mon
voyage, une nuit je me dérobai en l'habit que vous me
voyez ; mais la fortune fut si mauvaise pour moi que je

demeurai plus de quinze jours sans trouver vaisseau qui allât de ce côté-là. Je ne sais que devinrent mes parents, me trouvant partie, car je n'en ai point eu de nouvelles depuis ; bien m'assuré-je que la vieillesse de mon pauvre père n'aura pu résister à ce déplaisir, car il m'aimait plus tendrement que lui-même et m'avait toujours nourrie * si soigneusement que je me suis plusieurs fois étonnée comme j'ai pu souffrir les incommodités que depuis mon départ j'ai supportées en ce voyage, et faut dire que c'est Amour, et non pas moi.

Mais pour reprendre notre discours, après avoir attendu quinze ou seize jours sur le bord de la mer, enfin il se présenta un vaisseau avec lequel j'arrivai à Calais, lorsqu'il n'y avait plus que cinq ou six jours du terme que Lypandas lui avait donné. Le branle du vaisseau m'avait de sorte étourdie que je fus contrainte de garder le lit deux jours, si bien qu'il n'y avait plus temps de pouvoir avertir les parents de Lydias, ne sachant même qui ils étaient, ni où ils se tenaient.

Si cela me troubla, vous le pouvez juger, parce même * qu'il semblait que je fusse venue tout à propos pour le voir mourir et pour assister à ses funérailles. Dieux ! comment vous disposez de nous ! J'étais tellement outrée de ce désastre que, jour et nuit, les larmes étaient en mes yeux. Enfin le jour avant le terme, transportée du désir de mourir avant que Lydias, je me résolus d'entrer au combat contre Lypandas. Quelle résolution ou plutôt quel désespoir ! car je n'avais de ma vie tenu épée en la main, et ne savais bonnement de laquelle il fallait prendre le poignard ou l'épée. Et toutefois me voilà résolue d'entrer au combat contre un chevalier qui toute sa vie avait fait ce métier, et qui avait toujours acquis titre de brave et vaillant. Mais toutes ces considérations étaient nulles envers moi, qui avais élu de mourir avant que celui que j'aimais perdît la vie. Et quoique je susse bien que je ne le pourrais pas sauver, toutefois ce ne m'était peu de satisfaction qu'il dût avoir cette preuve de mon amitié.

Une chose me tourmentait infiniment, à quoi je voulus tâcher de donner remède, qui était la crainte d'être connue de Lydias, et que cela ne m'empêchât d'achever mon dessein, parce que nous devions combattre désarmés. Pour à quoi remédier, j'envoyai un cartel à Lypandas, par lequel, après l'avoir défié, je le priais qu'étant tous deux chevaliers, nous nous servissions des armes que les chevaliers ont accoutumé, et non point de celles des désespérés. Il répondit que le lendemain il se trouverait sur le champ, et que j'y vinsse armé, qu'il en ferait de même, toutefois qu'il voulait que ce fût à son choix, après avoir commencé le combat de cette sorte, pour ma satisfaction, de l'achever pour la sienne comme il avait proposé au commencement : moi qui ne doutais point qu'en toute sorte je n'y dusse mourir, l'acceptai comme il le voulut.

Et en ce dessein le lendemain, armée de toutes pièces, je me présentai sur le champ, mais il faut avouer le vrai ; j'étais si empêchée en mes armes que je ne savais comme me remuer. Ceux qui me voyaient aller chancelant pensaient que ce fût de peur du combat, et c'était de faiblesse. Bientôt après, voilà venir Lypandas armé et monté à l'avantage, qui à son abord effrayait ceux-mêmes à qui le danger ne touchait point. Et croiriez-vous que je ne fus point étonnée que quand[40] le pauvre Lydias fut conduit sur un échafaud pour assister au combat, car la pitié que j'eus de le voir en tel état me toucha de sorte que je demeurai fort longtemps sans me pouvoir remuer. Enfin les juges me menèrent vers lui, pour savoir s'il m'acceptait pour son champion : il me demanda qui j'étais. Lors contrefaisant ma parole : « Contentez-vous, Lydias, lui dis-je, que je suis le seul qui veut entreprendre ce combat pour vous. — Puisque cela est, répliqua-t-il, vous devez être personne de valeur. Et c'est pourquoi, dit-il se tournant vers les juges, je l'accepte. » Et ainsi que je m'en allais, il me dit : « Chevalier vaillant, n'ayez peur que votre querelle ne soit juste. — Lydias, lui répondis-je, fussé-je aussi assuré que tu n'eusses point d'autre injustice ! »

Et après je me retirai, si résolue à la mort que déjà il me tardait que les trompettes donnassent le signal du combat. De fait, au premier son, je partis, mais le cheval m'ébranla de sorte qu'au lieu de porter ma lance comme il fallait, je la laissai aller comme la fortune voulut. Si bien qu'au lieu de le frapper, je donnai dans le col du cheval, lui laissant la lance dans le corps, dont le cheval courut au commencement par le champ en dépit de son maître, et enfin tomba mort.

Lypandas était venu contre moi avec tant de désir de bien faire que la trop grande volonté lui fit faillir son coup. Quant à moi, mon cheval alla jusques où il voulut, car ce que je pus faire fut de me tenir sans tomber, et s'étant arrêté de soi-même, et, oyant Lypandas qui me criait de tourner à lui, avec outrages de ce que je lui avais tué son cheval, je revins après avoir mis la main à l'épée au mieux qu'il me fut possible, et non pas sans peine. Mais mon cheval, que j'avais peut-être piqué plus que son courage ne voulait, aussitôt que je l'eus tourné, prit de lui-même sa course, et si à propos qu'il vint heurter Lypandas de telle furie qu'il le porta les pieds contre-mont ; mais, en passant, il lui donna de l'épée dans le corps si avant que peu après je le sentis faillir dessous moi, et ce ne fut peu que je me ressouvinsse d'ôter les pieds des étrieux[41] ; car, presque incontinent, il tomba mort, par ma bonne fortune, si loin de Lypandas que j'eus loisir de sortir de la selle, et me dépêtrer de mon cheval.

Alors je m'en vins à lui, qui déjà s'approchait, l'épée haute pour me frapper, et faut que je die que si Amour n'eût soutenu le faix des armes, je n'avais point de force qui le pût faire. Enfin voici Lypandas qui de toute sa force me déchargea un coup sur la tête ; la nature m'apprit à mettre le bras gauche devant, car autrement je ne me ressouvenais pas de l'écu que j'avais en ce bras-là. Le coup donna dessus si à plein, que, n'ayant la force de le soutenir, mon écu me redonna un si grand coup contre la salade[42], que les étincelles m'en vinrent aux yeux. Lui, qui voyait que je chancelais, me voulut recharger d'un autre encore plus pesant, mais ma fortune fut telle que, haussant l'épée, je rencontrai la sienne si à propos du tranchant qu'elle se mit en deux pièces, et la mienne à moitié rompue fit comme la sienne au premier coup que je lui voulus donner, car il esquiva, et moi n'ayant la force de la retenir, je la laissai tomber jusques en terre, où, de la pointe, je rencontrai une pierre qui la rompit.

Lypandas alors, voyant que nous étions tous deux avec même avantage, me dit : « Chevalier, ces armes nous ont été également favorables, je veux essayer si les autres en seront de même, et pour ce, désarmez-vous, car c'est ainsi que je veux finir ce combat. — Chevalier, lui répondis-je, à ce qui s'est passé vous pouvez bien connaître que vous avez le tort, et, délivrant Lydias, vous devriez laisser ce combat. — Non, non, dit Lypandas en colère, Lydias et vous mourrez[43]. — J'essayerai, répliquai-je, de tourner cette sentence sur votre tête. » Et lors, m'éloignant dans le champ le plus que je pus de Lydias, de peur d'être reconnue, avec l'aide de ceux qui le gardaient, je me désarmai ; et d'autant que nous avions fait provision tous deux d'une épée et d'un poignard, après avoir laissé le pourpoint, nous venons l'un contre l'autre.

Il faut que je vous die que ce ne fut point sans peine que je cachais le sein, parce que la chemise, en dépit que j'en eusse, montrait l'enflure des tétins, mais chacun eût pensé toute autre chose plutôt que celle-là, et quant à Lydias, il ne me put reconnaître, tant pour me voir en cet habit déguisé, que pour ce que j'étais enflammée de la chaleur des armes, et cette couleur haute me changeait beaucoup le visage.

Enfin nous voilà, Lypandas et moi, à dix ou douze pas l'un de l'autre : l'on nous avait méparti[44] le soleil, et les juges s'étaient retirés. Ce fut lors que véritablement je croyais mourir, m'assurant qu'au premier coup il me mettrait l'épée dans le corps. Mais la fortune fut si bonne pour Lydias, car ce n'était que de sa vie que je craignais, que cet arrogant Lypandas, venant de toute furie à moi, broncha si à propos qu'il vint donner de la tête presque à mes pieds, si lourdement que de lui-même il se fit deux blessures : l'une du poignard dont il se perça l'épaule droite, et l'autre, de l'épée donnant du front sur le tranchant. Quant à moi, je fus si effrayée de sa chute, que je croyais déjà être morte, et sans lui faire autre mal, je me reculai deux ou trois pas. Il est vrai que, m'imaginant de le pouvoir vaincre plus par ma courtoisie que par ma valeur, je lui dis : « Levez-vous, Lypandas, ce n'est point en terre que je vous veux offenser. » Lui qui était demeuré quelque temps étourdi du coup, tout en furie se releva pour se jeter sur moi, mais des deux blessures qu'il s'était faites, l'une l'aveuglait, et l'autre lui ôtait la force du bras, de sorte qu'il ne voyait rien, et si* ne pouvait presque soutenir l'épée, de quoi m'apercevant je pris courage, et m'en vins à lui l'épée haute, lui disant : « Rends-toi, Lypandas, autrement tu es mort. — Pourquoi, me dit-il, me rendrai-je, puisque les conditions de notre combat ne sont pas telles ? Contente-toi que je mettrai Lydias en liberté. » Alors les juges étant venus, et, Lypandas ayant ratifié sa promesse, ils m'accompagnèrent hors du champ comme victorieux.

Mais craignant que l'on ne me fît quelque outrage en ce lieu-là pour y avoir Lypandas toute puissance, après m'être armée, je m'approchai, la visière baissée, de Lydias et lui dis : « Seigneur Lydias, remerciez Dieu de ma victoire, et si vous désirez que nous puissions plus longuement conférer ensemble, je m'en vais en la ville de Rigiaque[45], où j'attendrai de vos nouvelles quinze jours, car après ce terme je suis contraint de parachever quelque affaire, qui m'emmènera loin d'ici, et pourrez demander le Chevalier Triste, parce que c'est le nom que je porte pour les occasions que vous saurez de moi. — Ne connaîtrai-je point, dit-il, autrement celui à qui je suis tant obligé ?

— Ni pour votre bien, lui dis-je, ni pour le mien il ne se peut. Et à ce mot je le laissai, et après m'être pourvue d'un autre cheval, je vins à Rigiaque où je demeurai depuis. »

Or ce traître de Lypandas, aussitôt que je fus partie, fit remettre Lydias en prison plus étroite qu'auparavant, et, quand il s'en plaignait et qu'il lui reprochait la promesse qu'il m'avait faite, il répondait qu'il avait promis de le mettre en liberté, mais qu'il n'avait pas dit quand, et que ce serait dans vingt ans, sinon avec une condition qu'il lui proposa, qui était de faire en sorte que je me remisse prisonnière en sa place et qu'ainsi je payasse la rançon de sa liberté par la perte de la mienne. Lydias lui répondit qu'il serait aussi ingrat envers moi que Lypandas perfide envers lui. De quoi il s'offensa de sorte qu'il jura que si dans quinze jours je n'étais entre ses mains, il le remettrait entre celles de la justice. Et lorsque Lydias lui remettait devant les yeux sa foi parjurée : « J'en ai fait, disait-il, la pénitence par les blessures que j'ai apportées du combat, mais, ayant dès longtemps promis aux seigneurs neustriens de maintenir la justice, ne suis-je pas plus obligé à la première qu'à la dernière promesse ? »

Les premiers jours s'écoulèrent sans que j'y prisse garde, mais voyant que je n'en avais point de nouvelle, j'y envoyai un homme pour s'en enquérir. Par lui je sus la malice de Lypandas et même le terme qu'il avait donné, et quoique je prévisse toutes les cruautés et toutes les indignités qui se peuvent recevoir, si est-ce que je résolus de mettre Lydias hors de telles mains, n'ayant rien de si cher que sa conservation. Et par fortune, le jour que vous me prîtes, je m'y en allais, et à cette heure la tristesse que vous voyez en moi, et les soupirs qui ne me donnent point de cesse procèdent, non de la prison où je suis (car celle-ci est bien douce au prix de celle que je m'étais proposée), mais de savoir que ce perfide et cruel Lypandas mettra sans doute Lydias entre les mains de ses ennemis qui n'attendent autre chose que d'en voir une déplorable et honteuse fin ; car des quinze jours qu'il avait donnés, les dix sont déjà passés, si bien que je ne puis presque plus espérer de pouvoir rendre ce dernier office à Lydias. »

A ce mot, les larmes lui empêchant la voix, elle fut contrainte de se taire, mais avec tant de démonstration de déplaisir que Clidaman en fut ému et pour la consoler lui dit : « Vous ne devez point, courageuse Mélandre, vous perdre tellement de courage que vous ne mainteniez la générosité en cet accident que vous avez fait paraître en tous les autres. Le Dieu qui vous a conservée en de si grands périls ne veut pas vous abandonner en ceux-ci qui sont moindres. Vous devez croire que tout ce qui dépendra de moi sera toujours disposé à votre contentement. Mais, parce que je suis sous un prince à qui je ne veux point déplaire, il faut que votre liberté vienne de lui ; bien vous promets-je d'y rapporter de mon côté tout ce que vous pourriez espérer d'un bon ami. » Et, la laissant avec ces bonnes paroles, il alla trouver Childéric et le supplia d'obtenir du roi Mérovée la liberté de ce jeune prisonnier. Le jeune prince qui aimait mon fils, et qui savait bien que le roi son père serait bien aise d'obliger Clidaman, sans retarder davantage, l'alla demander à Mérovée, qui accorda tout ce que mon fils demandait.

Et parce que le temps était si court que la moindre

partie qu'il en eût perdue eût fait faute à Mélandre, il
l'alla trouver en son logis où l'ayant tirée à part :
« Chevalier Triste, lui dit-il, il faut que vous changiez
de nom, car si vos infortunes vous ont ci-devant donné
sujet de le porter, il semble que vous le perdrez
bientôt. Le Ciel commence de vous regarder d'un œil
plus doux que de coutume. Et tout ainsi qu'un
malheur ne vient jamais seul, de même le bonheur
marche toujours accompagné. Et pour témoignage de
ce que je vous dis, sachez, chevalier (car tel vous
veux-je nommer puisque votre générosité à bon droit
vous en acquiert l'honorable titre), que désormais
vous êtes en liberté et pouvez disposer de vos actions
tout ainsi qu'il vous plaira. Le prince des Francs m'a
permis de disposer de vous, et le devoir de chevalier
m'oblige non seulement à vous mettre en liberté, mais
à vous offrir encore toute l'assistance que vous jugerez
que je puisse vous rendre. »

Mélandre, oyant une parole tant inespérée, tressail-
lit toute de joie, et se jetant à ses pieds comme
transportée, lui baisa la main pour remerciement
d'une grâce si grande, car le bien qu'elle s'était figurée
de recevoir de lui était d'être mise à rançon et
l'incommodité du payement la désespérait de le pouvoir faire si tôt que le terme de quinze jours ne fût
écoulé. Mais quand elle ouït une si grande courtoisie :
« Vraiment, lui dit-elle, seigneur chevalier, vous faites
paraître que vous savez que c'est que d'aimer, puisque
vous avez pitié de ceux qui en sont atteints. Je prie
Dieu, attendant que je puisse m'en revancher, qu'il
vous rende aussi heureux qu'il vous a fait courtois, et
digne de toute bonne fortune. » Et à l'heure même elle

s'en voulut aller, ce que Clidaman ne voulut permettre
parce que c'était de nuit.

Le lendemain donc, à bonne heure, elle se mit en
chemin, et ne tarda qu'elle ne vînt à Calais, où de
fortune* elle arriva le jour avant le terme. Dès le soir
elle eût fait savoir sa venue à Lypandas, n'eût été
qu'elle fut d'avis, vu la perfidie de celui avec qui elle
avait affaire, d'attendre le jour, afin que plus de
personnes vissent le tort qu'il lui ferait, si de fortune*
il manquait encore une fois de parole.

Le jour donc étant venu, et l'heure du midi étant
sonnée que les principaux du lieu pour honorer le
gouverneur étaient pour lors en sa maison, voilà le
Chevalier Triste qui se présente à lui. A l'abord il ne
fut point reconnu, car on ne l'avait vu qu'au combat,
où la peur lui avait peut-être changé le visage. Lors
chacun s'approcha pour ouïr ce qu'il dirait. « Lypandas, lui dit-il, je reviens ici de la part des parents et
des amis de Lydias, afin de savoir de ses nouvelles, et
pour te sommer de ta parole ou bien de la mettre à
quelque nouvelle condition, autrement ils te mandent
par moi qu'ils te publieront pour homme de peu de
foi. — Etranger, répondit Lypandas, tu leur diras que
Lydias se porte mieux qu'il ne fera dans peu de jours,
parce qu'aujourd'hui passé, je le remettrai entre les
mains de ceux qui m'en vengeront ; que pour ma
parole, je crois en être quitte en le remettant entre les
mains de la justice, car la justice, qu'est-ce autre chose
qu'une vraie liberté ? Que pour de nouvelles conditions, je n'en veux point d'autre que celle que j'ai déjà
proposée, qui est que l'on me remette entre les mains
celui qui combattit contre moi afin que j'en puisse
faire à ma volonté et je délivrerai Lydias. — Et qu'est-

ce, lui dit-il, que tu en veux faire ? — Quand j'aurai, répondit-il, à te rendre compte de mes desseins, tu le pourras savoir. — Eh quoi, dit-il, es-tu encore en cette même opinion ? — Tout de même, répliqua Lypandas. — Si cela est, ajouta le Chevalier Triste, envoie quérir Lydias, et je te remettrai celui que tu demandes. »

Lypandas, qui surtout désirait se venger de son ennemi, car il avait tourné toute sa mauvaise volonté sur Mélandre, l'envoya incontinent quérir. Lydias, qui savait bien ce jour être le dernier du terme qu'on lui avait donné, croyait que ce fût pour le conduire aux seigneurs de la justice ; toutefois, encore qu'il en prévît sa mort assurée, si élut-il plutôt cela que de voir celui qui avait combattu pour lui en ce danger à son occasion. Quand il fut devant Lypandas, il lui dit : « Lydias, voici le dernier jour que je t'ai donné pour représenter ton champion entre mes mains. Ce jeune chevalier est venu ici pour cet effet : s'il le fait, tu es en liberté. »

Mélandre durant ce peu de mots avait toujours trouvé le moyen de tenir le visage de côté pour n'être reconnue, et quand elle voulut répondre, elle le tourna tout à fait contre Lypandas, et lui dit : « Oui, Lypandas, je l'ai promis et je le fais. Toi, observe aussi bien ta parole, car je suis celui que tu demandes : me voici, qui ne redoute ni rigueur, ni cruauté quelconque, pourvu que mon ami sorte de peine. »

Alors chacun mit les yeux sur elle, et, repassant par la mémoire les façons de celui qui avait combattu, on connut qu'elle disait vrai. Sa beauté, sa jeunesse et son affection émurent tous ceux qui étaient présents, sinon Lypandas, qui se croyant infiniment offensé de lui, commanda incontinent qu'elle fût mise en prison, et permit que Lydias s'en allât. Lui, qui désirait plutôt se perdre que de se voir obliger en tant de sortes, faisait quelque difficulté. Mais Mélandre s'approcha de lui et lui dit à l'oreille : « Lydias, allez-vous-en, car de moi n'en soyez en peine ; j'ai un moyen de sortir de ces prisons, si facile que ce sera quand je voudrai. Que si vous désirez de faire quelque chose à ma considération, je vous supplie d'aller servir Mérovée et particulièrement Clidaman, qui est cause que vous êtes en liberté et lui dites que c'est de ma part que vous y allez. — Et sera-t-il possible, dit Lydias, que je m'en aille sans savoir qui vous êtes ? — Je suis, répondit-elle, le Chevalier Triste, et cela vous suffise jusqu'à ce que vous ayez plus de commodité d'en savoir davantage. »

Ainsi s'en alla Lydias en résolution de servir le roi des Francs, puisque celui à qui il devait deux fois la vie le voulait ainsi. Mais cependant Lypandas commanda très expressément que Mélandre fût bien gardée, et la fit mettre en un crotton[46] avec les fers aux pieds et aux mains, résolu qu'il était de la laisser mourir de misère léans[47].

Jugez en quel état cette jeune fille se trouva et quels regrets elle devait faire contre Amour. Ses vivres étaient mauvais et sa demeure effroyable et toutes les autres incommodités très grandes ; que si son affection n'eût supporté ces choses, il est impossible qu'elle n'y fût morte.

Mais cependant la voix s'épandit par toute la Neustrie que Lydias par le moyen d'un sien ami avait été sauvé des prisons de Calais, et qu'il était allé servir le Roi Mérovée. Cela fut cause qu'en même temps son bannissement fut renouvelé et déclaré[48] traître à sa patrie ; lui, toutefois, ne faillit point de venir au camp des Francs, où, cherchant la tente de Clidaman, elle lui fut montrée.

Aussitôt qu'il l'aperçut, et que Lindamor et Guyemants le virent, ils coururent l'embrasser, mais avec tant d'affection et de courtoisie qu'il en demeura étonné, car ils le prenaient tous pour Ligdamon, qui, peu de jours auparavant, s'était perdu en la bataille qu'ils avaient eue contre les Neustriens, auquel il ressemblait de sorte que tous ceux qui connaissaient Ligdamon y furent déçus *. Enfin, ayant été reconnu pour être Lydias, l'ami de Mélandre, il fut conduit à Mérovée, où, en présence de tous, Lydias raconta au roi le discours de sa prison tel que vous avez ouï, et la courtoisie que par deux fois il avait reçue de ce chevalier inconnu, et, pour la fin, le commandement qu'il lui avait fait de le venir servir, et particulièrement Clidaman. Alors Clidaman, après que le Roi l'eut reçu et remercié de son amitié, lui dit : « Est-il possible, Lydias, que vous n'ayez point connu celui qui a combattu, et qui est en prison pour vous ? — Non, certes, dit-il. — O vraiment, ajouta-t-il, voilà la plus grande méconnaissance dont j'aie jamais ouï parler ! avez-vous jamais vu personne qui lui ressemblât ? — Je n'en ai point de mémoire, dit Lydias tout étonné. — Or je veux donc dire au roi une histoire la plus digne de compassion qu'autre que l'amour ait jamais causée. »

Et sur cela il reprit la fin du discours où Lydias avait raconté qu'il était allé en la Grande-Bretagne, de la courtoisie qu'il trouva, auquel il ajouta discrètement l'amour de Mélandre, les promesses qu'il lui avait faites de la conduire en Neustrie avec lui s'il était contraint de partir, de sa fuite et enfin de sa prison à Calais. Le pauvre Lydias était si étonné d'ouïr tant de particularités de sa vie, qu'il ne savait que penser.

Mais quand Clidaman raconta la résolution de Mélandre à se mettre en voyage, et s'habiller en homme pour avertir ses parents, et puis de s'armer et entrer en champ clos contre Lypandas et les fortunes de ses deux combats, il n'y avait celui des écoutants qui ne demeurât ravi, et plus encore quand il paracheva tout ce que je vous ai raconté. « O Dieux ! s'écria Lydias, est-il possible que mes yeux aient été si aveugles ! Que me reste-t-il pour sortir de cette obligation ? — Il ne vous reste plus, lui dit Clidaman, que de mettre pour elle ce qu'elle vous a conservé. — Cela, ajouta Lydias, avec un grand soupir, est, ce me semble, peu de chose si l'entière affection qu'elle me porte n'est accompagnée de la mienne. »

Cependant qu'ils se tenaient tel discours, tous ceux qui ouïrent Clidaman disaient que cette seule fille méritait que cette grande armée allât attaquer Calais. « En vérité, dit Mérovée, je lairrai[49] plutôt toutes choses en arrière que je ne fasse rendre la liberté à dame si vertueuse ; aussi bien nos armes ne sauraient être mieux employées qu'au service de semblables. »

Le soir étant venu, Lydias s'adressa à Clidaman, et lui découvrit qu'il avait une entreprise infaillible sur Calais qu'il avait faite durant le temps qu'il y était prisonnier, que si on lui voulait donner des gens, sans doute* il les mettrait dedans. Cet avis, ayant été rapporté à Mérovée, fut trouvé si bon qu'il résolut d'y envoyer ; ainsi furent donnés cinq cents archers, conduits par deux cents hommes d'armes, pour exécuter cette entreprise. La conclusion fut (car je ne saurais raconter au long cette affaire) que Calais fut pris, Lypandas prisonnier, et Mélandre fut mise hors de sa captivité. Mais je ne sais comment ni pourquoi, à peine était le tumulte de la prise de la ville cessé, que l'on prit garde que Lydias et Mélandre s'en étaient allés, si bien que, depuis, on n'a su qu'ils étaient devenus[50].

Or, durant toutes ces choses, le pauvre Ligdamon a été le plus tourmenté pour Lydias qu'il se puisse dire, car, étant prisonnier entre les mains des Neustriens, il fut pris pour Lydias, et aussitôt condamné à la mort. Clidaman fit que Mérovée leur envoya deux hérauts d'armes pour leur faire entendre qu'ils se trompaient, mais l'assurance que Lypandas fraîchement[51] leur en avait donnée les fit passer outre sans donner croyance à Mérovée.

Ainsi voilà Ligdamon mis dans la cage des lions, où l'on dit qu'il fit plus qu'un homme ne peut faire, mais sans doute* il y fût mort, n'eût été qu'une très belle dame le demanda pour mari. Leur coutume, qui le permet, ainsi le sauva pour lors, mais tôt après il mourut, car, aimant Silvie avec tant d'affection qu'elle ne lui pouvait permettre d'épouser autre qu'elle, il élut plutôt le tombeau que cette belle dame. Ainsi, quand on les voulut épouser, il s'empoisonna, et elle qui croyait que véritablement c'était Lydias, qui autrefois l'avait tant aimée, s'empoisonna aussi du même breuvage. Ainsi est mort le pauvre Ligdamon avec tant de regret de chacun qu'il n'y a personne, même entre les ennemis, qui ne le plaigne. Mais ç'a été une gracieuse vengeance que celle dont Amour a puni le cruel Lypandas, car, repassant par le ressouvenir la

vertu, la beauté et l'affection de Mélandre, il en est
devenu si amoureux, que le pauvre qu'il est n'a autre
consolation que de parler d'elle : mon fils me mande
qu'il fait ce qu'il peut pour la sortir de prison, et qu'il
espère de l'obtenir.

Voilà, continua Amasis, comme ils vivent si pleins
d'honneurs et de louanges que chacun les estime plus
qu'autres qui soient en l'armée. — « Je prie Dieu,
ajouta Adamas, qu'il les continue en cette bonne
fortune. »

Cependant qu'ils discouraient ainsi, ils virent venir
de loin Léonide et Lucinde, avec le petit Méril. Je dis
Lucinde, parce que Céladon, comme je vous ai dit,
portait ce nom suivant la résolution que Galathée
avait faite. Amasis, qui ne la connaissait point,
demanda qui elle était. « C'est, répondit Galathée, une
parente d'Adamas, si belle, et si remplie de vertu que
je l'ai priée de me la laisser pour quelque temps : elle
se nomme Lucinde. — Il semble, dit Amasis, qu'elle soit
bien autant avisée comme belle. — Je m'assure, ajouta
Galathée, que son humeur vous plaira, et si vous le trouvez bon, elle viendra, madame, avec nous à Marcilly. »

A ce mot Léonide arriva si près que Lucinde, pour
baiser les mains à Amasis, s'avança, et, mettant un
genou en terre, lui baisa la main avec des façons si
bien contrefaites qu'il n'y avait celui qui ne la prît
pour fille. Amasis la releva, et, après l'avoir embrassée, la baisa en lui disant qu'elle aimait tant Adamas
que tout ce qui lui touchait lui était aussi cher que ses
plus chers enfants.

Alors Adamas prit la parole de peur que, si la feinte
Lucinde répondait, on ne reconnût quelque chose à sa
voix, mais il ne fallait pas qu'il en eût peur, car elle

savait si bien feindre que la voix, comme le reste, eût
aidé à parachever encore mieux la tromperie. Toutefois, pour ce coup, elle se contenta d'avouer la réponse
d'Adamas seulement avec une révérence basse, et puis
se retira entre les autres nymphes, n'attendant que la
commodité de se pouvoir dérober.

Enfin, l'heure étant venue du dîner, Amasis s'en
retourna au logis, où, trouvant les tables prêtes,
chacun, plein de contentement des bonnes nouvelles
reçues, dîna joyeusement, sinon la belle Silvie, qui
avait toujours devant les yeux l'idole[52] de son cher
Ligdamon, et en l'âme le ressouvenir qu'il était mort
pour elle. Ce fut ce sujet qui les entretint une partie du
dîner, car la nymphe voulait bien que l'on sût qu'elle
aimait la mémoire d'une personne vertueuse, et si
dédiée à elle, mais cela, d'autant qu'étant morte elle
ne pouvait plus l'importuner, ni se prévaloir de cette
bonne volonté.

Après le repas, que toutes ces nymphes étaient
attentives les unes à jouer, les autres à visiter la
maison, les unes au jardin et les autres à s'entretenir
de divers discours dans la chambre d'Amasis, Léonide, sans que l'on s'en aperçût, feignant de se vouloir
préparer pour partir, sortit hors de la chambre, et peu
après Lucinde, et s'étant trouvées au rendez-vous
qu'elles s'étaient donné, feignant d'aller se promener,
sortirent du château, ayant caché sous leurs mantes
chacune une partie des habits du berger. Et quand ils
furent au fond du bois, le berger se déshabilla, et
prenant l'habit accoutumé, remercia la nymphe du
bon secours qu'elle lui avait donné, et lui offrit en
échange sa vie et tout ce qui en dépendait.

Alors la nymphe, avec un grand soupir : « Eh bien,

dit-elle, Céladon, ne vous ai-je pas bien tenu la
promesse que je vous ai faite ? Ne croyez-vous pas être
obligé d'observer de même ce que vous m'avez promis ? — Je m'estimerais, répondit le berger, le plus
indigne qui ait jamais vécu, si j'y faillais. — Or,
Céladon, dit-elle alors, ressouvenez-vous donc de ce
que vous m'avez juré, car je suis résolue à cette heure
d'en tirer preuve. — Belle nymphe, répondit Céladon,
disposez de tout ce que je puis comme de ce que vous
pouvez, car vous ne serez point mieux obéie de vous-
même que de moi. — Ne m'avez-vous pas promis,
répliqua la nymphe, que je recherchasse votre vie
passée, et que ce que je trouverais que vous pourriez
faire pour moi, vous le feriez ? » Et, lui ayant répondu
qu'il était vrai : « Or bien, Céladon, continua-t-elle, j'ai
fait ce que vous m'avez dit. Et quoique l'on peigne
Amour aveugle, si* m'a-t-il laissé assez de lumière
pour connaître que véritablement vous devez continuer l'amour que vous avez si souvent promise éternelle à votre Astrée ; car les dégoûtements[53] d'amour
ne permettent que l'on soit ni parjure ni infidèle. Et
ainsi, quoique l'on vous ait mal traité, vous ne devez
pas faillir à ce que vous devez, car jamais l'erreur
d'autrui ne lave notre faute. Aimez donc la belle et
heureuse Astrée, avec autant d'affection et de sincérité
que vous l'aimâtes jamais, servez-la, adorez-la, et plus
encore s'il se peut, car amour veut l'extrémité en son
sacrifice. Mais aussi j'ai bien connu que les bons
offices que je vous ai rendus méritent quelque reconnaissance de vous, et sans doute*, parce qu'amour ne
peut se payer que par amour, vous seriez obligé de me
satisfaire en même monnaie, si l'impossibilité n'y
contredisait. Mais puisqu'il est vrai qu'un cœur n'est

capable que d'un vrai amour, il faut que je me paye de ce qui vous reste ; donc n'ayant plus d'amour à me donner comme à maîtresse, je vous demande votre amitié comme votre sœur, et que d'or'en là[54] vous m'aimiez, me chérissiez, et me traitiez comme telle. »

On ne saurait représenter le contentement de Céladon oyant ces paroles, car il avoua que celle-ci était une de ces choses qu'en sa misère il reconnaissait particulièrement pour quelque espèce de contentement ; c'est pourquoi, après avoir remercié la nymphe de l'amitié qu'elle lui portait, il lui jura de la tenir pour sa sœur, et n'user jamais en son endroit[55] que comme ce nom lui commandait. Là-dessus, pour n'être pas retrouvés, ils se séparèrent très contents et satisfaits l'un de l'autre. Léonide retourna au palais et le berger continua son voyage, fuyant les lieux où il croyait pouvoir rencontrer des bergers de sa connaissance. Et laissant Montverdun à main gauche, il passa au milieu d'une grande plaine, qui enfin le conduisit jusque sur une côte un peu relevée, et de laquelle il pouvait reconnaître et remarquer de l'œil la plupart des lieux où il avait accoutumé de mener paître ses troupeaux de l'autre côté de Lignon, où Astrée le venait trouver, et où ils passaient quelquefois la chaleur trop âpre du soleil. Bref, cette vue lui remit devant les yeux la plupart des contentements qu'il payait à cette heure si chèrement. Et en cette considération, s'étant assis au pied d'un arbre, il soupira tels vers :

RESSOUVENIRS

Ici mon beau soleil repose,
Quand l'autre, paresseux, s'endort,
Et puis le matin quand il sort,
Couronné d'œillet et de rose,
Pour chasser l'effroi de la nuit,
Deçà premièrement reluit
Le soleil que mon âme adore,
Apportant avec lui le jour
A ces campagnes qu'il honore,
Et qu'il va remplissant d'amour.

Sur les bords de cette rivière,
Il se fait voir diversement :
Quelquefois tout d'embrasement,
D'autres fois cachant sa lumière.
Il semble devenu jaloux,
Qu'il se veuille ravir de[56] *nous,*
Ainsi que, sous la nue sombre,
Le soleil cache sa beauté,
Sans que toutefois si peu d'ombre
Puisse bien couvrir sa clarté.

Mais que veut dire qu'il ne brûle,
Comme on voit que l'autre soleil
Sèche les herbes de son œil,
Durant l'ardente canicule ?
Pourquoi, dis-je, ne sèche aussi
Mon soleil les herbes d'ici ?
J'entends, amour, c'est que ma dame
N'élance ses rayons vainqueurs

Dessus ces corps qui n'ont point d'âme,
Et ne veut brûler que des cœurs.

Fontaine, qui des sycomores
Le beau nom t'en vas empruntant,
Tu m'as vu jadis si content,
Et pourquoi ne le suis-je encores [57] ?
Quelle erreur puis-je avoir commis [58]
Qui rend les dieux des ennemis ?
Sont-ils sujets comme nous sommes
D'être quelquefois envieux ?
Ou le change propre des hommes
Peut-il atteindre jusqu'aux dieux ?

Jadis sur tes bords, ma bergère
Disait, sa main dedans ma main :
« Dispose le sort inhumain
De notre vie passagère,
Jamais, Céladon, en effet *
Le serment ne sera défait,
Que dans cette main je te jure.
Et, vif et mort, je t'aimerai,
Ou, mourant, dans ma sépulture
Notre amitié j'enfermerai. »

Feuillage épais de ce bel arbre,
Qui couvres d'ombres tout l'entour,
Te ressouviens-tu point du jour
Qu'à ses lis mêlant le cinabre,
De honte elle allait, rougissant
Qu'un berger, près d'elle passant,
Parlant à moi l'appela belle,
Et l'heur et l'honneur de ces lieux ?
« Car je ne veux, me disait-elle,

Ressembler belle qu'à tes yeux. »

Rocher où souvent à cachette
Nous nous sommes entretenus,
Que peuvent être devenus
Tous ces amours que je regrette ?
Les dieux tant de fois invoqués
Souffriront-ils d'être moqués,
Et d'avoir la prière ardente
D'elle et de moi reçue en vain,
Puisqu'ores son âme changeante
Paye ses amours d'un dédain ?

« Veuille le Ciel, disait Astrée,
Que je meure avant que de voir[59]
Que mon père ait plus de pouvoir,
D'une haine opiniâtrée
En sa trop longue inimitié,
A nous séparer d'amitié,
Que notre amitié ferme et sainte
A nous rejoindre, et nous unir[60] *:*
Aussi bien de regret atteinte
Je mourrais la voyant finir. »

Et toi, vieux saule, dont l'écorce
Sans plus se défend des saisons,
Dis-moi, n'ai-je point de raisons
De me plaindre de ce divorce[61]*,*
Et de t'en adresser mes cris ?
Combien avons-nous nos écrits
Fiés dessous ta sûre garde,
Dans le creux du tronc mi-mangé ?
Mais ores que je te regarde,
Combien, saule, tout est changé[62] *!*

Ces pensers eussent plus longuement retenu Céladon en ce lieu, n'eût été la survenue du berger désolé, qui, plaignant* continuellement sa perte, s'en venait, soupirant ces vers :

SUR UNE TROP PROMPTE MORT

Vous qui voyez mes tristes pleurs,
Si vous saviez de quels malheurs
  J'ai l'âme atteinte,
Au lieu de condamner mon œil,
Vous adjousteriez[63] *votre deuil*
  Avec ma plainte.

Dessous l'horreur d'un noir tombeau,
Ce que la terre eut de plus beau
  Est mis en cendre.
O destin trop plein de rigueur !
Pourquoi mon corps comme mon cœur
  N'y peut descendre ?

Elle ne fut plus tôt çà-bas
Que les dieux par un prompt trépas
  Me l'ont ravie,
Si bien qu'il semblait seulement
Que pour entrer au monument
  Elle eût eu vie.

Pourquoi fallait-il tant d'amour,
Si, ressemblant la fleur d'un jour
  A peine née,
Le Ciel la montrait pour l'ôter,
Et pour nous faire regretter
  Sa destinée ?

> *Comme à son arbre étant serré*
> *Du tronc mort n'est point séparé*
> *L'heureux lierre,*
> *Pour le moins me fût-il permis,*
> *Vif, auprès d'elle d'être mis*
> *Dessous sa pierre.*

> *Content près d'elle je vivrais,*
> *Et, si là-dedans de la voix*
> *J'avais l'usage,*
> *Je bénirais d'un tel séjour*
> *La mort qui m'aurait de l'amour*
> *Laissé tel gage.*

Céladon qui ne voulait point être vu de personne qui le pût connaître, d'aussi loin qu'il vit ce berger, commença peu à peu de se retirer dans l'épaisseur de quelques arbres. Mais voyant que, sans s'arrêter à lui, il passait outre pour s'asseoir au même lieu d'où il venait de partir, il le suivit pas à pas et si à propos qu'il put ouïr une partie de ses plaintes. L'humeur de ce berger inconnu, sympathisant avec la sienne, le rendit curieux de savoir par lui des nouvelles de sa maîtresse, et même croyant ne pouvoir en savoir plus aisément par autre sans être reconnu.

Donc, s'approchant de lui : « Ainsi, lui dit-il, triste berger, Dieu te donne le contentement que tu regrettes, comme de bon cœur je l'en prie. Et ne pouvant davantage, tu dois recevoir cette prière de bonne part. Que si elle t'oblige à quelque ressentiment de courtoisie, dis-moi, je t'en supplie, si tu connais Astrée, Phillis et Lycidas, et si cela est, dis m'en ce que tu en sais. — Gentil * berger, répondit-il, tes paroles courtoises m'obligent à prier le Ciel, en échange de ce que tu me souhaites, qu'il ne te donne jamais occasion de regretter ce que je pleure, et de plus de te dire tout ce que je sais des personnes dont tu me parles, quoique la tristesse avec laquelle je vis me défende de me mêler d'autres affaires que des miennes.

Il peut y avoir un mois et demi que je vins en ce pays de Forez, non point comme plusieurs pour essayer la fontaine de la Vérité d'amour ; car je ne suis que trop assuré de mon mal, sans en avoir de nouvelles certitudes, mais suivant le commandement d'un dieu qui des rives herbeuses de la glorieuse Seine m'a envoyé ici avec assurance que j'y trouverais remède à mon déplaisir. Et depuis, la demeure de ces villages m'a semblé si agréable et selon mon humeur que j'ai résolu d'y demeurer aussi longtemps que le Ciel me le voudra permettre. Ce dessein a été cause que j'ai voulu savoir l'être et la qualité de la plupart des bergers et bergères de la contrée ; et parce que ceux dont vous me demandez des nouvelles sont les principaux de ce hameau, qui est delà l'eau vis-à-vis d'ici, où j'ai choisi ma demeure, je vous en saurai dire presque autant que vous en pourriez désirer. — Je ne veux, ajouta Céladon, en savoir autre chose sinon comme ils se portent. — Tous, dit-il, sont en bonne santé. Il est vrai que comme la vertu est toujours celle qui est la plus agitée, ils ont eu un coup de l'aveugle et muable fortune, qu'ils ressentent jusques en l'âme, qui est la perte de Céladon, un berger que je ne connais point et qui était frère de Lycidas, tant aimé et estimé de tous ceux de ce rivage que sa perte a été ressentie générale-ment de tous, mais beaucoup plus de ces trois per-sonnes que vous avez nommées. Car on tient, c'est-à-

dire ceux qui savent un peu des secrets de ce monde,
que ce berger était serviteur d'Astrée, et que ce qui les
a empêchés de se marier a été l'inimitié de leurs
parents. — Et comment dit-on, répliqua Céladon, que
ce berger se perdit ? — On le raconte, dit-il, de
plusieurs sortes : les uns en parlent selon leur opinion,
les autres selon les apparences, et d'autres selon le
rapport de quelques-uns, et ainsi la chose est contée
fort diversement. Quant à moi, j'arrivai sur ces rives le
même jour qu'il se perdit, et me souviens que je vis
chacun si épouvanté de cet accident qu'il n'y avait
personne qui sût m'en donner bon conte. Enfin, et
c'est l'opinion plus commune, parce que Phillis, et
Astrée, et Lycidas même le racontent ainsi, s'étant
endormi sur le bord de la rivière en songeant, il faut
qu'il soit tombé dedans, et de fait la belle Astrée en fit
de même, mais ses robes la sauvèrent. »

Céladon alors jugea que prudemment ils avaient
tous trois trouvé cette invention, pour ne donner
occasion à plusieurs de parler mal à propos sur ce
sujet, et en fut très aise, car il avait toujours beaucoup
craint que l'on soupçonnât quelque chose au désavantage d'Astrée. Et pour ce, continuant ses demandes :
« Mais, dit-il, que pensent-ils qu'il soit devenu ? —
Qu'il soit mort, répondit le berger désolé, et vous
assure bien qu'Astrée en porte, quoiqu'elle feigne, un
si grand déplaisir qu'il n'est pas croyable combien
chacun dit qu'elle est changée. Si est-ce que, si Diane
ne l'en empêche, elle est la plus belle de toutes celles
que je vis jamais hormis ma chère Cléon, mais ces
trois-là peuvent aller de pair. — Quelque autre, ajouta
Céladon, en dira de même de sa maîtresse, car l'amour
a cela de propre, non pas de boucher les yeux comme

quelques-uns croient, mais de changer les yeux de
ceux qui aiment en l'amour même, et d'autant qu'il
n'y eut jamais laides amours, jamais un amant ne
trouva sa maîtresse laide. — Cela, répondit le berger,
serait bon si j'aimais Astrée et Diane, mais n'en étant
plus capable, j'en suis juge sans reproche. Et vous qui
doutez de la beauté de ces trois bergères, êtes-vous
étranger, ou bien si la haine vous fait commettre
l'erreur contraire à celui que vous dites procéder de
l'amour ? — Je ne suis nul des deux, dit Céladon, mais
oui bien le plus misérable et plus affligé berger de
l'univers. — Cela, dit Tircis, ne vous avouerai-je
jamais, si vous ne m'ôtez de ce nombre. Car si votre
mal procède d'autre cause que d'amour, vos plaies ne
sont pas si douloureuses que les miennes, d'autant que
le cœur étant la partie la plus sensible que nous ayons,
nous en ressentons aussi plus vivement les offenses.
Que si votre mal procède d'amour, encor faut-il qu'il
cède au mien, puisque de tous les maux d'amour il
n'en y a point de tel que celui qui nie l'espérance,
ayant ouï dire de longtemps que là où l'espoir peut
seulement lécher notre plaie, elle n'est aussitôt plus
endolue[64]. Or cet espoir peut se mêler en tous les
accidents d'amour ; soit dédain, soit courroux, soit
haine, soit jalousie, soit absence, sinon où la mort a
pris place ; car cette pâle déesse, avec sa fatale main,
coupe d'un même tranchant l'espoir, dont le filet de la
vie est coupé. Or moi, plus misérable que les plus
misérables, je vais plaignant un mal sans remède et
sans espoir. »

Céladon alors lui répondit avec un grand soupir :
« O berger, combien êtes-vous abusé en votre opinion !
je vous avoue bien que les plus grands maux sont ceux

d'amour : de cela j'en suis trop fidèle témoin ; mais de dire que ceux qui sont sans espoir soient les plus douloureux, tant s'en faut que même ne méritent-ils point d'être ressentis, car c'est acte de folie de pleurer une chose à quoi l'on ne peut remédier. — Et amour, qu'est-ce, répondit-il, sinon une pure folie ? — Je ne veux pas, répliqua Céladon, entrer maintenant en ce discours, d'autant que je veux parachever le premier et cettui-ci seul mériterait trop de temps. Mais dites-moi, plaignez-vous cette mort pour amour ou non ? — C'est, répondit-il, pour amour. — Or, qu'est-ce qu'a-mour, dit Céladon, sinon, comme j'ai ouï dire à Silvandre et aux plus savants de nos bergers, qu'un désir de la beauté que nous trouvons telle ? — Il est vrai, dit l'étranger. — Mais, répliqua Céladon, est-ce chose d'homme raisonnable de désirer une chose qui ne se peut avoir ? — Non certes, dit-il. — Or voyez donc, dit Céladon, comme la mort de Cléon doit être le remède de vos maux, car puisque vous m'avouez que le désir ne doit être où l'espérance ne peut atteindre, et que l'amour n'est autre chose que désir, la mort qui, à ce que vous dites, vous ôte toute espérance, vous doit par conséquent ôter tout le désir, et, le désir mourant, il traîne l'amour dans un même cercueil, et n'ayant plus d'amour, puisque le mal que vous plaignez en vient, je ne sais comment vous le puissiez ressentir. »

Le berger désolé lui répondit : « Soit amour, ou haine, tant y a qu'il est plus véritable que je ne saurais dire que mon mal est sur tous[65] extrême. » Et, parce que Céladon lui voulait répliquer, lui, qui ne pouvait souffrir d'être contredit en cette opinion, lui semblant que d'endurer les raisons contraires, c'était offenser les cendres de Cléon, lui dit : « Berger, ce qui est sous les sens est plus certain que ce qui est en l'opinion, c'est pourquoi toutes ces raisons que vous alléguez doivent céder à ce que j'en ressens. »

Et sur cela il le commanda[66] à Pan, et prit un autre chemin, et Céladon de même, contre-mont la rivière. Et d'autant que la solitude a cela de propre de représenter plus vivement la joie ou la tristesse, se trouvant seul, il commença à être traité de sorte par le temps, sa fortune et l'amour, qu'il n'y avait cause de tourment en lui qui ne lui fût mise devant les yeux. Il était exempt de la seule jalousie ; aussi, avec tant d'ennuis, si ce monstre le fût venu attaquer, je ne sais quelles armes eussent été assez bonnes pour le sauver.

En ces tristes pensers, continuant ses pas, il trouva le pont de la Bouteresse[67], sur lequel étant passé il rebroussa contre-bas la rivière, ne sachant à quel dessein il prenait par là son chemin, car en toute sorte il voulait obéir au commandement d'Astrée, qui lui avait défendu de ne se faire voir à elle qu'elle ne le lui commandât. Enfin étant parvenu assez près de Bonlieu, demeure des chastes Vestales[68], il fut comme surpris de honte d'avoir tant approché sans y penser celle que sa résolution lui commandait d'éloigner*. Et voulant s'en retourner, il s'enfonça dans un bois si épais et marécageux en quelques endroits, qu'à peine en put-il sortir ; cela le contraignit de s'approcher davantage de la rivière, car le gravier menu lui était moins ennuyeux que la boue.

De fortune*, étant déjà assez las du long chemin, il allait cherchant un lieu où il se pût reposer, attendant que la nuit lui permît de se retirer sans être rencontré de personne, faisant dessein d'aller si loin que jamais on n'entendît de ses nouvelles. Il jeta l'œil sur une

caverne qui du côté de l'entrée était lavée de la rivière,
et de l'autre était à demi couverte d'arbres et de
buissons, qui par leur épaisseur en ôtaient la vue à
ceux qui passaient le long du chemin. Et lui-même n'y
eût pris garde, n'eût été qu'étant contraint de passer le
long de la rive, il se trouva tout contre l'entrée, où de
fortune * s'étant avancé, et lui semblant qu'il serait
bien caché jusques à la nuit, le lieu lui plut de sorte
qu'il résolut d'y passer le reste de ses jours tristes et
désastrés, faisant dessein de ne point sortir de tout le
jour du fond de cette grotte. En cette délibération il
commença de l'agencer au mieux qu'il lui fut possible,
ôtant quelques cailloux que la rivière, étant grande [69],
y avait porté. Aussi n'était-ce autre chose qu'un rocher
que l'eau, étant grosse, avait cavé peu à peu et assez
facilement, parce que, l'ayant au commencement
trouvé graveleux et tendre, il fut aisément miné, en
sorte que les divers tours que l'onde contrainte avait
faits l'avaient arrondi comme s'il eût été fait exprès ;
depuis, venant à se baisser, elle était rentrée en son lit
qui n'était qu'à trois ou quatre pas de là.

Le lieu pouvait avoir six ou sept pas de longueur, et,
parce qu'elle était ronde, elle en avait autant de
largeur ; elle était un peu plus haute qu'un homme,
toutefois en quelques lieux il y avait des pointes du
rocher, que le berger à coups de cailloux peu à peu alla
rompant. Et parce que de fortune * au plus profond il
s'était trouvé plus dur, l'eau ne l'avait cavé qu'en
quelques endroits, qui donna moyen à Céladon avec
peu de peine, rompant quelques coins plus avancés, de
se faire la place d'un lit enfoncé dans le plus dur du
rocher, que puis il couvrit de mousse, qui lui fut une
grande commodité, parce que soudain qu'il pleuvait,

à bon escient, le dessus de sa caverne, qui était d'un rocher fort tendre, était incontinent percé de l'eau, si bien qu'il n'y avait point d'autre lieu sec que ce lit délicieux.

Etant en peu d'heures accommodé de cette sorte, il laissa sa jupe et sa panetière, et les autres habits qui l'empêchaient le plus, et les liant ensemble, les mit sur le lit avec sa cornemuse, que toujours il portait en façon d'écharpe. Mais par hasard, en se dépouillant, il tomba un papier en terre qu'il reconnut bientôt pour être de la belle Astrée. Ce ressouvenir, n'étant empêché de rien qui le pût distraire ailleurs (car rien ne se présentait à ses yeux que le cours de la rivière), eut tant de pouvoir sur lui qu'il n'y eut ennui souffert depuis son bannissement qui ne lui revint en la mémoire. Enfin, se réveillant de ce penser comme d'un profond sommeil, il vient à la porte de la caverne, où, dépliant le cher papier qu'il tenait en ses mains, après cent ardents et amoureux baisers, il dit : « Ah ! cher papier, autrefois cause de mon contentement, et maintenant occasion de rengréger* mes douleurs, comme est-il possible que vous conserviez en vous les propos de celle qui vous a écrit, sans les avoir changés ? puisque la volonté où elle était alors est tellement changée qu'elle ni moi ne sommes plus ceux que nous soulions* être ? O quelle faute ! une chose sans esprit est constante, et le plus beau des esprits ne l'est pas ! »

A ce mot, l'ayant ouverte, la première chose qui se présenta fut le chiffre d'Astrée joint avec le sien. Cela lui remit la mémoire de ses bonheurs passés si vive en l'esprit que le regret de s'en voir déchu le réduisit presque au terme du désespoir. « Ah ! chiffres, dit-il, témoins trop certains du malheur où pour avoir été trop heureux je me trouve maintenant, comment ne vous êtes-vous séparés pour suivre la volonté de ma belle bergère ? Car si autrefois elle vous a unis, ç'a été en une saison où nos esprits l'étaient encore davantage. Mais à cette heure que le désastre nous a si cruellement séparés, comment, ô chiffres bienheureux, demeurez-vous encore ensemble ? C'est, comme je crois, pour faire paraître que le Ciel peut pleuvoir sur moi toutes ses plus désastreuses influences, mais non pas faire jamais que ma volonté soit différente de celle d'Astrée. Maintenez donc, ô fidèles chiffres, ce symbole de mes intentions, afin qu'après ma dernière heure que je souhaite aussi prompte que le premier moment que je respirai, vous fassiez paraître à tous ceux qui vous verront de quelle qualité était l'amitié du plus infortuné berger qui ait jamais aimé. Et peut-être adviendra-t-il, si pour le moins les dieux n'ont perdu souvenir de moi, qu'après ma mort pour ma satisfaction, cette belle vous pourrait retrouver, et que, vous considérant, elle connaîtra qu'elle eut autant de tort de m'éloigner d'elle, qu'elle avait eu de raison de vous lier ensemble. »

A ce mot il s'assit sur une grosse pierre, qu'il avait traînée de la rivière à l'entrée de sa grotte, et là, après avoir essuyé ses larmes, il lut la lettre, qui était telle :

LETTRE D'ASTRÉE A CÉLADON

Dieu permette, Céladon, que l'assurance que vous me faites de votre amitié me puisse être aussi longuement continuée comme d'affection je vous en supplie, et de croire que je vous tiens plus cher que si vous m'étiez frère, et qu'au tombeau même je serai vôtre.

Ce peu de mots d'Astrée furent cause de beaucoup de maux à Céladon, car après les avoir maintes fois relus, tant s'en faut qu'il y trouvât quelque allègement qu'au contraire ce n'était que davantage envenimer sa plaie, d'autant qu'ils lui remettaient en mémoire toutes les faveurs que cette bergère lui avait faites, qui se faisaient regretter avec tant de déplaisirs, que sans la nuit qui survint, à peine eût-il donné trêve à ses yeux qui pleuraient ce que la langue plaignait et le cœur souffrait. Mais l'obscurité, le faisant rentrer dans sa caverne, interrompit pour quelque temps ses tristes pensers, et permit à ce corps travaillé de ses ennuis et de la longueur du chemin, de prendre par le dormir pour le moins quelque repos.

Déjà par deux fois le jour avait fait place à la nuit avant que ce berger se ressouvînt de manger, car ses tristes pensers l'occupaient de sorte, et la mélancolie lui remplissait si bien l'estomac qu'il n'avait point d'appétit d'autre viande*, que de celle que le ressouvenir de ses ennuis lui pouvait préparer, détrempée avec tant de larmes que ses yeux semblaient deux sources de fontaine. Et n'eût été la crainte d'offenser les dieux en se laissant mourir, et plus encore celle de perdre par sa mort la belle idée qu'il avait d'Astrée en son cœur, sans doute il eût été très aise de finir ainsi le triste cours de sa vie. Mais s'y voyant contraint, il visita sa panetière que Léonide lui avait fort bien garnie, la provision de laquelle lui dura plusieurs jours, car il mangeait le moins qu'il pouvait. Enfin il fut contraint de recourre* aux herbes et aux racines plus tendres, et par bon rencontre[70] il se trouva qu'assez près de là il y avait une fontaine, fort abondante en cresson, qui fut son vivre plus assuré et plus délicieux, car sachant où trouver assurément de quoi vivre, il n'employait le temps qu'à ses tristes pensers ; aussi lui faisaient-ils si fidèle compagnie que, comme ils ne pouvaient être sans lui, aussi n'était-il jamais sans eux.

Tant que durait le jour, s'il ne voyait personne autour de sa petite demeure, il se promenait le long du gravier, et là bien souvent sur les tendres écorces des jeunes arbres, il gravait le triste sujet de ses ennuis, quelquefois son chiffre et celui d'Astrée. Que s'il lui advenait de les entrelacer ensemble, soudain il les effaçait, et disait : « Tu te trompes, Céladon, ce n'est plus la saison où ces chiffres te furent permis. Autant que tu es constant, autant à ton désavantage toute chose est changée. Efface, efface, misérable, ce trop heureux témoin de ton bonheur passé. Et si tu veux mettre avec ton chiffre ce qui lui est plus convenable, mets-y des larmes, des peines, et des morts. »

Avec semblables propos, Céladon se reprenait[71], si quelquefois il s'oubliait en ces pensers. Mais quand la nuit venait, c'est lors que tous ses déplaisirs plus vivement lui touchaient en la mémoire, car l'obscurité a cela de propre qu'elle rend l'imagination plus forte ; aussi ne se retirait-il jamais qu'il ne fût bien nuit. Que si la lune éclairait, il passait les nuits sous quelques arbres, où, bien souvent, assoupi du sommeil sans y penser, il s'y trouvait le matin. Ainsi allait traînant sa vie ce triste berger qui, en peu de temps, se rendit si pâle et si défait qu'à peine l'eût-on pu reconnaître. Et lui-même quelquefois, allant boire à la proche fontaine, s'étonnait, quand il voyait sa figure dans l'eau, comme, étant réduit en tel état, il pouvait vivre. La barbe ne le rendait point affreux, car il n'en avait point encore, mais les cheveux qui lui étaient fort crûs, la maigreur qui lui avait changé le tour du visage, et allongé le nez, et la tristesse qui avait chassé de ses yeux ces vifs éclairs qui autrefois les rendaient si gracieux, l'avaient fait devenir tout autre qu'il ne soulait * être. Ah ! si Astrée l'eût vu en tel état, que de joie et de contentement lui eût donné la peine de son fidèle berger, connaissant, par un si assuré témoignage, combien elle était vraiment aimée du plus fidèle et du plus parfait berger de Lignon.

FIN

DE LA PREMIÈRE PARTIE

D'ASTRÉE.

SECONDE PARTIE

Livres I à IV de la Seconde Partie

« La lune était déjà pour la deuxième fois sur le milieu de son cours, depuis que Céladon, échappé des mains de Galathée et n'osant se présenter devant les yeux de la bergère Astrée, pour obéir au commandement qu'elle lui en avait fait, s'était renfermé dans sa caverne. Et quoique trois mois fussent déjà presque écoulés depuis le jour de sa perte, si est-ce que le déplaisir que sa bergère en ressentait était encore (...) vif en son âme... » Léonide, Paris et Silvandre rencontrent Célidée, accompagnée de Thamire et de Calidon, neveu et fils adoptif de Thamire. L'oncle et le neveu aiment tous deux Célidée, et Léonide est chargée de trancher leur différend. Au grand désespoir de Calidon, la nymphe rend un jugement favorable à Thamire (livres I et II). On assiste peu après à la leçon de philosophie qu'Adamas donne à Silvandre : « toute beauté procède de cette souveraine bonté que nous appelons Dieu », et « c'est un rayon qui s'élance de lui sur toutes les choses créées » (livre II).

Le matin suivant, Céladon découvre dans les bois Silvandre endormi, auprès de qui il laisse une lettre adressée « à la plus aimée et plus belle bergère de l'univers ». Cette lettre atteint Astrée, qui y reconnaît l'écriture de Céladon, mais ne parvient toujours pas à croire qu'il soit encore en vie. La rencontre d'Hylas et des bergers va fournir l'occasion, dans les livres III et IV, de deux épisodes consacrés aux multiples aventures amoureuses d'Hylas. Il y raconte notamment sa liaison avec Florice, que ses parents entendent, contre son gré, marier à Téombre. Bien qu'il ait été sincèrement amoureux d'elle, Hylas a refusé de l'épouser. Elle lui donne, le jour de ses noces, une bague sertie d'un diamant et, le soir, « à l'heure même, comme je crois, précise Hylas, où Téombre l'avait entre ses bras », la bague déchire sa poitrine, ensanglante ses vêtements, et le marque à jamais à l'endroit du cœur. Florice devient néanmoins peu après sa maîtresse, mais, se croyant bien à tort trahie, elle abandonne Hylas qui, à son tour, « ne pouvant demeurer inutile », cède aux charmes de Criséide.

LE CINQUIÈME LIVRE
DE LA SECONDE PARTIE
D'ASTRÉE

Astrée eût bien pris plaisir au discours de Hylas, si c'eût été en une autre saison ; mais le désir extrême qu'elle avait d'être au lieu où Silvandre avait trouvé la lettre de Céladon lui faisait souffrir avec impatience tout ce qui l'en détournait. Cela fut cause qu'à la première occasion qui se présenta, elle fit signe à Phillis qu'il était temps de s'en aller, et que le séjour lui était ennuyeux ; et voyant que sa compagne ne l'entendait pas, lorsqu'elle vit que Hylas s'arrêtait pour songer un peu à ce qu'il avait à dire de Criséide, et montrait d'en vouloir continuer le discours, elle le prévint, avec telles paroles : « Je n'eusse jamais pensé que la beauté de Phillis eût eu tant de puissance sur le plus libre esprit qui fût jamais que de le retenir en un discours plus d'une heure. Et puisque la rigueur de cette bergère n'a point de considération de la contrainte en quoi elle le retient, faisons-nous paraître plus discrètes, et leur rompant compagnie, donnons-lui occasion de cesser. Aussi bien la grande chaleur qui nous a retenues en ce lieu est déjà abattue, et le promenoir d'or' en là[1] sera plus agréable que le discours. »

Et à ce mot elle se leva, et le reste de la compagnie la suivit, et même Hylas, prenant Phillis sous les bras : « Je suis bien aise, dit-il, ma maîtresse, que les plus insensibles ressentent une partie de la peine que vous me donnez, et reconnaissent l'amour que je vous porte. » Il disait ces paroles pour Astrée, qu'il tenait pour personne qui n'eût jamais rien aimé. Et voilà comme notre jugement est déçu* bien souvent par l'apparence ! Et Phillis le voulant laisser en cette opinion : « Ceux qui aiment bien, dit-elle, n'essayent pas de rendre preuve de leur affection par le rapport des personnes qui ne savent pas aimer, mais par leurs propres services. Et quant à la patience que vous avez eue de parler si longuement, n'en êtes-vous pas sur-payé par celle que j'ai eue de vous écouter ? — C'est, dit Hylas, une chose insupportable que l'arrogance et l'ingratitude des bergères de cette contrée ! »

Et parce que Phillis voulut suivre ses compagnes, il la prit sous les bras, et continuant : « Afin de ne m'être point obligée, vous ne voulez pas seulement nier ma patience, mais voulez encore que je vous sois redevable de ce que vous m'avez écouté. Quelle loi est celle-là ? — C'est celle que le seigneur, dit-elle, impose à son esclave... — Mais plutôt, dit-il, le tyran à son peuple. — Et comment, répliqua Phillis, me tenez-vous pour un tyran ? Il y a pour le moins cette différence que je n'use point de force ni de violence sur vous. — Pouvez-vous, répondit Hylas, dire ces paroles sans rougir ? Et pouvez-vous penser que, si ce n'était par force, Hylas demeurât si longtemps en votre puissance ? — Et où sont mes liens, dit-elle ; où sont mes fers et mes prisons ? — Ah ! ignorante ou trop dissimulée bergère, vos chaînes sont tellement indissolubles que moi qui suis, s'il faut dire ainsi, la même franchise et liberté, n'ai pas seulement le vouloir de m'en délivrer. Or jugez si vos nœuds étreignent bien fort, puisque Hylas en est si fort attaché, Hylas, dis-je, que cent beautés et unies et séparées n'ont jamais pu arrêter. »

Cependant, Paris ayant repris Diane sous les bras, Silvandre pour sa discrétion demeura sans parti quelque temps ; car il voulut bien forcer son affection, et céder sa place à Paris, pour rendre ce devoir à sa bergère, qui, le remarquant, lui en sut gré, d'autant que toutes ces honnêtes bergères étaient bien aises de rendre toute sorte de devoirs au gentil Paris, qui, à leur considération, quittait la grandeur où sa condition l'avait élevé. Et, de fortune*, Madonte étant seule, parce que Tersandre s'était amusé avec Laonice, Silvandre la prit sous les bras, et, s'avançant devant la troupe, résolut de continuer le voyage avec elle. Et quoique ce berger s'y fût au commencement adressé pour ne savoir où trouver mieux, si est-ce qu'après il en fut fort satisfait ; car cette bergère était belle et discrète, et avait des traits de visage, et des façons qui ressemblaient fort à celles de Diane, non pas qu'elle fût si belle, ni qu'étant ensemble, cette conformité se pût bien remarquer, mais, étant séparées, elles avaient quelque chose l'une de l'autre.

Or Silvandre marchait de cette sorte, et, ne pouvant être auprès de Diane, était bien aise de voir en Madonte quelque chose qui en eût des marques, mais plus encore, lorsque, entrant en discours, il remarqua quelques accents et quelques réponses qui la lui représentaient encore plus vivement. Cela fut cause que depuis ce jour il se plut davantage en sa compa-

gnie, mais il paya peu de temps après bien chèrement
ce plaisir[2]. Tircis entretenait Astrée ; Paris, Diane ;
Hylas, Phillis : de sorte que Tersandre fut contraint,
voyant sa place prise par Silvandre, de s'arrêter avec
Laonice. Elle, qui avait toujours l'œil sur Phillis et sur
Silvandre, remarqua assez aisément que le berger ne
se déplaisait point avec Madonte ; et afin d'en savoir
davantage, elle pria Tersandre de s'approcher d'eux,
ce que la jalousie qu'il en concevait déjà lui fit faire
aisément, mais ils ne purent ouïr que des propos assez
communs.

Ils ne marchèrent pas un demi-quart d'heure le long
de quelques prés que Silvandre leur montra du doigt
le bois où il les voulait conduire, et, peu après, ayant
passé quelques haies, ils entrèrent dans un taillis
épais ; et parce que le sentier était fort étroit, ils furent
contraints de se mettre à la file, et continuèrent de
cette sorte plus d'un trait d'arc. Enfin Silvandre, qui
comme conducteur marchait le premier, fut tout
étonné qu'il rencontra des arbres pliés les uns sur les
autres en façon de tonne[3], qui lui coupaient le chemin.
Toute la troupe, passant à travers les petits arbres,
s'approcha pour savoir ce qui l'arrêtait, et voyant
qu'il n'y avait plus de chemin : « Eh quoi, Silvandre
(dit Phillis), est-ce ainsi que vous conduisez celles qui
vous prennent pour guide ? — J'avoue, dit le berger,
que j'ai laissé le chemin par où j'ai passé ce matin,
mais c'est qu'il m'a semblé que cettui-ci était le plus
court et le plus beau. — Il n'est point mauvais, ajouta
Hylas, si vous nous voulez conduire à la chasse, car je
crois bien que voici le plus fort du bois. »

Silvandre, qui était fâché d'avoir perdu le chemin,
fit tout le tour de cette tonne avec quelque peu de

difficulté ; et étant parvenu à l'autre côté, fut plus
étonné qu'auparavant, parce que ces arbres, qui
étaient ainsi pliés les uns sur les autres, faisaient une
forme ronde qui semblait un temple, et qui toutefois
n'était que l'entrée d'un autre plus spacieux, dans
lequel on entrait par celui-ci. A l'entrée il y avait
quelques vers que Silvandre s'amusa à lire, dont toute
la troupe qui l'attendait, se sentant ennuyée*, l'appela plusieurs fois. Lui, tout étonné, après leur avoir
répondu, s'en retourna vers eux, sans entrer dans le
temple, afin de les y conduire, et tendant la main à
Diane : « Ma maîtresse, lui dit-il, ne plaignez point la
peine que vous avez prise de venir jusques ici ; car,
encore que vous vous soyez un peu détournée, toutefois vous verrez une merveille de ces bois. » Et lors, la
prenant d'une main et de l'autre pliant les branches
des arbres le plus qu'il pouvait pour lui faire passage,
il la conduisit au-devant de l'entrée. Les autres bergers et bergères suivirent à la file, désireux de voir
cette rareté dont Silvandre avait parlé.

Au-devant de l'entrée, il y avait un petit pré de la
largeur de trente pas ou environ, qui était tout
environné de bois de trois côtés, de sorte qu'il ne
pouvait être aperçu que l'on n'y fût. Une belle fontaine
qui prenait sa source tout contre la porte du temple ou
plutôt cabinet serpentait par l'un des côtés, et
l'abreuvait si bien que l'herbe fraîche, et épaisse,
rendait ce lieu très agréable. De tout temps ce bocage
avait été sacré au grand Hésus, Teutatès et Tharamis[4]. Aussi n'y avait-il berger qui eût la hardiesse de
conduire son troupeau ni dans le bocage ni dans le
préau[5] ; et cela était cause que personne n'y fréquentait guère, de peur d'interrompre la solitude et le sacré

silence des Nymphes, Pans et Egipans. L'herbe, qui
n'était point foulée, le bois, qui n'avait jamais senti le
fer, et qui n'était froissé ni rompu par nulle sorte de
bétail, et la fontaine, que le pied ni la langue altérée de
nul troupeau n'eût osé toucher, et ce petit taillis
agencé en façon de tonne, ou plutôt de temple,
faisaient bien paraître que ce lieu était dédié à
quelque divinité. Cela fut cause que tous ces bergers,
s'approchant avec respect de l'entrée, avant que de
passer outre, y lurent des vers qui, écrits sur une table
de bois, étaient attachés au milieu d'un feston, qui
faisait le tour de la voûte de la porte. Les vers étaient
tels :

> *Loin, bien loin, profanes esprits :*
> *Qui n'est d'un saint amour épris*
> *En ce lieu saint ne fasse entrée.*
> *Voici le bois où, chaque jour,*
> *Un cœur qui ne vit que d'amour*
> *Adore la déesse Astrée.*

Ces bergers et bergères demeurèrent étonnés de voir
cette inscription, et se regardaient les uns les autres,
comme se voulant demander si quelqu'un de la troupe
ne savait point ce que c'était, et s'il n'avait point vu
ceci autrefois. Diane enfin s'adressant à Silvandre :
« Est-ce ici, berger, lui dit-elle, où vous nous voulez
conduire ? — Nullement, répondit le berger, et je ne
vis de ma vie ce que je vois. — Il est aisé à connaître,
ajouta Paris, que ces arbres ont été pliés comme nous
le voyons depuis peu de temps, car les liures[6] en sont
encore toutes fraîches. Si faut-il que nous sachions ce
que c'est ; mais de peur d'offenser la déité à qui ce
bocage est consacré, n'y entrons point qu'avec respect,

et après nous être rendus plus nets[7] que nous ne sommes. »

Chacun s'y accorda, sinon Hylas, qui répondit que, quant à lui, il n'y avait que faire, et, encore qu'il pensât de bien aimer, que toutefois Silvandre lui avait tant dit le contraire qu'il ne savait qu'en croire. « Et puis, disait-il, qu'il est défendu d'y entrer à ceux qui ne sont point épris d'un saint amour, je sais bien que je suis épris d'amour, mais qu'il soit saint ou non, certes je n'en sais rien. — Comment, dit Phillis en souriant, faute d'amour, ô mon serviteur, fera-t-il que vous nous faussiez compagnie ? — Quant à moi, répondit-il, j'en ai bien très grande quantité à ma façon, mais que sais-je si elle est comme l'entend celui qui a écrit ces vers ? J'ai toujours ouï dire qu'il ne se faut point jouer avec les dieux. — Or regarde, Hylas, ajouta Silvandre, quelle honte tu reçois de ton imparfaite amitié en cette bonne compagnie. — Vraiment, répondit Hylas, tu as raison ; tant s'en faut, si tu prenais mon action comme elle doit être prise, tu m'en louerais. Car ne voulant point contrevenir au commandement de la divinité qui s'adore en ce bocage, je fais paraître que je lui porte un grand respect, et que je la révère comme je dois, au lieu que toi, méprisant son ordonnance, t'en vas plein d'outrecuidance profaner ce saint lieu, sachant bien en ton âme, quoique tu veuilles feindre, que tu n'as pas ce saint amour qui est requis. »

Silvandre alors le laissant : « Je te répondrai, lui dit-il, bientôt. » Et lors, avec toute la troupe, après avoir puisé de l'eau en sa main, et s'être lavé, ils laissent tous leurs souliers et, les pieds nus, entrent sous la tonne. Et lors, Silvandre se tournant vers

Hylas : « Ecoute, Hylas, lui dit-il, écoute mes paroles, et en sois témoin. » Et puis, relisant les vers qui étaient à l'entrée, il dit, ayant les yeux contre le ciel, et les genoux en terre : « O grande déité ! qui es adorée en ce lieu, voici j'entre en ton saint bocage, très assuré que je ne contreviens point à ta volonté, sachant que mon amour est si saint et si pur que tu auras agréable de recevoir les vœux et supplications d'une âme qui aime si bien que la mienne. Et si la protestation que je fais n'est véritable, punis, ô grande déité, mon parjure et mon outrecuidance. »

A ce mot, les mains jointes et la tête nue, il entra dans la tonne, et tous les autres après, hormis Hylas. Le lieu était spacieux, de quinze ou seize pas en rond, et au milieu y avait un grand chêne, sur lequel s'appuyait la voûte que faisaient les petits arbres, et même ses branches tirées contre-bas en couvraient une partie. Au pied de cet arbre étaient relevés quelques gazons en forme d'autel, sur lequel y avait un tableau où deux amours étaient peints, qui essayaient de s'ôter l'un à l'autre une branche de myrte, et une de palme, entortillées ensemble. Soudain que cette dévote troupe fut entrée, chacun se jeta à genoux ; et après avoir adoré en particulier la déité de ce lieu, Paris, s'approchant de l'autel, et faisant l'office de druide, ayant cueilli quelques feuilles de chêne : « Reçois, dit-il, ô grande déité, qui que tu sois, adorée en ce lieu, l'humble reconnaissance de cette dévote troupe, avec une aussi bonne volonté qu'avec humilité et dévotion je t'offre au nom de tous ces feuilles de l'arbre le plus aimé du ciel, et sous le tronc duquel il te plaît que l'on t'honore. » Il dit, et, offrant ces feuilles, les mit avec un genou en terre sur l'autel.

Alors chacun se releva, et, s'approchant de ces gazons pour voir le tableau qui était dessus, ils aperçurent deux amours, comme j'ai dit, qui, tenant à deux mains les branches de palme et de myrte entortillées, s'efforçaient de se les ôter l'un à l'autre.

La peinture était fort bien faite ; car encore que ces petits enfants fussent gras et potelés, si ne laissait-on de voir les muscles et les nerfs, qui à cause de l'effort paraissaient élevés, non toutefois en sorte que l'on ne reconnut bien que l'embonpoint empêchait qu'ils ne parussent davantage. Ils avaient tous deux la jambe droite avancée et les pieds qui se touchaient presque l'un l'autre. Les bras étaient fort en avant, et, au contraire, les corps en arrière, comme s'ils avaient appris que plus un poids est éloigné, et plus il a de pesanteur, car chacun d'eux pour donner plus de peine à son compagnon se tient de cette sorte, afin que le poids même de leurs petits corps favorisât d'autant la force de leurs bras. Ils avaient les visages beaux, mais presque comme bouffis, à cause du sang qui leur montait au front, pour l'effort qu'ils faisaient, ce que les veines grossies auprès des tempes, et au milieu du front, témoignaient assez. Et le peintre avait été si soigneux, et y avait travaillé avec tant d'industrie qu'encore qu'il les représentât en une action qui faisait paraître que chacun voulait vaincre, si est-ce qu'à leur visage on connaissait bien qu'il n'y avait point d'inimitié entre eux, ayant mêlé parmi leur combat je ne sais quoi de doux et de riant aux yeux et en la bouche de tous les deux. Leurs flambeaux étaient un peu à côté où ils les avaient laissé choir ; et, de fortune*, étant tombés l'un près de l'autre, les endroits qui étaient allumés s'étaient rencontrés

ensemble, de sorte qu'encore que le reste des flambeaux fût séparé, les flammes toutefois des deux
s'unissant ensemble n'en faisaient qu'une, et par ce
moyen ils éclairaient ensemble et avec d'autant plus
d'ardeur et de clarté que l'une ajoutait à l'autre tout
ce qu'elle en avait, avec ce mot[8], NOS VOLONTÉS DE
MÊME NE SONT QU'UNE.

Leurs arcs étaient, je ne sais comment, si bien
entrelacés l'un dans l'autre qu'ils ne pouvaient tirer
que tous deux ensemble ; et les carquois qu'ils avaient
sur les épaules étaient bien pleins de flèches, mais à la
couleur des plumes on connaissait bien que celles qui
étaient en l'un appartenaient à l'autre, parce que dans
le carquois doré, les flèches étaient à plumes argentées
et dans l'argenté les dorées.

Cette troupe eût demeuré longtemps sans entendre
cette peinture, si le berger Silvandre, par la prière de
Paris, ne la leur eût déclarée. « Ces deux amours (dit-
il), gentille troupe, signifient l'Amant et l'Aimé. Cette
palme et ce myrte entortillés signifient la victoire
d'amour, d'autant que la palme est la marque de la
victoire et le myrte de l'amour. Donc l'Amant et
l'Aimé s'efforcent à qui sera victorieux, c'est-à-dire à
qui sera plus amant. Ces flambeaux dont les flammes
sont assemblées et qui pour ce sujet sont plus grandes
montrent que l'amour réciproque augmente l'affection. Ces arcs, entrelacés et liés de sorte ensemble que
l'on ne peut tirer l'un sans l'autre, nous enseignent
que toutes choses sont tellement communes entre les
amis que la puissance de l'un est celle de l'autre, voire
que l'on ne peut rien faire sans que son compagnon y
contribue autant du sien : ce que le changement des
flèches nous apprend encore mieux. On peut encore

connaître par cette assemblée d'arcs et de flammes, et par cet échange de flèches, l'union des deux volontés en une et, comme disent les plus savants, que l'Amant et l'Aimé ne sont qu'un. De sorte, à ce que je puis voir, ce tableau ne vous veut représenter que les efforts de deux amants pour emporter la victoire l'un sur l'autre, non pas d'être le mieux aimé, mais le plus rempli d'amour, nous faisant entendre que la perfection de l'amour n'est pas d'être aimé, mais d'être amant. Que si cela est, ma belle maîtresse, dit-il, se tournant vers Diane, voyez combien vous m'en devez de reste. — J'avoue librement, dit-elle, que de cette sorte j'aime mieux être en vos dettes que si vous étiez aux miennes. »

Hylas était à l'entrée et n'osait passer outre, quoiqu'il en eût beaucoup d'envie, et plus encore, lorsque, penchant dedans la moitié du corps, il vit l'autel de gazons et le tableau qui était dessus. Et parce qu'il ne le pouvait bien voir, il prêtait l'oreille fort attentive aux discours de Silvandre, et en même temps il ouït que le berger répondit à Diane : « Je vois bien, ma belle maîtresse, que vous ni moi ne sommes point représentés en ce tableau, puisqu'ils sont chacun amant et aimé, et que vous êtes bien aimée, mais non pas amante, et moi amant et non pas aimé, et cela plus par malheur que par raison. — Il n'y a, dit Diane, différence entre nous que des paroles, car j'appelle raison ce que vous venez de nommer malheur ; et toutefois c'est la même chose. — Si toute la différence, dit-il, était au mot, je ne m'en soucierais guère, mais le mal est qu'en effet * ce que vous appelez raison et moi malheur me remplit de toute sorte de déplaisirs, et que son contraire me rendrait le plus heureux berger de l'univers. »

A ce mot il se tourna vers le tableau ; et parce que Diane voulait répondre : « Je vous supplie, dit-il, ma belle maîtresse, de ne me donner davantage de connaissance de votre peu de bonne volonté, et me permettre de voir ce qui est encore rare en ce tableau. »

Et lors, le prenant en la main, il lut ces paroles qui étaient écrites au bas.

VOICI LES DOUZE

TABLES DES LOIS D'AMOUR

que, sur peine d'encourir sa disgrâce,
il commande à tout amant d'observer.

Première Table.

Qui veut être parfait amant,
Il faut qu'il aime infiniment :
L'extrême amour seule en est digne,
Aussi la médiocrité
De trahison est plutôt signe,
Que non pas de fidélité.

Deuxième Table.

Qu'il n'aime jamais qu'en un lieu,
Et que cet amour soit un dieu
Qu'il adore pour toute chose :
Et n'ayant jamais qu'un objet,
Tous les bonheurs qu'il se propose,
Soient pour cet unique sujet.

Troisième Table.

Bornant en lui tous ses plaisirs,
Qu'il arrête tous ses désirs
Au service de cette belle,
Voire qu'il cesse de s'aimer,
Sinon que d'autant qu'aimé d'elle,
Il se doit pour elle estimer.

Quatrième Table.

Que s'il a le soin d'être mieux,
Ce ne soit que pour les beaux yeux
Dont son amour a pris naissance.
S'il souhaite plus de bonheur,
Ce ne soit que pour l'espérance
Qu'elle en recevra plus d'honneur.

Cinquième Table.

Telle soit son affection
Que même la possession
De ce qu'il désire en son âme,
S'il doit l'acheter au mépris
De son honneur ou de sa dame,
Lui soit moins chère que ce prix.

Sixième Table.

Pour sujet qui se vienne offrir[9],
Qu'il ne puisse jamais souffrir
La honte de la chose aimée.
Et si devant lui par dédain
D'un médisant elle est blâmée,
Qu'il meure ou la venge soudain.

Septième Table.

Que son amour fasse en effet*
Qu'il juge en elle tout parfait,
Et quoique sans doute* il l'estime
Au prix de ce qu'il aimera,
Qu'il condamne comme d'un crime
Celui qui moins l'estimera.

Huitième Table.

Qu'épris d'un amour violent,
Il aille sans cesse brûlant,
Et qu'il languisse et qu'il soupire
Entre la vie et le trépas,
Sans toutefois qu'il puisse dire
Ce qu'il veut, ou qu'il ne veut pas.

Neuvième Table.

Méprisant son propre séjour,
Son âme aille vivre d'amour
Au sein de celle qu'il adore,
Et qu'en elle ainsi transformé
Tout ce qu'elle aime et qu'elle honore,
Soit aussi de lui bien aimé.

Dixième Table.

Qu'il tienne les jours pour perdus
Qui loin d'elle sont dépendus[10].
Toute peine soit embrassée
Pour être en ce lieu désiré,
Et qu'il y soit de la pensée,
Si le corps en est séparé.

Onzième Table.

Que la perte de la raison,
Que les liens et la prison
Pour elle en son âme il chérisse.
Et se plaise à s'y renfermer
Sans attendre de son service
Que le seul honneur de l'aimer.

Douzième Table.

Qu'il ne puisse jamais penser
Que son amour doive passer :
Qui d'autre sorte le conseille
Soit pour ennemi réputé,
Car c'est de lui prêter l'oreille,
Crime de lèse-majesté.

Hylas, qui écoutait ce que Silvandre lisait : « Je ne crois point, dit-il, Silvandre, qu'une seule des paroles que tu as proférées soit écrite au tableau que tu tiens. Mais, les ayant composées il y a longtemps selon ton humeur mélancolique, tu feins à cette heure de les lire pour leur donner plus d'autorité et tromper plus aisément toute cette troupe. — Cela serait peut-être faisable, répondit Silvandre, s'il n'y avait ici que moi qui sût lire et si ces lois étaient contraires à la raison ou aux anciens statuts d'amour. — Si ce que je te reproche n'était véritable, ajouta Hylas, tu m'apporterais ici ce que tu tiens en la main pour me le faire voir. — Si tu juges, répliqua Silvandre, que ce saint lieu serait profané par ton corps, à plus forte raison dois-je penser que ces saintes lois le seraient beaucoup plus si par la lecture que tu en ferais, ton âme en avait communication. Car ce n'est que pour l'imperfection qui est en elle que tu avouerais que ton corps est profane et indigne d'entrer ici. »

Toute la troupe se mit à rire, et quoique l'inconstant voulût répliquer, si ne fut-il point écouté, parce que, Silvandre ayant remis le tableau sur les gazons, et baisé les deux coins de cet autel rustique, chacun suivit Paris qui, trouvant une porte faite d'osier, passa de ce lieu en un autre cabinet beaucoup plus ample.

Il y avait au-dessus de la voûte de la porte un feston où pendait un tableau dans lequel ces vers étaient écrits.

MADRIGAL

> *Le Temple d'amitié*
> *Ouvre sans plus l'entrée*
> *Du saint temple d'Astrée,*
> *Où l'amour qui m'ordonne*
> *De la servir toujours,*
> *Comme jadis je lui donnai mes jours,*
> *Veut qu'ores je lui donne*
> *Les tristes nuits*
> *De mes ennuis**

Astrée fut celle qui s'y arrêta le plus : fût* qu'à cause de son nom, il lui semblât qu'elle y eût le plus d'intérêt, ou qu'oyant parler de la vie et des ennuis, elle pensât que cela se dût entendre de la fortune du pauvre et infortuné Céladon. Tant y a qu'elle considéra longuement cette écriture ; et cependant le reste de la troupe étant passé plus outre et trouvant une voûte faite comme la première, mais beaucoup plus ample, d'abord tous se jetèrent à genoux et, ayant avec silence adoré la déité à qui ce lieu était consacré, Paris, comme il avait déjà fait, offrit pour toute la troupe un rameau de chêne sur l'autel. Il était de gazons comme l'autre, sinon qu'il était fait en triangle, et du milieu sortait un gros chêne qui, se poussant un pied par-dessus les gazons avec un tronc seulement, se séparait en trois branches d'une égale grosseur, et se haussant de cette sorte plus de quatre pieds, ces branches venaient d'elles-mêmes à se remettre ensemble, et n'en faisaient plus qu'une qui s'élevait plus haut qu'aucun arbre de tout ce bocage sacré. Il semblait que la nature eût pris plaisir de se jouer en cet arbre, ayant d'un tige [11] tiré ces trois branches, et puis si bien réunies (sans aide de l'artifice) qu'une même écorce les liait, et les tenait ensemble. En la branche qui était à côté droit on voyait dans l'écorce, HÉSUS ; et en celle qui était à côté gauche, BÉLÉNUS, et en celle du milieu, THARAMIS. Au tige d'où ces trois branches sortaient, il y avait TAUTATÈS, et en haut où elles se réunissaient, il y avait de même TAUTATÈS [12].

Ces choses, qui étaient selon la coutume de leur religion (car ils adoraient Dieu sous les types des chênes) ne les étonnèrent point, mais si * fit bien [13] ce qu'ils aperçurent à main gauche. C'était un autre autel qui était aussi de gazons, avec deux grands vases de terre dans lesquels étaient deux tiges de myrte. Au milieu, l'on voyait un tableau, par-dessus lequel les deux myrtes, pliant les branches, semblaient lui faire une couronne ; et cela était bien reconnu pour n'être pas naturel, mais entortillé de cette sorte par artifice *. Le tableau représentait une bergère de sa hauteur, et au plus haut du tableau il y avait : *C'est la déesse Astrée*, et au bas on voyait ce vers :

Plus digne de nos vœux, que nos vœux ne sont d'elle.

Sitôt que Diane jeta les yeux dessus, elle se tourna vers Phillis : « N'avez-vous jamais vu (lui dit-elle), mon serviteur [14], personne à qui ce portrait ressemble ? » Phillis le considérant davantage : « Voilà, lui répondit-elle, le portrait d'Astrée. Je n'en vis jamais un mieux fait, ni qui lui ressemblât davantage ; mais, continua-t-elle, vous semble-t-il qu'on ne l'ait pas voulu rendre reconnaissable ? N'a-t-elle pas en la main la même houlette qu'elle porte. » Et lors prenant celle qu'Astrée tenait : « Voyez, ma maîtresse, ces doubles C, et ces doubles A, entrelacés de même sorte tout à l'entour, et comme l'endroit où elle la prend, quand elle la porte, est garni de même façon, et les fers d'en bas de cuivre, avec les mêmes chiffres ; et le sifflet qui est en haut, représentant la moitié d'un serpent, comme il se tourne de même. — Vous avez raison, dit Diane, même que je vois ici Mélampe couché à ses pieds. Il est bien reconnaissable aux marques qu'il porte. Voyez la moitié de la tête, comme il l'a blanche et l'autre noire, et sur l'oreille noire la marque blanche. Si l'autre oreille n'était cachée, il y a apparence que nous y verrions la marque noire, car le peu qui s'en voit au haut de la tête et au-dessus paraît être blanc. Voyez aussi cette marque blanche autour du col en façon de collier, et l'échancrure du poil noir qui se tournant en demi-lune dessus les épaules finit de même sur la croupe où le blanc recommence. On n'y a pas même oublié cette bande noire et blanche tout le long des jambes. »

Silvandre s'approchant d'elle : « Et moi, dit-il, j'y reconnais entre ce troupeau la brebis qu'Astrée aime le plus. La voilà, toute blanche sinon les oreilles qu'elle a noires, le nez, le tour des yeux, le bout de la queue et l'extrémité des quatre jambes ; et afin qu'elle ne fût pas méconnue, regardez les nœuds que je lui ai vu porter plusieurs fois à l'entour des cornes en façon de guirlande. » Astrée, oyant tous ces discours, demeurait étonnée et muette, sans faire autre chose que regarder avec admiration ce qu'elle voyait. Toutefois s'avançant près de l'autel, et voyant plusieurs petits rouleaux de papiers épars dessus, elle en prit un, et, le déliant toute tremblante, y trouva ces vers :

Privé de mon vrai bien, ce bien faux me soulage.

Passant, si tu t'enquiers qui, dedans ce bocage,
*   M'a donné ce portrait,*
*   Sache qu'Amour l'a fait,*
Qui, privé du vrai bien, d'un bien faux me soulage.

Pressé de la douleur, je lui tiens ce langage :
*   Banni de la moitié*
*   Permettez par pitié*
Que, privé du vrai bien, ce bien faux me soulage.

Confiné dans ce lieu que pour vous rendre hommage
*   Je vous ai consacré,*
*   Ayez au moins à gré*
Que, privé du vrai bien, ce bien faux me soulage.

S'il ne m'est pas permis de voir votre visage,
*   Ces beaux traits pour le moins*

> *Serviront de témoins*
> *Que, privé du vrai bien, ce bien faux me soulage.*
>
> *Je leur dis, ô beaux traits que je retiens pour gage,*
>   *Que nul autre amoureux*
>   *Ne fut onc plus heureux.*
> *Privé de mon vrai bien, ce bien faux me soulage.*
>
> *Je les adore donc, non pas comme une image,*
>   *Mais comme dieux très grands,*
>   *Car par effet j'apprends*
> *Que, privé du vrai bien, ce bien faux me soulage.*

Astrée, étant retirée à part, lisait et considérait ces vers, et plus elle regardait l'écriture, et plus il lui semblait que c'était de celle de Céladon ; de sorte qu'après un long combat en elle-même, il lui fut impossible de retenir ses larmes, et pour les cacher elle fut contrainte de tourner le visage vers l'autre autel. Mais Phillis qui était aussi étonnée qu'aucune de la compagnie, ayant pris un autre de ces rouleaux, l'alla trouver, se doutant bien que ce qui faisait séparer [15] Astrée de cette sorte n'était que ces peintures et ces écrits qu'elle-même reconnaissait fort bien pour être de ceux de Céladon. Et parce que Diane s'en allait aussi la trouver, Phillis lui fit signe de ne le faire, de peur que Silvandre et Paris ne la suivissent, ce qu'aisément elle entendit ; et pour ce, s'en retournant vers l'image d'Astrée, elle ouvrit quelques rouleaux de ceux qui étaient sur l'autel. Le premier qui lui tomba entre les mains, fut celui-ci :

DIALOGUE
SUR LES YEUX D'UN PORTRAIT
STANCES

Sont-ce, peintre savant, des âmes ou des flammes,
Qui, naissant de ces yeux, leur volent à l'entour ?
— Ce sont flammes d'amour qui consument les âmes,
Ce sont âmes plutôt qui font vivre l'amour ?

Eh ! qui n'admirera ces flammes non pareilles,
Si la vie et la mort procèdent de ses yeux ?
— Les effets des grands dieux, sont-ce pas des mer-
veilles,
Et ces beaux yeux aussi, ne sont-ce pas des dieux ?

Les aimer comme humains, c'est donc erreur extrême,
Puisqu'il faut des grands dieux révérer le pouvoir ?
— Ne commandent-ils pas à ton cœur qu'il les aime,
Ayant déjà permis à tes yeux de les voir ?

Il est vrai, mais mon cœur touché de révérence
Doit de dévotion, non d'amour s'allumer.
— Les dieux ne veulent rien outre notre puissance,
Epreuve[16], *si tu peux, les voir sans les aimer.*

Cependant que Diane, pour amuser toute la compagnie, allait lisant tout haut ces vers et, ceux-ci étant
finis, en prenait d'autres, dont l'autel était presque
couvert, Phillis s'adressant à la bergère Astrée : « Mon
Dieu, ma sœur, lui dit-elle, que je demeure étonnée
des choses que je vois en ce lieu ! — Et moi, dit-elle,
j'en suis tant hors de moi que je ne sais si je dors ou si
je veille, et voyez cette lettre, et puis me dites, je vous
supplie, si vous n'en avez jamais vu de semblables. —

C'est, répondit Phillis, de l'écriture de Céladon, ou je
ne suis pas Phillis. — Il n'y a point de doute, répliqua
Astrée, et même je me ressouviens qu'il avait écrit ce
dernier vers :

>   *Privé de mon vrai bien, ce bien faux me soulage.*

autour d'un petit portrait qu'il avait de moi, et qu'il
portait au col dans une petite boîte de cuir parfumé.
— Voyons, dit Phillis, ce qu'il y a dans ce papier que je
tiens en la main, et que j'ai pris au pied de votre
image :

SONNET

>   *Qui ne l'admirerait ! et qui n'aimerait mieux*
>   *Errer en l'adorant plein d'amour et de crainte,*
>   *Et rendre courroucés contre soi tous les dieux,*
>   *Que n'idolâtrer point une si belle sainte ?*
>
>   *Mais qu'est-ce que je dis ? en effet elle est peinte.*
>   *La belle que voici, ce ne sont pas des yeux,*
>   *Comme nous les croyons, ce n'en est qu'une feinte,*
>   *Dont nous déçoit* la main du peintre ingénieux.*
>
>   *Ce ne sont pas des yeux ? si* ressens-je la plaie,*
>   *Quoique le trait soit feint, toutefois être vraie,*
>   *Fuyons donc, puisque ainsi les coups nous en sentons.*
>
>   *Mais pourquoi fuirons-nous ? La fuite en est bien*
>   *vaine,*
>   *Si déjà bien avant dans le cœur nous portons,*
>   *De ces yeux, vrais ou faux, la blessure certaine* [17].

Ah ! ma sœur, dit alors Astrée, n'en doutons plus,
c'est bien Céladon qui a écrit ces vers, c'est bien lui

sans doute*, car il y a plus de trois ans qu'il les fit sur un portrait que mon père avait fait faire de moi, pour le donner à mon oncle Focion. »

A ce mot, les larmes lui revinrent aux yeux ; mais Phillis, qui craignait que ces autres bergers et bergères ne s'en aperçussent : « Ma sœur, lui dit-elle, voici un sujet de réjouissance, et non pas de tristesse. Car si Céladon a écrit ceci, comme je le crois, il est certain qu'il n'est point mort, quand vous avez pensé qu'il se soit noyé. Que si cela est, quel plus grand sujet de joie pourrions-nous recevoir ? — Ah ! ma sœur, lui dit-elle, tournant la tête de l'autre côté, et, la poussant un peu de la main, ah ! ma sœur, je vous supplie, ne me tenez point ce langage, Céladon est véritablement mort par mon imprudence et je suis trop malheureuse pour ne l'avoir pas perdu. Et je vois bien maintenant que les dieux ne sont pas encore contents des larmes que j'ai versées pour lui, puisqu'ils m'ont conduite ici pour m'en donner un nouveau sujet. Mais puisqu'ils le veulent, je verserai tant de pleurs que, si je ne puis en laver entièrement mon offense, je m'efforcerai pour le moins de le faire, et ne cesserai que je ne perde ou la vie, ou les yeux. — Je ne vous dirai pas, répliqua Phillis, que Cédalon vive ; mais si* ferai bien que, s'il a écrit ce que nous lisons, il faut que de nécessité il ne soit pas mort. — Eh quoi, dit-elle, ma sœur, n'avez-vous jamais ouï dire à nos druides que nous avons une âme qui ne meurt pas, encore que notre corps meure ? — Je l'ai bien ouï dire, répondit Phillis. — Et n'avez-vous pas bonne mémoire de ce qu'ils nous ont si souvent enseigné, qu'il faut donner des sépultures aux morts, voire même leur mettre quelque pièce d'argent

dans la bouche, afin qu'ils puissent payer celui qui les
passe dans le royaume de Dis [18] ? Qu'autrement ceux
qui sont privés de sépulture demeurent cent ans
errant le long des lieux où ils ont perdu leurs corps ?
Et ne savez-vous pas que celui de Céladon, n'ayant pu
être trouvé, est demeuré sans ce dernier office de
pitié ? Que si cela est, pourquoi serait-il impossible
qu'il allât errant le long de ce malheureux rivage de
Lignon et que, conservant l'amitié qu'il m'a toujours
portée, il eût encore pour son intention les mêmes
pensées qu'autrefois il a eues ? Ah ! ma sœur, Céladon
est trop véritablement mort pour mon contentement,
et ce que nous en voyons n'est que le témoignage de
son amitié et de mon imprudence. — Ce que j'en dis,
répondit Phillis, n'est que pour l'apparence que j'y
vois, et le désir que j'en ai pour votre repos. — Je le
connais bien [19], répliqua Astrée, mais, ma sœur, ressouvenez-vous que, si j'avais cru que Céladon fût en
vie, et qu'enfin je trouvasse qu'il fût mort, il n'y aurait
rien qui me pût conserver la vie ; car ce serait le
perdre une seconde fois, et les dieux et mon cœur
savent combien la première m'a conduite près du
tombeau. — Encore vous doit-ce être du contentement, répondit Phillis, de reconnaître que la mort n'a
pu effacer l'affection qu'il vous portait. — C'est, dit-
elle, pour sa gloire et pour ma punition. — Mais plutôt, dit Phillis, qu'étant mort il a vu clairement et
sans nuage la pure et sincère amitié que vous lui por-
tez, et que même cette jalousie qui était cause de
votre courroux ne procédait que d'une amour très
grande. Car j'ai ouï dire que, comme nos yeux voient
nos corps, de même nos âmes séparées se voient et
reconnaissent. » Astrée répondit : « Ce serait bien la

plus grande satisfaction que je puisse recevoir ; car je ne doute nullement qu'autant que mon imprudence lui a donné de sujet d'ennui, d'autant la vue qu'il aurait de ma bonne volonté lui donnerait du contentement. Car si je ne l'ai plus aimé que toutes les choses du monde, et si je ne continue encore en cette même affection, que jamais les dieux ne m'aiment. »

Ces bergères parlaient de cette sorte, cependant que Diane entretenait le reste de la troupe, lisant quelquefois les petits rouleaux qu'elles trouvaient sur l'autel, d'autres fois demandant à Paris, Tircis et Silvandre ce qu'ils jugeaient de ces choses. « Il n'y a personne ici, dit Paris, qui ne connaisse bien que ce portrait a été fait pour Astrée, et qui de même ne juge qu'il a été mis en ce lieu par quelqu'un qui ne l'aime pas seulement, mais qui l'adore. — Quant à moi, dit Silvandre, ces chiffres me feraient croire que ce serait Céladon, si Céladon n'était point mort. — Comment, dit Tircis, Céladon, ce berger qui se noya il y a quatre ou cinq lunes dans Lignon ? — Celui-là même, répondit Silvandre. — Et servait-il Astrée, ajouta Tircis ? Au contraire, j'ai ouï dire qu'il y avait tant d'inimitié entre leurs familles. — La beauté de la bergère fut plus grande que la haine, répondit Silvandre, et me semble que, puisqu'il est mort, il n'y a point de danger de le dire. — Je crois, interrompit Diane, qu'aussi n'y en aurait-il pas, encore qu'il véquît[20], ayant été si discret, et Astrée si sage, que cette affection ne saurait avoir offensé personne. »

Astrée, qui s'était tue quelque temps, oyant ce que les bergers disaient d'elle, encore que ses yeux ne fussent pas encore bien remis, ne put s'empêcher de leur répondre : « Ces larmes que je ne puis cacher rendent témoignage que Céladon m'a aimée, puisque sa mémoire me les arrache par force ; mais ces écrits qui sont sur ces gazons témoignent aussi qu'Astrée a plutôt fait faute contre l'amour que contre le devoir. Cela est cause que je ne fais point de difficulté de l'avouer pour lui rendre au moins cette satisfaction après sa mort que mon honnêteté n'a jamais permis qu'il eût reçue[21] durant sa vie. »

A ces paroles, toute la troupe s'approcha d'elle, et Diane, lui montrant les billets qu'elle avait : « Est-ce là de l'écriture de Céladon ? — C'en est sans doute*, répondit Astrée. — C'est donc signe, ajouta Diane, qu'il n'est pas mort. » A quoi Phillis répondit : « C'est de quoi nous parlions à cette heure même ; mais elle dit que l'âme de Céladon, qui va errant le long du rivage de Lignon, les a écrits. — Eh quoi ? dit Tircis, n'a-t-il point été enterré ? — C'est la cause, dit Astrée, qu'il va errant de cette sorte ; car on ne lui a pas même fait un vain tombeau[22]. — C'est véritablement, ajouta Phillis, trop de nonchalance, d'avoir laissé si longuement en peine, pour un devoir de si peu de moment, une si belle âme que celle de ce gentil berger. — Voilà, dit Tircis, comme le souci des morts touche le plus souvent fort peu ceux qui survivent ; de sorte que j'estime ceux-là sages, qui durant leur vie y pourvoient. — Et sans mentir, ajouta Diane, c'est chose étrange que ce berger, tant aimé non seulement de tous ses parents, mais de tout notre hameau, n'ait reçu ce pitoyable office que reçoivent les moins aimés. — C'est peut-être, dit Tersandre, que les dieux l'ont ordonné de cette sorte, afin qu'il n'abandonnât pas si tôt ces lieux qu'il avait tant aimés, et que, récompensé de son affection, il eût ce contentement de demeurer quelque temps près de celle qu'il aime. — Toutefois, dit Tircis, j'ai appris que, tout ainsi que notre corps ne peut demeurer en l'air, en l'eau, ni dans le feu, sans une continuelle peine, parce que, étant pesant, il faut qu'incessamment il se travaille *, tant qu'il est en ces éléments qui n'ont rien de solide, de même l'âme dépouillée du corps, n'étant point en son propre élément, tant qu'elle demeure entre nous, est en une continuelle peine, jusques à ce qu'elle soit entrée aux Champs Elysiens, où elle trouve un autre air, une autre terre, une autre eau, et un autre feu, d'autant plus parfaits et convenables à sa nature que ceux où nous sommes le sont davantage à nos corps lourds et grossiers. Ce que je sais, parce que, quand ma chère et tant aimée Cléon fut morte, je fus presque en résolution de ne lui donner point de sépulture, afin de retenir cette belle âme quelque temps auprès de moi ; mais nos druides me sortirent de cette erreur, me faisant entendre ce que je viens de vous dire. — Quant à moi, dit Silvandre, puisque, à faute de sépulture, on demeure quelque temps autour du lieu où l'on meurt, je veux prier tous mes amis que, si je meurs en cette contrée, ils ne m'enterrent point, afin que j'aie plus de loisir de voir ma belle maîtresse. Car il n'y a contentement des Champs Elysiens qui vaille celui-là, ni peine qu'une âme puisse souffrir pour n'être en son élément, qui ne soit beaucoup moindre que le bien de la voir. — Cela serait fort bon, répondit Tircis, si, après la mort, vous dépouillant du corps, vous ne laissiez point aussi tous ces amours ; mais j'ai ouï dire à nos sages que nos passions n'étaient que des tributs de l'humanité, et que les dieux nous avaient naturellement donné cet instinct, afin que la race des hommes ne vînt à défaillir, mais qu'après la mort, d'autant que les âmes sont immortelles et que rien d'immortel ne peut engendrer, cet amour se perd en elles, tout ainsi que la volonté de manger, de boire et de dormir. — Et toutefois, dit Silvandre, si Céladon a écrit ce que nous lisons, il n'y a pas apparence qu'il ait perdu l'affection qu'il portait à cette bergère. — Et qui sait, répondit Tircis, si les dieux, qui sont justes, ne lui ont point voulu donner cette particulière satisfaction pour récompense de la vertueuse et sainte amitié qu'il a portée à cette bergère ? — Si cela est, répliqua Silvandre, pourquoi ne dois-je espérer de trouver les dieux aussi justes et favorables que lui, puisque mon amitié ne cède ni à la sienne ni à nulle autre, soit en ardeur, soit en vertu. — Mais, dit Astrée, si les dieux lui ont fait cette grâce que vous dites, ne serait-ce point impiété en lui rendant le devoir de la sépulture de le faire partir de cette contrée, et lui ravir le contentement ? — Nullement, répondit Tircis, car la grâce que les dieux lui ont faite en cela n'a été que pour soulager la peine que continuellement il reçoit, étant contraint de demeurer sous un ciel si contraire à son naturel. »

Ces bergers discouraient de cette sorte, quand Phillis, considérant tout ce qui était en ce lieu, jeta sa vue sur un endroit où il y avait apparence que quelqu'un se fût mis bien souvent à genoux, car la terre en avait les marques bien imprimées. Et parce que cela était vis-à-vis de l'autel, et qu'elle y vit un rouleau de parchemin attaché à une hart [23] ou tortis de saule, elle s'y en alla pour voir ce que c'était, et le déployant, trouva ces paroles :

ORAISON
A LA DÉESSE ASTRÉE

Grande et toute-puissante déesse, encore que vos perfections ne puissent être égalées, il ne faut que nos sacrifices, ne pouvant être tels que vous méritez, laissent de vous être agréables, puisque, si les dieux ne recevaient que ceux qui sont dignes d'eux, il faudrait qu'eux-mêmes fissent la victime. Or ce que je viens offrir à votre déité, c'est un cœur et une volonté, qui n'ont jamais été dédiés qu'à vous seule. Si cette offrande vous est agréable, tournez vos yeux pleins de pitié sur cette âme qui les a toujours trouvés si pleins d'amour, et, par un acte digne de vous, sortez-la de la peine où elle demeure continuellement, et la mettez au repos duquel son malheur et non son démérite l'a jusques ici éloignée. Je vous requiers cette grâce par le nom de Céladon, de qui la mémoire vous doit plaire, si celle du plus fidèle et affectionné de vos serviteurs peut jamais avoir obtenu de votre divinité cette glorieuse satisfaction.

Phillis faisant signe de la main, et appelant Astrée : « Venez lire, lui dit-elle, ma sœur, ce que Céladon vous demande, et vous connaîtrez que Tircis vous a dit vrai. » Et lors s'étant tous approchés, elle relut tout haut cette oraison, qui ne fut pas sans qu'Astrée accompagnât ses paroles de larmes, encore qu'elle se contraignît le plus qu'il lui fut possible ; mais elle ne pouvait ressentir ces déplaisirs avec une moindre démonstration. Et lorsque Phillis eut parachevé : « Vraiment, dit Astrée, je satisferai à sa juste demande. Et puisque ses parents ne lui rendent pas le devoir à quoi la proximité les oblige, il recevra de moi celui d'une bonne amie. »

A ce mot, sortant de ce lieu, après avoir honoré l'autel des dieux, toute cette troupe retourna vers Hylas qui, en les attendant, n'avait point été oisif ; car, les voyant tous attentifs dans l'autre cabinet, il entra dans celui où étaient les douze tables des lois d'amour. Et quoiqu'il en redoutât l'entrée, si est-ce que, méprisant la force d'amour, lui semblant qu'il ne lui pouvait faire pis que lui faire perdre sa maîtresse, à quoi il savait de très bons remèdes, il entra à la dérobée dedans ; et, prenant le tableau qui était sur les gazons, voulut ressortir incontinent dehors, croyant que, s'il offensait en y entrant, que moins il y demeurait, moindre aussi serait son offense. Et de fortune*, le prenant à la hâte, et s'en retournant de même, il heurta contre un des côtés de l'entrée, de telle sorte que l'ébranlant, il fit tomber à ses pieds une écritoire que celui qui avait fait cet ouvrage tenait là expressément pour écrire ses conceptions, quand il y venait faire ses prières. Il le ramasse comme envoyé de quelque dieu, et se résout de corriger en ces lois ce qu'il y trouverait de contraire à son humeur. En cette délibération, il les lit. Et incontinent, comme il avait l'esprit prompt, les change de cette sorte :

TABLES D'AMOUR
falsifiées par l'inconstant Hylas.

Première Table.

Qui veut être parfait amant,
Qu'il n'aime point infiniment

Telle amitié n'en est pas digne.
Puisque au rebours l'extrémité
De l'imprudence est plutôt signe,
Que non pas de fidélité.

Deuxième Table.

Qu'il aime et serve en divers lieux,
Et qu'il tourne toujours les yeux
Dessus quelque nouvelle chose,
Aimant ainsi divers objets,
Que les bonheurs qu'il se propose
Soient aussi pour divers sujets.

Troisième Table.

Ne bornant jamais ses désirs,
Qu'il cherche partout des plaisirs,
Faisant toujours amour nouvelle,
Voire qu'il cesse de l'aimer
Sinon que d'autant qu'aimé d'elle,
Pour lui seul il doit l'estimer.

Quatrième Table.

Que s'il a du soin d'être mieux,
Ce soit pour plaire à tous les yeux
Des belles de sa connaissance :
S'il souhaite quelque bonheur,
Ce ne soit que pour l'espérance
D'être plus absolu seigneur.

Cinquième Table.

Telle soit son affection
Que même la possession

De ce qu'il désire en son âme,
S'il doit l'acheter au mépris
De son honneur ou de sa dame,
Il la veuille bien à ce prix.

Sixième Table.

Pour sujet qui se vienne offrir,
Qu'il ne puisse jamais souffrir
Querelle pour la chose aimée :
Que si devant lui par dédain,
D'un médisant elle est blâmée,
Qu'il y consente tout soudain.

Septième Table.

Que l'amour permette en effet[24]
Que son jugement soit parfait,
Et que dans son âme il l'estime
Toute telle qu'elle sera,
Condamnant comme d'un grand crime
Celui qui plus l'estimera.

Huitième Table.

Qu'épris d'un amour assez lent,
Il n'aille sans cesse brûlant,
Ni qu'il languisse ou qu'il soupire
Entre la vie et le trépas,
Mais que toujours il puisse dire
Ce qu'il veut, ou qu'il ne veut pas.

Neuvième Table.

Estimant son propre séjour,
Son âme en soi vive d'amour,

Et non en celle qu'il adore,
Sans qu'en elle étant transformé,
Tout ce qu'elle aime et qu'elle honore
Soit aussi de lui bien aimé.

Dixième Table.

Qu'il ne tienne pas pour perdus
Les jours loin d'elle dépendus,
Si la peine n'est surpassée
Par le bien qu'il s'est figuré,
Mais se contente en sa pensée,
Si le corps en est séparé.

Onzième Table.

Qu'il se remette à la raison,
Que ses liens et sa prison
Pour elle bientôt il finisse,
Méprisant de s'y renfermer,
S'il n'attend rien de son service
Que le vain honneur de l'aimer.

Douzième Table.

Qu'il ne puisse jamais penser
Que telle amour n'ait à passer :
Qui d'autre sorte le conseille,
Soit pour ennemi réputé,
Car c'est de lui prêter l'oreille
Crime de lèse-majesté.

Hylas se hâta le plus qu'il lui fut possible de changer de cette sorte ces douze tables, et afin que ses rayures fussent moins connues, ils les effaçait avec la pointe

d'un couteau ; et, y ayant raclé un peu de son ongle, les
en couvrait, et puis le polissait, fût * avec l'ongle
même, fût * avec le dos du couteau, et enfin écrivait
dessus ce qu'il y avait changé ; ce qu'il fit si propre-
ment qu'il était malaisé de le reconnaître. Et incontinent rentrant dans le cabinet, mit le tableau en sa
place, et ressortit avec la même diligence, sans être
aperçu de personne ; ce qu'il fit un peu auparavant
qu'Astrée et le reste de la troupe revînt, de sorte qu'il
fut trouvé assis à l'entrée, feignant de s'y être
endormi. Et parce qu'Astrée, qui sortait la première
toute triste, ne prit pas garde à lui, il ne fit point aussi
semblant de se lever ; mais quand Phillis, qui venait
après, l'aperçut en cette posture : « Et qu'est-ce ?
lui dit-elle, Hylas, que vous faites ici, cependant que
nous venons de voir les plus grandes merveilles qui
soient en toute la rive de Lignon ? — J'ai une pensée,
répondit Hylas, se levant froidement, et se frottant les
yeux, qui me tourmente plus que je ne me fusse jamais
pu persuader. — Et qui est-elle ? ajouta Phillis. — Je la
vous dirai, répondit l'inconstant, si vous me promettez de faire une chose dont je vous supplierai. — Je
n'ai garde, dit-elle, de m'obliger de parole sans savoir
ce que vous voulez. — Vous pouvez le faire, dit Silvandre en souriant, en y ajoutant les conditions contre
lesquelles il n'y a pas apparence qu'un si gentil et
parfait amant vous voulût requérir de quelque chose,
à savoir qu'il ne vous demandera rien qui contre-
vienne à l'honneur d'une sage bergère. — Je le veux
bien, dit Phillis, à cette condition. — Et moi, répondit
Hylas, je ne le veux qu'à cette condition.

Sachez donc, ma belle maîtresse, continua-t-il froidement, que je crois ce lieu être à la vérité un bocage

sacré à quelque grande divinité ; car depuis que vous
êtes entrée dedans, et que Silvandre a lu les lois que
j'ai ouïes, je me sens tellement touché d'une puissance
intérieure que je n'ai point de repos en moi-même, me
semblant que jusqu'ici j'ai vécu en erreur, me conduisant contre les ordonnances que le dieu qui est adoré
en ce saint lieu a faites à ceux qui veulent aimer. De
sorte que je suis tout prêt d'abjurer mon erreur, et me
remettre au sentier qu'il m'ordonnera ; et n'y a rien eu
qui m'ait empêché de le faire, cependant que vous
étiez dans ce bocage, qu'une chose que je vous déclarerai. Vous savez, ma belle maîtresse, que depuis l'heure
que vous et mon cœur avez eu agréable que Hylas se
dît votre serviteur, je n'ai point trouvé en toute cette
contrée un plus contrariant esprit, ni une humeur plus
ennemie de la mienne que Silvandre. Car il ne s'est
jamais présenté occasion de prendre le parti contraire
au mien que ce berger ne l'ai fait, voire bien souvent
il en a recherché les moyens avec artifice, comme en
l'injuste sentence qu'il donna contre Laonice, parce
que j'avais parlé pour elle, y ayant peu d'apparence
qu'une morte fût préférée à cette belle et honnête
bergère. De sorte que, repassant ces choses en ma
mémoire, je suis entré en doute que, continuant cette
volonté de me contrarier, il ait peut-être lu les ordonnances de ce dieu d'autre façon qu'elles ne sont pas
écrites dans le tableau qu'il tenait. C'est pourquoi je
vous veux conjurer, non seulement par la promesse
que vous venez de me faire, mais par l'honneur que
vous devez, soit à l'amour, soit à la déité qui est
adorée en ce bocage, que vous preniez la peine d'y
rentrer et de m'apporter le tableau où ces lois sont
écrites, afin que les lisant moi-même, je puisse sortir

du doute où je suis, et, après, suivre les ordonnances que j'y trouverai tout le reste de ma vie. Cette requête, Silvandre (continua-t-il s'adressant à lui), est-elle incivile, et contre l'honnêteté d'une sage bergère ? — Nullement, répondit Silvandre, mais je crains qu'elle soit plutôt inutile.

— Or sus (dit Hylas), faisons une autre promesse entre nous : promettez-moi devant cette troupe que tout le reste de votre vie vous suivrez les commandements que vous y trouverez écrits, et je vous ferai un même serment. — Je ne ferai, dit-il, jamais difficulté de vous promettre, ni à tout autre, d'observer ce à quoi le devoir m'oblige, y ayant longtemps que je l'ai promis aux dieux. — Vous me le promettez donc ? répliqua Hylas. — Je vous le promets, dit Silvandre, et sans vous obliger à nulle promesse réciproque, vous aimant trop pour vous vouloir rendre parjure. — Et moi, répondit Hylas, je le vous veux jurer, et aux dieux mêmes de ces lieux, les appelant tous à témoin, afin qu'ils punissent celui de nous deux qui y contreviendra. — Je vous assure, répondit Phillis, que pour voir un si grand changement en Hylas, je veux bien faire voir ces douze tables. »

Et lors, rentrant dans le cabinet, après avoir fait une profonde révérence, elle prit le tableau et l'apporta à l'inconstant qui, la tête nue, et mettant un genou en terre : « Je reçois, dit-il, ces sacrées ordonnances comme venant d'un dieu et apportées par ma déesse, protestant de nouveau, et jurant aux grands dieux devant ce bocage sacré, et prenant cette troupe pour témoin, que toute ma vie je les observerai aussi religieusement que si Hésus, Teutatès, Tharamis dieu [25] me les avaient données visiblement. » Et lors se relevant, sans remettre son chapeau, il baisa le bas du tableau, et étant environné de toute la troupe, il commença de les lire à haute voix.

Mais quand Silvandre ouït qu'il disait qu'on ne devait pas aimer infiniment : « Ah ! berger, lisez bien, lui dit-il, vous trouverez autre chose. — A la peine du livre[26], dit froidement Hylas. » Et lors il montra l'écriture à Phillis, qui lut comme lui. « Cela ne peut être, dit Silvandre. » Et lors s'approchant, il le voulut lire sans se fier à personne, et Hylas serrant le tableau contre son estomac : « C'est un grand cas, dit-il, que celui qui a accoutumé de tromper a toujours opinion qu'on l'abuse. Je me doutais bien que vous lisiez autrement qu'il n'était pas écrit, et si vous le voyez vous-même, l'avouerez-vous devant cette troupe ? — J'avouerai sans doute, dit Silvandre, la vérité, mais permettez que je la lise. — Il suffit, dit Hylas, ce me semble, que Phillis l'ait vue, et vous devez bien vous en fier à elle. — Je le ferais, répondit Silvandre, si elle voulait dire la vérité, mais c'est par jeu ce qu'elle dit. — Je vous jure, dit Phillis, qu'il a lu comme il est écrit, et non au contraire. — Je ne saurais, dit-il, le croire si je ne le vois. — Or si vous n'avez assez de le voir, dit Hylas, touchez-le, et lisez-le vous-même, pourvu que ce soit fidèlement. »

Et lors Silvandre, recevant le tableau, et jurant qu'il lirait sans rien changer, il en recommença la lecture. Mais quand il y trouva ce que Hylas avait dit, il ne savait qu'en penser, et plus encore lorsque, continuant, il trouva les couplets tous changés. « Eh bien, dit Hylas, que vous en semble, ma maîtresse ? Avais-je raison de douter de la prud'homie de Silvandre, puisqu'il lisait tout le contraire de ce qui était écrit ?

Que dites-vous à cela, berger ? disait-il, s'adressant à Silvandre ; serez-vous homme de parole ? ou si vous vous dédirez ? »

Le berger ne répondait mot, mais, plus étonné de cette aventure que de chose qui lui fût jamais advenue, il allait considérant ce tableau. Et lors Diane, s'approchant de lui, et jetant la vue dessus, demeura au commencement étonnée, et lui dit : « En bonne foi, Silvandre, avouez la vérité, la première fois que vous nous avez lu ces vers, étaient-ils écrits comme ils sont ? — Ma belle maîtresse, dit-il, quand je les ai lus, ils étaient autres qu'ils ne sont, et ne puis penser, s'il était autrement, pourquoi je ne les eusse pas aussi bien vus qu'à cette heure. » Alors Diane, prenant le tableau en la main, regarda l'écriture de plus près, ce que Hylas apercevant et craignant que sa finesse ne fût reconnue : « Or sus, Silvandre, dit-il, il ne faut pas tant de discours ; me voici prêt à tenir parole, et vous, serez-vous parjure ? — Vous me prenez de bien court, dit Silvandre, je ne suis pas sans un grand soupçon de tromperie ; car je sais fort bien que les lois que j'ai vues étaient telles que je les ai dites, et maintenant je vois tout le contraire ; de sorte que je suis fort en doute que ceci ne soit supposé[27]. — Voilà une très mauvaise excuse, dit l'inconstant, et comment pourrait-on avoir fait si promptement un autre tableau ? »

Cependant qu'ils parlaient ainsi, Diane, qui considérait l'écriture, reconnut qu'encore que l'encre fût semblable, toutefois les traits des lettres ne l'étaient pas entièrement ; et les regardant encore de plus près et passant le doigt dessus et secouant le parchemin, une partie des raclures de l'ongle s'en alla. Et lors, opposant l'écriture au soleil, toutes les rayures s'appa-

rurent aisément; dont s'étant assurée : « Or sus, dit
Diane, vous voici tous deux hors de dispute, car en un
même lieu vous trouvez ce que vous cherchez tous
deux. Vous, Silvandre, le lisant comme il était écrit, et
vous, Hylas, comme vous l'avez corrigé. » Et lors
s'approchant d'eux, elle leur en montra la preuve,
parce que l'opposant au soleil, on voyait aisément les
endroits où le parchemin avait été gratté; et puis le
considérant de plus près, on remarquait quelques-uns
des premiers traits qui n'avaient pu être assez bien
effacés.

Il n'y eut alors personne de la troupe qui ne
reconnut ce qu'elle disait, et se mettant tout autour de
Hylas : « Dites-nous, berger, lui disaient-ils, comment
vous avez pu faire ? » Hylas, se voyant convaincu par
la prudence de Diane, fut enfin contraint d'avouer la
vérité, non pas toutefois sans jurer plusieurs fois que
ce n'avait été que l'injustice de ces lois qui l'y avait
poussé : « Car, disait-il, elles sont bien tellement
iniques qu'il m'a été impossible de les souffrir sans les
corriger ainsi qu'elles doivent être. » Nul ne put
s'empêcher de rire, oyant comme il y en parlait[28];
mais plus encore, considérant l'étonnement que Silvandre avait eu au commencement.

Et parce qu'il se faisait tard, et que le séjour en ce
lieu avait été assez long, Phillis voulut rapporter le
tableau où elle l'avait pris. Mais tous les bergers
furent d'avis que les vers fussent corrigés comme ils
étaient auparavant, et que Hylas, pour effacer en
partie l'offense qu'il avait faite d'entrer en ce lieu qui
lui avait été défendu, et d'avoir osé falsifier les
ordonnances d'amour, serait condamné de rayer lui-
même ce qu'il y avait écrit, et de mettre à la marge ce

qu'il avait rayé ; ce qu'il fit à l'heure même, « plus, disait-il, pour obéir à sa maîtresse que pour apaiser Amour, le courroux duquel il ne redoutait point sans elle. — Ni aussi, ajouta Silvandre, guère avec elle. — Je ne vous contredirai jamais, répondit l'inconstant, tant que vous me blâmerez de trop de courage. — Prenez garde, répondit Silvandre, que ce ne soit de présomption et d'infidélité. » Si ces dernières paroles eussent été ouïes de Hylas, il n'y a point de doute qu'il eût répondu ; mais, étant entré dans le cabinet, elles demeurèrent sans repartie.

Et cependant toute la troupe s'achemina par un petit sentier que Silvandre avait choisi ; et parce qu'Astrée n'espérait plus trouver des nouvelles de Céladon qui lui pussent plaire, elle était presque en volonté de s'en retourner, et pour ce sujet laissant Tircis, elle s'approcha de lui : « Il me semble, lui dit-elle, berger, qu'il est bien tard pour aller plus outre, et que nous ne saurions presque retourner en nos cabanes que la nuit ne nous surprenne. — Il est certain, dit le berger, mais cela ne vous doit pas empêcher de continuer votre voyage puisque vous en êtes si près ; car aussi bien, encore que vous voulussiez retourner, le jour ne vous accompagnera pas jusques à mi-chemin. Quant à ce qui est de nos troupeaux, ceux à qui nous les avons laissés en garde les reconduiront bien, pour ce soir, en leurs loges. — Mais bien, dit Astrée, comment coucherons-nous ? — Le lieu où je vous veux conduire, répondit Silvandre, n'est pas loin du temple de la Bonne Déesse[29], et je m'assure que la vénérable Chrisante sera bien aise de vous avoir ce soir pour hôtesse. — Il faut savoir, répondit la bergère, si mes compagnes l'auront agréable. » Et lors, les ayant attendues en un lieu où le chemin s'élargissait, elle leur proposa ce que Silvandre avait pensé. Il n'y eut celle[30] qui ne le trouvât fort à propos, puisque aussi bien il était impossible de regagner de jour leurs hameaux.

En cette résolution donc ils se remettent en chemin ; et Silvandre, sans quitter Astrée, étant toujours le premier, et ayant marché quelque peu, lui montra le bois où il avait trouvé la lettre qui était cause de ce voyage. « Voilà, dit Astrée, un lieu bien retiré pour y recevoir des lettres. — Vous le jugerez bien mieux tel, lui dit-il, quand vous y serez ; car c'est bien le lieu le plus sauvage, et le moins fréquenté, qui soit le long des rives de Lignon. — De sorte, dit Astrée, qu'aucun ne l'a su écrire que vous, ou l'Amour. — Pour ce qui est de moi, dit-il, je sais bien ce qui en est. Et quant à l'Amour, je m'en tais, car j'ai ouï dire que quelquefois, nous voulant jeter ses flammes dans le cœur, il se brûle lui-même sans y penser. Et qui sait si cela ne lui est point advenu par la beauté de ma maîtresse ? Que si quelque chose l'a garanti, c'est sans doute le bandeau qu'il a devant les yeux. — Ah, Silvandre, dit la bergère, ce bandeau ne l'empêche guère de bien voir ce qui lui plaît ; et ses coups sont si justes, et faillent si peu souvent le but où il les adresse, qu'il n'y a pas apparence qu'un aveugle les ait tirés. — Discrète bergère, répondit Silvandre, j'ai vu un aveugle, en la maison de votre père, qui savait aussi bien tous les chemins et détours de votre hameau, et se conduisait aussi bien par tout le logis que j'eusse su faire, ayant acquis cela par une longue accoutumance. Et pourquoi ne dirions-nous que Amour, qui est le premier et le plus vieil de tous les dieux, n'ait par une longue

coutume appris d'atteindre les hommes au cœur? Et
pour montrer que c'est plus par coutume que par
justesse, prenez garde qu'il ne nous vise qu'aux yeux,
et qu'il ne nous atteint qu'au cœur. Que s'il n'était
point aveugle, quelle apparence y a-t-il qu'il blessât
d'un réciproque amour des personnes tant inégales,
ou qu'aux uns il donnât de l'amour pour des personnes qui les surpassent de tant, et aux autres, pour
d'autres qui leur sont tant inférieures? J'en parle
comme intéressé, car à moi, qui ne sais seulement qui
je suis, il a fait aimer Diane, de qui le mérite surpasse
tous ceux des bergers, et à Paris, qui est fils du prince
de nos druides [31], il fait aimer une bergère. — Par vos
mérites, répondit Astrée, vous égalez les perfections
de Diane, et Diane par ses vertus surpasse la grandeur
de Paris, et par ainsi* l'inégalité n'est point telle qu'il
faille par là accuser Amour d'aveuglement. »

Silvandre demeura muet à cette réplique, non pas
qu'il n'eût aisément répondu, mais parce qu'il fut
marri d'avoir par ses paroles donné connaissance de
sa véritable affection, et s'en repentait, craignant d'offenser Diane si autre qu'elle le savait. Mais il s'était de
fortune* bien adressé, car Astrée lui eût volontiers
donné toute sorte d'aide, reconnaissant la pure et
sincère amitié qu'il portait à Diane. Aussi, le naturel
d'une personne qui aime bien est de ne nuire jamais
aux amours d'autrui, si elles ne sont préjudiciables
aux siennes.

Et lorsqu'il levait la tête pour lui répondre, il arriva
dans le bois, qui fut cause que sans faire semblant de
ce qu'ils avaient dit : « Voici, lui dit-il, sage bergère, le
bois que vous avez tant désiré; mais il est si tard que
le soleil est déjà couché, de sorte que nous n'aurions

pas beaucoup de loisir de le visiter. — Si nous y trouvons, dit-elle, des choses aussi rares que nous en avons trouvé en celui d'où nous venons, c'est sans doute que le temps sera court, puisqu'à peine pourrions-nous déjà lire, tant il est tard. Il est vrai que nous ne devons pas plaindre notre journée, l'ayant trop * bien employée, ce me semble. »

Avec semblables discours, ils entrèrent dans le bois, et ne se donnèrent garde que la nuit peu à peu leur ôta de sorte la clarté qu'ils ne se voyaient plus et ne se suivaient qu'à la parole. Et lors, s'enfonçant davantage dans le bois, il perdit tellement toute connaissance du chemin qu'il fut contraint d'avouer qu'il ne savait où il était. Cela procédait d'une herbe, sur laquelle il avait marché, que ceux de la contrée nomment l'herbe du fourvoiement, parce qu'elle fait égarer et perdre le chemin depuis qu'on a mis le pied dessus et, selon le bruit commun, il y en a quantité dans ce bois. Que cela soit ou ne soit pas vrai, je m'en remets à ce qui en est ; tant y a que Sylvandre, suivi de cette honnête troupe, ne put de toute la nuit retrouver le chemin, quoique avec mille tours et détours, il allât presque par tout le bois. Et enfin il s'enfonça tellement que pour se suivre ils étaient contraints de se tenir par les habillements, la nuit étant si obscure qu'elle semblait expressément être telle pour empêcher qu'ils ne sortissent de ce bois.

Hylas, qui de fortune * s'était rencontré entre Astrée et Phillis : « Je commence, dit-il, ma maîtresse, à bien espérer du service que je vous rends. — Et pourquoi ? dit Phillis. — Parce, répondit-il, que vous n'eûtes jamais tant peur de me perdre que vous avez, et qu'au lieu que je vous soulais * suivre, vous me suivez. —

Vous avez raison, dit-elle, et de tout ce bon changement, vous en devez remercier Silvandre, que toutefois vous dites être votre plus grand ennemi. — Je ne
sais, ajouta Hylas, s'il me fait souvent de semblables
offices, si j'aurai plus d'occasion de le remercier de la
faveur qu'il est cause que je reçois de vous, que de lui
reprocher la peine que je prends. — Quant à cela, dit
Phillis, il faut que vous en jugiez après avoir mis le
plaisir et la peine que vous en recevez dans une juste
balance. — Je voudrais bien, ma maîtresse, dit Hylas,
que seule vous tinssiez cette balance, et que seule vous
fissiez jugement de la pesanteur de l'un et de l'autre ;
car encore que je n'y fusse point, je ne laisserais pas de
m'en rapporter à ce que vous en auriez jugé. »

Chacun se mit à rire de la bonne volonté de Hylas, et
Silvandre, qui l'oyait, ne put lui répondre autre chose
sinon : « J'avoue, Hylas, que je suis un aveugle qui en
conduit plusieurs autres. — Mais le mal est, dit Hylas,
qu'ils ne sont aveugles que pour s'être trop fiés en vos
yeux. — Si vous n'eussiez point été en la troupe,
ajouta Silvandre, cet aveuglement ne nous fût point
advenu. — Et pourquoi, dit-il, vous ai-je peut-être ôté
les yeux ? — Les yeux, non, répondit Silvandre, mais
oui bien le moyen de voir, nous ayant trop longuement
entretenus par les longs discours de vos inconstances,
et puis par les lois que, comme profane, vous avez
falsifiées, qui est en effet ce qui nous a mis à la nuit. —
Vraiment, Silvandre, répondit Hylas, tu me fais ressouvenir de ceux qui, après avoir trouvé le vin trop
bon, le blâment de ce qu'ils s'en sont enivrés : Eh, mes
amis ! leur faut-il dire, pourquoi en buviez-vous tant ?
Eh, ami Silvandre ! pourquoi m'écoutais-tu si longuement ? T'avais-je attaché par les oreilles ? — J'avais

bien en ce lieu, dit Silvandre, des chaînes plus fortes
que les tiennes. Mais, quoi que c'en soit, nous voici
tellement égarés, soit pour la nuit, soit pour avoir
marché sur l'herbe du fourvoiement, qu'il ne faut pas
espérer de pouvoir démêler les plus petits sentiers
qu'il ne soit jour, ou que pour le moins la lune
n'éclaire. — Et qu'est-il donc de faire ? dit Paris. — Il
faut, continua Silvandre, se reposer sous quelques-uns
de ces arbres, attendant que la lune se fasse voir. »

Chacun trouva cette résolution bonne ; aussi bien
une partie de la nuit était déjà passée. Lors, rencontrant un arbre un peu retiré des autres, ils choisirent
le mieux qu'ils purent un lieu bien sec, et là, les
bergers étendant leurs saies, et les bergères s'étant
couchées dessus, ils se retirèrent un peu à côté, où,
tous ensemble, ils se couchèrent, attendant que la lune
parût.

LE SIXIÈME LIVRE
DE LA SECONDE PARTIE
D'ASTRÉE

Encore que la nuit fût déjà bien fort avancée lorsque ces bergères se couchèrent sur les jupes et saies de leurs bergers, si est-ce qu'étant mal accoutumées de dormir sous le ciel seulement, et sur l'herbe, et principalement la nuit, elles demeurèrent longtemps à s'entretenir avant que le sommeil les saisît. Et parce que l'horreur de la nuit leur faisait peur, elles se mirent et resserrèrent presque toutes en un monceau. Et lors étant plus éveillées qu'elles n'eussent voulu, Diane qui de fortune * se trouva plus près de Madonte, après quelques propos communs, lui demanda quelle était la fortune qui l'avait conduite en cette contrée. « Sage Diane, répondit-elle, l'histoire en serait et trop longue et trop ennuyeuse ; mais contentez-vous, je vous supplie, que ce même amour qui n'est point inconnu parmi vos hameaux, ne l'est plus non plus parmi les dames et les chevaliers, et que c'est lui qui m'a revêtue comme vous me pouvez voir, encore que ma naissance me relève beaucoup par-dessus cet état. — S'il n'y a rien, dit Phillis, qui vous en empêche que la crainte de nous être ennuyeuse, je réponds pour toutes que cela ne vous doit pas arrêter ; car je sais qu'il y a longtemps que nous désirons toutes d'entendre ce discours de vous, et il me semble que nous ne saurions trouver un temps plus à propos, puisque voici une heure que nous ne pouvons mieux employer et que nous sommes seules, je veux dire sans berger. — Quant à moi, ajouta Diane, ce qui me le fait désirer plus particulièrement, c'est que ceux qui nous voient séparées l'une de l'autre me disent que nous nous ressemblons beaucoup ; de sorte que vos fortunes me touchent comme si elles étaient les miennes, et semble que je sois presque obligée de m'en enquérir. — Ce me sera toujours, dit Madonte, beaucoup de contentement de ressembler à une telle beauté que la vôtre ; mais je ne voudrais pas, pour votre repos, que vos fortunes fussent semblables aux miennes. — Je vous suis obligée, dit Diane, de cette bonne volonté. Mais ne croyez pas que chacun n'ait son fardeau à porter, et qui nous est d'autant plus pesant que celui des autres, que celui-ci est tout à fait sur nos épaules, et que l'autre ne nous touche que par le moyen de la compassion. Que cela donc ne vous empêche de satisfaire à la requête que nous vous faisons. — Vous me permettrez donc, répondit Madonte, de parler un peu plus bas, afin de n'être point ouïe des bergers qui sont près de nous ; car j'aurais trop de honte qu'ils fussent témoins de mes erreurs, outre que je ne voudrais pas que Tersandre me pût ouïr, pour les raisons que vous pourrez juger par la suite de mon discours. »

Et lors elle commença de cette sorte :

HISTOIRE
DE DAMON ET DE MADONTE

Il est à propos, sage et discrète troupe, que de nuit je vous raconte ma vie, afin que, couverte des ténèbres, j'aie moins de honte à vous dire mes folies, telles faut-il que je nomme les occasions qui, me faisant changer l'état où la fortune m'avait fait naître, m'ont contrainte de prendre celui où vous me voyez. Car encore que je sois avec les habits que je porte et la houlette en la main, je ne suis pas toutefois bergère, mais née de parents beaucoup plus relevés. Mon père, suivant la fortune de Thierry[32], acquit un si grand crédit parmi les gens de guerre qu'il commandait en son absence à toutes ses armées, non pas qu'il fût Wisigoth comme lui, mais, s'étant trouvé avec beaucoup d'autorité parmi les Aquitaniens, il fut tant aimé, et tant favorisé de ce roi, qu'il l'obligea de se donner entièrement à lui, au service duquel, outre les biens qu'il avait de ses prédécesseurs, il en acquit tant d'autres qu'il n'y avait personne en Aquitaine qui se pût dire plus riche qu'il était.

Ayant vécu de cette sorte longues années, tout le malheur qu'il ressentit jamais fut seulement de n'avoir d'autres enfants que moi. Car encore que sa mort fût violente, si lui fut-elle tant honorable que je la tiens pour l'une de ses meilleures fortunes, puisque, après avoir fait lever le siège d'Orléans au cruel Attila, enfin le poursuivant jusques aux champs Catalauniques, Thierry, Mérovée et Aétius lui donnèrent la bataille et le défirent[33]. Et de fortune *, mon père combattit ce jour-là à la main droite de son roi, qui

avait eu l'aile gauche de la bataille, et Mérovée la
droite. Et d'autant que tout l'effort d'Attila fut presque sur le côté de Thierry, après un long combat, le roi
wisigoth y fut tué et mon père aussi, qui percé de plus
de cent coups, fut trouvé sur le corps de son roi où il
s'était mis pour le défendre, et pour recevoir les coups
en son lieu. Ce que Torrismonde, son successeur et son
fils [34], eut tant agréable que, la bataille étant gagnée, il
fit emporter son père et le mien, et les fit enterrer en
un même tombeau, mettant toutefois la chasse de
plomb de mon père aux pieds du sien, y faisant graver
des inscriptions tant honorables que la mémoire ne
s'en éteindra jamais.

Lorsque mon père mourut, je pouvais avoir l'âge de
sept ou huit ans, et commençai dès ce temps-là de
ressentir les rigueurs de la fortune. Car Léontidas, qui
avait succédé à la charge de mon père, et que Torrismonde aimait par-dessus tout les chevaliers d'Aquitaine, usa de tant d'artifices que je lui fut remise entre
les mains et presque ravie de celles de ma mère, sous
un prétexte qu'ils nommaient raison d'Etat, disant
qu'ayant tant de grands biens, et de places fortes, il
fallait prendre garde que je ne me mariasse à personne qui ne fût bien affectionnée au service de
Torrismonde. Me voilà donc sans père, et sans mère,
privée de l'un par la rigueur de la mort, et de l'autre
par celle de cette raison d'Etat ; toutefois la fortune me
fut favorable de ce que je rencontrai tant de douceur,
et tant d'honnêteté en Léontidas que je ne pouvais
désirer de meilleurs offices que ceux que je recevais de
lui, ne lui défaillant rien que le nom de père. Sa
femme n'était pas de cette humeur, qui au contraire

me traitait si cruellement que je puis dire n'avoir jamais tant haï la mort que je lui voulais de mal.

Or le dessein de Léontidas était de m'élever jusques en l'âge de me marier, et puis de me donner à l'un de ses neveux qu'il avait élu pour son héritier, n'ayant jamais pu avoir des enfants. Mais d'autant que la contrainte est la plus puissante occasion qui empêche un esprit généreux de se plier à quelque chose, il advint que son neveu n'eut jamais de l'amour pour moi, ni moi pour lui, nous semblant que, nos fortunes étant limitées en nous-mêmes, nous étions cause l'un à l'autre de ce que nous ne pouvions espérer rien de plus grand, outre que nous n'estimions pas ce qui nous était acquis sans peine. Ce furent donc ces considérations, ou d'autres plus cachées, qui nous empêchèrent d'avoir de l'amitié l'un pour l'autre ; mais lorsque j'eus un peu d'âge, il y en eut bien de plus grandes. Car la recherche de plusieurs jeunes chevaliers, si pleine d'honneur et de respect, me faisait paraître plus fâcheux le mépris dont usait le neveu de Léontidas envers moi. Lui, d'autre côté, piqué de ce que je le dédaignais, comme il lui semblait, se retira, de sorte que je ne le voyais plus que comme étranger, dont je ne recevais peu de contentement.

Et, quoique le respect que chacun portait à Léontidas pour l'extraordinaire faveur que Torrismonde lui faisait fût cause que plusieurs n'avaient pas la hardiesse de se déclarer entièrement, si est-ce qu'il se rencontra un parent assez proche de Léontidas qui, fermant les yeux à toutes considérations, entreprit de me servir, quoi qu'il lui en pût advenir. Dès le commencement, ce n'était pas avec dessein de s'y embarquer à bon escient, mais seulement pour n'être

pas oiseux[35], et pour faire paraître qu'il avait assez de
mérite et de courage pour se faire aimer, et pour aimer
ce que l'on estimait de plus relevé dans la Cour,
pouvant dire sans vanité que de ma condition il n'y
avait rien qui le fût plus que moi.

Et voyez comme ceux qui blâment l'amour ont peu
de raison de le faire. Lorsque ce jeune chevalier
commença de me servir, il était homme sans respect,
outrageux, violent et le plus incompatible[36] de tous
ceux de son âge ; au reste, vif, ardent, et si courageux
que le nom de téméraire lui était mieux dû que celui
de vaillant. Mais depuis que l'amour l'eut vivement
touché, il changea toutes ces imperfections en vertu,
et s'étudia de sorte de se rendre aimable qu'il fut
depuis le miroir des chevaliers de Torrismonde. Il
s'appelait Damon, parent assez proche de Léontidas,
comme vous avez ouï dire, et de qui le roi ne faisait
point bon jugement pour les raisons que je vous ai
dites ; toutefois, lorsqu'il commença de se changer, le
roi aussi changea d'opinion. Mais parce que Léontidas
était homme très avisé, et qui toute sa vie avait fait
profession de remarquer les actions d'autrui, et d'en
faire jugement, il se prit bientôt garde de son dessein,
qui lui était insupportable, à cause de la volonté qu'il
avait de me donner à son neveu. Et pour couper
chemin à cette nouvelle recherche, il me défendit si
absolument de le voir, et lui en parla de sorte que nous
demeurâmes tous deux plus offensés de lui que je ne
vous saurais dire. Et suivant la coutume des choses
défendues, nous commençâmes dès lors d'avoir plus
de désir de nous voir, et fûmes presque plus attirés à
l'amitié l'un de l'autre que nous n'étions auparavant.

Il n'y a rien, discrètes bergères, qui me contraigne

de vous avouer, ou de nier ce que je vais vous dire, si bien que vous devez croire que c'est la seule vérité qui m'y oblige. Lorsque Damon commença de me rechercher, son humeur m'était si désagréable que je ne le pouvais souffrir ; mais depuis que Léontidas, avec de fâcheuses paroles, m'eut si expressément défendu de le voir, le doute qu'il fit paraître d'avoir de moi me dépita si fort que je résolus de n'en aimer jamais d'autre. Et cela fut cause qu'avec un soin extrême je l'allais détournant des vices à quoi son naturel le rendait enclin, quelquefois les lui blâmant en autrui et d'autrefois lui disant que mon humeur n'était point d'aimer ceux qui en étaient atteints. Le formant de cette sorte sur un nouveau modèle, lorsque je connus les conditions de ce chevalier changées, je l'aimai beaucoup plus que s'il fût venu me servir avec ces mêmes perfections, d'autant que chacun se plaît beaucoup plus en son ouvrage qu'en celui d'autrui. Je vivais toutefois si discrètement avec lui qu'il ne put pour lors reconnaître au vrai si je l'aimais, et me tenais tellement sur mes gardes qu'il n'avait seulement la hardiesse de me déclarer sa volonté par ses paroles : effet bien différent de ceux que son outrecuidance avait accoutumé de produire auparavant. Ce qu'on pourrait trouver étrange, si Amour n'avait fait autrefois des changements beaucoup plus contraires en maintes personnes. Enfin, lui semblant que tout le service qu'il me rendait était perdu, si je ne savais son intention, il résolut de prendre un peu plus de courage, et de hasarder cette fortune. Et parce qu'il crut de le pouvoir mieux faire par l'écriture que par les paroles, après une longue dispute en son esprit, il fit une telle lettre :

LETTRE

DE DAMON A MADONTE

*C'est bien témérité d'aimer tant de perfections, mais
aussi c'est bien mon devoir de servir tant de mérites. Et si
vous voulez éteindre l'affection de ceux qui vous aiment,
il faut que de même vous laissiez les perfections qui vous
font aimer. Et si vous ne voulez point être aimée, veuillez
aussi n'être point aimable, autrement ne trouvez étrange
que vous soyez désobéie ; car la force excusera toujours
ceux qui feront cette offense contre votre volonté, puisque la nécessité ne reconnaît pas même la loi que les
dieux nous imposent.*

Mais quand il me voulut faire voir cette lettre, il ne
fut pas sans peine, parce qu'il savait bien que je ne la
recevrais pas sans artifice. Enfin voyez quelles sont les
inventions d'amour. Il me vint trouver, fit semblant
de m'entretenir des nouvelles de la Cour, me raconta
deux ou trois accidents sur ce sujet, advenus depuis
peu, et enfin me dit qu'il avait reconnu une nouvelle
affection qui n'était petite, mais qu'il craignait de me
la dire, parce que la dame était de mes amies, et le
chevalier de ses amis. « Eh quoi, lui dis-je, me tenez-
vous pour si peu discrète que je ne sache taire ce qui
ne doit pas être su ? — Ce n'est point cette doute, me
dit-il, qui m'en empêche, mais que vous n'en veuillez
mal à mon ami. — Et pourquoi cela, lui répondis-je,
puisque l'amour qui est honnête et plein de respect ne
peut offenser personne ? »

Je voyais bien, gentilles bergères, qu'il était en
peine de ce qu'il avait à faire ; mais je ne pensais point

que ce fût pour son particulier, m'imaginant que, s'il eût eu la volonté de m'en parler, il l'eût fait dès longtemps, en ayant eu diverses commodités. Et cela fut cause que je l'en pressai, plus peut-être que je ne devais. Enfin il me dit que de me dire les noms, c'était chose qu'il n'oserait faire, pour plusieurs considérations, mais qu'il m'en ferait voir une lettre qu'il avait trouvée ce matin même. Et à ce mot il mit la main dans sa poche, et me montra la lettre qu'il venait de m'écrire, que sans difficulté je lus sans en reconnaître l'écriture parce que je n'en avais jamais vu encore. Mais si auparavant j'avais un peu de volonté d'en savoir les noms, après cette lecture j'en eus extrême désir, et lorsque je l'en pressais le plus, je le vis sourire, et ne me dire que de fort mauvaises excuses. « Eh quoi, Damon, lui dis-je, depuis quand êtes-vous devenu si peu soucieux de me plaire que vous ne me veuillez dire ce que je vous demande ? — Je crains, me répondit-il, de vous offenser si je vous obéis, car celle à qui cette lettre s'adresse est fort de vos amies, comme je vous ai dit. — Vous me ferez sans doute*, lui répliquai-je, une offense beaucoup plus grande en me désobéissant. — Je suis donc, me dit-il, entre deux grandes extrémités, mais puisque la faute que je ferai par votre commandement sera beaucoup moindre, je vais vous obéir. » Et me prenant la lettre, me la relut tout haut, mais étant parvenu à la fin, il s'arrêta tout court sans nommer personne.

Voyez, belles bergères, que c'est que l'amour ! Quelquefois il porte les esprits les plus abaissés à des témérités incroyables, et d'autres fois fait trembler les courages plus relevés en des occasions que les moindres personnes ne redouteraient point. Damon en sert

d'exemple, puisque lui qui, entre les plus effroyables
dangers des armes, pouvait être appelé téméraire,
comme je vous ai dit, n'avait la hardiesse de dire son
nom à une fille, fille encore qu'il savait bien ne lui
vouloir point de mal. Mais s'il avait peu de courage,
j'avais, ce me semble, encore moins d'entendement ;
car je devais bien connaître, à la crainte qu'il avait,
que cela lui touchait, et je veux croire qu'Amour était
celui qui me bouchait les yeux, ayant fait dessein de
rendre par nous sa puissance mieux connue à chacun.
Autrement j'y eusse bien pris garde puisque je l'aimais, et qu'on dit que les yeux des amants percent les
murailles. Quoi que ce fût, j'avoue que je n'y pensais
point, et voyant qu'il se taisait : « Eh quoi ? lui dis-je,
Damon, n'en saurai-je autre chose ? Vraiment, je
pensais avoir plus de pouvoir sur vous. — Tant s'en
faut, me répondit-il, que mon silence procède de là,
que ce qui m'empêche de vous en dire davantage, c'est
que vous pouvez trop sur moi. Et toutefois ce que je
vous ai dit vous devrait suffire ; car que puis-je vous en
déclarer, après vous en avoir fait lire la lettre, et ouïr
la voix ? — Comment, lui dis-je, tout étonnée, est-ce
vous, Damon, qui l'avez écrite ? — C'est moi sans
doute, dit-il, baissant les yeux contre terre. — Et je
vous supplie, continuai-je, dites-moi à qui elle
s'adresse. — C'est, ajouta-t-il froidement, puisqu'il
vous plaît de le savoir, à la belle Madonte. » Et à ce
mot, il se tut pour voir, comme je crois, de quelle sorte
je recevrais cette déclaration.

J'avoue que je fus surprise, parce que j'attendais
toute autre réponse que celle-là ; et quoique je l'ai-
masse, comme je vous ai dit, et que ce fût d'une
volonté résolue, si est-ce que l'honneur, qui doit

toujours tenir le premier lieu dans nos âmes, me fit croire que ces paroles m'offensaient. Et quoique je reconnusse bien que j'avais été cause de sa hardiesse, si* ne voulus-je point l'excuser, me semblant que, comme que ce fût [37], il se devait taire. Il est vrai qu'Amour, qui n'était pas faible en moi, tenait fort son parti, et quoiqu'il ne pût étouffer entièrement les ressentiments que l'honneur me donnait, si* les adoucissait-il infiniment.

Enfin je lui répondis ainsi : « Malaisément, Damon, eussé-je attendu cette trahison de vous, en qui je m'assurais comme en moi-même ; mais par cette action vous m'avez appris qu'il ne se faut jamais fier en un jeune homme, ni en une personne téméraire. Toutefois je ne vous accuse pas entièrement de cette faute, j'en suis coupable en partie, ayant vécu par le passé avec vous de la sorte que j'ai fait. Votre outrecuidance sera cause que je serai plus avisée à l'avenir et pour vous et pour tous les autres qui vous ressembleront. — Si vous appelez trahison, me répondit-il, vous avoir plus aimée que vous n'avez pensé, je confesse que vous êtes trahie de moi, et que vous le serez de cette sorte tant que je vivrai, sachant bien que ni vous ni personne du monde ne saurait se figurer la grandeur de mon affection. Et si vous croyez que ma jeunesse m'en ait donné la volonté et ma témérité la hardiesse, je maintiendrai contre tous les hommes que jamais vieillesse ne fut plus prudente que cette jeunesse, ni prudence plus sage que cette témérité que vous blâmez en moi. Que si j'ai failli, comme vous dites, et que vous en soyez coupable, ce n'est pas pour la façon dont vous avez vécu avec moi, mais parce que, étant si belle, vous vous êtes rendue si pleine de perfection, qu'il est impossible que tous ceux qui vous verront ne commettent de mêmes fautes que vous me reprochez. Et toutefois je ne sais quel démon ennemi de mon contentement vous met à cette heure des opinions en l'âme si contraires à celles que vous venez de me dire. Et il faut bien que ce soit pour mon malheur que vous les ayez si promptement oubliées : ne m'avez-vous pas dit que l'amour n'offensait personne ? Si cela est, pourquoi le jugez-vous à cette heure autrement contre moi ? Mais, si ces paroles ne vous contentent, voici Damon devant vous qui vous offre l'estomac *, voire ce même cœur qui vous adore, afin que, pour vous satisfaire, vous lui donniez tel châtiment qu'il vous plaira, et s'il en refuse un seul (sinon la défense que vous lui pourriez faire de vous servir), il veut que vous le teniez pour le plus traître qui fut jamais et le plus indigne de tous les hommes d'être honoré de vos bonnes grâces. — Si je vous ai dit, lui répondis-je, que l'on ne s'offensait point d'être aimée, j'y ai ajouté le respect et l'honnêteté à quoi l'on est obligé. Et quand vous vous fussiez contenté de me rendre preuve de votre bonne volonté par ce respect seulement, et non point par l'outrecuidance de vos paroles, j'eusse eu autant d'occasion de vous aimer que j'en ai de vous haïr. Car pourrai-je bien douter à l'avenir que Damon ne recherche ma honte, puisqu'il a eu la hardiesse de me le dire lui-même ? Quelle me pensez-vous, Damon, pour croire que sans vengeance je souffre ces injures ? N'avez-vous point de mémoire du père que j'ai eu ? N'avez-vous point reconnu quelle vie a été la mienne ? et combien j'ai eu de soin de me conserver non seulement telle que je dois être mais en sorte que la médisance n'eût occasion de mordre sur

mes actions ? Ressouvenez-vous que si vous n'avez ni
mémoire ni jugement pour ce que je vous dis, j'en ai
assez pour tous deux, et que, si vous continuez, vous
me donnerez sujet de vous rendre du déplaisir par
toutes les voies que je saurai inventer. — Madame, me
répondit-il incontinent, ne laissez de mettre en avant
contre moi toutes les sortes de peine que vous en
pourrez imaginer. Celui qui a pu supporter l'effort [38]
de vos yeux ne saurait craindre celui de tout le reste de
l'univers. Ce ne sont que des témoignages de mon
affection, qui me seront d'autant plus chers qu'ils
rendront plus de preuve que vous êtes aimée de
Damon. Et ne pensez plus que je vous méconnaisse, ni
ceux dont vous êtes descendue. Vos vertus sont trop
gravées en mon âme, et j'ai trop d'obligation à ceux
qui vous ont mise au monde pour en perdre la
mémoire, mais, si je ne vous ai offensée que par la
parole et non par le dessein que j'ai eu de vous rendre
service, laissons là, madame, cette fâcheuse parole,
oublions-la. Commandez-moi que je sois muet,
pourvu qu'il soit permis à mon âme de vous adorer, je
veux bien ne parler jamais. Mais si vous redoutez si
fort que je vous die que je vous aime, et si vous croyez
que cela importe tant à cette réputation dont justement vous êtes si soigneuse, ne croyez-vous pas que
vous vous allez procurer un extrême déplaisir, puisque, vivant avec moi comme vous me menacez, il sera
impossible que mon affection ne se manifeste à chacun ? Et par ainsi *, ce que je vous dis en particulier sera
public par tous ceux de cette Cour, et ne serez-vous
pas plus offensée de l'ouïr de la bouche de chacun et
en public que de la mienne en particulier ? Avant que
d'ordonner ce qu'il vous plaît faire de moi, je vous

supplie, madame, considérez ce que je vous dis, et de plus que, si je ne faux point[39], vous n'avez point de raison de me punir. Et si vous êtes offensée, et que ma faute vous déplaise, pourquoi vous voulez-vous[40] faire plus de tort en la publiant à tout le monde ? »

Il serait bien malaisé, sages bergères, de vous redire toutes les raisons que Damon m'allégua, car je n'ouïs jamais mieux parler. J'avoue toutefois que j'éprouvai bien en cette occasion que le conseil est très bon de ceux qui disent qu'on ne doit jamais déclarer son affection à une dame qu'auparavant on ne l'ait obligée à quelque sorte de bonne volonté. Car lorsque l'offense qu'elle pense recevoir par telle déclaration la veut éloigner, cette bonne volonté qui la tient attachée l'empêche de le pouvoir faire, et lui fait écouter par force telles paroles, voire en fait faire un jugement plus favorable. Je l'éprouvai, dis-je, à cette fois, puisqu'il me fut impossible de m'en séparer, encore que je ressentisse l'injure que j'en recevais ; au contraire, avant que de mettre fin à nos discours, je consentis d'être aimée et servie de lui, pourvu que ce fût avec honneur et discrétion. Et parce que Léontidas avait continuellement les yeux sur nous, je lui commandai de ne me voir plus si souvent, et de dissimuler mieux qu'il n'avait fait par le passé, afin de tromper cet homme. Je me souviens qu'en ce temps-là, d'autant que Léontidas, encore que grand et sage capitaine, ne laissait toutefois de se laisser posséder à l'amour de quelques femmes, qui, feignant de l'aimer, tiraient de son bien tout ce qu'elles pouvaient, et en cachette en favorisaient d'autres, il fit des vers qu'il m'envoya. Et parce que nous craignions que, les lettres venant à se perdre, nos noms ne fissent reconnaître ce

que nous désirions qui fût tenu caché, je l'appelais
mon frère, et il me nommait sa sœur. Je pense que je
me souviendrai encore des vers dont je vous parle. Il
me semble qu'ils étaient tels :

SONNET

Qu'envieux de mon bien il parle, ou qu'il blasphème,
Qu'il remarque à nos yeux ce qu'il pense être en
[*nous,*
Qu'il connaisse en effet* que je ne suis moi-même,
Sinon, ma sœur, en tant que je ne suis qu'à vous.

Que d'un œil importun il nous veille jaloux,
Que sur nos actions la médisance il sème :
Il peut bien m'éloigner de mon bien le plus doux,
Mais non pas empêcher qu'enfin je ne vous aime.

Malgré tous ces discours contre nous inventés,
Malgré tous ces soupçons qui nous ont tourmentés,
Même dans le cercueil, je fais vœu d'être vôtre.

Mais ce fâcheux Argus ne ferait-il pas mieux,
Nous laissant en repos, d'employer tous ses yeux
A garder la beauté qu'il paye pour un autre ?

Mais pour revenir à ce que je vous disais, depuis ce
jour Damon se régla de sorte à ma volonté que je ne
puis nier que je n'eusse de l'amour pour lui. Aussi
était-il tel qu'il était bien malaisé de ne l'aimer point,
et même connaissant combien l'affection qu'il me
portait lui avait fait changer de vices en vertus. Et
parce que pour tromper les yeux de Léontidas, nous ne
nous parlions plus que par rencontre, et fort peu
souvent en présence de quelqu'un, plusieurs eurent

opinion que le courage généreux de Damon n'avait pu
souffrir plus longuement les dédains dont j'avais usé
envers lui et qu'il s'était retiré de mon amitié, et
Léontidas même y fut trompé, encore que sa femme,
qui était infiniment soupçonneuse, l'assurât toujours
du contraire. Et parce qu'il désirait passionnément,
comme je vous ai dit, de me donner à son neveu, pour
contenter son esprit, il pensa de mettre près de moi
une femme qui prît garde à mes actions sans en faire
semblant. Elle se nommait Lériane, et déjà était bien
fort avancée en son âge, toutefois d'une humeur assez
complaisante, mais au reste la plus fine et rusée qui
fût jamais.

Pour ce coup je n'eus pas la vue si bonne que
Damon, car d'abord qu'elle me fut donnée, il découvrit le dessein de Léontidas ; et parce que je la trouvais
de bonne compagnie et qu'elle faisait tout ce qu'elle
pouvait pour me plaire, je ne pouvais croire qu'elle
eût cette mauvaise intention. Et d'autant que continuellement il me disait qu'elle me tromperait, et que
je m'en prisse garde, nous fîmes résolution de jouer au
plus fin. Et puisqu'il ne dépendait pas de notre
volonté de l'éloigner de nous, nous pensâmes qu'il
était à propos de faire semblant que sa compagnie
nous était très agréable. Par cet artifice nous avions
opinion de l'obliger à ne nous rendre point tous les
mauvais offices qu'elle pourrait, et de faire paraître à
Léontidas que nous n'avions point de dessein que nous
ne voulussions bien qu'il sût. O que nous eussions été
avisés, si nous eussions mis en effet cette délibération !

Mais oyez, gentilles bergères, ce qui en advint :
Lériane, voyant la bonne chère* que je lui faisais, se
montrait si désireuse de me plaire qu'enfin je vins à

l'aimer insensiblement ; et elle, d'autre côté, prenant garde aux recherches que Damon lui faisait, crut aisément qu'il l'aimait. Et cette créance, jointe à la beauté et aux perfections de ce jeune chevalier, convièrent bientôt Lériane de l'aimer, de sorte qu'il n'y eut que le pauvre Damon qui ne se trompa point, et toutefois ce fut lui qui paya plus chèrement nos erreurs. Et quoiqu'il reconnût bien dès le commencement ce que je vous dis, si ne m'en put-il empêcher. Il me souviendra le reste de ma vie des paroles dont il usa, lorsqu'il me le dit : « Ma sœur, me dit-il, vous aimez Lériane, mais souvenez-vous qu'elle ne le mérite pas, et que je crains que vous n'y preniez garde trop tard. Elle a un très mauvais dessein, et envers vous, et envers moi, car la femme de Léontidas ne vous l'a donnée que pour vous épier, et croyez que véritablement la bonne chère* que vous m'avez commandé de lui faire lui a donné occasion de croire que je l'aimais, et que cette opinion est cause qu'elle ne me veut point de mal. — Tant mieux, lui dis-je, mon frère, en souriant, je sais bien que vous ne serez pas amoureux d'elle, pour le moins, je vous assure que je n'en serai jamais jalouse ; et cependant la bonne volonté qu'elle vous portera la retiendra peut-être en son devoir, et l'empêchera de ne nous faire tout le mal qu'elle pourrait. — Dieu veuille, me dit-il, ma sœur, qu'il en advienne comme vous dites, mais j'ai bien peur qu'au contraire cette affection n'ait une autre fin, car il est impossible que je continue de lui faire bonne chère* et, se voyant déçue, Dieu sait ce qu'elle ne fera point. — Elle ne vous prendra peut-être pas par force, lui dis-je. — Dieu veuille, me répliqua-t-il, que je sois mauvais devin, et qu'elle ne fasse pas quelque chose de pire encore que ce que vous dites. »

Je vis bien que cette femme lui était importune, mais je ne jugeai jamais qu'elle eût de l'amour, et pensais que toutes ses recherches n'étaient que pour mieux faire la complaisante. Et parce qu'encore que Léontidas me fît toute la bonne chère* qu'il lui était possible, si est-ce que le mauvais traitement que je recevais de sa femme me faisait passer une vie fort ennuyeuse*. Je répondis à Damon qu'il devait considérer la misérable vie que je faisais; que je n'avais contentement que de lui, ni consolation que de Lériane; que je croyais bien que l'intention de Léontidas et de sa femme avait été, en mettant Lériane auprès de moi, de m'avoir donné un espion, mais que je croyais bien aussi qu'ils pourraient se tromper, et que cette femme se sentait tellement obligée aux caresses que je lui avais faites que je connaissais bien que véritablement elle m'aimait; et enfin, qu'à la longue il perdrait la mauvaise opinion qu'il avait d'elle, parce que, la pratiquant davantage, il connaîtrait que c'était une personne d'honneur. Damon ne sut faire autre chose, voyant comme j'en étais abusée, que de plier les épaules, et depuis ne m'en osa plus parler de peur de me déplaire.

Et voyez combien la bonne opinion que nous avons d'une personne a de force sur nous : je voyais bien la recherche qu'elle faisait à Damon, et ne pouvais m'imaginer que ce fût à mauvaise intention, me figurant que tout ce qu'elle en faisait, n'était que pour me complaire. O que le visage dissimulé de la pru-d'homie couvre, et nous fait méconnaître de vices ! Et cela était cause que quelquefois Damon recevait

mauvaise chère* de moi, me semblant qu'il ne traitait
pas avec Lériane comme il devait, puisque je lui avais
dit que je l'aimais, et que c'était la moindre chose
qu'il dût faire pour moi, que de faire cas de ceux de
qui je chérissais l'amitié. Ce que Damon reconnaissait
bien, et ne s'en osait plaindre, de peur de faire pis,
mais seulement nourrissait en son âme une si cruelle
haine contre elle qu'à peine la pouvait-il cacher. Au
contraire Lériane augmentait de jour à autre de telle
sorte cette affection qu'elle lui portait qu'enfin,
voyant qu'il ne faisait pas semblant de la reconnaître,
elle ne se put empêcher de lui écrire une lettre si
pleine de passion que Damon, ne pouvant plus dissimuler, lui en ôta si bien toute espérance qu'elle ne
perdit pas seulement l'amour qu'elle lui portait, mais
en sa place y fit naître une si grande haine qu'elle jura
sa perte. Que si elle eût pu preuver*, en l'accusant à
Léontidas, ce qu'elle savait de notre affection, il n'y a
point de doute qu'elle l'eût fait, mais notre bonheur
fut tel que, quelque familiarité qui eût été entre nous,
je ne lui en avais jamais parlé que fort peu.

Il est vrai que je l'ai depuis reconnue assez fine et
malicieuse pour croire que, s'il ne lui eût fallu que
quelque preuve, elle ne s'y fût pas arrêtée, parce
qu'elle n'eût jamais manqué d'invention, mais un des
principaux sujets qui l'en empêcha, ce fut, ce que j'ai
jugé depuis, qu'elle eut crainte que Damon n'eût
gardé les lettres qu'elle lui avait écrites, et que par ce
moyen Léontidas l'eût reconnue pour une très mauvaise femme. Et toutefois cette considération ne pouvait encore être assez forte pour l'empêcher, parce
qu'elle eût pu dire qu'elle avait fait semblant d'aimer
Damon, pour le convier de se fier plus en elle ; et

sans doute Léontidas et sa femme l'eussent crue, ayant conçu une si bonne opinion d'elle qu'ils ne pensaient pas qu'il y eût matrone en Gaule plus sage que Lériane.

Mais si j'avais eu tort en l'amitié que je lui portais, Damon ne se peut excuser qu'il n'ait failli en cette action, car, s'il m'eût montré la lettre qu'elle lui avait écrite, il n'y a point de doute qu'il m'eût sortie d'erreur, et que nous ne fussions pas tombés aux malheurs où nous nous vîmes depuis. Et ce qui l'en empêcha, comme je pense, ce fut la cruelle réponse qu'il lui avait faite, d'autant qu'il eut peur que je la visse et lui en susse mauvais gré. Tant y a qu'il me le tint si secret que je n'en sus rien pour lors.

Or Lériane ayant fait dessein, comme je vous disais, de se venger de ce chevalier, jugea qu'il n'y avait point de moyen plus propre que celui que je lui en donnerais. Et sachant bien que, vivant familièrement avec moi, il ne pouvait pas être qu'il ne s'en présentât quelque bonne occasion, elle se rendit si soigneuse de me voir et de me suivre, que je la pouvais dire l'ombre qui accompagnait mon corps. Et parce qu'elle avait un esprit vif, et qui entrait presque dans les intentions des personnes, elle reconnut que Tersandre m'aimait.

Je dis ce même Tersandre que vous voyez qui est en ce lieu avec moi. Il ne faut pas que je vous die ce qui est de sa personne, puisque vous le voyez, sages bergères, mais oui bien de quelle condition il est : sachez donc que son père ayant suivi le mien en tous ses voyages de guerre, ils furent enfin tués tous deux le jour que Thierry mourut. Et parce que cettui-ci avait été nourri petit enfant dans la maison de mon père, il avait conçu une si grande affection de moi, que la différence de nos conditions ne le put pas empêcher de me regarder d'autre sorte qu'il ne devait. Et j'en pouvais bien être cause, sans y penser, car la grande inégalité qui était entre nous me faisait recevoir tous ses services, non pas comme d'un amant, mais comme d'un domestique, le lieu d'où il était ne lui pouvant donner par raison une plus grande prétention pour mon regard. Mais Amour, qui faisait naître ses pensées en son âme, d'autant qu'il est aveugle, peut sans reproche en produire de plus déraisonnables, et par ainsi * lui faisait concevoir des espérances qui étaient du tout éloignées de la raison.

Toutefois Lériane qui, plus fine que moi, avait jeté les yeux sur lui, et avait fort bien reconnu son intention, le jugea un sujet très propre pour commencer sa vengeance. Elle savait bien que de toutes les amertumes d'amour, il n'y en avait point de si difficile que la jalousie, ni qui fût reçue plus aisément en une âme qui aime bien. Elle commence donc de se rendre familière avec lui, lui fait paraître beaucoup de bonne volonté, lui offre toute sorte d'assistance en tout ce qui se présentera, bref, peu à peu, l'attire auprès de moi, et lui donne commodité de me voir et de parler à moi. Mais voyant que sa modestie l'empêchait de me déclarer sa volonté, elle résolut de lui en donner le courage, et avec ce dessein, un jour qu'elle le trouva à propos, après quelques discours éloignés, et qu'elle fit venir sur ce qu'elle lui voulait dire, elle lui fit entendre qu'elle et moi nous étions souvent étonnées de le voir sans qu'il eût encore fait choix de quelque maîtresse, et que je disais que je n'en pouvais juger la cause ; car de dire que ce fût faute de volonté, l'âge où il était ne le pouvait permettre ; que ce fût faute de courage, encore moins, puisqu'il avait rendu trop de témoignage de ce qu'il était, et que la connaissance qu'il avait de lui-même lui devait donner assez d'assurance de pouvoir acquérir les bonnes grâces de la plus belle de cette Cour, tellement que je n'en voyais autre occasion, sinon qu'il ne trouvait rien digne de lui.

Tersandre qui croyait ce qu'elle disait, et qui se sentait toucher l'endroit le plus sensible de son âme : « Hélas ! ma fille, lui dit-il en soupirant (car telle était l'alliance dont il la nommait), hélas ! que madame et vous, avez peu remarqué mes actions, puisque vous n'avez reconnu ma folie. J'aime, mais hélas ! j'aime en tel lieu qu'il vaut mieux le taire pour n'être estimé insensé que le dire pour espérer tant soit peu d'allégement. »

Cette rusée de Lériane, qui savait bien ce qu'il voulait dire, feignant de ne l'entendre pas, le tourne de tant de côtés qu'elle lui arracha le nom de Madonte de la bouche, mais avec tant d'excuses qu'elle jugea bien qu'il reconnaissait son outrecuidance, et qu'il fallait lui donner du courage pour continuer son dessein. C'est pourquoi d'abord elle lui dit qu'elle ne trouvait point tant d'inégalité entre lui et moi que cela l'en dût retirer. Que si la fortune m'avait favorisée de beaucoup de biens et d'être née de ces grands aïeux dont je tirais mon origine, qu'il avait tant de vertus que s'il était moindre en fortune, il m'était égal en mérite.

Elle avait feint tout le discours précédent, qu'elle disait que nous avions eu ensemble, et m'en avait attribué la plus grande partie, pour lui donner la hardiesse de se déclarer, et maintenant pour lui donner le courage de continuer, elle en invente un

autre aussi peu véritable, lui disant qu'elle avait bien
reconnu aux paroles que je lui avais dites de lui
plusieurs fois que je l'estimais, voire que je l'aimais,
autant que je me sentais importunée de Damon. Elle
ne mentait pas, encore qu'elle crût de mentir, car il
était vrai que je l'aimais autant que j'étais importunée
de Damon. Et pour le lui persuader mieux, lui disait
que bien souvent, quand il s'approchait de moi, je
disais, me tournant vers elle, que pour le moins
Damon fût changé en Tersandre. Et sur ce discours
elle s'étendait le plus qu'elle pouvait en des louanges
qu'elle disait de lui, et qu'elle feignait de redire après
moi, et pour la fin jurait que je ne trouvais rien de
mauvais en lui que le trop grand respect qu'il me
portait, afin que par ce moyen il fût plus hardi et
perdît la grande appréhension qu'il avait pour notre
inégalité.

Ayant donc jeté de cette sorte les fondements de sa
trahison, elle voulut sonder ma volonté, me parlant
quelquefois de Damon, et comme si c'eût été par
mégarde, elle y mêlait toujours quelque chose à la
louange de Tersandre. Ce que je n'entendais point, car
je n'eusse jamais tourné les yeux sur lui, et voyant que
j'en parlais comme d'une personne indifférente, elle
eut opinion que peut-être en recevrais-je des lettres, si
elles m'étaient données bien à propos. Le jour de l'an
approchait, où[41] l'on a de coutume de se donner l'un à
l'autre de petits présents, que nous nommons les
étrennes. Elle pensa que des gants parfumés qu'elle
avait recouvrés seraient propres pour m'en faire voir
une. Elle assura donc Tersandre de m'en donner, et
sous cette espérance, en retire de lui une qu'elle met
dans un des doigts du gant, et prend si bien son temps

qu'en la meilleure compagnie où elle me voit, elle me
présente ses étrennes.

De fortune* Damon y était, et, parce qu'elle eut
crainte que la rencontrant du doigt, je n'en donnasse
connaissance à chacun, elle me dit qu'une couture
s'était décousue, et qu'elle la raccommoderait, et à ce
mot, me ganta celui où la lettre était, laissant l'autre
entre les mains de ceux qui le voulaient sentir. Mais
quoiqu'elle m'en eût avertie, lorsque je rencontrai le
papier, je ne pus m'empêcher de demander que
c'était, à quoi elle répondit que c'était la couture qui
avait lâché quand elle les avait essayés. Quant à moi,
qui n'entendais point cette finesse, je répliquai que ce
n'était point cela. Elle avec une assurance incroyable :
« Vous ne faites que rêver, ma maîtresse, me dit-elle,
car c'était ainsi qu'elle me nommait, c'est moi-même
qui l'ai décousu sans y penser. »

Je jugeai bien que c'était chose qu'il fallait dissimuler en si bonne compagnie, mais j'étais trop jeune
pour le savoir faire de sorte que Damon qui avait les
yeux sur nous ne s'en aperçût. Et à la vérité, j'étais si
peu accoutumée à telles rencontres que j'étais excusa-
ble si je les savais si peu cacher. Damon qui avait de
l'amour, et qui savait par expérience combien cette
passion rend les personnes ingénieuses, jugea bien
incontinent qu'il y avait une lettre, mais il ne put
deviner de qui c'était ; car pour Tersandre, il ne l'en
eût jamais soupçonné. Toutefois ce qu'il en vit depuis
lui fit croire que celle-ci venait de lui, comme je vous
dirai. Quant à moi, encore que je voulusse vivre
comme je devais, si ne laissais-je d'avoir un extrême
désir de savoir ce qu'il y avait dans ce gant ; et cela fut
cause que je me retirai le plus tôt que je pus pour le

voir. Et lorsque je fus seule, je sors le papier, et le
dépliant, je trouve qu'il y avait telles paroles :

LETTRE

DE TERSANDRE À

MADONTE

*Comme contraint, et non pas comme m'en estimant
digne, je prends la hardiesse, madame, de me dire votre
très humble serviteur. S'il fallait que vous fussiez seulement servie de ceux qui sont dignes de vous, il faudrait
aussi que ceux-là seuls eussent le bonheur de votre vue.
Car encore que nous n'en ayons les mérites, nous ne
laissons d'en recevoir les désirs, qui nous sont d'autant
plus insupportables qu'ils sont moins accompagnés de
l'espérance. Mais si l'Amour, continuant en vous ses
ordinaires miracles, vous rendait agréable une extrême
affection, madame, je m'estimerais très heureux, et vous
seriez fort fidèlement servie. Car je sais bien que jamais
personne ne parviendra à la grandeur de ma passion,
encore que tous les cœurs se missent ensemble pour vous
aimer, et adorer.*

Les flatteries de cette lettre me plurent, mais venant
de la part de Tersandre, j'en eus honte, ne voulant
qu'une telle personne eût la hardiesse de tourner les
yeux sur moi pour ce sujet. J'en fus offensée contre
Lériane, et trouvant fort étrange qu'elle m'eût fait voir
cette lettre, je consultai longuement en moi-même si
je m'en devais plaindre à elle ou bien n'en faire point
de semblant. Je résolus enfin de lui dire que je l'avais
jetée au feu sans la lire, parce que si j'en eusse fait des
plaintes, peut-être m'en eût-elle dit davantage et j'en

voulais fuir les occasions, tant pour en amortir le bruit
entièrement, que pour n'avoir sujet d'éloigner Lériane
de moi, de qui l'humeur m'était très agréable. Et
toutefois je connaissais qu'elle avait eu tort, mais ma
jeunesse et l'amitié que je lui portais me contraignirent de l'oublier, et de chercher même des excuses à sa
faute, lorsqu'elle revint de là à quelques jours et
n'ayant pas, comme je crois, la hardiesse de me voir si
tôt après ce beau message. Et parce que je ne voulus
porter les gants qu'elle m'avait donnés, ayant opinion
qu'ils venaient de Tersandre, aussi bien que la lettre,
elle me demanda que j'en avais fait[42]. « Je les ai
donnés, lui dis-je, d'autant qu'ils n'étaient pas bien
pour ma main. — Et du papier, dit-elle, qui était
dedans, qu'en avez-vous fait ? — Je l'ai jeté au feu, lui
répondis-je : était-ce quelque chose d'importance ? —
Vous ne l'avez donc point lu, me dit-elle ? Et lui ayant
répondu que non, elle continua qu'elle en était très
aise, parce qu'elle avait été trompée par une personne
en qui elle se fiait, mais qu'elle louait Dieu que le feu
eût nettoyé sa faute. Et qu'était celui[43], demandai-je ?
— Vous ne le saurez pas de moi, dit-elle, et vous assure
que depuis que j'ai su ce que c'était (qui n'est que
depuis une heure) je mourais de peur que vous ne la
lussiez, et venais pour vous en empêcher. »

Cette fine femme pensa bien toutefois que je l'avais
lue, mais connaissant par ce que je lui en disais que je
n'étais pas encore bien disposée à ce qu'elle voulait,
elle crut être nécessaire de me laisser une bonne
opinion d'elle, et de feindre aussi bien que moi. Et
parce qu'elle savait que j'aimais Damon, elle en
accusa cette bonne volonté, et pensa qu'elle ne pouvait
mieux bâtir son dessein que des ruines de l'amitié que

je portais à ce chevalier. Cela fut cause qu'elle tourna
tout son esprit à la ruiner, et d'autant qu'elle connaissait bien que je n'avais pas mauvaise opinion de moi,
elle se figura que l'amitié que Damon me portait était
cause que je l'aimais. Elle fit donc dessein de me
mettre en doute de lui, ne jugeant point qu'il y eût un
meilleur moyen que la jalousie, d'autant qu'un cœur
généreux ressent plus le mépris que toute autre
offense. Et quoique la jalousie puisse procéder de
diverses causes, toutefois la principale est quand
l'amant voit que la personne aimée en aime une
autre[44], prenant cette nouvelle affection pour un
témoignage de mépris, d'autant qu'il juge que, comme
celle qu'il aime mérite toute son amour, de même il
doit aussi recevoir toute la sienne, si pour le moins elle
l'estime autant qu'elle est estimée de lui et, ne le
faisant pas, l'attribue au mépris.

Mais quand elle voulut exécuter ce dessein, elle n'y
trouva pas une petite difficulté, d'autant que ce
chevalier ne regardait femme du monde que moi,
outre qu'il était nécessaire que Lériane eût toute
puissance sur celle de qui elle me rendrait jalouse, afin
de la conduire à sa volonté, et de plus qu'elle fût
secrète, et belle, et de telle condition qu'il y eût
apparence qu'elle méritât d'être aimée. Il était bien
difficile de trouver toutes ces qualités ensemble en un
même sujet. Mais elle, qui avait un esprit qui ne
trouvait jamais rien d'impossible, après avoir cherché
quelques jours en vain, se résolut de suppléer par la
finesse au défaut d'une nièce qu'elle nourrissait *.

C'était une jeune fille qui s'appelait Ormanthe, je
dis jeune d'âge et d'esprit, qui avait le visage assez
beau, mais si dénuée de ce vif esprit, qui donne de

l'amour, que peu de personnes la jugeaient belle.
Lériane toutefois eut opinion qu'elle l'instruirait de
sorte qu'où la nature défaillait, son artifice donnerait
un si grand secours que tout réussirait à son avantage.
En ce dessein elle tire à part Ormanthe, la tance du
peu de soin qu'elle a d'elle-même, qu'elle devrait avoir
honte de voir toutes ses compagnes aimées et servies,
qui étaient beaucoup moins belles qu'elle n'était pas,
et qu'elle n'avait su encore obliger le moindre chevalier à l'aimer, que cela procédait de sa nonchalance et
de son peu d'esprit, que, quant à elle, si elle ne se
voulait résoudre à mieux faire, qu'elle la renvoierait
vers sa mère, parce que, demeurant davantage dans la
Cour, elle n'y ferait autre chose qu'y devenir vieille
fille.

Ormanthe, qui craignait que sa mère la maltraitât
si Lériane la renvoyait de cette sorte, les larmes aux
yeux, se jette à ses genoux, la supplie de lui vouloir
pardonner les fautes qu'elle avait faites, et lui promet
qu'à l'avenir elle s'étudiera de lui donner plus de
contentement. Lériane, qui vit un si bon commencement en son dessein, continua : « Mais voyez-vous,
Ormanthe, toutes ces larmes et toutes ces protestations seront enfin inutiles, si je vois que vous ne
changiez de façon de vivre. Toutes vos compagnes
sont servies, et vous êtes la seule qui ne l'êtes point.
Pensez-vous que je sois sans déplaisir, quand je vois
toutes les filles de la Cour recherchées et estimées, et
quand nous allons au promenoir, que chacune a son
chevalier qui lui aide à marcher, voire quelques-unes
deux ou trois qui se pressent à qui occupera leurs
côtés, et que vous êtes toute seule, sans que personne
daigne seulement tourner les yeux vers vous ? Chacun

en parle comme il lui plaît, mais ne croyez point que ce soit à votre avantage. Quelques-uns qui voient votre visage être plus beau que celui de plusieurs de vos compagnes desquelles on fait cas disent que si vous n'êtes point recherchée, c'est que vous êtes pauvre, d'autres, que vous avez quelque défaut, ou en votre race, ou en votre personne. Et en vérité ce n'est que pour votre nonchalance, et pour une façon sauvage, et humeur rustique qui vous fait fuir de chacun. Et de fait je sais que Damon a eu dessein de vous aimer, je le sais, parce qu'il m'en a fait parler par quelques-uns de ses amis, et toutefois il n'a jamais su trouver les moyens de s'approcher de vous, tant vous êtes mal accostable, et tant cette sotte humeur, et façon retirée, lui en a ôté la commodité. Et Dieu sait si en toute la Cour il y a chevalier de plus de mérite, et si vous ne seriez pas la fille la mieux servie et la plus honorée, si ce bien vous advenait. Que si cette bonne fortune se présentait à quelques autres de vos compagnes, de quel courage * serait-elle reçue, et de quelle industrie et de quel artifice n'useraient-elles point pour le posséder entièrement ? Or je vous dirai donc encore, cette fois pour toutes, que, si vous voulez, Ormanthe, que je vous retienne plus longuement en ce lieu, je désire que vous donniez autant de sujet à Damon de vous aimer que vous lui en avez donné du contraire, et ne craignez que les faveurs que vous lui ferez soient vues de quelque autre ; car le dessein qu'il a de vous épouser couvrira assez tout ce qu'on en saurait penser à son désavantage. »

Telle fut la leçon que Lériane fit à cette jeune fille, qui ne tomba point en une terre ingrate, d'autant que Ormanthe, qui de son naturel était d'humeur libre, et

sans feintise, n'ayant plus de bride qui la retînt, tant
s'en faut, ayant les instructions de Lériane qui l'y
poussaient, faisait depuis ce jour tant d'extraordinaires caresses à Damon, que lui et tous ceux qui les
voyaient en demeuraient étonnés. Et ces choses passèrent si avant que je commençai d'en ouïr quelque
bruit, et cela par l'artifice de Lériane qui, par le
moyen de Tersandre, le faisait dire en lieu d'où je le
pouvais savoir. Et afin que j'eusse moins de soupçon
que ce fût une tromperie, jamais Tersandre n'en
parlait, mais il le faisait dire par ses amis. Et toutefois
je ne pouvais croire que Damon aimât mieux cette
sotte fille que moi, puisque sa beauté, ce me semblait,
n'égalait point celle de mon visage, ainsi que mon
miroir m'assurait, sur lequel, la voyant, je jetais bien
souvent les yeux pour en faire comparaison. De plus,
quand je me ressouvenais de ce que j'étais, et qu'Ormanthe était, je ne pouvais m'imaginer qu'il fît choix,
en me dédaignant, d'une personne qui était si peu de
chose au prix de moi. Ce que cette malicieuse reconnaissant bien voulut me tromper avec un plus grand
artifice.

Il y avait une vieille femme qui était tante de
Lériane, qui avait toute sa vie vécu avec beaucoup
d'honneur et de réputation. Lériane fit en sorte par la
voie de Tersandre que cette bonne vieille fût avertie
des caresses qu'Ormanthe faisait à Damon, qui
étaient telles que, quand elle les sut, elle n'eut repos
qu'elle n'en vînt avertir Lériane ; et elle, qui savait sa
venue, se trouva expressément dans ma chambre, afin
que je visse quand elle lui en parlerait. Leurs discours
furent longs, et les branlements de tête, et la colère
que je remarquai en elles me donna volonté, quand

cette bonne femme fut partie, de savoir ce que c'était. Elle feignit de vouloir et ne pouvoir me le taire, et demeura quelque temps sans répondre. Enfin parce que je l'en pressais pour l'amitié que je lui portais, elle me dit : « Voyez-vous, ma maîtresse (c'était ainsi qu'elle m'appelait), Damon pense être fin, et il ne prend pas garde que je suis encore plus fine. Il croit, en feignant de vous aimer, que je ne verrai pas l'affection qu'il porte à Ormanthe. Cette ruse serait bonne si ce n'était point ma nièce, mais cela me touche trop pour n'avoir les yeux bien clairs en semblables affaires, outre qu'il se laisse tellement emporter au-delà de toute prudence, qu'il faudrait bien être aveugle pour n'y prendre garde. Je pense que plus de mille personnes m'en ont avertie, et voilà cette bonne femme qui ne m'est venue trouver que pour me dire qu'ils vivent de sorte que chacun en parle si désavantageusement pour sa petite-nièce, qu'elle ne me le peut celer, et que même je ne suis pas exempte du blâme de le souffrir, puisqu'elle est sous ma charge. J'en ai tancé plusieurs fois Ormanthe, mais je pense qu'il l'a ensorcelée. Je ne sais, quant à moi, quel goût il y trouve, car, encore qu'elle soit ma nièce, je dirai bien qu'il n'y a pas une fille plus sotte, ni plus incapable, ce me semble, de donner de l'amour que celle-là. »

O que ces paroles me furent fâcheuses, et difficiles à supporter sans en donner connaissance ! Je me retirai en mon cabinet où cette rusée me suivit, étant trop expérimentée en semblables accidents pour ne reconnaître pas ceux que ses paroles avaient causés en moi. Et parce que je me fiais entièrement en elle, aussitôt que je la vis seule près de moi, il me fut impossible de retenir mes larmes, et enfin de ne lui dire tout ce que, jusques alors, je lui avais celé de notre affection.

Dieu sait si Lériane reçut un extrême contentement de cette déclaration, et quoique tout son dessein ne tendît qu'à me divertir de l'amitié de Damon, si* connut-elle bien qu'il n'était pas encore temps de donner les grands coups, et qu'il la fallait affaiblir davantage, avant que l'entreprendre. Et pour le pouvoir mieux faire, elle me voulut donner une créance bien contraire à ce qui était de la vérité, à savoir qu'elle était fort amie de ce chevalier, ce qu'elle faisait pour m'ôter toute méfiance. Elle me parla donc de cette sorte : « J'avoue, ma maîtresse, que vous m'avez sortie d'une extrême peine, et toutefois je ne voudrais pas avoir acheté mon repos à vos dépens. Si j'eusse pensé qu'il vous eût aimée, je n'eusse jamais eu peur qu'il eût tourné les yeux sur ma nièce pour l'aimer. Damon a trop de jugement pour vous changer à une autre, et même qui vaut si peu. Ce n'est qu'une humeur de jeunesse qui l'a éloigné de vous ; il reviendra bientôt à son devoir, et ne faut pas que cela vous sépare de son amitié. Il a beaucoup de mérite, il est plein de courage, et, sans mentir, personne ne le voit qui ne le juge digne d'une bonne fortune. Toutefois je ne suis pas en doute que cette action ne vous afflige, et ne vous donne autant de déplaisir que si c'était quelque plus grande injure, et c'est parce qu'Amour est un enfant, qui s'offense de peu de chose. Mais, ma maîtresse, ne vous en tourmentez point davantage. Si vous voulez user d'un remède que je vous donnerai, vous serez tous deux bientôt guéris. N'avez-vous jamais pris garde qu'une trop grande clarté éblouit, et que le trop de bruit empêche d'ouïr ? Peut-être aussi trop d'amitié que vous lui avez fait paraître a rendu moindre son affection. Quant à moi, je le crois facilement, sachant assez que ces jeunes esprits sont ordinairement sujets à telle chose, ou pour se croire trop assurés de ce qu'ils possèdent, si bien qu'ils deviennent nonchalants, ou pour mépriser ce qu'ils ont sans peine, et en abondance, qui leur donne de nouveaux désirs. Mais il faut user en ce mal (comme en tout autre) de son contraire. Je suis certaine que si vous feignez de vous retirer un peu de lui, vous le verrez incontinent revenir à son devoir, et vous crier merci de sa faute. Vous croirez bien, ma maîtresse, que si je ne vous aimais, je ne vous tiendrais pas ce langage. Aussi vous donné-je le même conseil qu'en semblable accident je voudrais prendre pour moi. »

La conclusion fut que cette fine et malicieuse se sut tellement déguiser, que je lui promis, après plusieurs remerciements, de me servir de ce remède. Or le dessein qu'elle avait était de faire l'un de ces deux effets. Ou Damon (disait-elle en elle-même), glorieux de son naturel, se voyant dédaigner avec plus de dépit que d'amour, se retirera offensé des actions de Madonte ; ou bien, ayant plus d'amour que de dépit, essaiera de regagner ses bonnes grâces, s'éloignant d'Ormanthe. Si le premier advient, j'aurai obtenu ce que je veux ; si c'est le dernier, j'acquerrai une si grande créance auprès de Madonte, lorsqu'elle aura éprouvé mon conseil être si bon, qu'après j'en disposerai entièrement à ma volonté.

Et il advint que Damon connaissant quelque froideur en moi, et n'en pouvant accuser autre chose que les caresses qu'Ormanthe lui faisait, se retira peu à peu d'elle, et la fuyait comme s'il eût été fille, et elle homme. Lériane s'en prit garde aussi bien que moi, et pour ne perdre une si bonne occasion, un jour que nous en parlions seules dans mon cabinet, elle me demanda si son conseil n'avait pas été bon, et si à l'avenir je ne la croirais pas ? Et lui ayant répondu que oui, elle continua : « Or, ma maîtresse, il faut que nous fassions comme ces bons médecins qui, ayant bien préparé les humeurs par quelques légers remèdes, les chassent après tout à fait par de plus fortes médecines. Je vous veux dire un artifice dont j'ai vu user à celles qui se mêlent d'aimer. Il n'y a rien qu'un amant ressente plus que les coups de la jalousie, ni qui l'éveille mieux et le fasse plus promptement revenir à son devoir. Je suis d'avis que Damon en épreuve quelque chose. Vous verrez comme il reviendra à son devoir et comme il se jettera à vos pieds, et reconnaîtra l'offense qu'il a faite. »

Je me mis à sourire, oyant ces paroles, ne me semblant pas que je pusse obtenir cela sur moi. Toutefois, repassant par ma mémoire combien le conseil qu'elle m'avait déjà donné était réussi à mon contentement, je me résolus de la croire encore à ce coup. Mais, lui dis-je, de qui sera-ce que nous nous servirons en ceci ?

C'était à ce passage que cette rusée m'attendait, il y avait longtemps, parce qu'elle ne m'osait proposer Tersandre, à cause de ce qui s'était passé, et toutefois c'était où elle voulait que je vinsse de moi-même. Elle me répondit donc de cette sorte : « Vous avez raison, ma maîtresse, de faire cette demande, et il y faut bien aviser ; car à tel vous pourriez-vous adresser qui, par après, en ferait son profit, et pourrait nuire à votre réputation, de sorte que je conclus qu'il faut que ce

soit un homme de qui vous puissiez disposer absolument, et qu'il soit au prix de vous de si peu de
considération que, quand vous voudrez vous en retirer, il n'ait la hardiesse de s'en plaindre, ou s'en
plaignant, qu'au lieu d'être cru, chacun se moque de
lui. »

Et, à ce mot, baissant les yeux en terre, après s'être
tue quelque temps, et se grattant le derrière de la tête,
feignant d'en chercher un, elle releva les yeux tout à
coup sur moi et me dit : « Mais pourquoi cherchons-
nous bien loin ce que nous avons si près ? Qui saurait
être meilleur que Tersandre ? Vous en ferez tout ce
que vous voudrez, et il n'oserait souffler, tant s'en faut
qu'il s'ose plaindre, outre qu'il est si discret et si plein
de bonne volonté que je ne crois pas qu'il s'en puisse
rencontrer un qui soit plus propre à ce pourquoi nous
le demandons. »

Lorsqu'elle me nomma Tersandre, je me ressouvins
de ce qui s'était passé, et jugeai bien qu'elle me le
proposait plutôt qu'un autre pour ce qu'elle l'aimait ;
mais aussi je connus bien que sa condition et sa
prudence étaient telles qu'il les fallait pour exécuter la
résolution que nous avions prise. Et quoique mon
courage altier refusât de tourner mes yeux sur un
homme de si peu, si est-ce que l'affection que je
portais à Damon, qui, comme que ce fût[45], me donnait
la volonté de le rappeler, me fit enfin condescendre à
ce que voulut Lériane. Je commençai donc de faire
plus de cas de Tersandre, et de parler quelquefois à
lui, mais je mourais de honte, quand je prenais garde
que quelqu'un me voyait.

Damon, de qui l'affection était extrême, s'aperçut
incontinent de ce changement, parce que Lériane

avait dit à Tersandre que la discrétion avec laquelle il
m'avait servie avait eu tant d'effet qu'enfin je l'aimais
autant qu'il m'avait aimée, et la moindre apparence
qu'il en remarquait lui en faisait croire au double,
d'autant que j'avais accoutumé de vivre si différem-
ment avec lui que les moindres paroles lui étaient de
très grandes faveurs. Et cela fut cause qu'il commença
de se relever plus que de coutume, et de porter plus
haut qu'il ne soulait*, abusé des vaines espérances
qu'il se donnait, et des menteries de cette femme. De
sorte que Damon aperçut bientôt cette bonne chère*,
et repassant par sa mémoire tout ce qu'il avait vu, se
ressouvint de la lettre qu'il m'avait vu recevoir dans
les gants, et de là tirant plusieurs désavantageuses
conclusions et contre lui et contre moi, il crut enfin
que, par la sollicitation de Lériane, j'avais reçu le
service de Tersandre, et oublié son affection; et après
avoir supporté ce déplaisir quelque temps, pour voir
si je ne changeais point, enfin n'en ayant plus le
pouvoir, il résolut de me faire quelques reproches. Et
parce que Lériane était toujours auprès de moi, il lui
fut impossible de me parler que dans la chambre
même de Léontidas. Il prit donc l'occasion, lorsque,
sortant de table, j'étais éloignée de cette femme, et
parce qu'il vit bien qu'il n'aurait pas beaucoup de
loisir, il me dit : « Est-ce que vous voulez que je
meure, ou que vous ayez fait dessein d'éprouver*
combien une personne qui aime peut supporter des
rigueurs ? » Je lui répondis froidement : « Votre mort
ne me touche, non plus que mes rigueurs vous peuvent
atteindre. » Il me voulait répondre, mais Lériane
survint, parce qu'elle s'était prise garde de ses propos
et par sa présence contraignit Damon de se taire,

outre que, me tournant vers elle, je lui en ôtai le moyen. Cette rusée me regarda, me faisant signe que c'était un effet de notre dessein ; et puis s'approchant de mon oreille : « Ne voici pas, dit-elle, un bon commencement ? Il faut continuer, et vous verrez que je m'y entends. » Ah ! la malicieuse, elle avait raison de dire qu'elle s'y entendait, mais c'était à me rendre la plus malheureuse personne qui fût jamais.

Je continue donc, sages bergères, et ne daigne pas seulement me tourner du côté de ce chevalier, qui sortit de la salle si hors de lui-même qu'il fut plusieurs fois prêt à se mettre son épée dans le corps, et je crois que, sans le dessein qu'il avait de faire mourir Tersandre, il eût exécuté contre lui-même cette étrange résolution. Et ce qui l'empêcha de ne mettre promptement la main sur Tersandre fut la crainte qu'il eut de me déplaire, sachant bien qu'il ferait une grande plaie à ma réputation, si sans autre sujet il l'attaquait.

Cela fut cause qu'ayant un peu rabattu de sa furie, il allait recherchant quelque occasion, lorsqu'il rencontra Ormanthe, qui, selon sa coutume, lui vint sauter au col. Lui, qui n'était pas en bonne humeur, la repoussa un peu, et lui dit qu'il s'étonnait qu'elle n'eût point de crainte du jugement que chacun pourrait faire de semblables actions. « Et de qui, répondit-elle, me dois-je soucier, pourvu que vous l'ayez agréable ? — Quand ce ne serait de nul autre, répliqua Damon, encore devriez-vous craindre Lériane. — De Lériane ? (dit-elle en souriant) ah ! Damon, que vous êtes déçu * ! je ne saurais lui faire plus de plaisir que de faire cas de vous. » Le chevalier, qui savait bien que Lériane lui voulait mal, oyant ces paroles, se douta incontinent de quelque trahison, et pour l'avérer, la tirant à part, la pria de lui dire comment elle le savait. Ormanthe qui était peu fine, et qui, outre cela, pensait bien s'excuser en rejetant le tout sur sa tante, lui raconta tout au long les discours de Lériane, et le commandement qu'elle lui en avait fait. Damon, qui était avisé, jugea, après y avoir un peu pensé, à quel dessein elle l'avait fait, et vit bien alors que le changement de mon amitié n'était procédé que de l'opinion que j'avais conçue qu'il aimât cette fille. Et pour ne lui en donner connaissance, il la laissa, faisant semblant d'avoir affaire ailleurs, bien résolu de me le dire, quelque empêchement que Lériane y pût donner.

Et il sembla que la fortune lui en voulut offrir la commodité : car, ce même jour, Torrismonde voulut aller à la chasse. Et parce que la reine avait accoutumé de l'y accompagner, je montai à cheval comme le reste de mes compagnes, et allâmes en troupe jusques à l'assemblée. Mais quand nous fûmes au laisser-courre, et que l'on eût donné les chiens, le cerf, étant lancé sans se faire battre, laissa librement son buisson, et prenant une grande campagne, emmena à perte de vue toute la chasse après lui. Ce fut alors que nous nous séparâmes, et que les chevaux plus vites[46] laissèrent les autres derrière. Damon, qui était bien monté, avait toujours l'œil sur moi, et me voyant un peu séparée de mes compagnes, et, jugeant par la route que je prenais l'endroit où je devais passer, il me gagna les devants, et feignit que son cheval, lui étant tombé dessus, lui avait blessé une jambe, et pour en donner plus de créance, il souilla tout un côté de la tête, de l'épaule et de la cuisse de son cheval, ayant auparavant donné quelque commission à son écuyer,

pour l'éloigner de lui. Et racontait à tous ceux qui
passaient en ce lieu l'inconvénient qui lui était arrivé,
et leur montrait la route que la chasse avait prise, leur
disant que le roi était presque seul.

Mais lorsque je passai, il me traversa le chemin, et
prenant mon cheval par la bride, l'arrêta, quoique je
ne le voulusse pas, dont certes je fus un peu surprise,
craignant que l'amour ne le portât à quelque indiscrétion [47]. Mais, ayant peur que, si je lui montrais un
visage étonné, il ne prît plus de hardiesse, je fis de
nécessité vertu, et lui dis d'une voix assez forte : « Et
qui [48] est ceci, Damon ? Depuis quand avez-vous pris
tant d'outrecuidance que de m'oser interrompre mon
chemin ? — La nécessité, me répondit-il, qui n'a point
de loi, me contraint de commettre cette faute. Que si
vous jugez, après m'avoir ouï, qu'elle mérite châtiment, je vous promets qu'au partir de votre présence
je le ferai tel que vous en serez satisfaite. » Et lors,
levant les yeux en haut : « O dieux ! dit-il, qui voyez
les cachettes des âmes plus dissimulées, oyez ce que je
vais dire à cette belle ; et si je ne suis véritable, ô
dieux ! vous n'êtes point justes si vous ne me punissez
devant ses yeux. » Et lors se tournant vers moi : « Je
ne veux point à cette heure (continua-t-il) ni m'excuser ni vous accuser, belle Madonte, pour le choix qu'il
vous a plu de faire, à mon désavantage, de Tersandre,
mettant en oubli tant de serments jurés et tant de
dieux appelés pour témoins. Mais je me plaindrai bien
de ma fortune, qui n'a voulu que j'évitasse le malheur
que j'avais prévu. Dès que Lériane s'approcha de vous,
il sembla que quelque démon me prédisait le mal
qu'elle me devait pourchasser [49]. Vous savez combien
de fois nous avions résolu de ne nous fier en elle, mais

mon mauvais destin, plus fort que toutes nos résolutions, vous fit changer de pensée, et a voulu que vous
l'ayez aimée. Puisque vous en avez eu du contentement, encore que j'en aie souffert le plus cruel tourment qu'une âme puisse ressentir, j'en loue les dieux,
et les supplie qu'ils le vous continuent. Si est-ce qu'il
m'est impossible de vous laisser plus longtemps en
doute de ma fidélité, et quoique je sache que ce sera
inutilement, et que vous n'en croirez rien, si vous
dirai-je la malice avec laquelle elle a ruiné mon
bonheur. »

Et en ce lieu il me raconta l'amour que Lériane lui
avait portée, les recherches qu'elle lui avait faites,
comment il l'avait refusée, et l'extrême haine qui était
née en elle de ce refus. Et pour vérifier ce qu'il disait, il
me remit en même temps les lettres qu'elle lui en
avait écrites, et continuant son discours, me dit les
conseils qu'elle avait donnés à Ormanthe de le caresser, afin de me faire croire qu'il en était amoureux, me
faisant entendre comme il l'avait su. Et enfin il
ajouta : « Or cette âme traversée[50], et pleine de
malice, n'a tenu compte de l'honneur de sa nièce, afin
de me nuire, et de vous faire aimer Tersandre, ce
qu'elle savait bien ne pouvoir advenir qu'en me
ravissant l'honneur de vos bonnes grâces. Mais, ô
dieux ! est-il possible qu'elle y soit parvenue ? Mais ô
dieux ! est-il possible que j'en doute, après avoir vu
recevoir des lettres dans des gants, et après avoir vu la
peine que vous prenez de faire bonne chère* à un
homme tant indigne de vous ? Mais quels plus sûrs
témoignages puis-je avoir que vos paroles pour
connaître que je suis misérable, que je suis condamné
et que je suis perdu ? Or bien, Madonte, puisque ma

mauvaise fortune est cause que ce généreux courage que j'ai toujours reconnu en vous s'est non seulement souillé de l'inconstance, mais d'un choix encore qui est si vil et honteux, il ne sera pas vrai que je survive votre amitié, et veux faire paraître que j'ai assez d'amour pour laver votre offense de mon sang. »

Si je fus étonnée d'ouïr cette trahison, vous le pouvez juger, sage Diane, puisque je ne lui sus répondre de quelque temps. Et lorsque je commençais de reprendre la parole, et, que je voulais lui donner toute satisfaction qu'il eût su désirer, je vis que la chasse revenait à nous, et qu'elle était déjà si proche que, pour n'être vue seule avec Damon, je fus contrainte de partir sans avoir le loisir de lui dire que ce peu de mots : « La vérité sera toujours la plus forte. » Et soudain, frappant mon cheval de la houssine, je me jetai dans le bois, bien marrie de n'avoir pu lui répondre. Que si j'eusse osé lui commander de me suivre, je l'eusse fait, mais j'eus peur que quelqu'un ne nous rencontrât ensemble ; de sorte que j'aimai mieux remettre à une meilleure occasion la déclaration que je lui voulais faire, outre qu'encore voulais-je lire les lettres qu'il m'avait données, pour voir s'il m'avait dit vrai.

Or oyez, je vous supplie, de quelle sorte les rencontres sont conduites par les dieux quand ils se veulent moquer de notre prudence. J'avais élu le lendemain pour sortir de peine le pauvre Damon, et ce fut ce jour qui le mit en sa dernière confusion. Je ne vous dirai pas quelle fut la nuit qu'il passa, car on peut croire aisément que ce fut sans repos ; tant y a que, le jour étant venu, il sort de sa chambre, et voyant que c'était l'heure que j'avais accoutumé de me lever, il se vint promener en une galerie de laquelle il voyait quand on ouvrait la porte de ma chambre, en dessein d'y entrer aussitôt qu'il saurait que je serais hors du lit. Mais de fortune* ce jour je m'éveillai fort tard, tant à cause du travail* de la chasse, que pour m'être le soir amusée* à lire les lettres de Lériane qu'il m'avait données, et faut que j'avoue que j'y lus des supplications indignes du nom de fille, et entre les autres, en la conclusion de l'une, il y avait ces mêmes mots : « Recevez, ô beau et trop aimable Damon, les prières de celle qui se donne à vous sans autre condition que d'être vôtre. Que si ce n'est par amour, ce soit au moins par pitié ! »

Certes l'étonnement que j'en eus fut grand, mais plus encore le mépris que je conçus de ces paroles. Il fut tel que de dépit d'avoir été si vilainement trompée, je ne pus clore l'œil de longtemps après m'être mise au lit.

Mais, cependant que Damon, comme je vous ai dit, se promenait dans cette galerie, Lériane, qui l'avait vu en ce lieu, voulut essayer si un amant peut mourir de déplaisir ; car ayant trouvé en même temps Tersandre, elle le conduisit à une fenêtre basse au-dessous de celle où elle avait vu que Damon s'appuyait quelquefois, étant las de se promener ; et ayant remarqué qu'il y était à l'heure même, feignant de parler bas, elle tint assez haut tels propos à Tersandre : « Afin que vous connaissiez, mon frère, que Madonte vous aime véritablement et qu'elle se moque de tous les autres qui ont opinion d'être aimés d'elle, hier elle me commanda, dès qu'elle fut revenue de la chasse, de vous donner cette bague qu'elle a fait faire exprès pour vous, toute semblable à celle que vous lui avez vu porter il y a longtemps, et vous prie de l'aimer, et de la porter pour l'amour d'elle pour symbole de votre amitié, et pour assurance que désormais sa volonté ne différera non plus de la vôtre que cette bague de celle qu'elle retient. »

O dieux ! quelle trahison ! Est-il possible qu'un esprit humain en ait été l'inventeur ? Car il était certain que j'avais une bague semblable à celle qu'elle lui donnait, et qu'il y avait longtemps que je la portais, et cette malicieuse l'avait fait secrètement contrefaire avec dessein d'en commettre cette méchanceté.

Damon qui était, comme je vous ai dit, accoudé sur la fenêtre haute, oyant la voix de cette femme, la reconnut incontinent, et prêtant plus attentivement l'oreille, ouït les paroles que je viens de vous dire. Et parce qu'à dessein elle sortit le bras hors de la fenêtre pour faire voir la bague à Damon, il reconnut bien qu'il était vrai que j'en avais une semblable ; et cependant qu'il tâchait de la bien reconnaître, il ouït que Tersandre lui répondait : « Je jure par tous nos dieux que cette faveur m'est tant agréable que je veux bien que Madonte ne m'aime jamais, si je ne l'emporte dans mon cercueil pour marque que je suis à elle, et que c'est la plus chère chose que j'aurai jamais. » Et à ce mot il la prit, la baisa diverses fois, et enfin se la mit au doigt.

Si Damon fut transporté, et s'il avait sujet de sortir hors des limites du devoir, je vous le laisse à penser, sage bergère. Et toutefois il eut tant de pouvoir sur sa colère qu'il ne fit ni ne dit chose qui pût en donner connaissance, de peur que quelqu'un ne s'en aperçût, et ne l'empêchât d'exécuter son dessein. En même temps la reine s'en allait au temple pour assister aux sacrifices qui se faisaient presque tous les matins. Et parce que la femme de Léontidas ne l'abandonnait guère, je la suivis, comme les autres dames de la Cour ; de quoi Damon n'étant averti que nous ne fussions déjà en nos chariots, il monta à cheval et nous atteignit lorsque nous entrions dans le temple.

Voyez quel malheur fut le nôtre ! J'avais résolu de recevoir ses excuses, et de l'assurer que je l'aimais, quelque démonstration que j'eusse faite du contraire, et pour témoignage de mes paroles je voulais rompre toute sorte d'amitié avec Lériane, et toute familiarité avec Tersandre, et ne cherchais que l'occasion de le pouvoir dire à Damon. Mais, abusé de la trahison que Lériane venait de lui faire, lorsqu'il me vit, ce fut avec un visage si renfrogné, et tenant si peu de compte du salut que je lui fis, que, véritablement, j'en demeurai offensée, ne sachant point le dernier sujet qu'il en avait. Et toutefois, me représentant la jalousie que je lui en avais donnée, quelque temps après je l'en excusai. Nous entrâmes dans le temple, où les sacrifices furent commencés, durant lesquels je pris bien garde que de fois à autre il me regardait, mais d'un œil si farouche qu'il témoignait bien qu'il était fort transporté.

Or oyez, je vous supplie, jusques où cette passion l'emporta : lorsque les hosties furent offertes, que chacun avec plus de zèle et de dévotion faisait d'une voix basse et à genoux ses prières, il se releva dans le milieu du temple, et haussant la voix, il proféra telles paroles : « O Dieu ! qui es adoré dans ce saint lieu par cette dévote assemblée, si tu es juste, pourquoi ne punis-tu l'âme la plus perfide et la plus cruelle de toutes celles qui sont au monde? Je t'en demande justice en sa présence, afin que si elle a quelques défenses, elle les allègue; mais si cela n'advient point, je dirai que tu es injuste ou impuissant. »

Vous pouvez penser, sage bergère, quelle je devins et quelle peur j'eus qu'en son transport il n'en dît davantage, ou fît reconnaître que c'était de moi de qui il parlait. Toute l'assemblée tourna les yeux sur lui, tant pour sa voix, qui était pleine de terreur et d'épouvantement, que pour cette façon de faire du tout inaccoutumée. Mais lui, sans en faire semblant, après s'être remis à genoux, laissa parachever le sacrifice. Dieu sait si cela fit faire de divers jugements à plusieurs! Et il fut très à propos pour moi que le voile que j'avais sur le visage empêchât que l'on ne me vit, car on eût sans doute * reconnu à ma rougeur que c'était de moi de qui il se plaignait. Et ses amis et ses parents trouvèrent cette prière hors de saison, et n'attendaient la plupart que la fin du sacrifice pour lui en dire leur avis. Mais ils furent bien déçus, d'autant que, se perdant parmi la foule, il se déroba, sans que personne s'en prît garde, et se retirant en son logis, après avoir donné ordre à ses affaires le plus promptement qu'il put, il m'écrivit une lettre qu'il mit en sa poche, et reprenant la plume, écrivit ces paroles à Tersandre :

DÉFI DE DAMON

À TERSANDRE

Si l'offense que j'ai reçue de vous n'était de celles qui ne peuvent être effacées qu'avec le sang, je ne désirerais pas, Tersandre, de vous voir seul avec l'épée en la main.

Mais ne pouvant être satisfait d'autre sorte, et sachant bien que votre courage ne vous rendit jamais plus lent au combat qu'à l'offense, je vous envoie cet homme que vous connaissez bien être à moi, et qui vous conduira où je vous attends, sans autres armes que celles que nous portons ordinairement au côté, vous promettant en foi de chevalier que j'y suis seul, et que vous n'aurez à vous garder de personne que de moi, qui suis DAMON.

Il commanda à un jeune homme des siens nommé Halladin, qu'il avait nourri*, et qu'il aimait sur tous ceux qui le servaient, fût* pour son affection, fût* pour l'entendement qu'il avait, qu'en diligence il lui menât un cheval le long des remparts de la ville, sans que personne le vît, et qu'il en prît un autre pour le suivre. Halladin n'y faillit pas, et ainsi, étant tous deux sortis dehors, Damon laisse le grand chemin, et ayant choisi un lieu commode pour son dessein, le plus reculé du passage commun, il déclare son intention à Halladin, l'instruit de ce qu'il doit faire, et enfin lui donne ce qu'il écrit à Tersandre. Ce jeune homme, désireux de servir son maître selon ses commandements, trouve Tersandre, et fait si à propos son message que personne ne s'en prit garde. Mais pourquoi perdrais-je plus de paroles en ce sujet ? Tersandre s'y en va, ils mettent la main à l'épée, Damon est vainqueur et laisse Tersandre évanoui sur la place, avec trois grands coups dans le corps. Il est vrai qu'il n'était guère mieux, toutefois il eut assez de force pour prendre la bague que Lériane avait donnée, et, remontant à cheval, commanda à Halladin de le suivre.

Quant à moi, qui voulais en toute façon contenter ce chevalier, après toutefois l'avoir tancé de son imprudence, je l'allais cherchant de l'œil parmi les autres, et demeurai un peu étonnée de ce que je ne le voyais point, ne songeant au malheur qui était arrivé, lorsque après dîner, ainsi que quelques-unes de mes compagnes et moi nous promenions sur le soir dans un jardin, je vis arriver Halladin qui, s'étant adressé à moi, me demanda si Lériane n'était point près de là. Et l'ayant fait appeler, il lui adressa sa parole en cette sorte : « Lériane, mon maître, qui sait bien le contentement que vous recevrez des nouvelles que j'ai à vous dire, m'a commandé de les vous raconter, non pas pour amitié qui soit entre vous, mais pour celle qu'il sait que Madonte vous porte. »

Et lors il nous raconta par le menu tout ce que je viens de vous dire de ce combat, puis continuant : « Lorsqu'il fut remonté à cheval, dit-il, et que je lui vis prendre les lieux plus éloignés de la fréquentation du peuple, je m'en étonnai, car il était fort blessé, et ne pus m'empêcher de lui dire qu'il me semblait que le plus nécessaire était de trouver quelque bon mire[51] pour panser ses plaies. Il me répondit froidement : Nous le trouverons bientôt, Halladin, n'en sois point en peine. J'eus opinion qu'il disait vrai, et de cette sorte, je le suivis quelque temps, non sans peine toutefois, en lui voyant perdre une si grande abondance de sang. Enfin il parvint sur les rives du fleuve de Garonne, en un lieu où du rivage relevé par quelques rochers on voyait le courant de l'eau qui, d'une extrême furie, se venait rompre contre, et la hauteur était telle qu'elle faisait peur. Etant arrivé en cet endroit, il voulut mettre pied à terre, mais il était si affaibli de la perte du sang, qu'il fallut que je lui aidasse à descendre.

Et lors s'appuyant contre le dos d'un rocher, il sortit de sa poche un papier, et me le tendant, il me dit : Cette lettre s'adresse à la belle Madonte, ne fais faute de la lui donner. Et sortant du doigt la bague qu'il avait ôtée à Tersandre : Donne-la-lui aussi, me dit-il, et l'assure de ma part que la mort m'est agréable, puisque je lui ai pu rendre témoignage que je la méritais mieux que celui à qui elle l'avait donnée. Et puisque mon épée a ôté du monde celui qu'elle en avait jugé digne, et que sa rigueur ôte la vie à celui de qui l'affection la pouvait mériter, conjure-la par la mémoire de ceux desquels elle a pris naissance, et par son propre mérite et l'amitié qu'elle m'avait promise, de ne la donner jamais plus à personne de qui l'amour lui soit honteuse, et qui ne la sache bien conserver.

Je reçus la lettre et la bague qu'il me tendait, mais voyant qu'il n'avait plus la force de se soutenir, et qu'il devenait pâle, je le pris sous les bras, et lui dis qu'il devait faire paraître plus de courage, et prendre une autre résolution, sans être de cette sorte homicide de soi-même. Et sortant mon mouchoir, je le voulus mettre contre une de ses blessures, qui était la plus grande, et par laquelle il perdait plus de sang ; mais me l'ôtant de furie d'entre les mains : Tais-toi, Halladin, me dit-il, et ne me parle plus de vivre, maintenant que je ne le puis aux bonnes grâces de Madonte. Et lors, étendant mon mouchoir sous sa blessure, il reçut le sang qui en sortait, et le voyant presque plein, me le tendit, et me dit telles paroles : Fais-moi paraître en cette dernière occasion que la nourriture* que je t'ai donnée, et l'élection* que j'ai faite de toi, n'a point été sans raison. Et soudain que je serai mort, porte ma lettre et cette bague à Madonte, et ce mouchoir plein de sang à Lériane, et dis-lui que, puisqu'elle n'a pu se soûler de me faire mal tant que j'ai vécu, je lui envoie ce sang afin qu'elle en passe son envie. — Comment lui dis-je, seigneur, que je vous voie mourir pour des femmes qui ne le méritent pas ? Plutôt, si vous me le commandez, je leur mettrai ce fer dans le cœur, et leur ferai reconnaître qu'elles sont indignes qu'un tel chevalier soit traité pour elles de cette sorte.

Voyez quelle fut la force de son affection ! Il était réduit à telle extrémité qu'à peine pouvait-il parler et tout ce qu'il pouvait faire, c'était de se soutenir appuyé contre le rocher ; mais lorsqu'il m'ouït tenir ce langage, il se leva de furie, mit la main à l'épée et m'eût sans doute tué, si je ne me fusse sauvé de vitesse. Et voyant qu'il ne me pouvait atteindre : Est-ce donc ainsi, m'écria-t-il, méchant et déloyal serviteur, que tu parles indignement de la plus parfaite dame du monde ? Sois certain que si la vie me demeurait, tu ne mourrais jamais que par ma main. Et lors revenant sur le lieu où il était déjà, et sentant que la faiblesse commençait de le saisir, il eut peur, comme je puis juger, que, venant à s'évanouir, je ne le fisse emporter en lieu où il fût pansé contre sa volonté. Cela fut cause que se hâtant d'approcher le rocher escarpé, il s'écria : Vous perdez aujourd'hui, ô belle Madonte, celui de qui l'affection pouvait seule être digne de vos mérites. O dieux ! quel transport ! ô dieux ! quelle manie[52] ! je le vis qu'il se jeta la tête première dans ce fleuve. Je courus pour le retenir et à la vérité je fus si prompt que je le pris par l'un des pans de son hoqueton[53], mais le branle qu'il s'était donné eut tant de force, qu'au lieu de le retenir, il

m'emporta avec lui dans la rivière, où il faut que
j'avoue que la crainte de la mort me fit oublier le soin
que j'avais de le sauver. Et ainsi, allant au fond, je fis
ce que je pus pour revenir sur l'eau, et gagner après le
bord, où j'arrivai si las et étonné de ce danger, que je
ne sus remarquer que devint le corps de mon pauvre
maître. Je demeurai quelque temps les bras croisés,
regardant le cours du fleuve ; mais voyant que c'en
était fait, je remontai au mieux que je pus ce rivage. Et
me semblant d'être obligé de satisfaire aux derniers
commandements qu'il m'avait faits, je ramassai et sa
lettre, et sa bague, que j'avais mises en terre quand je
lui avais voulu étancher ses plaies, et prenant mon
mouchoir, je viens les vous présenter. C'est à vous,
madame, me dit-il, que cette lettre et cette bague sont
dues, et n'en ayez point d'horreur, encore qu'elles
soient tachées de sang, car c'est du plus noble et du
plus généreux qui sortit jamais d'un homme. Et c'est à
toi, dit-il, s'adressant à Lériane, qu'est dû ce mouchoir
que je te vais donner : soûles-en ta rage, et te ressouviens que si jamais les dieux ont été justes, ils
puniront ta méchanceté. » A ce mot il lui jeta aux
pieds un mouchoir plein de sang, et, se mettant aux
cris, s'en alla comme désespéré, sans qu'on pût tirer
autre parole de lui.

Il ne faut point que je m'arrête à vous dire si ce
message me toucha vivement, car il serait impossible
de le pouvoir représenter, tant y a que, toute hors de
moi, on me ramena dans ma chambre, et de fortune *
je rencontrai qu'on rapportait Tersandre, qui était
encore sans sentiment. Quand je fus revenue en moi-
même, et que d'un esprit un peu plus rassis, j'eus jeté
les yeux sur la bague que Halladin m'avait apportée, il

me sembla de voir celle que je portais ordinairement, et, les approchant l'une de l'autre, je n'y trouvai autre différence sinon que celle-ci était un peu plus neuve et plus grande. Je ne savais penser pourquoi elles avaient été faites si semblables, ni qui l'avait donnée à Tersandre ; enfin je lus la lettre, qu'il m'écrivait, qui se trouva telle :

LETTRE
DE DAMON À MADONTE

Madame, puisque la connaissance que vous eûtes hier de ma véritable affection, et de la malice de Lériane, au lieu de m'être favorable, a sans plus été cause de vous faire favoriser davantage une personne qui en est tant indigne, renouvelant par une bague les assurances de la bonne volonté que vous lui avez promise, je me résous de vous faire voir par mes armes que celui à qui vous faites ces faveurs n'est capable de les conserver contre celui à qui vous les refusez injustement, et que si elles se pouvaient acquérir par valeur ou par affection, il n'y aurait personne qui les dût prétendre que moi. Et toutefois, jugeant que je ne mérite de vivre, puisque j'ai le courage d'aimer celle qui me méprise pour un homme de si peu de valeur, si le sort des armes, comme je n'en suis point en doute, se tourne à mon avantage, je vous promets que la vue que vous aurez de moi ne vous donnera jamais désir de vengeance pour vous avoir ôté votre cher Tersandre, ou le fer, l'eau et le feu ne seront pas capables de faire mourir un misérable.

Ces paroles, qui n'étaient pleines que d'un extrême transport, me firent une étrange blessure en l'âme, car je fus saisie d'un si grand déplaisir que je ne vous saurais dire ni ce que je dis, ni ce que je fis. Tant y a que, me mettant au lit, je faillis perdre l'entendement, me semblant à tous coups que Damon me poursuivait, et surtout ce mouchoir plein de sang me revenait devant les yeux, de sorte qu'il fallait qu'il y eût toujours quelqu'un auprès de moi pour me rassurer. Lériane, qui ne pensait pas que je susse toutes ses malices, voulut vivre comme de coutume avec moi, et pour mieux feindre, s'en vint tout éplorée au chevet de mon lit ; mais soudain que je l'aperçus, il faut que j'avoue que je n'eus point assez de force sur moi pour dissimuler la haine que je lui portais, aussi me semblait-il inutile, puisque Damon était mort. « Ote-toi d'ici, lui dis-je, méchante et perfide créature. Ote-toi d'ici, peste des humains, et ne viens plus autour de moi pour continuer tes malices et tes trahisons, et crois que si j'avais la force, aussi bien que la volonté, je t'étranglerais de mes mains et me soûlerais de ton cœur. »

Ceux qui étaient dans la chambre, ignorant le sujet que j'avais de lui parler de cette sorte, demeurèrent infiniment étonnés. Mais elle, qui avait l'esprit le plus prompt en ses malices qui fût jamais, sortant de ma présence, joignait les mains, pliait les épaules, et levait les yeux en haut, et leur disait d'une voix basse que j'étais hors de moi, et que je rêvais[54], ce qu'ils crurent aisément pour m'avoir déjà ouï dire quelques autres paroles mal à propos, et sortit de ma chambre avec cette excuse.

Cependant Tersandre revint en santé, car les coups qu'il avait reçus ne se trouvèrent point mortels, et la perte du sang, sans plus, était celle qui l'avait fait

évanouir. Et de même, en ce temps-là, j'avais repris
mon bon sens, et commençai de m'enquérir de ce que
l'on disait par la Cour de moi. Je sus de ma nourrice,
qui m'aimait comme son enfant, que chacun en
parlait selon sa passion, mais que tous en général me
blâmaient de la mort de Damon, et que l'on tenait
pour certain que Lériane avait dit beaucoup de nouvelles à Léontidas, et à sa femme. Et en même temps
je vis entrer Tersandre dans ma chambre. Sa vue me
donna un grand sursaut, et ne voulais point parler à
lui, lorsqu'il se jeta à genoux devant mon lit, et me
voyant tourner la tête à côté : « Vous avez raison, me
dit-il, madame, de ne vouloir point regarder la personne du monde la plus indigne de votre vue ; car
j'avoue que je mérite moins cet honneur qu'homme
qui vive, pour vous avoir donné tant de sujets de
haine. Mais s'il vous plaît d'ouïr ce que je viens vous
déclarer, peut-être ne me jugerez-vous point tant
coupable que vous faites maintenant. »

Et parce que je lui répondis avec beaucoup d'ai-
greur, et que je ne voulais lui donner loisir de parler,
ma nourrice m'en reprit, me disant que je devais
l'écouter, parce que s'il n'avait failli, il n'était raisonnable de le traiter de cette sorte, et que s'il avait fait
faute, je le pourrais avec plus de raison bannir de ma
présence après l'avoir ouï. « Eh bien, lui dis-je, que
pensez-vous qu'il veuille alléguer ? Je le sais aussi bien
que lui. Il dira que l'affection qu'il m'a portée le lui a
fait faire, mais qu'ai-je affaire de cette affection, si elle
m'est dommageable ? » « Je n'accuserai pas, me
dit-il, madame, seulement cette affection dont vous
parlez, encore peut-être qu'envers quelque autre, cette
excuse ne serait pas trouvée si mauvaise que vous la

dites, mais je vous dirai de plus que jamais personne ne fut plus finement trompé que vous et moi l'avons été par Lériane. »

Et sur cela, il reprit toute l'histoire que je viens de vous faire, de quelle sorte elle lui donna courage de me regarder, de parler à moi, d'aspirer à mes bonnes grâces, les faveurs controuvées qu'elle lui portait de ma part, les inventions contre Damon, les rapports que par son moyen elle me faisait faire de l'amitié feinte de lui et d'Ormanthe, par qui sa tante avait été avertie de ce que je vous ai dit ; bref le présent de la bague qui avait été, comme il croyait, le sujet du combat de Damon et de lui.

Et enfin il continua de cette sorte : « Or, madame, jugez s'il est possible que telles espérances ne trouvassent place dans l'âme la plus prudente et avisée qui fût jamais, puisque celui qui vous verra sans souhaiter ce bonheur pourra avec raison être accusé de défaut de jugement, et plus encore y étant attiré par les rapports et par les artifices de Lériane, de qui j'ai pensé vous devoir dire la perfidie, afin que vous preniez garde à la dernière méchanceté qu'elle vous a faite, et à moi aussi. »

Lors il me fit entendre que cette malicieuse femme, voyant bien qu'elle ne pouvait plus m'abuser, ni lui aussi, et de plus se sentant rudement menacée par Léontidas et sa femme, qui lui reprochaient le peu de soin qu'elle avait eu de moi, afin de s'excuser, avait dit tout ce qu'elle avait su imaginer de pire de nous, leur faisant entendre que j'aimais, et étais aimée de tant de personnes que, quand elle prenait garde à l'un, l'autre la décevait * ; et entre ceux qu'elle avait nommés, Damon et Tersandre n'avaient pas été oubliés. De quoi

Léontidas était de sorte en colère, et plus encore sa femme, soit contre moi, soit contre lui, qu'il avait pensé être à propos de m'en avertir, afin que j'y donnasse le meilleur ordre que je pourrais. Et après il ajouta tant de supplications, en me demandant pardon de l'offense qu'il avait faite de m'oser aimer, et me fit tant de protestations de vivre à l'avenir comme il devait, que je fus contrainte, par l'avis même de ma nourrice, de lui pardonner.

Mais, sages bergères, je vous raconterai maintenant l'une des plus grandes méchancetés qui fût jamais inventée contre une personne innocente. Je vous ai dit qu'Ormanthe avait, par le commandement de Lériane, rendu toutes les privautés qu'elle avait pu à Damon. Il faut que vous sachiez qu'elle n'était point si laide, ni lui si dégoûté, qu'enfin ils n'en vinssent aux plus étroites faveurs, tellement qu'elle devint enceinte. La pauvre fille le déclara incontinent à cette malicieuse qui, au commencement, en fut étonnée ; mais revenant soudain à ses malices accoutumées, elle fit dessein de se servir de cette occasion pour faire croire à Damon que j'aurais eu cet enfant de Tersandre, et, pour ce, elle défendit expressément à Ormanthe de ne lui en rien dire, ni à personne au monde. Et dès lors, parce que le ventre commençait à lui grossir, elle lui enseigna comme elle se devait habiller pour couvrir cette enflure, portant des robes volantes, ou froncées au corps. Mais quand elle sut que Damon était mort, et que toutes choses étaient changées, comme vous avez entendu, elle résolut de ne perdre cette belle invention et de s'en servir à ma ruine.

Voyez donc ce qu'elle fit. Depuis l'accident de

Damon, j'avais presque toujours tenu le lit, sinon l'après-dînée que je me levais, et me renfermais dans mon cabinet où je demeurais jusques à neuf et dix heures du soir, entretenant toute seule mes pensées, sans que personne sût que j'y fusse, sinon ma nourrice, et quelques filles qui me servaient, auxquelles j'avais défendu d'en parler à personne du monde. Et parce qu'on eût pu trouver étrange que je n'allais plus chez la reine, si l'on eût su que je n'eusse point eu de mal, je feignais d'être fort malade ; et pour tromper les médecins, je ne me plaignais point de la fièvre, ni d'autre maladie reconnaissable, mais quelquefois de la migraine, du mal de dents, de la colique et semblables maux. Et d'autant que quelques-unes de mes amies m'envoyaient visiter, n'ayant pas la hardiesse d'y venir elles-mêmes pour ne déplaire à Léontidas et à sa femme, qui avaient un grand pouvoir près du roi et de la reine, j'avais commandé à ma nourrice de faire mettre une fille en mon lit, qui recevait les messages pour moi, et feignant que le mal l'empêchait de parler, ma nourrice faisait les réponses. Les fenêtres qui étaient bien fermées, et les rideaux bien tirés, empêchaient que la clarté ne pouvait entrer dans la chambre, de sorte qu'il n'y avait personne qui s'en prît garde.

Or Lériane fut avertie par sa nièce que je ne faillais point toutes les après-dînées de me renfermer de cette sorte, parce que je ne haïssais point Ormanthe, encore qu'elle fût en partie l'instrument de mon mal, connaissant bien qu'elle n'y avait rien fait de malice, si bien qu'elle était toujours demeurée parmi mes filles, et, à cette fois même, elle déclara à Lériane ce que je vous viens de dire, plutôt par simplicité que par malice. Mais sa tante, qui ne songeait qu'à me ruiner entièrement de réputation, voire à me faire perdre la vie, de peur que je ne déclarasse à Léontidas les méchancetés qu'elle avait faites, pensa d'avoir trouvé un bon moyen pour parvenir à la fin de ses désirs. Et parce qu'elle avait su que Tersandre m'avait dit tous les artifices dont elle avait usé contre Damon et contre moi, elle tourna en haine mortelle toute la bonne volonté qu'elle lui avait portée. Et d'autant qu'il n'y eut jamais un esprit plus plein de ruse et de malice que celui de cette femme, elle pensa de se venger tout à coup de Tersandre et de moi, et voici les moyens qu'elle tint. Elle demanda à Ormanthe depuis quand elle pensait être enceinte ; et après avoir compté, elle trouva qu'elle était dans son neuvième mois, dont elle fut très aise. Et après lui avoir donné bon courage, et commandé qu'elle tînt bien secret son gros ventre, elle lui dit qu'aussitôt qu'elle sentirait quelques tranchées[55], elle l'en fît avertir, et que cependant, le plus souvent qu'elle pourrait, elle se mît dans mon lit en ma place pour recevoir les messages, ainsi que je vous ai dit.

Et bâtissant sa trahison là-dessus, elle vint trouver la femme de Léontidas qui, retirée de toute compagnie, regardait l'état des affaires de sa maison. Et après s'être mise à genoux devant elle, elle la supplia de lui vouloir pardonner la nonchalance dont elle avait usé en ce qui me concernait. Et parce qu'elle connaissait bien que cette dame était plus offensée à cause de mon bien que pour la perte qu'elle faisait de moi, d'autant qu'il n'y avait point d'apparence que son neveu me dût épouser, vu l'opinion que l'on avait de Damon, elle ajouta ces paroles : « Que s'il vous

plaît, madame, me remettre en vos bonnes grâces, je
vous donnerai un moyen infaillible et très juste pour
rendre vôtres tous les biens de Madonte. » Cette dame,
oyant cette proposition tant selon son humeur, s'adou-
cit un peu, et sans lui répondre aux autres points
qu'elle avait touchés, elle lui dit : « Et quel moyen
avez-vous pour effectuer ce que vous dites ? — Je le
vous dirai en peu de mots, répondit cette méchante,
mais avec condition, madame, que vous me pardonne-
rez l'offense nouvelle que je vous déclarerai, si vous
jugez qu'il y ait de ma faute. »

Et lui ayant commandé qu'elle parlât hardiment,
Lériane reprit la parole ainsi : « Madonte (en la
personne de laquelle, madame, Dieu a bien fait paraître qu'il vous aimait, puisqu'il n'a voulu permettre
qu'elle entrât en votre maison) est la plus misérable et
perdue fille d'Aquitaine. Et j'avoue que je n'eusse
jamais pensé qu'une jeunesse telle que la sienne eût
pu si bien décevoir ma vieillesse, et toutefois il est
certain que sa façon modeste, sa froideur, cette mine
altière et, bref, les honorables aïeux dont elle était
issue, et, plus encore, les bons exemples qu'elle avait
de vous, m'ont tellement abusée, que j'eusse répondu
avec autant d'assurance de sa pudicité que de la
mienne propre. Et toutefois, je viens de découvrir
qu'elle est enceinte. — Madonte est enceinte ? interrompit cette bonne dame toute surprise. — Oui,
madame, répondit Lériane, et si * je vous dirai de plus
qu'elle est prête d'accoucher. — Ah ! la misérable
qu'elle est ! répliqua-t-elle ; et comment s'est-elle de
tant oubliée ? et comment n'y avez-vous eu l'œil ? Ah !
si son père vivait, en quel lieu de la terre éviterait-elle
son juste courroux ! Qu'il est heureux d'être mort

avant qu'elle ait fait une si grande honte à sa race. Mais de qui et comment le savez-vous ? — Madame, dit-elle, je vous supplie très humblement de me pardonner, et de croire que je n'ai pas été si nonchalante en la charge que vous m'avez donnée d'avoir soin de sa conduite, comme j'ai été déçue * de la bonne opinion que j'avais d'elle, vu le peu d'apparence qu'il y avait qu'elle dût aimer une personne de si peu que Tersandre. Et j'avoue que la jalousie a les yeux plus clairvoyants que la prudence, puisque Damon s'était bien aperçu de cet amour que je n'avais jamais vu. Enfin je l'ai su par le moyen d'une sage-femme, à laquelle elle s'est adressée pour faire perdre son enfant. Mais la bonne femme, qui est vertueuse, et qui ne voudrait commettre une méchanceté, lui a répondu qu'il ne se pouvait, parce que l'enfant était entièrement formé, voire prêt à sortir, mais qu'elle ne se mît pas en peine, qu'elle la ferait accoucher si promptement que personne n'en saurait rien. Or cette femme a eu peur qu'elle se méfît [56], c'est pourquoi elle m'en est venue avertir, afin que j'y prisse garde. Et parce que j'étais en peine de savoir qui en était le père, je lui ai demandé si elle n'en pouvait soupçonner personne. — Malaisément, m'a-t-elle dit, si ce n'est Tersandre, car à toutes les fois qu'elle regardait son ventre, et qu'elle songeait au danger où elle était, elle ne disait autre chose sinon : Ah ! Tersandre, que ton amitié me coûte cher ! Cela me fait juger que c'est lui. Or, madame, considérez comment je pouvais me garder de cettui-ci, étant domestique et homme de si basse qualité au prix d'elle que je n'eusse jamais pensé qu'elle y eût daigné tourner les yeux. Mais puisqu'elle s'est rendue indigne de votre alliance, il faut qu'elle soit punie comme elle

mérite, et vous devez croire que Dieu l'a de cette sorte
punie et abandonnée pour la faire servir d'exemple
aux autres de son âge. Cependant vous devez vous
acquérir les biens que la fortune lui avait préparés
avec si peu de mérites. Et en voici le moyen : vous
savez, madame, que par nos lois, toute fille qui
manque à son honnêteté est condamnée à mourir par
le feu. Nous la convaincrons de cette faute fort
aisément, comme vous pouvez penser, puisqu'elle en a
des témoignages dans le ventre, desquels elle ne se
peut défaire. Et parce que celles qui sont ainsi
condamnées ne perdent pas seulement la vie, mais le
bien aussi, qui est acquis au roi, il faut le lui demander
des premiers, car il n'a garde de vous le refuser. »

En ce même temps Léontidas entra dans le cabinet,
et trouvant Lériane : « Est-il possible, dit-il à sa
femme, que vous ayez le courage de voir cette personne qui est cause de tout le déplaisir que nous
avons ? » Sa femme s'approchant de lui, désireuse
d'avoir mon bien, le tira contre une fenêtre, et
commença de lui raconter ce qu'elle venait d'apprendre ; et quoiqu'il fût généreux et plein d'honneur, si *
le tourna-t-elle de tant de côtés qu'enfin il s'accorda à
tout ce qu'elle voulut. Et ainsi rappelant Lériane, qui
se tenait un peu éloignée, il lui commanda de dire la
vérité, et surtout de ne rien mettre en avant qu'elle ne
pût vérifier. Elle, plus assurée qu'il ne se peut croire,
reprit d'un bout à l'autre tout le discours qu'elle avait
déjà fait à sa femme, et enfin conclut que, s'il ne se
voulait assurer en ce qu'elle disait, qu'il lui donnât
une sage-femme, pourvu qu'elle ne fût point connue
de moi, et qu'elle me ferait toucher à elle, et qu'il en
pourrait apprendre la vérité par son rapport. Léonti-

das trouva cette preuve fort bonne, et dès le lendemain lui en envoya une.

Il advint que ce jour-là, sa nièce, par son commandement, s'était mise en ma place dans le lit, et pour empêcher que ma nourrice ne se prît garde de ce qu'elle voulait faire, elle dit à la femme de Léontidas qu'elle l'envoyât quérir sous prétexte de lui demander de mes nouvelles. De cette sorte ma chambre demeura sans aucune personne qui eût du jugement, si bien que Lériane, entrant dedans avec cette sage-femme, et ayant bien instruit sa nièce de ce qu'elle avait à dire, elle s'approcha d'elle et lui dit : « Madame, je vous avais promis de vous amener une personne qui vous soulagerait en votre mal : je vous tiens parole à ce coup, car vous ne devez rien craindre tant que vous aurez celle que je vous amène. » Ormanthe, contrefaisant sa parole, répondit fort bas : « Elle soit la bienvenue. — Ne trouverez-vous pas bon, madame, dit la bonne femme, que je sache en quel état vous êtes ? — Je le veux bien, répondit Ormanthe. » Elle se mit donc incontinent sous le tour du lit, et, passant les mains sur le ventre d'Ormanthe, fit ce qu'on a accoutumé en semblables occasions, et de fortune * l'enfant remua, de sorte que, cependant qu'elle la touchait, les douleurs prirent cette pauvre fille, qui fut si fort pressée par Lériane et par la sage-femme qu'en moins de deux heures elle accoucha sans bruit, et sans que personne dans le logis s'en prît garde, tant la pauvre Ormanthe se contraignit.

Lériane, qui vit la chose réussir si bien selon son dessein, donnant diverses commissions à deux filles qui étaient dans ma chambre, fit si bien qu'elle demeura seule ; et soudain, y ayant pourvu de longue

main, fit bien bander sa nièce, et sans que la sage-
femme s'en prît garde, la fit lever une heure après,
cependant qu'elles tenaient auprès du feu le petit
enfant. Et pour parachever sa trahison, elle porta
l'enfant avec la sage-femme à Léontidas tout à découvert, étant bien aise que chacun le vît sortir de ma
chambre et de mon logis. Je l'ouïs bien crier du
cabinet où j'étais, mais, ne me doutant en façon du
monde[57] de cette méchanceté, je ne voulus me détourner de mes tristes pensées. Elle s'adressa premièrement à la femme de Léontidas, et, avec le témoignage
de celle qui avait accouché Ormanthe, elle lui donna
une telle assurance que l'enfant était mien qu'elle le
crut et Léontidas aussi. Mais pour couvrir encore
mieux cette trahison, elle dit à cette dame qu'elle la
suppliait de se contenter d'avoir mon bien, et que si
elle me voulait conserver la vie, elle s'assurait que je
ne ferais point de difficulté, vu la faute que j'avais
faite, de le lui donner, et me renfermer pour le reste de
mes jours entre les filles Druides ou Vestales. Que ce
serait une œuvre très agréable à Dieu de me sauver la
vie pour ne diffamer point une si bonne et honorable
famille que la mienne ; qu'encore que j'eusse commis
une si grande faute, elle ne pouvait toutefois oublier
l'amitié qu'elle m'avait portée, cependant que je
vivais selon mon devoir, et que c'était la seule occasion qui lui faisait faire cette prière.

La femme de Léontidas, qui n'avait pas dessein sur
ma vie mais sur mon bien seulement, y consentit sans
grande difficulté ; mais Léontidas, qui était homme
d'honneur et qui n'y tournait point les yeux[58], fut
longtemps auparavant que de s'y accorder. Enfin
l'importunité de sa femme, jointe aux feintes larmes

de Lériane, et le souvenir qu'il eut de quelques obligations dont mon père l'avait autrefois lié, le vainquirent, si bien qu'ils donnèrent charge à Lériane de me persuader ce qu'elle leur avait proposé.

Or le dessein de cette malicieuse créature n'était pas celui-là, mais elle eut peur que, si sur l'heure j'eusse été visitée[59], l'on n'eût trop aisément reconnu que je n'avais point fait d'enfant, de sorte qu'elle désira de faire en façon que quelques jours s'écoulassent, après lesquels la connaissance n'en fût pas si assurée. Et pour rendre la chose plus vraisemblable, elle supplia Léontidas et sa femme de lui donner quelques-uns pour voir l'état où j'étais ; ce qu'ils firent, commandant à une vieille damoiselle et à un vieil chevalier qui était de leur maison, et auxquels ils avaient beaucoup d'assurance, de suivre Lériane. Elle, avec la sage-femme, après avoir mis l'enfant à nourrice, les conduit dans ma chambre, s'approche du lit. Mais lorsqu'elle n'y trouve personne, elle fait de l'étonnée, elle le découvre et leur montre les marques d'un accouchement, et feignant de ne savoir où j'étais, me cherche sans faire bruit et enfin me trouve en mon cabinet. Elle les appelle, et sans que j'y prisse garde me montre par le trou de la serrure. J'étais pour lors couchée de mon long sur un petit lit, et avais la main sous la tête, rêvant au misérable accident de Damon, et à la réputation qui m'en était demeurée, de sorte qu'à mon visage on pouvait reconnaître les tristes représentations de ma pensée. Cette méchante leur fit croire que c'était de mal et de lassitude que je demeurais de cette sorte ; ce qu'ils crurent aisément pour les apparences qu'ils en avaient vues. Et trompés de cette sorte, s'en retournèrent faire leur rapport.

Cependant Lériane, étant demeurée seule avec la sage-femme, fit changer les linceuls[60] de mon lit, et tout ce qui me pouvait donner connaissance de ce qui s'y était passé, et contentant fort bien cette bonne femme, la licencia, après l'avoir conjurée de n'en parler point, mais de bien remarquer le jour et l'heure, afin qu'en temps et lieu elle s'en pût ressouvenir, et après elles partirent de mon logis. Ma nourrice y revint quelque temps après, ayant toujours été retenue par la femme de Léontidas, et ne trouvant rien de changé dans ma chambre, ne s'étonna d'autre chose que de ne voir point Ormanthe dans mon lit, mais pensant qu'elle eût eu quelque affaire, elle n'en fit plus grande recherche. La nuit étant venue, et l'heure que j'avais accoutumé de me coucher, je fis comme de coutume, et me reposai jusques au lendemain sans entrer en nulle doute.

Cependant Lériane bâtissait de merveilleuses harangues en mon nom, disant à Léontidas et à sa femme que je les suppliais très humblement d'avoir pitié de moi, qu'ils avaient ma vie et ma mort entre leurs mains, que je me donnais à eux ; et que je ne voulais plus qu'une maison retirée pour me renfermer en lieu où personne ne me vît, qu'aussitôt que je serais en état de marcher, je leur viendrais demander pardon de la faute que j'avais commise, et requérir permission de me retirer du monde.

Bref, sages bergères, cette femme conduisit si bien sa méchanceté que six semaines se passèrent durant lesquelles Ormanthe se remit en état, qu'on n'eût jamais jugé à la voir qu'elle eût fait un enfant, et feignant d'avoir eu quelques affaires chez elle, revint plus belle qu'elle n'avait jamais été. Lériane l'avait si bien instruite que, quand je lui demandai pourquoi elle s'en était allée sans m'en parler, elle me répondit qu'elle n'osa pas heurter à la porte de mon cabinet, et qu'elle croyait que ce ne serait que pour deux ou trois jours, et par ainsi* pensait d'être plutôt revenue que je n'aurais pris garde qu'elle serait partie. Je reçus cette excuse, et lui dis seulement qu'elle n'y retournât plus sans me demander congé.

Or ces choses étant en cet état, Lériane, ne craignant plus qu'on la pût convaincre de mensonge, résolut d'achever son malheureux dessein. Elle avait deux cousins germains qui portaient les armes, et qui s'étaient acquis, en toutes les armées où il avaient été, la réputation de très vaillants chevaliers. Ils étaient frères, si grands et forts, et si adroits aux armes qu'il n'y avait personne dans la Cour de Torrismonde[61] qui les égalât. Au reste ils étaient pauvres, et n'avaient autre espérance que celle d'être héritiers de Lériane. Elle, qui faisait dessein de se servir de leur courage, les obligeait par des présents, et par ses paroles leur faisait entendre qu'ils devaient espérer d'avoir son bien ; ce qui les liait de sorte qu'il n'y avait commandement qu'elle leur fît qu'ils n'essayassent d'exécuter.

Après s'être assurée de leur volonté, elle commença de changer de discours en parlant à Léontidas et à sa femme, disant que je reprenais courage, que je ne parlais plus de me retirer du monde, que j'oubliais ce que je leur devais. Bref, quelques jours étant écoulés, elle leur dit qu'il ne fallait plus rien espérer de moi que par force, que je niais tout ce qui s'était passé. Et en disant ceci, elle feignait d'être tant offensée contre moi qu'elle avouait que j'étais indigne du bien qu'ils me voulaient faire. Et parce que la femme de Léontidas aspirait toujours à mon bien : « Mais comment, lui dit-elle, la pourrez-vous convaincre maintenant ? — Nous avons, dit-elle, de bons témoins, mais quand cela ne serait pas, puisque la vérité est pour nous, j'ai des personnes à moi qui la maintiendront par les armes contre tous ceux qui soutiendront le contraire. Et vous savez, madame, que des choses qui sont douteuses, et dont les preuves ne sont pas suffisantes, on en tire la vérité par les armes. »

Léontidas, qui était homme de courage, et qui était entré en colère de la malice dont il pensait que j'avais usé : « Non, non, dit-il, je suis trop certain qu'elle a failli ; ce sera moi qui l'accuserai, et qui le maintiendrai contre tous. » Lériane qui était très assurée de ses deux germains, et qui voulait surtout se faire paraître affectionnée à Léontidas, se tournant vers sa femme : « Madame, lui dit-elle, j'aimerais mieux mourir que de voir les armes à la main à mon seigneur pour ce sujet. Je vous supplie de le détourner de ce dessein, ou bien je vous proteste de ne m'en mêler plus. J'ai Léotaris, mon germain, et son frère, qui prendront cette charge ; et à la vérité, il est plus à propos que ce soient eux, parce qu'il ne serait pas bienséant de demander le bien de celle que vous accuseriez. »

Léontidas persistait en cette volonté, mais sa femme qui ne le voulait point voir en ce danger, et qui jugeait bien qu'il n'était pas à propos qu'il fût mon accusateur et qu'il demandât en même temps mon bien au roi, fit en sorte qu'elle obtint de lui qu'il laisserait faire aux parents de cette femme. Ayant pris cette résolution, Lériane parle à Léotaris, lui promet tout son bien, lui passe une assurance par écrit ; bref, l'oblige de sorte que lui et son frère eussent entrepris

cóntre le Ciel, tant s'en faut qu'ils eussent fait difficulté de s'armer contre moi. Lériane, assurée de ce
côté, et soutenue de l'opinion de plusieurs, même de
l'autorité de Léontidas, se présente devant la reine,
m'accuse, s'offre de vérifier[62] ce qu'elle dit, et représente la chose si vraisemblable que chacun la croit. Et
de peur que Tersandre ne découvrît les ruses et
malices dont elle avait usé par le passé, elle dit qu'il
est père de l'enfant, afin qu'il ne pût porter témoignage contre elle. La reine, qui était une princesse
pleine d'honneur et de vertu, la conduit devant le roi,
et, joignant ses prières aux accusations de cette
méchante femme, requiert que je sois punie selon les
rigueurs des lois. Léontidas est appelé, qui, assistant
la reine, fit les mêmes supplications, pour la honte
qu'il en recevait, cet acte ayant été commis en sa
maison. Et sa femme en même temps supplia la reine
de lui faire donner mon bien, ce que le roi accorda
librement. Et toutefois ce bon prince, se souvenant des
services que mon père avait faits à Thierry son père,
n'était pas sans déplaisir de mon désastre. La première nouvelle que j'en sus fut que les soldats de la
justice se vinrent saisir de moi, et cachetèrent[63] ma
chambre et mon cabinet, et en même temps me
conduisirent devant le roi sans m'en dire le sujet.
Dieux! quelle devins-je quand j'ouïs les paroles de
Lériane! Je demeurai sans pouvoir proférer un seul
mot fort longtemps; enfin, étant revenue à moi, je me
jetai à genoux devant la reine, la suppliai de ne croire
point cette méchante femme; que je lui jurais par tous
les dieux qu'il n'en était rien, qu'il n'y avait preuve
que je ne fisse de ma pudicité, et que par pitié elle prît
la cause d'une innocente.

Le roi fut plus ému de mes paroles que la reine, fût *
qu'il eût plus de mémoire des services de mon père,
fût * que ma jeunesse et mon visage le touchassent de
pitié, tant y a que se tournant vers Lériane : « Si ce
que vous proposez, dit-il, n'est point véritable, je vous
promets, par l'âme de mon père, que vous souffrirez la
même peine que vous préparez aux autres. — Sire, dit-
elle très assurément, je prouverai ce que je dis, et par
témoins et par les armes. — Tous les deux, dit le roi,
vous sont accordés. » Et lors, nous faisant séparer, je
fus remise en sûre garde, et Tersandre aussi. Et fut
ordonné que les témoins nous seraient représentés.

Voilà donc la sage-femme et la nourrice à qui on
avait remis l'enfant d'Ormanthe qui rendent témoignage de ce qu'elles savent. Voilà le vieil chevalier, et
la damoiselle dont je vous ai parlé, qui en font de
même. Elle produit outre cela diverses personnes qui
avaient vu sortir cet enfant de mon logis ; bref, les
preuves étaient telles, que si Dieu n'eût eu soin de mon
innocence, il n'y a point de doute que j'eusse été
condamnée.

De fortune *, les juges étant dans ma chambre, et
me lisant les dépositions faites contre moi, je ne sus
que faire en cette affliction, que de recourre * aux
dieux et, levant les yeux au ciel, je m'écriai : « O dieux
tout-puissants ! qui lisez dans mon cœur, et qui savez
que je ne suis point atteinte de ce dont je suis accusée,
soyez mon support, et déclarez mon innocence. » Et
lors, comme inspirée de quelque bon démon, je me
tournai vers la cheminée et adressant ma parole aux
juges : « Si ces accusations, leur dis-je, sont véritables, je prie les dieux que je ne puisse plus respirer, et
si elles sont fausses, je les requiers que ce charbon

ardent ne me puisse point brûler. » Et soudain me baissant, je pris un gros charbon du feu, et le tins sans me brûler avec la main nue si longtemps qu'il s'y éteignit presque entièrement. Les juges étonnés de cette preuve voulurent toucher le charbon pour savoir s'il était chaud, mais ils en retirèrent bien promptement la main ; et après qu'il fut presque éteint, comme je vous disais, ils visitèrent ma main pour voir s'il n'y avait point l'apparence de brûlure. Mais ils n'y en trouvèrent non plus que si jamais il n'y eût eu du feu [64].

S'ils en furent étonnés, vous le pouvez penser ; tant y a qu'ils en firent le rapport au roi, qui ordonna que Lériane en serait avertie, pour voir si cette preuve de mon innocence lui ferait point changer de discours. Mais au contraire, elle dit que quelque recette avait empêché que le feu ne m'avait offensée ; mais que les témoins qu'elle présentait étaient irréprochables. Et que cette preuve du feu serait peut-être recevable si elle était ordonnée par les juges, et non pas procédée de ma seule volonté qui la rendait suspecte de beaucoup d'artifice. Bref, sages bergères, elle sut de telle sorte soutenir sa fausseté que toute la faveur que le roi me put faire fut d'ordonner que le tout se vérifierait par les armes, et que dans quinze jours nous donnerions des chevaliers qui combattraient à outrance [65] pour nous.

Les nouvelles de tout ce que je vous ai raconté furent incontinent épanchées par toute l'Aquitaine, de sorte que ma mère les entendit aussi bien que les autres. Et parce que Lériane avait produit tant de témoins, elle crut, comme faisaient aussi presque tous ceux qui en oyaient parler, que véritablement j'avais commis la faute dont j'étais accusée. Et comme celle qui avait toujours vécu avec toute sorte d'honneur, elle en reçut un si grand déplaisir qu'elle en tomba malade, et, ayant déjà de l'âge, ne put résister longuement au mal, de sorte qu'elle mourut en dix ou douze jours, avec si mauvaise opinion de moi qu'elle ne voulut jamais envoyer me voir, ni m'assister en ma justification. Voyez comme les dieux me voulaient affliger en diverses sortes. Car ce coup me toucha plus vivement que je ne vous saurais dire. Me voilà donc sans père et sans mère, et délaissée de tous ceux qui me connaissaient, voire blâmée universellement de chacun. J'avoue que je fus plusieurs fois en délibération de me précipiter d'une fenêtre en bas pour sortir de tant de peines, car je n'avais que ce seul moyen de me faire du mal. Mais les dieux me conservèrent avec espoir que mon innocence serait enfin connue, me représentant que, si je mourais, je laisserais toute l'Aquitaine en cette mauvaise opinion de moi. Mais lorsque Lériane offrit Léotaris et son frère, et que Tersandre ni moi ne pûmes nommer personne, tant parce que nous ne nous y étions point préparés que d'autant qu'il n'y avait homme qui voulût entrer au combat sur une mauvaise querelle, comme il croyait celle-ci, il faut avouer que je demeurai fort étonnée et qu'alors plus que jamais je regrettai le pauvre Damon, m'assurant bien que, s'il eût été en vie, je n'eusse pas été sans chevalier. Tersandre d'autre côté, qui ne pouvait défendre que sa cause, ne put offrir que de combattre Léotaris, et son frère l'un après l'autre.

Mais le terme étant passé, le roi, pour nous faire quelque grâce, nous donna encore huit jours, et ceux-là étant écoulés, il ajouta pour tout délai trois autres,

à la fin desquels nous fûmes conduits dans le camp,
moi toute vêtue de deuil, et sans autre compagnie que
celle des gens de justice ; au contraire Lériane, toute
triomphante et accompagnée de plusieurs, fut mise
sur un autre échafaud [66], vis-à-vis de celui où j'étais.
Déjà Léotaris et son frère étaient dans le camp armés
et montés à l'avantage [67], faisant d'autant plus les
vaillants qu'ils croyaient n'avoir à combattre que
Tersandre, parce que nous n'avions pu trouver autre
que lui, d'autant que Léontidas, qui était favorisé du
roi, fit paraître de tenir le parti de Lériane pour
l'offense qu'il disait avoir reçue, et que ceux qui,
autrefois portés d'amour, eussent entrepris pour moi
cent combats semblables en étaient refroidis par la
créance qu'ils avaient que je les avais tous dédaignés
pour Tersandre. Voyez combien une fausseté est difficile à être reconnue quand elle est finement déguisée !
　　Enfin, voici Tersandre qui entre dans le camp,
résolu de les combattre tous deux, sachant bien que la
justice était de son côté. Il fut ordonné par les juges
que, si durant le combat quelque chevalier se présentait pour moi, il serait reçu, et que Léotaris et son
frère pouvaient, ou ensemble, ou séparément, combattre Tersandre, s'ils le voulaient. Ces deux frères
avaient du courage, et étaient personnes d'honneur,
de sorte qu'ils voulaient le prendre l'un après l'autre ;
mais Lériane leur dit qu'elle ne le voulait pas, de sorte
que, ne lui osant déplaire, ils coururent tous deux
contre lui.
　　Pensez, sages bergères, en quel état je devais être !
Je vous assure que j'étais tellement hors de moi que je
ne voyais pas ce que je regardais. En ce temps, le
soleil, suivant la coutume, fut également partagé, les

défenses ordinaires furent faites, et le commandement
étant donné, les trompettes sonnèrent. Tersandre, qui
véritablement a du courage, remettant sa confiance en
la justice des dieux, donne des éperons à son cheval,
bien couvert de son écu, et frappe de son bois [68] le frère
de Léotaris, sur lequel il le rompt sans effet ; mais lui,
atteint en même temps des deux lances, est porté par
terre avec la selle entre les jambes. Lériane, voyant un
si grand avantage pour les siens, était pleine de
contentement, et au contraire je mourais de peur.
Tersandre, se voyant en telle extrémité, ne perdit
point l'entendement, mais courant à son cheval, lui
ôta la bride avant qu'ils fussent revenus à lui. L'animal, qui était courageux, se sentant sans selle et sans
bride, se met à courre * par le camp, et comme si Dieu
l'eût inspiré, se joint à Léotaris et à son frère, et
commence à coups de pieds et à coups de dents de les
assaillir si furieusement qu'au lieu d'attaquer Tersandre, ils furent contraints de se défendre de son cheval.
Cela les amusa * quelque temps, parce qu'ils ne le
purent tuer si tôt qu'ils pensaient, à cause de la
légèreté et des coups qu'il leur donnait ; enfin ils en
vinrent à bout, et animés contre Tersandre pour cette
ruse, résolurent de finir promptement le combat. Et
pour ce, s'adressant [69] tous deux à lui, il ne put faire
autre chose que se mettre auprès de son cheval, qui
était mort en l'un des bouts du camp, ce qui lui servit
beaucoup, d'autant que les chevaux de ses ennemis,
ayant frayeur du mort, ne s'en voulaient approcher
qu'avec peine, et cela mena le combat à une grande
longueur.

Enfin Léotaris, voyant qu'il n'en pouvait venir à
bout, se résolut de mettre pied à terre, ce que son frère

fit aussi, et laissant aller leurs chevaux par le camp, s'en vinrent tous deux contre Tersandre, qui, certes, fit tout ce qu'un homme pouvait faire ; mais, ayant en tête[70] deux des plus forts et courageux chevaliers d'Aquitaine, il lui fut impossible de faire longue résistance. Il était donc déjà blessé en divers lieux et avait tant perdu de sang qu'il n'avait plus la force de se défendre longuement, lorsque les dieux eurent pitié de moi et firent présenter à la barrière du camp un chevalier, qui demanda d'entrer pour défendre et moi et Tersandre. Elle lui fut incontinent ouverte, et parce qu'il vit bien que Tersandre était réduit à l'extrémité, il pousse son cheval furieusement contre eux ; mais lorsqu'il leur fut auprès, il s'arrêta sans les attaquer, et leur cria : « Cessez, chevaliers, d'offenser plus longuement les lois de chevalerie, et vous adressez[71] à moi, qui suis envoyé si à propos pour vous en punir. »

Léotaris et son frère, oyant cette voix, se reculèrent bien étonnés de se voir à pied, craignant qu'il ne se voulût servir de l'avantage qu'il avait de son cheval. Et pour ce ils se mirent à courre * vers les leurs, mais l'étranger se mit au-devant et leur dit : « Je veux que vous teniez cette courtoisie de moi, et non pas de votre vitesse et légèreté. Montez à votre aise à cheval, et ne croyez point que je me veuille prévaloir contre vous du mien. »

Tous ceux qui virent ces deux généreuses actions estimèrent infiniment l'étranger, mais je ne pouvais m'en contenter, me semblant que contre ceux qui soutenaient une si méchante trahison, c'était une grande faute de n'user de toute sorte d'avantage, et même puisqu'ils en avaient usé de cette sorte contre Tersandre. Mais le chevalier avait une autre considération, ne jugeant pas que ce qu'il blâmait en autrui lui fût honorable. Cependant que je pensais à ce que je vous ai dit, je vis Léotaris et son frère à cheval, qui, sans se ressouvenir de la courtoisie reçue, vinrent l'attaquer tous deux à la fois, mais ils trouvèrent bien un bras plus fort que celui de Tersandre.

Sages bergères, je ne vous saurais particulariser ce combat, car j'avais l'esprit tant aliéné qu'à peine le voyais-je. Il suffira de vous dire que l'étranger fit des preuves et de force et de valeur si merveilleuses que Lériane disait que c'était un démon, et non point un homme mortel. Enfin, après avoir quelque temps combattu, je vis bien qu'encore qu'il fût seul, il avait toutefois quelque avantage sur eux ; car pour Tersandre, il était tombé de faiblesse et ne se pouvait relever de terre. Et ce qui le fit connaître à tous ceux qui les regardaient, ce fut un coup qu'il donna au frère de Léotaris d'une telle force qu'il lui sépara la tête de dessus les épaules. Léotaris voulut venger son frère, mais l'étranger, n'ayant plus affaire qu'à lui, le mena de sorte, et le blessa en tant d'endroits que, de faiblesse pour le défaut du sang, il se laissa choir du cheval en terre, et d'une si lourde chute que, frappant de la tête la première, il se tordit le col de la pesanteur du corps et des armes. L'étranger, mettant pied à terre, et voyant qu'il était mort, le prend par un pied, le traîne hors du camp et son frère de même ; puis s'adressant à Tersandre, l'aide à se relever, et le met à cheval sur un de ceux des morts et, reprenant le sien, demande aux juges s'il avait rien plus à faire, et lui ayant été répondu que non, il requiert que je sois mise en liberté, ce qui fut ordonné à l'heure même. Il s'en vint donc à moi, et me demanda s'il pouvait me rendre quelque autre service. « Deux encore, lui dis-je, l'un que vous me conduisiez chez moi, en m'ôtant de la tyrannie de ceux qui m'ont ravie à ma mère, et l'autre que vous me fassiez savoir à qui j'ai l'obligation de ma vie et de mon honneur. — Pour vous dire mon nom, me répondit-il, c'est une grâce que je vous demande de ne m'y vouloir point contraindre. Pour vous conduire où vous voudrez, il n'y a rien qui m'en puisse empêcher, pourvu que ce soit promptement. »

Cependant que ces choses se passaient de cette sorte tant à mon avantage en ce lieu, les dieux voulurent bien faire connaître que jamais ils n'abandonnent l'innocence. Car il advint que ma pauvre nourrice, n'ayant pas le courage de me voir mourir, croyant pour certain que Tersandre ne saurait résister contre ces deux chevaliers, s'était renfermée dans ma chambre, pleurant et faisant de si pitoyables regrets qu'il n'y avait personne qui n'en fût ému. Ormanthe, qui avait reçu d'elle et de moi toutes les courtoisies qu'elle pouvait désirer, en fut émue, et parce qu'elle était fort peu fine, elle ne put s'empêcher de dire que sa tante lui avait assuré que je ne mourrais point, mais que seulement elle voulait que je lui fusse obligée de la vie, afin que je lui fisse plus de bien. « Ah ! ma mie, lui dit ma nourrice, il n'y a point de doute que notre maîtresse est morte, si Tersandre ne demeure victorieux et que le roi même, selon les lois, ne la saurait sauver. — Comment, dit Ormanthe, madame sera brûlée ? — Il n'y a point de doute, répondit-elle. — Ah ! misérable que je suis ! répliqua cette fille, comment est-ce que les dieux me pardonneront jamais sa mort ! — Et comment en êtes-vous coupable ? ajouta ma nourrice. — Ah ! ma mère ! répondit Ormanthe, si vous

me promettez de n'en rien dire, je vous raconterai un
étrange accident. » Et ma nourrice le lui ayant promis,
elle lui dit que ç'avait été elle qui avait fait cet enfant,
et lui redit tout ce que je viens de vous raconter. « Ma
mie, dit incontinent ma nourrice, allons, allons tôt
sauver la vie à tant de gens, et croyez que Dieu vous en
saura gré ; et de plus je vous ferai avoir de madame
tout ce que vous voudrez. » Voyez comme la vérité se
découvre ! Cette fille suivit ma nourrice qui, pour
abréger, s'adressant hardiment à la reine, lui fit
entendre tout ce que je vous ai dit, de fortune* au
même temps que le chevalier étranger parlait à moi.

La méchanceté de Lériane étant donc découverte
par les armes, et par la confusion de cette fille, le roi
commanda qu'elle fût mise dans le feu qui avait été
préparé pour moi, quelques reproches qu'elle pût faire
à sa nièce, disant que ma nourrice l'avait trompée et
que la fille n'était pas en âge de porter témoignage, et
moins contre elle que contre tout autre, parce qu'elle
l'avait rudoyée et châtiée de ses vices. Mais toutes ses
défenses furent de nulle valeur, et la vérité fut assez
connue de chacun, tant pour les particularités que
cette fille en disait, que pour le rapport de la sage-
femme qui avoua de ne l'avoir jamais vue au visage.
Et parce que chacun battait des mains, et que le
peuple, ayant su les malices de Lériane, commençait
de lui jeter des pierres, le roi commanda que la justice
en fût faite ; et se voyant prête à être jetée dans le feu,
elle se résolut de dire la vérité, touchée de la mémoire
de tant de méchancetés. Elle demande donc d'être
ouïe, et déclare toutes ses trahisons, m'en demande
pardon, et puis volontairement se jette elle-même

dans le feu, où elle finit sa vie, au contentement de tous ceux qui avaient ouï ses malices.

Cependant que ces choses se démêlaient, le chevalier qui m'avait délivrée, ne voulant être connu, à ce que je pense, se retira sans que personne s'en prît garde, et moi, ne le trouvant point, je demeurai avec beaucoup de déplaisir pour le peu de remerciement que je lui avais fait. Je fis tout ce que je pus pour en savoir des nouvelles, mais il me fut impossible d'en apprendre jusques au lendemain, qu'un homme du pays qui l'avait rencontré, et auquel il avait parlé, me vint trouver de sa part, et me fit entendre que s'il n'eût été pressé de partir, il eût attendu tant qu'il m'eût plu, pour me conduire où je lui avais commandé, mais qu'il avait promis à une dame de l'assister en une affaire qui l'emmenait du côté de la ville de Gergovie ; que s'il en revenait, et que j'eusse affaire de son service, on pourrait savoir de ses nouvelles au Mont-d'or [72], et que pour être reconnu, il ne changerait point la marque qui était en son écu. Et lui demandant quelle elle était, parce que le jour précédent j'étais si étonnée que je n'y avais pris garde, il me répondit que c'était un tigre qui se repaissait d'un cœur humain : avec ces mots TU ME DONNES LA MORT, ET JE SOUTIENS TA VIE.

Or, discrètes bergères, il faut que j'abrège ce long discours. Il fut ordonné que je sortirais des mains de Léontidas, à cause que sa femme avait demandé mon bien, et que je serais remise en ma liberté. Et la pauvre Ormanthe, pour n'avoir été poussée à tout ce qui s'était passé que par l'artifice de sa tante, fut renfermée dans des maisons destinées à semblables

punitions, où telles femmes vivent avec toute sorte de
commodité, sans toutefois en pouvoir jamais sortir.

Je vous vais faire un récit étrange. J'avais toujours
infiniment aimé Damon, et sa mémoire depuis sa
mort m'était demeurée si vive en l'âme que je l'avais
ordinairement devant les yeux ; mais depuis cet accident, et que j'eus vu ce chevalier étranger, je ne sais
comment je commençai de changer toute cette première affection en lui. Et quoique je ne l'eusse point
vu au visage, il faut que j'avoue que je l'aimai, de sorte
que je pouvais dire que j'étais amoureuse d'un visage
armé, et sans le connaître. Je ne sais si l'obligation que
je lui avais en était cause, ou si sa valeur et sa
courtoisie, ou sa bonne façon m'y contraignirent ; tant
y a que véritablement je n'ai pu aimer depuis ce jour
que ce chevalier inconnu[73]. Et pour preuve de ce que
je dis, après avoir attendu quelque temps, et voyant
que je n'avais point de ses nouvelles, je me résolus de
prendre le chemin de Gergovie et du Mont-d'or ; et
après avoir un peu considéré ce dessein, je le déclarai
à Tersandre, qui m'offrit toute son assistance.

Et je m'adressai plutôt à lui qu'à tout autre, parce
que, depuis le jour qu'il avait combattu, il s'était
entièrement donné à moi, et que plusieurs fois je lui
avais ouï dire qu'il désirait infiniment de connaître ce
vaillant chevalier qui nous avait si bien secourus.
Feignant donc de vouloir visiter mon bien, je dresse
mon train, je sors de la Cour, et m'en viens chez moi,
où me démêlant de tout cet embarras, je ne prends
que ma nourrice pour toute compagnie et Tersandre
pour me défendre, et nous nous mettons sur le chemin
du Mont-d'or. C'est un pays extrêmement rude et
montueux, chargé presque en tout temps de neiges et

de glaçons. Ma pauvre nourrice y mourut, et lorsque je la faisais enterrer, et que j'étais merveilleusement en peine pour être seule avec Tersandre, je rencontrai Tircis, Hylas et Laonice, desquels la compagnie me fut tant agréable que, pour ne la perdre, je me résolus de m'habiller en bergère comme vous me voyez, et Tersandre en berger. Et après avoir demeuré quelque temps dans ces montagnes, pensant y trouver quelques nouvelles de celles que je cherchais, je me résolus de venir avec eux en ce pays, puisque par l'oracle il leur était commandé de s'y acheminer ; et pensai aussi, puisque je m'approchais de Gergovie, que je pourrais peut-être trouver ce chevalier à qui j'ai tant d'obligation.

Madonte allait de cette sorte racontant sa fortune, et non sans mouiller son visage de pleurs, cependant que Paris et les bergers discouraient ensemble, et ne se pouvant si tôt endormir pour être tous atteints de ce mal d'esprit qui, sur tous les autres, est ennemi du sommeil. Car Tircis même aimait encore sa Cléon morte, quoiqu'il n'eût plus d'espérance de la revoir ; et parce qu'entre tous il n'y en avait point qui fût plus libre que l'inconstant Hylas, c'était aussi celui qui portait avec moins d'incommodité son amour. Et de fortune * Tircis, ayant la pensée en sa chère Cléon, ne put s'empêcher de soupirer fort haut, et en même temps Silvandre en fit de même. « Voilà, dit Hylas, deux soupirs bien différents. — Et comment l'entendez-vous ? dit Paris. — Je l'entends ainsi, et m'imagine que Silvandre souffle de cette sorte pour éteindre le feu qui le brûle, et Tircis, pour rallumer celui qui l'a brûlé autrefois. — Hylas parle fort bien, dit Tircis, quand il dit qu'il s'imagine telle chose, car aussi n'est-ce qu'une pure imagination d'une âme qui ne sait pas aimer. — Et vous aussi Tircis, répondit Hylas, me reprochez que je ne sais pas aimer ? Je pensais qu'il n'y eût que ce fantastique[74] Silvandre qui dût avoir cette opinion. — Si chacun, dit Tircis, jugeait avec la raison, vous-même le croiriez comme nous. — Comment, dit Hylas, se relevant sur un coude, que[75] pour bien aimer, il faut idolâtrer une morte comme vous ? — Si vous saviez bien aimer, ajouta Tircis, il n'y a point de doute que, si vous aviez une rencontre aussi malheureuse que la mienne, vous y seriez obligé par le devoir — Eh quoi ? répliqua l'inconstant, on verrait Hylas amoureux d'un tombeau ? Et si j'avais la jouissance de mes amours, comme enfin tout amant la désire, qu'en naîtrait-il, Tircis, que des cercueils ? Quant à moi, berger, je ne veux point de tels enfants, et par conséquent n'aimerai jamais telles maîtresses. Mais venons à la raison. Quel contentement, et quelle fin proposez-vous à votre amour ? — Amour, dit-il, est un si grand dieu, qu'il ne peut rien désirer hors de soi-même : il est son propre centre, et n'a jamais dessein qui ne commence et finisse en lui. Et partant, Hylas, quand il se propose quelque contentement, c'est en lui-même d'où il ne peut sortir, étant un cercle rond, qui partout a sa fin et son commencement, voire qui commence où il finit, se perpétuant de cette sorte, non point par l'entremise de quelque autre, mais par sa seule et propre nature. — C'est bien druiser[76], dit Hylas, en se moquant, mais quant à moi, je crois que tout ce que vous venez de dire sont des fables, avec lesquelles les femmes endorment les moins rusés. — Et, qu'est-ce, Hylas, dit Tircis, qui te semble plus éloigné de la vérité ? — Toutes les choses que vous

venez de dire, répondit l'inconstant, sont de telle sorte
hors d'apparence que je ne saurais marquer celle qui
l'est davantage. Qu'Amour ne désire rien hors de soi-
même ? tant s'en faut, on voit le contraire, puisque
nous ne désirons que ce que nous n'avons pas. — Si
vous entendiez, répondit Tircis, de quelle sorte par
l'infinie puissance d'amour deux personnes ne deviennent qu'une, et une en devient deux, vous connaîtriez
que l'amant ne peut rien désirer hors de soi-même.
Car aussitôt que vous auriez entendu comme l'amant
se transforme en l'aimé, et l'aimé en l'amant, et par
ainsi deux ne deviennent qu'un, et chacun toutefois,
étant amant et aimé, par conséquent est deux, vous
comprendriez, Hylas, ce qui vous est tant difficile, et
avoueriez que, puisqu'il ne désire que ce qu'il aime, et
qu'il est l'amant et l'aimé, ses désirs ne peuvent sortir
de lui-même. — Voici bien, dit Hylas, la preuve du
vieux proverbe : Qu'une erreur en attire cent. Car
pour me persuader ce que vous avez dit, vous m'allez
figurant des choses encore plus impossibles, à savoir
que celui qui aime devient ce qu'il aime, et par ainsi *
je serais donc Phillis. — La conclusion, dit Silvandre,
n'est pas bonne, car vous ne l'aimez pas, mais si vous
disiez qu'en aimant Diane, je me transforme en elle,
vous diriez fort bien. — Eh quoi ? dit Hylas, vous êtes
donc Diane ? Et votre chapeau aussi n'est-il point
changé en sa coiffure, et votre jupe en sa robe ? — Mon
chapeau, dit Silvandre, n'aime pas sa coiffure. — Mais
quoi ? dit l'inconstant, vous devriez donc vous habiller
en fille, car il n'est pas raisonnable qu'une sage
bergère comme vous êtes se déguise de cette sorte en
homme. »

Il n'y eut personne de la troupe qui se pût empêcher

de rire des paroles de ce berger, et Silvandre même en
rit comme les autres ; mais après il répondit de cette
sorte : « Il faut, s'il m'est possible, que je vous sorte de
l'erreur où vous êtes. Sachez donc qu'il y a deux
parties en l'homme : l'une, ce corps que nous voyons,
et que nous touchons, et l'autre, l'âme qui ne se voit ni
ne se touche point, mais se reconnaît par les paroles et
par les actions, car les actions ni les paroles ne sont
point du corps, mais de l'âme, qui toutefois se sert du
corps comme d'un instrument. Or le corps ne voit ni
n'entend, mais c'est l'âme qui fait toutes ces choses ;
de sorte que, quand nous aimons, ce n'est pas le corps
qui aime, mais l'âme, et ainsi ce n'est que l'âme qui se
transforme en la chose aimée et non pas le corps. —
Mais, interrompit Hylas, j'aime le corps aussi bien
que l'âme ; de sorte que si l'amant se change en l'aimé,
mon âme devrait se changer aussi bien au corps de
Phillis qu'en son âme. — Cela, dit Silvandre, serait
contrevenir aux lois de la nature ; car l'âme, qui est
spirituelle, ne peut non plus devenir corps que le
corps devenir âme, mais pour cela le changement de
l'amant en l'aimé ne laisse pas de se faire. — Ce n'est
donc qu'en une partie, dit Hylas, qui est l'âme, et qui
par conséquent est celle dont je me soucie le moins. —
En cela vous faites paraître, dit Silvandre, que vous
n'aimez point, ou que vous aimez contre la raison ; car
l'âme ne se doit point abaisser à ce qui est moins
qu'elle, et c'est pourquoi on dit que l'amour doit être
entre les égaux, à savoir l'âme aimer l'âme, qui est son
égale, et non pas le corps, qui est son inférieur, et que
la nature ne lui a donné que pour instrument. Or, pour
faire paraître que l'amant devient l'aimé, et que, si
vous aimiez bien Phillis, Hylas serait Phillis, et si

Phillis aimait bien Hylas, Phillis serait Hylas, oyez que c'est que l'âme ; car ce n'est rien, berger, qu'une volonté, qu'une mémoire, et qu'un entendement. Or, si les plus savants disent que nous ne pouvons aimer que ce que nous connaissons, et s'il est vrai que l'entendement et la chose entendue ne sont qu'une même chose, il s'ensuit que l'entendement de celui qui aime est la même chose qu'il aime [77]. Que si la volonté de l'amant ne doit en rien différer de celle de l'aimé, et s'il vit plus par la pensée, qui n'est qu'un effet de la mémoire, que par la propre vie qu'il respire, qui doutera que la mémoire, l'entendement, et la volonté étant changés en ce qu'il aime, son âme, qui n'est autre chose que ces trois puissances, ne le soit de même ? — Par Teutatès, dit Hylas, vous le prenez bien haut ; encore que j'aie longtemps été dans les écoles des Massiliens [78], si * ne puis-je qu'à peine vous suivre. — Si * est-ce, dit Silvandre, que c'est parmi eux que j'ai appris ce que je dis. — Si * avez-vous eu beau m'embrouiller le cerveau par vos discours, dit Hylas, vous ne sauriez pourtant me montrer que l'amant se change en l'aimé, puisqu'il en laisse une partie, qui est le corps. — Le corps, dit Silvandre, n'est pas partie, mais instrument de l'aimé ; et, de fait, si l'âme était séparée du corps de Phillis, ne dirait-on pas : voilà le corps de Phillis ? Que si c'est bien parler que de dire ainsi, il faut donc entendre que Phillis est ailleurs, et ce serait en cette Phillis que vous seriez transformé, si vous saviez bien aimer. Et, cela étant, vous n'auriez point de désir hors de vous-même, car comprenant toute votre amour en vous, vous assouviriez aussi en vous tous vos désirs. — S'il est vrai, dit Hylas, que le corps ne soit que l'instrument dont se sert Phillis, je

vous donne Phillis, et laissez-moi le reste, et nous
verrons qui sera plus content de vous ou de moi. Et
pour la fin de notre différend, il sera fort à propos que
nous dormions un peu. » Et à ce mot se remettant en
sa place, ne voulut plus leur répondre. Ainsi peu à peu
toute cette troupe s'endormit, hormis Silvandre qui,
véritablement épris d'une très violente affection, ne
put clore l'œil de longtemps après.

Cependant, ainsi que je vous disais, Madonte allait
racontant sa fortune à ces belles bergères, et parce
qu'une grande partie de la nuit était déjà passée, peu à
peu le sommeil s'écoula dans les yeux de Phillis et
d'elle. Mais Astrée, qui ne pouvait dormir, allait
entretenant Diane, qui de son côté, reconnaissant
l'extrême affection de Silvandre, commençait de l'aimer, quoique cette bonne volonté prît naissance assez
insensiblement, car elle-même ne s'en prenait garde.
Au commencement, ce ne fut qu'une connaissance de
son mérite (aussi est-il nécessaire de connaître avant
que d'aimer) ; depuis, sa conversation ordinaire lui fit
trouver sa compagnie agréable ; et, enfin, sa recherche
avec tant de discrétion et de respect le lui fit aimer
sans nul dessein, toutefois, d'avoir de l'amour pour
lui.

Astrée qui avait toutes ses pensées en Céladon, ne
pouvant si tôt clore l'œil, voyant que Phillis et
Madonte étaient endormies, et croyant de n'être écou-
tée de personne, parlait de cette sorte à Diane :
« Véritablement, ma sœur, il faut avouer qu'une
imprudence attire beaucoup de peines après elle, et
que, quand une faute est faite, il faut beaucoup de
sagesse pour la réparer. Considérez, je vous supplie,
combien celle que je commis en l'amitié de Céladon

m'a rapporté et me rapportera d'ennuis, puisque je ne saurais souffrir que ma pensée espère de m'en voir jamais exempte, sinon par la mort. Et encore ne pensé-je pas que, si, après la mort, on a connaissance de ce qui s'est passé en cette vie (comme pour certain* je crois que l'on a[79]), je n'aie dans mon tombeau même le regret d'avoir commis cette offense contre la fidélité de Céladon, et cependant voyez à quoi cette faute m'a portée. Voilà cette amour qu'avec tant de peine et de soin j'ai tenue si longtemps cachée, et que je ne voulais pas même être connue à ma chère compagne, la voilà, dis-je, à cette heure découverte par moi-même à des personnes étrangères, et qui ne me sont obligées d'aucune sorte de devoir. Ah! que si je revenais au bonheur que j'ai perdu, je me conduirais bien, ce me semble, avec plus de prudence! — Ma sœur, répondit Diane, la faiblesse humaine a cela de propre qu'elle ne reconnaît presque jamais sa faute que quand elle en ressent le mal, d'autant que les dieux veulent seuls être estimés parfaits et sages. De sorte qu'il ne faut point que vous croyiez que, si la perte que vous avez faite de Céladon ne fût advenue de cette façon, c'eût été sans doute de quelque autre, car il n'y a rien de ferme ni d'entièrement arrêté parmi les hommes. Je ne dis pas que la prudence ne puisse éloigner, divertir ou amoindrir un peu ces accidents, mais croyez-moi, ma sœur, il faut enfin que, par la preuve, nous connaissions que nous sommes hommes, c'est-à-dire avec beaucoup d'imperfections. — Si* voyons-nous, répondit Astrée, plusieurs personnes qui passent plus doucement leur vie que d'autres, ou de qui pour le moins les actions ne sont point au vu et au su du public, et sans aller plus loin, j'avoue que vous avez eu du malheur en Filandre [80], mais qui est-ce qui vous le peut reprocher ? — Ah ! ma sœur, répondit Diane, il n'y a rien qui nous fasse de plus rudes reproches de nos fautes que la connaissance que nous en avons nous-mêmes. — Il est vrai, répliqua Astrée ; si* m'avouerez-vous que, tout ainsi que le bien que nous possédons est plus grand quand il est connu, de même aussi le mal dont chacun a connaissance est bien plus cuisant. De là vient qu'avec tant de soin chacun s'efforce de cacher les incommodités qu'il souffre, et qu'il y en a bien souvent qui aiment mieux les avoir plus grandes, et qu'elles soient cachées et secrètes. Or, ma sœur, je vous aime trop pour ne vous avertir d'une chose, où, ce me semble, vous devez apporter tous les remèdes de votre prudence. Et puisqu'il n'y a personne qui nous écoute, je penserais user de trahison, si je ne vous découvrais ma pensée. Car je sais fort bien que, si autrefois j'eusse avant mon malheur rencontré une amie qui m'eût parlé si franchement, je ne serais pas en la confusion où je me trouve. — Ma sœur, répondit Diane, voici un témoignage de notre amitié et de votre bonté. Vous m'obligez infiniment de me dire, non seulement cette fois, mais toujours, ce qui vous semblera de mes actions, et même en particulier, comme nous sommes à cette heure, que tout dort autour de nous. »

Encore que ces deux sages bergères eussent opinion de n'être point ouïes, si* étaient-elles bien fort déçues*, car Laonice qui était de la compagnie, encore qu'elle feignît de dormir, oyant que ces bergères discouraient entre elles, leur tendait l'oreille le plus attentivement qu'il lui était possible, désireuse outre mesure d'apprendre de leurs nouvelles, afin de

leur rapporter du déplaisir, suivant le dessein qu'elle
en avait fait[81]. D'autre côté, Silvandre, voyant tous
ses compagnons endormis, et oyant parler ces bergères, reconnut, ce lui sembla, la voix de Diane, et
désireux d'entendre leur discours, se déroba le plus
doucement qu'il lui fut possible d'entre ces bergers ;
ce qu'il fit aisément, parce qu'ils étaient sur leur
premier sommeil, et se traînant peu à peu sur les
mains et sur les genoux vers le lieu où étaient les bergères, fit de sorte qu'elles ne l'ouïrent point approcher.

Et parce que leur murmure l'allait guidant, il ne
s'arrêta qu'il ne pût bien discerner la voix de chacune,
et de fortune* il y arriva au même temps qu'Astrée
reprenait la parole de cette sorte : « Vous ressouvenez-vous des propos que je vous ai dits aujourd'hui à
l'oreille quand Silvandre disputait avec Phillis ? —
N'est-ce pas, dit Diane, de l'amitié de ce berger envers moi ? — De cela même, répondit Astrée. Or,
continua-t-elle, il faut que vous sachiez que depuis, je
l'ai bien mieux reconnue par les discours qu'il m'a
tenus ; de sorte que vous devez attendre pour chose
très certaine une extrême affection de lui. Que si elle
vous est désagréable, il faut que de bonne heure vous
l'éloigniez de vous, et encore ne sais-je si cela y
profitera beaucoup, puisque ces humeurs particu-
lières, comme est celle de ce berger, ne se surmontent
pas aisément, étant de telle nature qu'elles s'efforcent
plus opiniâtrement contre ce qui les contrarie. Que si
elle vous plaît, il faut y user d'une très grande
discrétion, afin qu'elle ne soit reconnue d'autre que de
vous. — Ma sœur, répondit Diane, après avoir quelque
temps pensé à ce qu'elle lui disait, vous me faites trop
paraître d'amitié pour vous tenir quelque chose

cachée. Je vous veux donc parler à cœur ouvert, mais avec supplication que ce que je vous dirai ne soit jamais redit ailleurs, non pas même à Phillis, si cela n'offense point l'amitié qui est entre vous. — Je croirais, répondit Astrée, user d'une grande trahison, et être indigne d'être aimée de vous, si je faisais part à quelqu'un d'un secret que vous m'auriez fié. Et quant à ce qui concerne Phillis, soyez sûre, ma sœur, que tout ainsi que je ne ferai jamais chose qui puisse blesser l'amitié que je lui porte, de même ne me fera-t-elle jamais offenser celle que je vous ai jurée. — Ce n'est pas, dit Diane, que je sois en doute de la discrétion de Phillis, mais c'est que, si je pouvais, je me cacherais à moi-même. »

Et à ce mot, s'étant tue pour quelque temps, elle recommença ainsi : « Lors, ma sœur, que je perdis Filandre, comme je vous ai raconté, le déplaisir m'en fut si sensible qu'après l'avoir plaint fort longtemps, je fis résolution de n'aimer jamais rien, et de passer de cette sorte le reste de ma vie en un éternel veuvage. Car encore que Filandre ne fût pas mon mari, si crois-je que sans doute il l'eût été, s'il eût survécu Filidas [82]. En cette résolution je vous puis jurer avec vérité que j'ai vécu jusques ici autant insensible à l'amour que si je n'eusse point eu d'yeux ni d'oreilles, pour voir ni ouïr ceux qui se sont présentés. Amidor, cousin de Filidas, en peut rendre preuve qui, encore que d'une humeur volage, ne laissait d'avoir des parties assez recommandables pour se faire aimer, et qui, avant qu'épouser Alfarante, m'a plusieurs fois représenté la volonté de son oncle, voire celle de Filidas, et offert de me prendre à toutes les conditions que je lui voudrais donner. Témoin le pauvre Nicandre : je l'appelle

pauvre pour l'étrange résolution que mon refus lui fit
prendre. Et bref, témoins tous ceux qui depuis ce
jour-là ont eu la volonté de m'aimer. Tant y a que la
mémoire de Filandre m'a jusques à ce jour de telle
sorte défendue de semblables coups que je puis jurer
n'avoir pas même eu en ma pensée que cela pût être.
Mais il faut confesser que depuis la feinte recherche de
Silvandre, je me sens beaucoup changée, et vous
supplie de considérer ce que je vais vous dire. Je sais
que ce berger, au commencement pour le moins, ne
m'a servie que par gageure ; et toutefois, dès qu'il a
commencé, j'ai eu sa recherche agréable, et au
contraire, je sais que le gentil Paris m'aime véritablement, et que pour moi il laisse la grandeur de sa
naissance ; et toutefois, quelque mérite que je reconnaisse en lui, il est impossible qu'il fasse naître en moi
tant soit peu d'amour, et proteste que toutes les fois
que je le considère, et que je me demande de quelle
volonté je suis envers lui, je trouve que ce n'est point
d'autre sorte que s'il était mon frère[83]. D'en trouver la
raison, il m'est impossible, mais tant y a que cela est
très véritable. Or, ma sœur, si je dis que j'aime d'autre
façon Silvandre, ne croyez pas pour cela que je sois
éprise d'amour pour lui, mais oui bien que je ressens
les mêmes commencements que, si j'ai bonne
mémoire, je ressentais à la naissance de l'amitié de
Filandre.

— Et qu'est-ce, ma sœur, répondit Astrée, qui vous
plaît le plus en lui ? — Premièrement, dit Diane, je ne
vois point qu'il ait jamais rien aimé, et cela ne se peut
pas attribuer à une stupidité d'entendement, vu qu'il
montre bien le contraire par ses discours. Et puis il se
soumet, je ne sais comment, et me donne une si

absolue puissance sur sa volonté, qu'il ne dit jamais
parole qu'il ne craigne de m'offenser. Outre cela, c'est
une discrétion toujours continuée que toute sa vie, et
ne voyez rien en lui de trop ni de trop peu. Et enfin, et
qui est véritablement la cause principale de mon
amitié, c'est que je le juge homme de bien, rond[84] et
sans vice. — Je vous assure, ma sœur, répondit Astrée,
que je reconnais les mêmes conditions en ce berger, et
que, quant à moi, je juge que si le ciel vous destine à
aimer quelque chose, vous êtes heureuse si c'est ce
berger. Mais si faut-il que vous y usiez de votre
prudence ordinaire, si vous n'en voulez avoir du
déplaisir. — Je ne sais, ma sœur, dit Diane, pourquoi
vous me tenez ce langage, car sachez qu'encore que je
l'aime mieux qu'autre que j'aie vu depuis la perte de
Filandre, ce n'est pas pour cela que je veuille qu'il le
sache, ni que j'aie intention de lui permettre de me
servir ; et s'il est si outrecuidé que de me le déclarer,
qu'il s'assure que je le traiterai de sorte qu'il n'aura
jamais la hardiesse de m'en parler deux fois. — Mais,
ma sœur, dit Astrée, quelle est donc votre intention ?
— De nous punir tous deux, répondit Diane : je veux
dire de le châtier de la hardiesse qu'il aura eue de
m'aimer, et me punir aussi de la faute que j'ai faite de
l'avoir agréable, afin d'être pour le moins plus juste
que bien avisée.

— Ma sœur, dit Astrée, ce dessein est très perni-
cieux, car en cela vous ne vous rapporterez nulle
satisfaction, mais beaucoup de peine et peut-être une
extrême confusion. Prenez garde que, voyant un caillou, vous n'y apercevez point de feu, mais si vous le
frappez, ou avec un autre caillou, ou avec quelque
chose de plus dur, vous le voyez incontinent tout

couvrir d'étincelles, et par ainsi* le feu caché se
découvre. Faites état que de même ces jeunes cœurs,
qui aiment bien, s'ils ont de la prudence, cachent
discrètement leurs affections, et n'en donnent la vue
qu'à ceux qui en doivent avoir connaissance. Mais
quand ils sont heurtés, je veux dire quand une trop
grande rigueur les outrage, ils sont si transportés de
leur passion qu'il leur est impossible qu'ils la puissent dissimuler. Et Dieu sait si cela peut être sans
mettre un grand trouble en l'âme de celle pour qui ces
choses se font, car de quelque côté que ces discours
puissent tomber, ils ne peuvent être à l'avantage d'une
fille. Votre sagesse, ma sœur, vous ferait bien conseiller une autre, mais chacun a les yeux clos le plus
souvent pour soi-même : c'est ce qui m'a convié à vous
demander dès le commencement si vous aimez ou
n'aimez pas ce berger. Car si vous ne l'aimez point, il
faut d'abord retrancher toute conférence[85] et toute
pratique, mais si entièrement et si promptement qu'il
ne lui reste nul espoir, ni à ceux qui découvriront son
affection aucun soupçon que vous y ayez jamais
consenti. Et il ne faut point se flatter en cela de dire
qu'une femme ne peut non plus s'empêcher d'être
aimée que d'être vue. Ce sont des contes pour endormir les personnes moins rusées, puisqu'en effet, il n'y
a celui qui ne se déporte[86] de telle entreprise, si dès
le commencement toute espérance lui est ôtée, non pas
d'une partie, mais du tout. Que si nous en voyons
quelques opiniâtres, c'est pour quelques jours seulement, étant certain que l'amour, non plus que le reste
des choses mortelles, ne peut vivre sans nourriture, et
que la propre nourriture d'amour, c'est l'espérance.
Mais si vous l'aimez ainsi que vous m'avez dit, et

comme, à la vérité, il le mérite, ce serait, ma sœur, une
grande imprudence, ce me semble, de vouloir vous
ravir ce qui vous plaît. — Mais, dit Diane, ce qui plaît
n'est pas toujours ni honorable ni raisonnable, et cela
n'étant pas, la vertu nous ordonne de nous en déporter, et quant à moi, j'aimerais mieux la mort que de
faire autrement. — Je ne doute point de ce que vous
dites, répondit Astrée, étant trop certaine de la vertu
de Diane ; mais voyons donc si cette action est
contraire à la raison ou à l'honneur. Est-ce contre la
raison d'aimer un gentil berger, sage, discret, et qui a
tant été favorisé de la nature ? Quant à moi, je juge
que non, tant s'en faut, il me semble raisonnable. Or
rien de raisonnable ne peut être honteux, et ne l'étant
point, je ne vois pas qu'il y ait apparence de douter de
ce que vous disiez. — Il est aisé, ajouta Diane, de
conclure ici à l'avantage de ce berger, n'y ayant
personne qui y contredise, mais si quelqu'un vous
proposait : Est-il raisonnable que Diane, qui a toujours été en considération parmi les bergers de cette
contrée, épouse un berger inconnu, et qui n'a rien que
son corps et ce que sa conduite lui peut acquérir ? je
ne crois pas que vous prissiez la première opinion. Et
cette considération est cause que je suis entièrement
résolue de souffrir sa recherche et son affection, tant
que je pourrai feindre de ne la croire. Mais s'il me
réduit à tel point que je ne puisse plus me couvrir de
cette ruse, dès l'heure que cela m'adviendra, je proteste que jamais je ne lui permettrai de me voir, ou s'il
me voit, de m'en parler, ou s'il m'en parle, et qu'il
m'aime, je le traiterai de sorte que s'il vit, je croirai
qu'il ne m'aimera plus. — Et vous, dit Astrée, que
deviendrez-vous cependant ? — Je l'aimerai sans

doute*, répondit Diane, et en l'aimant, et vivant de cette sorte avec lui, je punirai l'offense que j'aurai faite de l'aimer. — Je prévois, ajouta Astrée, que ce dessein vous prépare plus de peines et de mortels déplaisirs que la vanité qui le vous fait faire ne vous donnera jamais de faux contentements. »

Cependant que ces bergères discouraient de cette sorte, pensant que personne ne les ouît, Laonice était si attentive que, pour n'en perdre une seule parole, elle n'osait pas même souffler, parce qu'il n'y avait rien qu'elle désirât avec plus de passion que de découvrir les nouvelles qu'elle apprenait. Mais Silvandre y demeurait ravi, et lorsqu'il oyait au commencement les favorables paroles que Diane disait, combien s'estimait-il heureux ! Puis, quand il écoutait les conseils d'Astrée, et la défense qu'elle faisait de son mérite, combien lui était-il obligé ! Mais quand sur la fin il vit la résolution que Diane prenait, ô dieux ! qu'est-ce qu'il devint ? Il fut très à propos pour lui que ces bergères s'endormissent, puisqu'il lui eût été impossible de ne donner connaissance qu'il était là par quelque cuisant soupir. Car de s'en aller pour soupirer à son aise loin d'elle, il ne pouvait obtenir cela sur lui-même, étant trop désireux d'écouter la fin de leur discours, de sorte que ce fut un grand bien pour lui que ces bergères, après s'être donné le bonsoir, s'endormissent. Car il se retira vers ses compagnons, aussi doucement qu'il en était parti, et ayant repris sa place et bien regardé si quelqu'un de ces bergers ne veillait point, et, trouvant qu'ils étaient tous profondément endormis, il se mit à la renverse, et les yeux en haut, il considérait à travers l'épaisseur des arbres les étoiles qui paraissaient et les diverses chimères qui se forment dans la nue, mais il n'y en avait point tant, ni de si diverses, à ce qu'il disait lui-même, que celles que les discours qu'il venait d'ouïr lui mettaient en la pensée, achetant par là bien chèrement le plaisir qu'il avait de savoir que sa Diane l'aimait, étant en doute s'il était plus obligé à sa curiosité qui lui avait fait avoir cette connaissance, que désobligé pour avoir appris la cruelle résolution qu'elle avait faite. Cette imagination fut débattue en son âme fort longtemps ; enfin, Amour par pitié lui permit de clore les yeux, et y laisser couler le sommeil pour enchanter en quelque sorte ses fâcheuses incertitudes.

Livres VII à XII de la Seconde Partie

« Mais il est temps de revenir à Céladon que nous avons si longuement laissé dans sa caverne, sans autre compagnie que celle de ses pensées qui n'avaient d'autre sujet que son bonheur passé et son ennui présent. » Léonide le reconnaît et lui conseille, mais en vain, de revenir auprès des bergères. Il se dit résolu à mourir plutôt que de contrevenir aux volontés d'Astrée. Adamas ne réussit pas davantage à l'arracher à sa solitude et à sa mélancolie, mais il l'initie longuement, au livre VIII, à l'histoire et à la théologie, et il lui conseille de dédier un temple et des autels à ce « très parfait ouvrage de la divinité » qu'est la belle Astrée. Céladon la rencontre par hasard, alors qu'elle s'est endormie dans le bois. Et Adamas, usant d'une casuistique assez spécieuse, parvient enfin à le convaincre de se faire passer auprès d'Astrée pour sa fille Alexis, novice dans un couvent de druides au pays des Carnutes, à laquelle il se trouve, heureuse coïncidence, que Céladon ressemble beaucoup. Le berger regagne ainsi les bords du Lignon. Ces lieux enchantés lui rappellent ses amours d'adolescent et le voyage en Italie que lui avait imposé son père pour le détacher d'Astrée (livre X).

Galathée, de son côté, comprend qu'elle a été la victime des machinations de Polémas. Quant à Célidée, qui avait été l'objet d'une première histoire au livre I, elle connaît de nouveaux malheurs au livre XI. Pour échapper au conflit opposant Thamire et Calidon, elle se défigure en se labourant le visage avec la pointe d'un diamant : Calidon, qui ne l'aimait que pour sa beauté physique, cesse de l'aimer, alors que Thamire lui reste fidèle. Mais les livres XI et XII sont surtout occupés par différents récits, qui rapportent les infortunes à la cour de l'empereur d'Occident Valentinian de deux princesses aussi vertueuses que belles, Placidie et Eudoxe. Leurs aventures les conduisent de Rome en pays barbare, de Constantinople à Venise et en Afrique, cependant qu'à l'arrière-plan sont évoqués violences, guerres, soulèvements et révolutions de palais. Attila meurt et Rome est saccagée par les Vandales. Aidé d'un eunuque, Valentinian a violé une jeune femme noble et ce crime, il l'expie de sa mort trente ans plus tard. A la fin de son long récit, Ursace, toujours fidèle à celle qu'il aime, part pour l'Afrique, déguisé en esclave, pour arracher Eudoxe à son dernier ravisseur, le roi vandale Genséric.

Sur quoi la troupe des bergers se sépare et se propose d'aller quelques jours après rendre visite à Adamas et à « la belle Alexis », qu'Astrée est impatiente de rencontrer. Céladon-Alexis, de son côté, est tout aussi impatient de revoir Astrée. « Amour, conclut d'Urfé, se moquant ainsi de tous les deux, ne leur laissait jouir du bien qui était en leur puissance, s'il leur eût permis de le savoir reconnaître. »

TROISIÈME PARTIE

Livres I à XI de la Troisième Partie

« Depuis que la délibération fut faite parmi les bergères de Lignon d'aller dans trois jours toutes ensemble visiter la déguisée Alexis, Amour, qui se plaît à tourmenter avec des plus cuisantes peines ceux qui le servent et qui l'adorent avec plus de perfection, commença de faire ressentir à la bergère Astrée de certaines impatiences qui se pouvaient dire aveugles, et desquelles elle eût pu malaisément donner quelque bonne raison : car l'on en eût bien peut-être trouvé quelqu'une au violent désir qu'elle avait de voir Alexis, parce qu'on lui avait rapporté que son visage ressemblait à celui de Céladon, si la résolution de l'aimer n'eût point d'abord préoccupé l'esprit de cette sage fille, ou plutôt si cette résolution n'eût point été devancée par une amour déjà grande et impatiente. Et sans doute l'on peut dire qu'elle était née, cette nouvelle amour... » La troupe part donc pour rejoindre Alexis-Céladon. Paris, de son côté, rencontre un valeureux chevalier, Damon, qui, poursuivi par un noir destin, vient chercher en Forez la fin de ses maux : il souhaite retrouver celle qu'il aime, Madonte, ou mourir.

Les bergers font étape, au livre II, dans le temple de la bonne Déesse, à Bonlieu. Belle occasion pour le libertin Hylas de manifester avec humour son peu d'intérêt pour le sacré. Ils parviennent peu après à leur but, le château d'Adamas, où se trouve Alexis. Les portraits qu'ils y admirent donnent prétexte à l'histoire du roi Euric (où les

contemporains ont reconnu Henri IV), de Daphnide et
Alcidon ; les intrigues racontées dans les livres III et IV sont
particulièrement animées et l'étude des conflits et des ruses
de la passion, d'un intérêt constant. Le livre V, par contraste,
est voué à la conversation et à la discussion sur l'amour.
Adamas y expose longuement sa philosophie de la sympathie
des âmes et de l'amour du Beau et du Bon.

L'histoire de Damon et de Madonte se poursuit au livre VI.
Damon a couru le monde pour retrouver Madonte, et il est à
présent en butte à la haine et aux violences de Polémas.
Hylas, puis Florice racontent les amours contrariées d'une
Italienne, Cryséide, pour « le gentil Arimant ». La noblesse
des deux amants, qui font assaut de générosité, a contraint le
roi Gondebaut à les unir enfin (livres VII et VIII).

Bergers et bergères gagnent avec Adamas le Lignon pour
les fêtes du Gui salutaire. Adamas et Alexis sont accueillis
dans la maison d'Astrée et Alexis partage avec ravissement la
chambre d'Astrée. Il l'aide ainsi à se déshabiller, « lui ôtant
tantôt un nœud et tantôt une épingle, et si quelquefois sa
main passait près de la bouche d'Astrée, elle la lui baisait, et
Alexis, feignant de ne vouloir qu'elle lui fît cette faveur,
rebaisait incontinent le lieu où sa bouche avait touché ». La
tentation est forte pour Céladon de laisser là le personnage
d'Alexis, mais, bien qu'une partie de la nuit se passe dans ces
plaisirs réputés innocents, la vertu l'emporte (livre X). Deux
jours et deux nuits s'écoulent dans cette intimité. Alexis, à
son réveil, met un matin la robe d'Astrée, et contemple « la
belle endormie ». En se levant, Astrée se laisse voir dans le
plus simple appareil. Les caresses qu'elles échangent alors
« étaient un peu plus serrées que celles que les filles ont
accoutumé de se faire ». Mais Astrée « qui n'y pensait en
façon quelconque, lui rendait ses baisers, tout ainsi qu'elle
les recevait, non pas peut-être comme à une Alexis, mais
comme au portrait vivant de Céladon ». L'arrivée de Phillis
interrompt ces effusions.

Cependant Laonice fait croire à Diane que Silvandre lui
préfère Madonte. Le très fidèle Silvandre aura beaucoup à
souffrir de cette calomnie, d'autant qu'Adamas encourage
Paris dans son amour pour Diane. Le druide conseille à son
fils d'aller demander sa main à sa mère Bellinde. Prenant « à
main gauche le long des prés », Paris quitte donc la compagnie, « plein de joie et de contentement ».

LE DOUZIÈME LIVRE
DE LA TROISIÈME PARTIE
D'ASTRÉE

La nymphe Galathée et Damon, incontinent après dîner, partirent de Bonlieu[1] pour aller trouver Amasis, qui, impatiente ou plutôt pressée des nouvelles qu'elle avait reçues, leur avait encore renvoyé un autre chevalier, afin de les hâter, qu'ils renvoyèrent incontinent pour l'avertir qu'ils seraient près d'elle aussitôt que le chevalier. Et cela fut cause qu'Adamas, étant parti plus tard d'auprès de ces gentils * bergers et belles bergères, il ne la put trouver au temple de la Bonne Déesse, ainsi qu'elle le désirait grandement. Mais lui, qui était soigneux de lui rendre toute sorte de devoir comme à sa Dame, sachant qu'elle était partie il n'y avait pas longtemps, supplia Daphnide et Alcidon de trouver bon de continuer le voyage et qu'il envoierait Lérindas[2] vers la Nymphe pour l'en avertir, qu'il l'assurait qu'elle leur ferait l'honneur de les attendre, et les prendre dans son chariot. Ces étrangers, qui ne voulaient lui déplaire en chose quelconque, se mirent incontinent en chemin, et Lérindas, par le commandement du druide, se mit à courre * pour l'atteindre.

Cependant la Nymphe et Damon faisaient leur

voyage, parlant de diverses choses, lorsque le chemin
le leur permettait, car le chevalier, fût * par fortune ou
à dessein, n'avait voulu entrer au chariot, mais était
armé, et allait à la portière sur un très bon cheval que
la Nymphe lui avait envoyé, lui semblant qu'étant
seul auprès de ces belles dames, il fallait qu'il fût en
état de les pouvoir défendre ; et cela avait été cause
que, ce jour il portait son habillement de tête et son
écu, qu'il soulait * les autres fois laisser à son écuyer.

Marchant donc de cette sorte, lorsqu'ils eurent
passé le pont de la Bouteresse, et qu'ils entrèrent dans
un bois qui est le long du grand chemin et tout auprès
de la maison du sage Adamas, Halladin [3], qui était
assez loin derrière le chariot de Galathée, vit sortir à
l'impourvu trois chevaliers hors du bois entre lui et
Damon, qui, tout à coup, baissant leurs lances, s'en
allèrent à course de cheval contre son maître. Le fidèle
écuyer, voyant ces gens, ne put en avertir Damon,
sinon en lui criant le plus qu'il put qu'il se prît garde.
Le chevalier, au cri de son écuyer, tourna la tête, et, à
même temps, vit déjà si près de lui les trois chevaliers
que tout ce qu'il put faire fut de leur tourner le visage,
mettre la main à l'épée, et se couvrir bien de son écu.
Mais, à peine ceux-ci étaient sortis du bois que
Galathée en vit autres trois, qui à toute bride vinrent
comme les autres attaquer Damon ; elle, qui n'avait
encore aperçu que ceux-ci, se mit à crier, et les
nymphes aussi qui étaient dans son chariot, ce qui fut
cause que le chevalier faillit d'être porté par terre,
parce que, tournant la tête vers elle, il fut en même
temps atteint de deux lances qui, le trouvant un peu
tourné en arrière, faillirent de le désarçonner. Le
troisième, qui venait un peu après les autres, reçut

pour tous trois, car Damon, en colère de se voir si
indignement traiter, lui donna un si grand coup sur
l'épaule qu'il lui avala[4] presque tout le bras gauche,
si bien que de douleur il tomba entre les pieds de son
cheval.

Mais, parce que le chevalier oyait toujours redoubler les cris des nymphes, tournant tout à fait vers
elles, il se rencontra avec les autres trois chevaliers,
qui, plus avisés que les premiers, donnèrent tous trois
dans le corps de son cheval, de telle sorte qu'avec trois
tronçons de lance, il fut contraint de tomber, donnant
si peu de loisir à son maître, que tout ce qu'il put faire
fut de sortir à temps les pieds des étrieux. Sautant
donc hors de la selle, et se voyant attaqué de cinq tout
à la fois, il pensa que le meilleur était de se tenir
auprès de son cheval mort, pensant empêcher les
autres de le fouler aux pieds, mais ceux qui atta-
quaient, voyant que leurs chevaux faisaient difficulté
de s'en approcher, trois mirent pied à terre, et deux
demeurèrent à cheval, et tous cinq ensemble s'en
vinrent contre lui d'une façon si résolue qu'il connut
bien avoir une forte partie. Lui, toutefois, qui avait
souvent couru semblables fortunes, se résolut de leur
vendre sa vie bien chèrement, et ainsi d'abord qu'*il
les vit venir à lui, il s'avança contre ceux qui étaient
à pied, et au premier qu'il rencontra, il donna un si
grand coup sur la tête que, les armes se trouvant
bonnes, et l'homme n'ayant pas la force de soutenir la
pesanteur du coup, il se laissa choir à la renverse tout
étourdi, et donna un si grand coup contre une pierre,
que le heaume lui sortit de la tête, de sorte que le
combat se faisant fort près du chariot de Galathée, elle
et ses nymphes reconnurent facilement ce soldurier[5],

pour l'avoir vu souvent avec Polémas, qui leur fit
juger que cette trahison venait de lui, et cela fut cause
que toutes ces nymphes lui conseillaient de ne s'arrêter point là, mais de faire chemin, cependant que ces
solduriers étaient occupés contre Damon. Mais la
Nymphe répondit qu'on ne dirait jamais qu'elle eût
laissé un si gentil* chevalier dans un péril dont
elle pensait être la cause.

Cependant qu'elles parlaient ainsi, elles virent que
les leurs, qui étaient demeurés à cheval, aussitôt que
Damon avait éloigné le sien, l'étaient venu attaquer,
et qu'au premier, le chevalier avait mis l'épée dans le
poitrail jusqu'à la garde, mais le second, ne perdant
point le temps, avait heurté si rudement Damon qu'il
l'avait étendu de son long en terre, non pas toutefois
sans vengeance, car il avait donné au défaut de la
cuirasse de la pointe de l'épée si avant dans le petit
ventre du soldurier qu'il était tombé mort à trois ou
quatre pas de là. Des six, il n'en restait plus que trois
qui fussent en état de l'offenser, et tous à pied, mais si
opiniâtres à finir leur dessein, que deux tout à coup se
jetèrent sur lui aussitôt qu'il fut tombé, et, quoiqu'il
fût d'une extrême force, et qu'il se débattît et fît tout
ce qu'il put pour se relever, si lui était-il impossible,
ayant ces deux hommes forts et puissants dessus lui.
Et sans doute le troisième qui s'était démêlé de son
cheval eût bien eu le moyen de le tuer, s'il n'eût eu
peur de blesser ses compagnons que Damon tenait
embrassés.

Et toutefois il lui était impossible d'éviter la mort,
car celui-ci lui allait cherchant les défauts, lorsqu'un
berger et une bergère arrivèrent en ce lieu, et le
berger, voyant l'outrage que tant de personnes fai-

saient en un seul : « Et pourquoi, dit-il à l'écuyer, ne défendez-vous votre maître ? » Il jugeait bien que c'était l'écuyer de celui que l'on traitait si mal, par le déplaisir qui se voyait en son visage. « Hélas ! dit l'écuyer, je voudrais bien, mon ami, qu'il me fût permis, mais je n'ai point encore l'ordre de chevalerie, et si j'avais mis les mains aux armes contre un chevalier, je serais incapable de recevoir jamais cet honneur. — Que maudite soit, dit-il, la considération, qui vous empêche de secourir au besoin votre maître. »

Et à ce mot, prenant l'épée et l'écu d'un chevalier mort, il courut contre celui qui allait tâtant les défauts des armes de Damon, et après lui avoir crié qu'il se gardât de lui, lui déchargea deux si grands coups sur l'épaule qu'il le contraignit, se sentant blessé, de tourner vers lui, mais si mal à propos, que le berger, le prenant à découvert, lui donna de la pointe de l'épée sous le bras droit, si avant qu'elle lui sortit de l'autre côté du corps, de sorte qu'il tomba mort tout auprès de ses compagnons. Le bruit et le cri qu'il fit en tombant étonna grandement ceux qui étaient sur Damon, et l'un d'eux, voyant que c'était une personne désarmée qui avait donné ce secours, il dit à son compagnon qu'il gardât bien que celui-ci n'échappât, et qu'il allait châtier celui qui avait tué leur ami par derrière. Et s'adressant au berger, il le chargea de coups si furieux qu'ayant l'avantage de combattre armé contre un qui ne l'était point, il le blessa de deux ou trois grandes plaies dans le corps, non pas que le berger ne se défendît, et fort généreusement, et avec beaucoup d'adresse, mais tous les coups desquels l'autre le frappait, l'épée qui ne trouvait point de résistance lui faisait de très grandes blessures.

Damon cependant n'ayant plus affaire qu'à un chevalier, encore qu'il fût blessé en deux ou trois lieux dans les cuisses, si* l'eût-il bientôt mis sous lui, et, à même temps, lui enfonçant un petit poignard dans les ouvertures de la visière qui était à demi rompue, il l'étendit mort en terre, et soudain s'encourut vers le berger qui l'avait secouru. Mais, parce que son heaume, ayant les courroies toutes rompues, de force de s'être débattu en terre, lui était tourné en la tête, et l'empêchait de bien voir, de peur de perdre trop de temps à se le raccommoder, il l'ôta du tout, et s'encourut la tête toute nue vers ce soldurier, qui alors même avait donné un si grand coup au berger qu'il allait chancelant pour tomber. Mais Damon, qui arrivait ainsi qu'il se démarchait[6] pour le poursuivre, lui donna si à propos entre la tête et les épaules qu'il la lui sépara du corps, et, à même temps, le pauvre berger, ayant vu faire sa vengeance, tomba de son long en terre presque mort. La bergère accourut incontinent vers lui, et se jetant en terre le mit sur son giron tout sanglant, si pleine de déplaisir de le voir en cet état qu'elle eût voulu être en sa place.

Damon s'avançait pour lui aller aider, lorsque Galathée lui cria qu'il prît garde à celui qui l'attaquait, et sans doute* le chevalier eût été en grand danger de sa vie, sans le cri de la Nymphe, car, ayant opinion que tous les six solduriers fussent morts, il ne se prenait pas garde que celui qui était demeuré évanoui s'était relevé, et s'en venait par derrière, lui déchargeant un grand coup sur la tête, qu'étant nue, il lui eût fendue jusques aux dents. Mais tournant le visage du côté du cri, il vit tout auprès de lui cet homme qui, l'épée droite, le frappa d'un si pesant coup qu'il lui coupa l'écu en deux, en faisant choir une grande partie en terre ; et parce que c'était un très vaillant homme, et qui combattait comme une personne désespérée, le combat fut fort dangereux pour Damon, qui, déjà blessé en deux ou trois lieux, ne pouvait se servir de son adresse et de sa légèreté comme de coutume. Toutefois, à la fin, il en vint à bout, et, lui donnant de l'épée dans le gosier, le lui coupa, de sorte que le sang incontinent l'étouffa.

Cependant Adamas arriva sur le même lieu, et Alcidon et Hermante, voyant tout ce spectacle, et croyant qu'il y eût encore quelque chose à faire, se saisirent promptement chacun d'une épée et d'un écu des morts, et s'en coururent vers le chariot de la Nymphe pour la défendre, et, se mettant au-devant d'elle, demeurèrent en état, qui faisait bien juger qu'ils savaient bien faire autre métier que celui de berger. Quant à Adamas, s'approchant de la bergère, et, voyant le berger qu'elle tenait en son giron si fort blessé, avec son aide il le déshabilla pour lui bander ses plaies, ce qu'il achevait de faire, lorsque la Nymphe, ayant vu la fin de ce soldurier, allait vers Damon pour savoir comme il se portait.

Le chevalier, qui avait bien vu que celui qui l'avait secouru était en mauvais état, soudain accourut vers lui pour lui donner quelque secours, mais il trouva qu'Adamas lui avait déjà bandé ses plaies, et que la bergère, lui tenant la tête appuyée, était toute couverte de larmes, et, sans ôter les yeux de dessus lui, pleine de douleur et de déplaisir, le voyait tendre à la mort. Le berger, sentant bien que sa fin s'approchait, essaya deux ou trois fois de tourner la tête pour la voir, mais étant étendu de son long, et couché tout au contraire, il lui fut impossible, et toutefois, sentant les larmes qui lui coulaient sur le visage : « Consolez-vous, lui dit-il, madame, et ne craignez point que celui qui est juste juge de tous ne vous pourvoie de quelqu'un en ma place pour vous reconduire en votre patrie ; j'emporte ce seul regret avec moi dans le tombeau de vous laisser en cette contrée, et éloignée, sans voir personne auprès de vous qui ait le soin que j'ai eu de vous servir jusqu'ici. Mais je sais que Tautatès nous écoute et qu'il me fera cette grâce de ne vous laisser point seule dans ces bois si dangereux. »

Il voulait parler davantage, mais la faiblesse l'en empêcha, et la bergère alors : « Et quoi ! dit-elle, as-tu bien le courage de m'abandonner à ce besoin, et de me laisser seule après m'avoir tant de fois promis que jamais tu ne partirais d'auprès de moi, que nous n'eussions trouvé le chevalier que nous cherchions ? Est-ce ainsi que tu me tiens ta promesse, me délaissant dans ces bois effroyables, sans aide, sans secours, et sans support ? — Madame, répondit le berger, ne m'accusez point de la force que le destin me fait, je proteste le Ciel et tout ce qui nous voit et nous entend que mon dessein ne fut jamais de vous éloigner * que je ne vous eusse remise entre les mains du chevalier du Tigre, ainsi que vous désirez. Mais, hélas ! si les destinées coupent le filet de ma vie plus tôt que je n'aie pu satisfaire à ce dessein, en quoi suis-je coupable ? Et de quoi me peut-on accuser, sinon que j'ai plus entrepris que je ne méritais pas d'exécuter ? Mais en cela il faut blâmer le désir que j'ai eu toute ma vie de vous rendre le très humble service que tous ceux qui vous voient sont obligés de vous rendre. Or, madame, si durant tout le voyage j'ai manqué à l'honneur et au respect que je vous dois, ou au soin que j'étais obligé d'avoir de vous, je ne veux point que ce grand Tautatès me pardonne mes erreurs, sachant bien que je n'ai jamais eu qu'une volonté si entière et pure pour votre service qu'il est impossible que j'aie été si malheureux que d'y avoir manqué, et parce que la conscience sert de mille témoins, je l'ai si nette de toute mauvaise intention, que si j'eusse reçu cette grâce de vous remettre avant ma mort en lieu assuré, je m'en irais avec toute sorte de contentement en l'autre vie. »

Le chevalier était accouru vers le berger pour l'assister, mais d'abord qu'il jeta les yeux sur lui, et qu'il vit son visage, il demeura si ravi d'étonnement que, sans bouger d'une place, il s'arrêta longtemps immobile à le considérer. Que si sa bergère n'eût eu la tête baissée, et qu'il l'eût pu voir, sans doute son admiration * eût encore été plus grande, mais elle se penchait toute sur le visage du berger, tant pour ne lui donner la peine de tourner les yeux vers elle que pour mieux ouïr ce qu'il lui disait. Il lui semblait bien de connaître ce visage, et en quelque sorte le ton de cette voix ; mais les habits dont ce berger était revêtu, et les pâleurs mortelles dont ses profondes blessures le ternissaient, le mettaient en doute que ses yeux et ses oreilles ne le trompassent. Cependant qu'il était en cet état, Halladin s'était approché de lui pour lui bander quelques plaies desquelles il voyait couler le sang, mais il était tant attentif à considérer ce berger que, sans répondre à son écuyer, ni sans tourner les yeux vers lui, il se laissa ôter l'écu du col, et l'on commen-

çait de le vouloir désarmer à l'endroit où l'on voyait le
sang, car le Druide et Galathée s'étaient approchés de
lui, et lorsque le berger, tournant les yeux de fortune*
sur l'écu que Halladin avait posé en terre : « O Dieu !
dit-il, madame, qu'est-ce que je vois ? » Et lors,
tendant à toute force le bras, il lui montra l'écu avec le
tigre se repaissant d'un cœur humain, et reconnaissant que c'était véritablement celui du chevalier qu'ils
cherchaient : « O heureux Tersandre, s'écria-t-il, et
bien aimé du Ciel, puisqu'il t'a permis de conduire
Madonte entre les mains de celui à qui son aveugle
affection l'a donnée, et qu'il ne veut pas que tu vives
davantage pour ne te donner les déplaisirs d'en voir
un autre plus heureux qu'il n'a voulu que tu aies
été[7] ! »

Damon, oyant le nom de Tersandre, et après, de
Madonte, et l'un et l'autre ayant tourné les yeux vers
lui, eût été bien aveugle s'il ne les eût reconnus. Il vit
donc cette Madonte qu'il allait cherchant, et ce Tersandre duquel il avait tant désiré la rencontre pour lui
ôter la vie. Et, en même temps, l'amour de Madonte,
la haine de Tersandre, l'extrême contentement de
l'avoir trouvée et l'extrême colère de se voir devant les
yeux de celui duquel il pensait être le plus offensé le
saisirent de sorte qu'il se mit à trembler, comme s'il
eût été saisi d'un très grand accès de fièvre. Il ne savait
s'il s'en devait aller, ou s'il devait faire sa vengeance
et tuer le ravisseur de son bien devant les yeux de celle
de laquelle il pensait d'avoir été si maltraité. L'injure
prétendue l'y conjurait, l'affection et le respect l'en
retirait, mais enfin le souvenir qu'il eut de l'oracle
qu'il avait reçu à Montverdun[8] chassa de son âme
tout désir de vengeance. Et soudain, se démêlant de

ceux qui étaient autour de lui, et qui pensaient que tous ces tremblements qu'ils voyaient en lui fussent des accidents de ses blessures, il s'en courut vers la bergère en s'écriant : « O Madonte ! ô Madonte ! est-il possible que le Ciel m'ait enfin voulu donner ce contentement de vous voir avant que de finir mes jours ? »

Et à ce mot, mettant un genou en terre devant elle, il lui voulut prendre la main pour la lui baiser ; mais Madonte, surprise plus qu'on ne saurait penser, premièrement d'avoir rencontré ce chevalier du Tigre qu'elle allait cherchant, puis d'avoir reconnu que c'était Damon, qu'elle croyait mort il y avait longtemps, demeura si ravie, que, se le voyant à genoux devant elle, lorsque moins elle l'espérait, elle ne put faire autre chose, au lieu de lui laisser prendre sa main, que de lui tendre les bras, et en l'embrassant, elle fut si outrée de cette prompte joie, et cette inespérée rencontre, qu'elle se laissa aller comme morte sur son visage. Damon de son côté n'en fit pas moins, de sorte que, sans Halladin qui y accourut promptement, et qui se jetant en terre les appuya, sans doute ils fussent tous deux tombés.

Tersandre, qui avait aussi reconnu Damon, lorsqu'il s'était approché, et qu'il l'ouït parler, levant les yeux au ciel, n'ayant plus la force d'y hausser les mains : « O Dieu ! dit-il, combien es-tu juste, bon et puissant ! Juste, rendant Damon à Madonte, et Madonte à Damon ; bon, voulant faire tout à coup trois personnes si heureuses, ces deux amants ayant rencontré tout le bonheur qu'ils désiraient, et Tersandre ayant satisfait à son devoir et à sa promesse ; et puissant, ayant pu ordonner toutes ces choses lorsque, tous trois, nous les

espérions le moins. O Madonte ! et ô Damon ! soyez
contents, et vivez ensemble à longues années avec
toute sorte de repos et de bonheur. » A ce mot il devint
pâle, et peu après s'allongissant et tremblant, il se mit
à bâiller, et rendit l'esprit avec un visage qui montrait
bien qu'il laissait cette vie avec contentement.

La Nymphe cependant et Adamas, qui s'étaient
avancés vers le chevalier, et toutes les autres
nymphes, de même demeuraient étonnés, contem-
plant ces trois personnes qui semblaient être aussi peu
vivantes les unes que les autres. Mais Halladin, qui
était porté d'une extrême affection envers ce maître
qu'il aimait : « Si la pitié, dit-il, vous touche point,
madame, je vous supplie de commander que Damon
soit désarmé, afin que la perte du sang ne soit cause de
nous en priver après un si grand hasard. — Comment,
dit Alcidon, écuyer mon ami, est-ce ici le vaillant
Damon d'Aquitaine ? — C'est lui-même, répondit
l'écuyer, qui après tant de lointains voyages semble
s'être venu entrer en cette contrée, où il a plus
répandu de sang, en huit jours qu'il y est, qu'il n'a fait
en tant d'années, par tous les autres lieux où il s'est
trouvé. — Mon père, dit alors Alcidon, je vous conjure
de secourir ce chevalier, vous assurant qu'il n'y en a
point un meilleur, ni un plus accompli en toute
l'Aquitaine. » Et lors, mettant un genou en terre, et
Hermante de l'autre côté, il le commença à désarmer
sans qu'il en sentît rien.

Quant à Madonte, après avoir demeuré quelque
temps en son évanouissement, enfin elle revint, et
ouvrant les yeux, et voyant chacun empêché autour de
Damon, elle pensa qu'il fût mort des blessures qu'il
avait reçues en ce combat. « O Dieu ! s'écria-t-elle, se

détournant les mains, et se les frappant à grands coups. O Dieu ! fallait-il que je te retrouvasse pour te reperdre si tôt ? et fallait-il que je te revisse pour ne te revoir jamais plus ? Misérable Madonte : et quelle fortune t'attend désormais, puisque les biens que tu reçois ne te sont donnés que pour t'en faire mieux ressentir la prompte perte ? O Ciel ! qu'est-ce que tu réserves plus pour mon supplice, et puisque tu as versé sur moi toutes les grandes amertumes qu'une personne vivante peut ressentir ? Qu'attends-tu plus à me ravir la vie qui me reste, afin de me faire aussi bien éprouver ta rigueur dans le tombeau que je l'ai souffert sur la terre ? » A ce mot, les sanglots et les larmes lui empêchèrent de sorte le passage de la voix qu'elle fut contrainte de se taire ; mais son silence apporta tant de compassion à toutes ces nymphes que cependant qu'Alcidon, Daphnide, Hermante, Adamas et Galathée étaient autour du chevalier, elles prirent la bergère sous les bras, et l'ôtant presque à force du lieu où elle était, l'éloignèrent de ce sang, et de ces morts, et la mettant en terre, l'une d'elles la tenait appuyée, et les autres assises toutes alentour lui donnaient toute la consolation qu'elles pouvaient.

Cependant Damon fut désarmé, ses plaies bandées, au mieux que l'incommodité du lieu le permettait, et, peu après, on lui vit ouvrir les yeux ; mais d'autant que la faiblesse l'empêchait de se pouvoir lever, il tourna deux ou trois fois la tête pour retrouver Madonte. Et Halladin, connaissant bien ce qu'il cherchait : « Ne vous mettez point en peine, lui dit-il, seigneur, elle n'est pas loin de vous, cette tant aimée Madonte, il faut seulement que vous repreniez un peu de courage, afin de lui conserver celui qui l'aime si parfaitement. — Halladin, répondit Damon, et qu'est-ce que tu me dis de courage * ? penses-tu que celui en puisse avoir faute, qui en a eu assez pour aimer les perfections de Madonte ? mais où est-elle ? et qui est-ce qui me cache ce beau visage ? est-elle point encore auprès de Tersandre ? — Tersandre, répondit l'écuyer, est mort en vous sauvant la vie, et par là vous voyez combien l'oracle est véritable, et combien vous devez vous réjouir, puisqu'il semble que vous soyez parvenu à la fin de vos peines. — Jamais, dit-il, ce que je souffrirai pour un si grand sujet n'aura ce nom de peine que tu lui donnes. Mais, Halladin, aide-moi à me relever afin que je voie si ce que tu me dis est vrai. »

Madonte, qui avait ouï tout ce que Damon avait dit, reprenant ses esprits, et joyeuse de le voir en meilleure santé qu'elle n'avait pensé, se relevant à toute force, s'en courut vers lui, où, arrivant sans regarder en la présence de qui elle était, elle s'abouche[9] sur lui, et sans pouvoir de quelque temps former une parole. Enfin retirée par Halladin, qui craignait que ces trop grandes caresses ne fissent mal à son maître, et s'asseyant en terre auprès de lui, les bras croisés, et le considérant d'un œil plein d'admiration * : « Est-il bien possible, lui dit-elle, que le Ciel m'ait réservée à ce contentement de te voir, Damon, encore une fois ? Est-il possible que ce chevalier du Tigre, qui me vint ôter des mains de la perfide Lériane, soit ce Damon à qui elle avait malicieusement donné tant d'occasion de me haïr ? Est-il possible, ô chevalier, que ton affection ait eu tant de force par-dessus le juste dépit que tu devais avoir conçu contre moi, qu'elle ait pu pousser ta générosité à venir sauver la vie à celle que tu devais plus haïr que la mort ? J'avoue, Damon, que tu te peux dire le plus parfait amant qui fût jamais, et moi la mieux aimée de toutes les filles du monde. Mais, chevalier, s'il est vrai que tu sois ce Damon que je dis, et, si les déplaisirs que tu as reçus de moi et la longue absence n'ont point changé cette affection de laquelle je parle, pourquoi tardes-tu tant à m'en assurer, et que ne me tends-tu la main en signe de la fidélité que je veux croire que tu m'as conservée ? »

Damon alors, baisant la main, et lui prenant la sienne : « Oui, madame, lui dit-il, je suis celui-là même que vous dites, et je vous promets n'y avoir en moi rien de changé, sinon que je vous aime encore davantage que je ne faisais. Et quelque occasion que la malice de Lériane m'ait donnée, ou que le bonheur de Tersandre m'ait pu représenter, le Ciel est témoin, qui a souvent ouï mes protestations, et le soleil qui a vu toutes mes actions, que jamais je n'ai pu être approché de la moindre pensée qui eût intention de diminuer l'amour que je vous ai vouée. — J'avoue, reprit Madonte, que la trahison de Lériane vous a donné sujet de me haïr, et de croire tout ce qu'elle a voulu du[10] bonheur de Tersandre ; mais je jure par la mémoire de mon père, et par tout le contentement que je puis encore souhaiter, n'avoir jamais été trompée d'elle que pour le désir qui me pressait d'être plus aimée de vous, et que toutes les faveurs de Tersandre n'étaient faites que pour rappeler Damon, et le retirer d'une autre affection imaginée, ni que le dessein qui l'éloigna de mes parents et de ma patrie n'a été que pour chercher Damon sous le nom et les armes du chevalier du Tigre. — O dieux ! s'écria Damon, y a-t-il quelque chevalier au monde plus heureux que celui-ci, puisque je reçois ces assurances de la bouche de Madonte ? »

Elle voulait répliquer, lorsque Adamas, craignant que le séjour en ce lieu ne fût guère assuré, ou que les blessures de Damon n'empirassent, dit à Galathée qu'il lui semblait bien à propos de faire emporter ce chevalier en quelque lieu où il pût être mieux pansé, et que, voyant la grande faiblesse qu'il avait, il lui semblait fort à propos de le faire reposer pour quelques jours en sa maison, parce qu'elle était si proche de là qu'il ne fallait que monter la petite colline sur laquelle elle était assise. La nécessité fit consentir la Nymphe à cet avis, et ayant envoyé près de là dans quelques hameaux, l'on fit venir quelques hommes avec des brancards, qui emportèrent Damon dans la maison d'Adamas, et le corps de Tersandre dans la ville de Marcilly, pour lui donner une honorable sépulture. Et, en même temps, Galathée avertit Amasis par Lérindas de tout ce qui lui était arrivé, la suppliant de trouver bon qu'elle mit Damon en lieu de sûreté, et qu'incontinent après, elle l'irait trouver, pour recevoir ses commandements.

Il fut impossible à Madonte de n'accompagner de larmes le corps du pauvre Tersandre, et de ne regretter sa perte, qu'elle eût bien mieux ressentie sans la rencontre de Damon, et toutefois l'affection, la fidélité, et la discrétion qu'il lui avait fait paraître tant d'années, ne lui pouvaient revenir devant les yeux de l'esprit qu'elles ne contraignissent ceux du corps à donner quelques larmes, pour payer en quelque sorte tant de services et tant de peines. Cependant l'on emportait Damon, qui, tournant les yeux de tous côtés, pour voir que faisait Madonte, et apercevant le corps de Tersandre, ne put le laisser partir sans l'accompagner d'un soupir, ne sachant encore s'il le devait désirer en vie ; et toutefois, considérant qu'il était mort pour le sauver, sa générosité le contraignit de dire : « Or, à Dieu, ami, et repose content, couronné de cette gloire, d'avoir eu Damon pour ennemi, et l'avoir obligé à regretter ta perte, et à te nommer son ami. » A ce mot, il tendit la main à Madonte, qui s'était approchée du brancard, et qui ne l'abandonna plus qu'il ne fût dans la maison du sage Adamas, quoique Galathée la pressât fort d'entrer avec elle dans son chariot, aimant mieux suivre à pied Damon que de l'éloigner * d'un moment.

D'autre côté, Adamas, ayant fait connaître Daphnide, Alcidon, et les autres de leur compagnie à la Nymphe, et elle leur ayant dit toutes les paroles de civilité que le trouble où elle était lui pouvait permettre, les fit entrer tous deux dans son chariot, et les autres dans ceux de ses nymphes, car Adamas voulut suivre Damon, que l'on portait par un chemin plus court, afin d'être aussitôt que lui en sa maison, pour le faire mieux loger, parce que les chariots étaient contraints de faire un grand détour pour monter plus aisément la colline, qui était un peu trop âpre par le droit chemin.

Mais cependant Lérindas, laissant venir doucement le corps de Tersandre, se mit au grand trot pour donner promptement l'avis à Amasis que Galathée lui mandait, et quoiqu'il aperçût bien plusieurs personnes à main gauche qui chassaient dans la campagne, et qu'il eût opinion que ce fût Polémas, si est-ce qu'il ne s'arrêta point, ayant commandement de ne parler à personne qu'à Amasis. Mais celui que Polémas avait mis près du chemin pour prendre garde à ceux qui passeraient courut l'en avertir, et peu après un autre lui vint rapporter que l'on voyait venir un brancard, où il semblait qu'il y eût quelqu'un dessus. Lui, qui ne chassait en ce lieu que pour savoir tant plutôt ce qui serait advenu de Damon, crut incontinent que c'était lui que l'on portait, ou mort, ou bien blessé, et, s'en réjouissant grandement en soi-même, et faisant semblant d'en être en peine, il s'y en alla au petit pas, après y avoir renvoyé en diligence ceux qui lui en avaient apporté les nouvelles. Et par le chemin, feignant d'ignorer que Galathée fût allée à Bonlieu, ni qu'elle dût revenir par là, il demandait à ceux qui étaient avec lui qui pouvait être celui que l'on portait de cette sorte. Personne ne savait que lui répondre, parce qu'il n'avait rien découvert de cette entreprise à pas un de tous ceux qui étaient autour de lui, jugeant bien qu'il faut divulguer les desseins que l'on ne veut pas exécuter[11].

Il n'eut guère marché que l'un des siens, s'en retournant vers lui, dit que c'était un mort que Galathée faisait emporter à Marcilly, et qui avait été tué en sa présence dans le bois plus proche. Ce fut bien alors qu'il eut opinion que ses solduriers avaient exécuté ce qu'ils avaient promis, et, en son cœur, en avait le contentement que la vengeance peut donner à une âme offensée, mais il ne lui dura qu'autant qu'il retarda d'arriver où était celui que l'on emportait, parce qu'alors il vit bien que ce n'était pas un chevalier. Et demandant à ceux qui l'avaient en charge où ils avaient pris ce corps, et où ils le portaient, ils répondirent que Galathée avait été attaquée par six chevaliers, et qu'un seul les avait tous

défaits, que toutefois ce berger, lui ayant voulu donner
secours, avait été tué, mais que les autres y étaient tous
demeurés morts, et qu'ils portaient ce corps par
commandement de Galathée, pour le faire honorablement enterrer à Marcilly. — Et le chevalier, dit
Polémas, qui a résisté à tous les autres, qu'est-il
devenu ? — Il est fort blessé, répondirent-ils, et l'on l'a
emporté en la maison du grand Druide.

Polémas alors, faisant semblant de ne savoir rien de
cette affaire : « Voilà que c'est, reprit-il en s'en allant,
de licencier les solduriers sans raison, je m'assure que
ce sont ceux que nous avons cassés[12], qui, en colère
contre Damon, ont voulu s'en venger, et l'ont attendu
dans ce bois. » Et cela il le disait, afin de préparer son
excuse lorsque Galathée s'en plaindrait, parce qu'il
eut bien opinion qu'ils seraient reconnus. Et continuant encore quelque temps la chasse, pour ôter à
tous l'opinion qu'il eût quelque part en cette entreprise, dépêcha incontinent un des siens, pour aller de
sa part se réjouir avec Galathée du bonheur que
Damon avait eu en cette contrée, et lui commanda de
prendre bien garde à toutes les paroles, et à toutes les
actions de la Nymphe, et en même temps en dépêcha
un autre pour en donner avis à Amasis, la suppliant de
ne permettre plus que Galathée marchât ainsi seule,
et sans les gardes ordinaires qui étaient convenables à
sa grandeur. Il fit le même commandement à celui-ci
de prendre garde à tout ce que dirait et ferait Amasis.

Depuis que Clidaman, Guyemants, et Lindamor,
avec la plus grande partie des chevaliers de la contrée,
étaient partis pour aller en l'armée des Francs[13],
Polémas qui était demeuré comme lieutenant d'Amasis, et en la place que Clidaman soulait * avoir, d'un

dessein ambitieux, avait haussé ses espérances à se
rendre seigneur de cette province. Et toutefois considérant combien il est malaisé que les lois fondamen-
tales d'un Etat soient renversées sans une grande
violence, et combien la domination qui est telle est
peu assurée, il fit résolution d'épouser Galathée, et de
ne rien laisser d'intenté pour y parvenir. Et parce qu'il
voyait deux voies pour achever son entreprise, l'une
de la douceur, et l'autre de la force, il pensa qu'il
fallait essayer celle qui venait de la bonne volonté, et
en cas qu'elle vînt à manquer, recourre* après aux
extrêmes remèdes.

Pour suivre ce premier dessein, il voulut que ce feint
druide qui se nommait Climanthe, et qui avait autrefois[14] donné la bonne fortune à Galathée, revînt
encore une fois pour refaire de nouveau ce premier
artifice, ayant opinion que ou la nymphe l'avait
oublié, ou que le feint druide ne s'était pas bien fait
entendre. Il le fit donc venir près de ces mêmes jardins
de Montbrison, où il avait été l'autre fois, et ayant, ce
lui semblait, donné encore meilleur ordre à ses artifices qu'auparavant, il y avait déjà deux ou trois jours
qu'il commençait de se laisser voir, espérant que
Galathée ne manquerait pas de l'aller treuver comme
elle avait fait autrefois. Et afin que le temps de
l'éloignement de Clidaman et de Lindamor ne se
perdît pas inutilement, il tenait quantité de solduriers
dans les états des Wisigoths, et des Bourguignons, qui,
sans se dire tels, demeuraient dans les villes voisines,
et n'attendaient que son commandement. Il avait
aussi acquis l'amitié des princes voisins, par présents
faits à leurs principaux officiers, et dans le pays des
Ségusiens[15] faisait paraître une si grande libéralité, et

au peuple, et aux solduriers, tant de courtoisie, et de
douceur aux chevaliers, et tant d'honneur et de respect aux Druides, Eubages, Saronides, Vacies et
autres sacrificateurs[16], qu'il y en avait fort peu qui ne
désirassent le mariage de Galathée et de lui, si ce
n'étaient ceux qui, plus avisés, s'étaient pris garde
qu'il forçait en cela son naturel, et qu'il n'en usait de
cette sorte que pour parvenir à cette souveraine
puissance, laquelle, ayant obtenue, il ne maintiendrait pas avec les mêmes moyens qu'il l'aurait
acquise, mais avec de bien[17] plus rudes, et plus
tyranniques.

Amasis avait demeuré longtemps sans se prendre
garde de toutes ces choses, parce que malaisément
une âme bien née se peut-elle imaginer qu'une personne outrée[18] d'obligation se laisse emporter à l'ingratitude, et à la trahison. Enfin, elle commença de
s'en apercevoir, par le moyen d'une lettre qui lui
tomba entre les mains, par laquelle elle vit l'étroite
amitié que Gondebaud[19] avait avec lui. Cela fut cause
qu'aussitôt que Lérindas lui en dit l'accident qui était
arrivé à Damon, et que c'était des solduriers de
Polémas, elle eut opinion qu'il l'avait fait faire, et
toutefois sachant combien il est dangereux de faire
paraître à son principal officier d'avoir quelque doute
de sa fidélité sans être en état de se pouvoir opposer à
même temps à ses mauvais desseins, lorsque le soldurier de Polémas lui vint dire de sa part ces nouvelles,
elle feignit de recevoir un grand contentement du soin
qu'elle lui voyait avoir, et de la conservation[20] de
Galathée, et de sa grandeur, et lui remanda qu'elle
suivrait en cela, et en toute autre chose, son bon avis.
Et, à même temps, le lui ayant renvoyé, elle partit de

Marcilly, et s'en alla en la maison d'Adamas, sous la conduite d'une fort bonne troupe des chevaliers qu'elle mena pour la servir, parce que les nouvelles qu'elle avait eues de l'armée des Francs[21] la pressaient infiniment, et elle craignait que, ne la pouvant pas tenir secrète longuement, Polémas ne se résolût à quelque méchant dessein, comme depuis quelques jours elle en était entrée en opinion.

Galathée était à peine arrivée au logis d'Adamas que le soldurier de Polémas y arriva, qui lui fit assez mal la harangue que son maître lui avait commandée ; mais elle, ne pouvant dissimuler le déplaisir qu'elle avait reçu, lui répondit : « Dites à votre maître que je suis fort mal satisfaite de ceux qui sont à lui, et que, s'il n'y met ordre, j'aurai occasion de m'en plaindre. »

Cependant Damon, ayant été mis au lit, fut visité par les chirurgiens, et ses plaies trouvées plus douloureuses que dangereuses, parce que, encore qu'il eût la cuisse percée en deux ou trois endroits, si est-ce que de bonne fortune, il n'y avait ni veine, ni nerf offensé qui fût d'importance, si bien que Madonte était si ravie de contentement qu'elle ne pouvait assez en donner de connaissance. Et les chirurgiens qui connurent combien le contentement est nécessaire à la guérison du corps supplièrent Madonte de ne bouger d'auprès de lui. Et parce qu'elle[22] désirait savoir quelle avait été sa fortune depuis qu'elle était partie d'Aquitaine, elle lui raconta non seulement ce qu'il avait demandé, mais de plus tous les artifices dont Lériane avait usé à l'avantage de Tersandre, et lui rapporta tout ce discours si naïvement que tous ceux qui l'ouïrent jugèrent qu'il était véritable. Mais lorsqu'elle racontait les déplaisirs qu'elle eut de sa mort, quand

Halladin rapporta à Lériane le mouchoir plein de sang
et la bague de Tersandre à elle, elle ne pouvait encore
en retenir les larmes. Et puis, quand elle représentait
l'horreur qu'elle avait de mourir d'une mort si honteuse, et le secours inespéré qu'elle avait reçu du
chevalier du Tigre : « Il faut bien, disait-elle, que nous
ayons en nous quelque chose qui nous avertit des
choses plus secrètes, parce que je ne vis pas sitôt
entrer ce chevalier que je ne lui presse [23] une certaine
affection qui n'était pas commune. Et encore que, le
combat étant fini, il s'en allât sans hausser la visière,
j'avoue que je l'aimai d'amour, sans l'avoir jamais vu
au visage. Et cela fut cause, continuait-elle, que je me
résolus de le venir chercher du côté où il m'avait dit.
Mais cruel ! il faut bien, Damon, que je vous donne ce
titre, comment vous en pûtes-vous aller sans me dire
qui vous étiez ? Comment, m'ayant donné la vie du
corps, me voulûtes-vous ravir celle de l'âme ? Et
pourquoi ne me fîtes-vous savoir que vous viviez, afin
de tarir pour le moins les pleurs, qui, sans cesse,
comme d'une source immortelle, sont continuellement sortis de mes yeux ? O Damon ! que vous m'eussiez épargné de soupirs, de peines, de larmes, et de
travaux incroyables ! Mais non, Damon, la faute n'en
est pas à vous, mais à ma fortune qui voulait que
j'achetasse plus chèrement le contentement de vous
savoir en vie, de vous voir, et de vous avoir. »

Après, elle lui raconta le dessein qu'elle avait fait de
trouver ce chevalier inconnu, sans presque savoir
pourquoi elle le cherchait ; en effet, pensant que le
destin, qui conduit toute chose sous la sage providence du Grand Tautatès, l'avait ainsi ordonné, afin
de pouvoir rencontrer de cette sorte ce Damon qu'elle

allait cherchant sous le nom d'un autre : « Car, disait-
elle, j'ai opinion que si je ne vous eusse trouvé de cette
sorte, jamais je n'eusse eu le bien de vous voir,
puisque vous alliez si curieusement[24] vous éloignant
et vous cachant de nous. Enfin, voyez comme Dieu
rapporte toute chose à son commencement : Tersandre avait été la première cause de notre séparation, et
Tersandre a été la dernière cause de nous avoir remis
ensemble. Que les peines qu'il a prises à me servir et
me conduire avc tant de fidélité soient reconnues
par la bonté de Bellenus[25] au lieu où il s'en va, avec
cette réputation auprès de moi de n'avoir jamais fait
faute contre le respect qu'il me devait, que celle que la
malicieuse Lériane lui avait fait commettre, par les
espérances trompeuses qu'elle lui avait données, et
auxquelles un plus avisé que lui se fût peut-être bien
laissé décevoir. »

Et sur ce propos, elle raconta[26] comme sa nourrice
mourut sur le Mont-d'or, la rencontre qu'elle eut de
Laonice, de Hylas, et de Tircis, et enfin comme l'oracle
l'avait fait venir en ce pays de Forez, où elle avait
toujours été en la compagnie d'Astrée, Diane, Phillis,
et ces autres bergères de Lignon, d'auprès desquelles
elle était partie ce matin en dessein de se retirer en
Aquitaine parmi les vestales ou filles druides. Bref,
elle n'oublia rien de tout ce qui lui était advenu qu'elle
ne lui rapportât fidèlement, ce que Damon écoutait
avec tant de contentement qu'il ne pouvait assez
remercier Dieu du bonheur où il le[27] voyait ; et après
il lui dit : « Je vous raconterai à loisir, madame,
quelle a été ma vie depuis que je n'ai eu l'honneur de
vous voir ; mais à cette heure que les mires me
défendent de parler, je ne veux pas vous faire un si

long discours, c'est assez pour ce coup que je vous die
que j'espère dorénavant notre fortune meilleure,
parce que l'oracle que j'ai consulté le dernier à
Montverdun m'a assuré que je serais remis de la mort
à la vie par celui des hommes que je haïssais le plus, et
je vois bien qu'il a voulu entendre que ce pauvre
chevalier vous conduirait au lieu où je vous ai trouvée,
car il est vrai que je pouvais être estimé mort, étant
privé du bien de votre vue, et que maintenant je puis
dire que je vis, ayant le bonheur d'être auprès de vous.
Et quand je considère cet accident, il n'y a rien en quoi
je n'admire la prévoyance de ce grand Dieu, qui a si
bien vu que Tersandre me donnerait doublement la
vie ; je veux dire celle du corps par le secours qu'il m'a
fait, et celle de l'âme, vous conduisant si à propos et si
inopinément où j'étais, sinon qu'il me reste encore un
doute en l'oracle qu'il m'a rendu, car voici quel il a
été :

> *Et toi, parfait amant,*
> *Lorsque tu parviendras où parle un diamant,*
> *Tu seras rappelé de la mort à la vie*
> *Par celui des humains*
> *A qui plus tu voudrais l'avoir déjà ravie.*
> *Laisse donc contre luy désormais tes dédains.*

Car je vois tout le reste avoir eu effet, hormis d'être
parvenu où un diamant parle, si ce n'est qu'il ait voulu
entendre que vous soyez un diamant, en la constance
et en la fermeté de votre amitié. »
Le druide qui avait attentivement écouté leurs
discours : « Si j'eusse eu le bien, dit-il, en souriant,
d'être connu de vous, vous eussiez aisément entendu

l'obscurité de cet oracle, parce que je m'appelle
Adamas, et ce mot signifie, en la langue des Romains,
un diamant, de sorte qu'il voulait vous faire savoir
qu'aussitôt que je serais auprès de vous, cet accident
vous arriverait ; et il est advenu tout ainsi, car, à
l'heure même qu'Alcidon, Daphnide et moi sommes
venus sur le lieu où nous vous avons trouvé, vous avez
reconnu Madonte. — J'avoue, dit Damon, qu'il n'y a
plus rien à désirer pour l'éclaircissement de cet oracle,
que j'ai retrouvé si certain pour mon bonheur, et dont
je remercie la bonté de celui qui l'a ainsi ordonné,
lorsque je l'espérais le moins ! Mais, mon père, continua-t-il, et tournant les yeux par toute la chambre,
vous me nommez deux personnes : que si ce sont
celles que j'ai vues porter ailleurs ces noms, je m'estimerais infiniment heureux de les avoir rencontrées en
ce lieu. »

Alors Alcidon, s'avançant et l'embrassant : « Oui,
Damon, ce sont ces mêmes Daphnide et Alcidon que
vous dites, et qui sont conduits en cette contrée qui se
peut dire celle des merveilles par le même amour qui
vous y a fait venir. Et, à même temps, Daphnide, le
venant saluer, lui dit : « J'attendais à vous rendre ce
devoir que Madonte vous eût raconté ce qu'avec
raison vous désirez si fort de savoir de sa fortune, ne
voulant être cause de vous éloigner ce contentement
duquel je me réjouis avec vous, comme l'une de vos
meilleures amies. » Damon, surpris de voir ce chevalier, et cette dame revêtue de ces habits, ne savait au
commencement s'il était bien éveillé, ou s'il dormait,
mais enfin les touchant, et les oyant parler, il s'écria
en les embrassant : « J'avoue avec vous, Alcidon, que
voici la contrée des merveilles, mais des merveilles

pleines de bonheur, puisqu'elle m'en fait voir aujour-
d'hui plus que je n'eusse jamais espéré. »

Et cependant que Daphnide et Alcidon saluaient
Madonte, et qu'ils se réjouissaient ensemble de cette
bonne rencontre, l'on vint avertir Adamas que la
Nymphe Amasis entrait dans la basse cour[28]. Et à
peine était-il sorti de la chambre pour aller à la
rencontre qu'elle se trouva à la porte, où, s'étant fort
peu arrêtée, elle entra où était Damon : « Je pense, lui
dit-elle, vaillant chevalier, que je ne vous dois jamais
venir voir, sinon quand vous serez si malheureusement blessé par les miens mêmes. — Madame, répondit Damon, je ne plains non plus ces blessures que les
premières que vous me vîtes, puisque, si celles-là me
donnèrent l'honneur de voir la Nymphe et vous,
madame, ces dernières m'ont fait retrouver la seule
personne qui me pouvait rendre heureux, qui est, dit-
il montrant Madonte, cette belle bergère que vous
voyez, de sorte qu'au lieu de me plaindre de cette
contrée, je ne cesserai jamais de l'estimer, louer et
bénir. »

A ce mot, Amasis, ayant déjà été informée de la
qualité de Madonte, l'alla embrasser, et caresser
comme elle méritait ; et parce qu'elle ne faisait pas
semblant[29] de Daphnide et d'Alcidon : « Madame, lui
dit Damon, je vois bien que ces deux personnes ne sont
pas connues de vous, mais faites-en cas, et croyez que
leurs mérites sont tels que, les reconnaissant, vous ne
leur plaindrez point les caresses que vous leur avez
faites. Car, encore que vous les voyiez ainsi déguisées,
sachez, madame, que ce sont Daphnide et Alcidon, je
dis cette Daphnide dont les mérites lui ont fait
posséder toute l'affection du grand Euric, et voici

Alcidon tant aimé par sa valeur de Torrismond, le roi des Wisigoths, et de tous ceux qui lui ont succédé. »

Amasis, alors, le remerciant de l'avis qu'il lui donnait, les alla embrasser, et leur fit toute la bonne chère* qui lui fut possible. Et se retirant : « Il suffisait, dit-elle, que vous m'eussiez dit leur nom, car les oyant, j'eusse incontinent reconnu les deux personnes les plus estimées du grand Euric. Mais j'avoue que, voyant ces belles dames, et ce gentil chevalier revêtus en bergères, et en berger, je ne les eusse jamais estimés ce qu'ils sont, et que vous m'avez grandement obligée de me le dire. — C'est nous, reprit Daphnide, qui lui avons toute l'obligation, madame, nous ayant fait connaître à une si grande Nymphe, et tant estimée, et honorée par toutes les Gaules. — Mais, seigneur chevalier, dit Amasis, comment êtes-vous ainsi déguisés ? et où avez-vous trouvé des habits de berger ? — L'histoire serait trop longue à vous en dire la cause, répondit Alcidon. Mais, madame, qui peut être en Forez sans être berger, je crois qu'il n'a point de connaissance de cette contrée, où les bergers sont si gentils*, et les bergères si belles et si accomplies que je m'étonne autant de ne vous voir avec l'habit de bergère, et toutes vos nymphes, qu'il semble que vous soyez ébahie de nous en voir revêtus. — Je suis bien aise, répondit la Nymphe, que vous ayez trouvé quelque chose en cette contrée qui vous ait été agréable ; peut-être que, quand nous aurons le bien de vous avoir tenu quelque temps à Marcilly, vous ne jugerez pas que mes nymphes devaient changer leurs habits à celui de nos bergères pour être plus aimables. — Madame, répondit Alcidon, je n'en doute point, mais vous trouverez bon, s'il vous plaît, que je ne parle que de ce que je sais pour encore. »

La Nymphe eût plus longtemps continué ce discours, n'eût été que, ne voulant guère demeurer en ce lieu pour les doutes où elle était entrée, et ayant à discourir longuement avec Galathée et Adamas sur les nouvelles qu'elle avait reçues, s'approchant de Damon, elle lui demanda comme il se portait depuis qu'il avait été pansé, et, ayant su qu'il se trouvait un peu mieux, elle le laissa avec Madonte, ne voulant, disait-elle, lui interrompre le contentement de l'entretenir en particulier ; et commanda à Silvie, et aux autres nymphes de demeurer auprès de Daphnide et de sa compagnie, pour l'empêcher d'ennuyer[30], et pour commencer à faire paraître à Alcidon que les nymphes de Marcilly ne cèdent point aux bergères de Lignon.

Et, à ce mot, prenant Adamas d'une main, et Galathée de l'autre, elle le retira[31] dans la galerie, où, les portes étant bien fermées, elle fit un tour tout entier sans lui rien dire, et puis enfin avec un visage tout changé de celui qu'elle avait auparavant, et témoignant assez de la peine où elle était, elle leur parla de cette sorte, se tournant vers Adamas : « J'ai à vous dire, mon père, de grandes choses, et vous, à me donner le fidèle et prudent conseil que vous ne m'avez jamais refusé. Et, parce que ce que je désire que vous sachiez tous deux est un discours long, et auquel je pourrais bien oublier quelque chose, je veux que celui qui m'a apporté ces nouvelles vous le die bien au long, d'autant que si nous avons le loisir de nous en retourner à Marcilly avant qu'il soit nuit, ce m'est assez. — Madame[32], répondit Adamas, pourvu que vous ne soyez trompée en la prudence que vous croyez en moi, je vous assure bien que vous ne le serez jamais en ma fidélité. Et pour ce qui est de votre retour à Marcilly, si ce n'est chose qui vous hâte trop, vous me ferez, s'il vous plaît, l'honneur de demeurer ici ce soir, afin que vous n'ayez pas l'incommodité de vous en retourner peut-être au serein. — Vous savez bien, mon père, répondit Amasis, que je n'en ferais point de difficulté, si la nécessité de mes affaires ne m'y contraignait, comme je m'assure que vous jugerez bien, lorsque vous aurez ouï ce chevalier que Lindamor m'a envoyé, et que je vous aurai dit encore quelque chose que j'ai découvert depuis peu. »

Et lors, faisant appeler par Galathée le chevalier de Lindamor, après que la galerie fut bien refermée : « Je vous prie, lui dit-elle, chevalier, de dire au long tout ce que Lindamor me mande par vous, sans y oublier aucune des particularités que vous m'avez racontées, soit pour ce qui concerne nos affaires, ou pour celles de Childéric et de Guyemants, puisqu'elles sont de telle sorte jointes ensemble, qu'il est bien malaisé de les séparer. » A ce mot, mettant le chevalier entre elles et Adamas, afin qu'ils se pussent mieux entendre, elle prit Galathée de l'autre côté, et ainsi tous quatre commencèrent de se promener ; et lors, le chevalier, après avoir fait une grande révérence à la Nymphe, prit avec un grand soupir la parole de cette sorte pour lui obéir :

HISTOIRE
DE CHILDÉRIC, DE SILVIANE ET
D'ANDRIMARTE

Je ne puis, madame, sinon avec un grand regret, vous redire ce que vous me commandez, y ayant fait une perte que malaisément dois-je espérer de recouvrer jamais. Toutefois je ne laisserai de satisfaire à ce que je dois en vous obéissant, après vous avoir toutefois suppliée d'accuser le déplaisir que je ressens lorsque vous verrez mon discours embrouillé, et, si peut-être j'oublie quelque chose, de m'en vouloir faire ressouvenir, et vous verrez par ce que j'ai à vous dire que tous ceux qui sont auprès d'un prince ont grandement de l'intérêt à sa conduite, puisque tout leur bien ou tout leur mal en dépend.

Le roi Mérovée [33], qui, par la grandeur de ses faits, s'est acquis ce nom parmi les Francs, parce qu'en leur langage Merveich signifie prince excellent, et non pas comme quelques-uns ont osé dire, pour le monstre marin qui attaqua Ingrande sa mère, femme de Bellinus, duc de Thuringe, et fille de Pharamond, lorsqu'elle se voulait baigner dans la mer, que les Francs aussi nomment Merveich, et duquel ils ont voulu faire croire qu'il avait été engendré. Après avoir gagné plusieurs victoires, tant sur les Huns, Gépides, Alains, que Romains, et Bourguignons, et avoir régné douze ans, mourut plein de gloire, et de trophées, regretté de tous ces peuples, ne laissant de sa femme Méthine, fille de Stuffart, roi des Huns, et prédécesseur d'Attile, surnommé le fléau de Dieu, qu'un seul fils nommé Childéric.

La réputation du père, l'amour que les Francs lui avaient porté, car ils [le] nommaient[34] la délice du peuple, et la grande étendue de ses conquêtes furent cause qu'aussitôt que Mérovée fut mort, tous les Francs d'un commun accord élevèrent Childéric, son fils, sur le pavois, et l'ayant couronné d'une double couronne, l'une pour montrer la succession des Francs, et l'autre pour témoigner les conquêtes de son père, ils le portèrent sur les épaules presque par toutes les rues de Soissons, où il fut proclamé roi des Francs. Devant lui marchaient en premier lieu les hérauts d'armes avec leurs marques en la main, et après on voyait les enseignes conquises par Mérovée, sur les Huns, Gépides, Alains, Bourguignons, et Romains qu'on portait traînantes par terre. Après suivaient celles des Francs, qui étaient semées de la fleur de pavillée[35] sur de l'azur; et les dernières de toutes étaient celles de Mérovée, son père. La première avec un lion qui essayait de monter sur une haute montagne pour dévorer un aigle qui y était au plus haut avec ce mot :

AVEC PEINE S'OBTIENT LA PROIE.

Et l'autre, ayant un bouclier qui couvrait une couronne avec ce mot :

COUVERTE DE L'ÉCU PLUS SÛRE EST LA COURONNE.

Et faisant trois tours par toutes les rues principales, suivis du peuple, et accompagnés de leurs acclamations et de celles des soldats. Les feux de joie, sur le soir, furent allumés aux portes de la ville à gros flambeaux de cire qui brûlèrent toute la nuit, et à la lueur desquels on dansa et l'on chanta tant qu'ils durèrent, faisant des réjouissances si extrêmes, que l'on voyait par toutes les rues les tables mises, où étaient reçus, et traités tous ceux qui s'y présentaient.

Il me serait possible[36] de vous pouvoir redire, madame, combien était grande l'espérance que tout ce peuple avait en ce jeune roi, tant pour être fils de Mérovée, duquel la mémoire était encore si fraîche que ses grandes victoires leur étaient ordinairement devant les yeux, que pour l'avoir vu lui-même faire de très généreuses actions, en suivant son père dans les armées, et maniant les affaires publiques. Mais bientôt il leur fit assez connaître que la domination est un lieu si glissant qu'il y a fort peu de personnes qui y parviennent, et qui y puissent demeurer les pieds fermes, et sans tomber ; car, peu de temps après avoir été couronné, il commença de mépriser les armes, et s'adonner à toute sorte de délices, ne se souvenant plus que la magnanimité et les exploits belliqueux de ses prédécesseurs avaient acquis la domination des Gaules aux Francs, et le royaume des Francs à lui, et à ses successeurs. De sorte que l'on ne voyait plus faire état dans sa Cour que des mollesses efféminées, et des hommes tellement changés de ce qu'ils étaient auparavant que la plupart des jeunes hommes qui, sous Mérovée, avaient commencé de s'adonner aux généreux exercices de la guerre, sous Childéric, se laissèrent tellement aller à son exemple, qu'ils semblaient les femmes des hommes qu'ils soulaient * être[37] ; si bien que l'on vit en même temps les espérances des conquêtes que les Francs avaient conçues lorsque Mérovée vivait, aussitôt que ce prince se fut de cette sorte laissé aller à la douceur des délices, se changer en la crainte que justement ils avaient, de voir enlever l'Etat qu'ils avaient conquis par ceux qui auparavant

ne mettaient toute leur étude qu'à se pouvoir conserver contre les armes belliqueuses de ce vaillant peuple. Ce qui donna un grand coup à cet Etat naissant, et
qui retarda si bien les grandeurs de ce nouvel Empire
que tous les progrès en furent retranchés, et tous les
espoirs limités à conserver ce qui était acquis.

Clidaman, Lindamor et Guyemants souffraient avec
beaucoup de déplaisir ce changement en ce prince,
mais plus que tous Guyemants, comme celui qui lui
avait une extrême obligation, et qui pour cette cause
avait destiné tous ses services à l'avantage de ce roi.
Et, lorsque plusieurs fois Lindamor conseilla Clida
man de s'en revenir en cette contrée, puisqu'il n'y
avait plus de moyen d'acquérir de la gloire auprès de
ce prince enseveli dans ses délices, et dans ses voluptés, Guyemants, les larmes aux yeux, l'en dissuadait,
disant que si quelque chose pouvait encore rappeler
Childéric à son devoir, ce serait la générosité et la
vertu de Clidaman, et que, si ce bien advenait aux
Francs à son occasion, il s'acquerrait plus de gloire et
plus de réputation en cette seule action qu'il n'avait
fait par toutes les précédentes, outre qu'il fallait
considérer qu'ayant assisté Mérovée et Childéric, soit
contre les enfants de Clodion [38], soit contre les
Romains, et autres, il ne fallait point douter que, ce
royaume venant à se perdre, il en recevrait un grand
désavantage, s'étant rendu tous ces princes ennemis,
comme partisan des Francs. Clidaman qui était prince
généreux, et qui aimait la personne de Childéric,
comme très aimable à ceux auxquels il voulait plaire,
se laissa fort aisément arrêter auprès de lui et boucha
de telle sorte les oreilles aux bonnes et saines considé-

rations de Lindamor, que tout ce qui lui fut sagement
proposé par lui demeura inutile, et sans force.

Il y avait un jeune chevalier nommé Andrimarte, fils
de l'un des plus vaillants et des mieux apparentés qui
fussent parmi les Francs, qui fut nourri* enfant d'honneur auprès de ce jeune prince, lorsqu'il était encore
en un si bas âge qu'il ne pouvait suivre Mérovée dans
les armées. Cet Andrimarte, avec plusieurs autres
enfants des principaux chevaliers, ne bougeait jamais
d'auprès du jeune Childéric, étant instruit en tous les
exercices que l'on lui enseignait, afin d'être rendu,
aussi bien que quantité d'autres, plus capable de
servir ce prince ; et la couronne des Francs, tirant
après de là, comme d'une seconde pépinière, les plus
généreux chevaliers, et les plus grands capitaines, qui,
comme assurées colonnes, pouvaient soutenir cet Etat
naissant, et l'augmenter par la valeur de leurs courages, et par force et prudence le conserver. Ces jeunes
enfants étaient nourris*, non seulement pour les rendre
adroits et courageux, dans toutes les choses nécessaires à la guerre, mais pour leur polir aussi l'esprit, et
adoucir le farouche naturel de ces vieux Sicambriens,
et de ces habitants des Palus Méotides[39]. Et afin de les
rendre plus aimables aux Gaulois, les plus civilisés
entre tous les peuples de l'Europe, ils étaient ordinairement parmi les jeunes dames de la reine Méthine, et
avaient tant d'honnêtes familiarités avec elles que,
quand ils venaient à être grands, il se faisait plusieurs
mariages entre eux, à cause des amitiés qu'en un âge
si tendre ils avaient contractées ensemble. Cette reine
avait commandement du prudent Mérovée son mari
de mêler parmi les filles des Francs le plus de Gaulois
qu'elle pourrait, afin de rendre par ces alliances ces

deux peuples non seulement amis, mais alliés, desseignant [40] par ce moyen de se rendre aussi bien roi des Gaulois par amour qu'il l'était par les armes.

Parmi celles qui étaient nourries de cette sorte durant le bas âge de Childéric, Silviane tenait l'un des premiers rangs, tant pour ses mérites que pour les prédécesseurs desquels elle tirait son origine. Cette jeune fille avait toutes les conditions qui ont la force de faire aimer, pouvant dire que la fortune et la nature l'avaient également favorisée ; mais outre la beauté du corps qui était estimée très grande, encore avait-elle un esprit si beau que tous ceux qui étaient attirés par ses yeux étaient arrêtés par sa courtoisie et douce conversation. Cette jeune fille n'ayant encore que dix ou onze ans fut vue parmi les autres du gentil* Andrimarte, et qui, n'en ayant pas plus de treize ou quatorze, était toujours auprès de Childéric, presque de même âge. Si Silviane, dès ce temps, était estimée belle et accomplie parmi les filles de Méthine, Andrimarte emportait la louange entre tous ces jeunes enfants d'honneur de Childéric pour être le plus adroit, fût* à danser, fût* à sauter, ou à quelque autre exercice du corps qu'il se mît à faire. Mais, plus encore, pour avoir un esprit doux et gentil*, et s'adonnant de sorte à tout ce qui était de beau et de louable qu'il emportait sans difficulté l'avantage sur tous ses compagnons, que toutefois il se conservait avec tant de modestie et de courtoisie que personne n'était marri d'être surmonté de lui, et de lui céder la gloire qui lui était si bien due.

Ce fut donc en cet âge que le jeune Andrimarte jeta les yeux sur la belle Silviane, et n'étant pas une beauté qui pût être vue par un si bel esprit que le sien sans être aimée, la jugeant la plus accomplie de toutes ses compagnes, il commença de la servir avec des affections enfantines, et à lui en donner les connaissances que tel âge pouvait lui enseigner ; elle, qui ne connaissait pas seulement encore le nom d'amour, recevait tous ces petits services, comme les enfants ont accoutumé de s'en rendre les uns aux autres, sans dessein. Et toutefois, avec le temps, elle commença de les avoir plus agréables de lui que des autres, et, enfin, à ressentir quelque chose qui l'attirait à parler à lui, et à être bien aise qu'il fît plus de cas d'elle que de toutes ses compagnes, sans qu'il y eût encore ni amour ni affection de son côté. Mais, d'autant que tout ainsi que plus on demeure auprès d'un feu, plus aussi en ressent-on la chaleur, de même Andrimarte ne put avoir longuement une si particulière familiarité auprès de Silviane, sans donner commencement aux premières ardeurs de l'amour, et enfin de l'allumer en son âme, de telle sorte que depuis, ni le temps ni les traverses qu'il reçut ne purent jamais l'éteindre.

La première connaissance qu'il lui en donna fut un soir que la reine Méthine, selon sa coutume, s'alla promener le long des rivages de la Seine, car en ce temps-là, elle demeurait le plus souvent dans Paris, tant pour être comme le centre des conquêtes de Mérovée, que pour un oracle qui, depuis peu, avait été rendu au temple d'Isis, qui disait :

> *Le Gaulois étranger en Gaule régnera,*
> *Lorsque Paris le chef de la Gaule sera.*

Parce que Mérovée et ses Francs estimèrent que, leurs aïeuls ayant été Gaulois, cet oracle eût voulu parler d'eux.

Or ce beau fleuve de la Seine, comme je m'assure, madame, vous avez bien ouï dire, sert de fossé à cette belle ville, la ceignant de ses deux bras et en faisant une île et délectable et forte. Et d'autant qu'il ne ronge ni ne dévore pas ses bords comme Loire, mais coule paisiblement parmi cette grande plaine, qu'il arrose par cent et cent divers détours, son rivage est presque toujours tapissé de belles et diverses fleurs, et peuplé de plusieurs sortes de beaux arbres qui le couvrent au plus chaud de l'été d'un frais et agréable ombrage. Quand la reine s'y devait promener, les dames et les chevaliers, ou deux à deux, ou troupe à troupe, s'allaient entretenant, qui çà, qui là, le long de ce beau rivage, sans toutefois s'éloigner de sorte qu'ils ne la vissent toujours, tant pour se retirer avec elle, quand elle s'en irait, que pour ce qu'elle voulait bien leur permettre une honnête privauté, mais toutefois à sa vue.

Ce soir, car c'était presque toujours après souper que Méthine allait prendre le frais de ce promenoir, Andrimarte, prenant Silviane sous les bras, l'entretenait comme de coutume de ses affections enfantines, auxquelles elle répondait avec des paroles si naïves que l'enfance même n'en pouvait concevoir de plus innocentes. S'égarant ainsi parmi les arbres plus épais, ils s'assirent, au commencement, au pied de quelques vieux saules proches du cours de cette rivière. Mais la jeune fille ne pouvant demeurer trop longtemps en repos, et s'ennuyant d'être assise, s'en alla sautant vers quelques aulnes, parmi lesquels elle en choisit un de qui l'écorce tendre et polie la convia d'y graver son nom, de sorte qu'avec une aiguille qu'elle avait dans ses cheveux elle s'amusa d'y piquer les lettres de Silviane. Andrimarte, voyant ce qu'elle avait commencé de marquer, passa de l'autre côté du petit arbre, et écrivit comme si c'eût été une même ligne, avec un fermoir de lettre ce mot, *J'aime*, de sorte que quand cette belle fille eut écrit le nom de Silviane, il s'y rencontra en joignant les deux mots, *J'aime Silviane*. Mais elle, ne prenant pas garde à ce qu'elle avait écrit, mais seulement à ce que Andrimarte avait marqué : « Vous aimez, lui dit-elle, Andrimarte, et qui est celle qui vous en a donné la volonté ? — Vous le trouverez, lui dit-il, madame, s'il vous plaît de continuer de lire le reste de la ligne. — Quant à moi, répondit-elle, je ne vois point que vous y ayez écrit autre chose. — Lisez seulement, madame, dit-il, tout ce qui est écrit, sans rechercher qui en a été l'écrivain, et vous contentez que celle qui a mis le nom que j'adore sur cette écorce me l'a bien plus vivement gravé dedans le cœur. — Et qui est-elle ? reprit Silviane, et où est ce nom duquel vous parlez ? — Tous deux, répliqua Andrimarte, sont bien près d'ici. — Je ne sais, dit-elle, vous entendre, car enfin je ne vois que ce mot seul que vous avez écrit. — Et comment y a-t-il ? répliqua Andrimarte. — Si je sais bien lire, dit-elle, il y a *J'aime*. — Et ici ? continua Andrimarte, lui montrant du doigt ce qu'elle avait écrit. — Il y a, répondit-elle, *Silviane*. — Or, ajoutez tous les deux, dit Andrimarte. — Je vois bien, reprit-elle, que joignant ces deux paroles, il y a, *j'aime Silviane*, mais c'est moi qui l'ai écrit. — Il est vrai, répondit Andrimarte, aussi est-ce bien vous qui me l'avez gravé dans le cœur. — Dans le cœur, reprit-elle tout étonnée, et comment se

peut faire cela, puisque je ne vis jamais votre cœur ? —
Je ne sais, répliqua-t-il, comment s'est pu faire ; mais
si *, sais-je bien que c'est avec les yeux que vous l'avez
fait. — Or, s'écria-t-elle, voilà ce que je ne croirai
jamais, car outre que mes yeux ne sauraient graver
chose quelconque, encore si les yeux le pouvaient
faire, peut-être je m'en fusse bien aperçue quelque
autre fois, puisque vous n'êtes pas la seule chose que
j'aie vue en toute ma vie. Et pour vous montrer que je
dis vrai, n'a-t-il pas fallu que je me sois servie de cette
aiguille pour mettre mon nom sur cette écorce ? Je
crois que j'eusse longtemps employé mes yeux à cet
office, avant qu'ils y eussent pu marquer la moindre
lettre de mon nom. »

Cette réponse d'enfant fit bien connaître le peu de
ressentiment[41] qu'elle avait des traits d'amour, et
toutefois il ne laissa de lui dire : « Ne vous étonnez
pas, madame, que vos yeux n'aient gravé votre nom
sur l'écorce de cet arbre, puisque le mépris qu'ils font
de ces choses insensibles en est la cause. — Mais n'ai-
je pas vu, dit-elle, ces petits chiens que la reine aime si
fort, et qui sont continuellement devant mes yeux, et
regardez si vous y treuverez une seule lettre de mon
nom ? — Ni moins, répliqua-t-il, daignent-ils de le
faire sur ces animaux sans raison, mais seulement
dans le cœur des hommes, et des hommes encore qui
sont dignes d'être estimés tels. — Et comment, dit
Silviane, s'est pu faire cela sans que je m'en sois
aperçue ? — N'avez-vous pas été plus petite que vous
n'êtes ? dit Andrimarte. Et répondez-moi, madame,
s'il vous plaît, quand vous vous êtes faite plus grande,
avez-vous pris garde comment vous avez fait pour
croître ? — Cela, répondit-elle, je l'ai fait naturelle-

ment. — Et naturellement aussi, reprit Andrimarte,
vous m'avez fait ces blessures dans le cœur. — Mais,
mon Dieu! répliqua-t-elle, j'ai ouï dire que toutes les
blessures du cœur sont mortelles. Si cela est, et que
mes yeux vous y aient blessé, je serai cause de votre
mort, et vous aurez bien occasion de me vouloir du
mal. — Il est vrai, continua-t-il, que toutes les blessures du cœur sont mortelles, et que celles que vous
m'avez faites me feront mourir, si vous n'y mettez
remède; mais quoi qu'il m'arrive, je ne vous voudrai
jamais du mal, puisque au contraire je ne pense pas
avoir assez de force pour vous pouvoir aimer autant
que je désire, et que vous méritez. — Je pense, dit la
jeune Silviane, puisque mes yeux vous ont fait le mal,
que le meilleur remède sera qu'à l'avenir je les vous
cache. — Ne le faites pas, madame, je vous supplie, si
vous ne voulez ma mort aussitôt que vous aurez
commencé un si mortel remède, car sachez que la
blessure que j'ai reçue de vous est telle que, si quelque
chose me peut conserver la vie, c'est en me donnant
d'autres nouvelles et semblables blessures. — Voilà un
mal étrange, dit la jeune Silviane, et puisqu'il est
ainsi, de peur que vous mouriez, je ferai non seulement le contraire de ce que je disais, mais je supplierai encore toutes mes compagnes d'en faire de même,
afin que la quantité des blessures que leurs yeux vous
feront puissent vous soulager de celles que vous avez
reçues de moi. — Vos compagnes, répondit-il, ont bien
des yeux, mais non pas pour me guérir, ni pour me
blesser. — Et quelle différence, ajouta-t-elle, mettez-
vous de mes yeux aux leurs, puisque quant à moi, je
n'y en connais point? — Elle est telle, répliqua
Andrimarte, que j'aimerais mieux être déjà mort que

si elles m'avaient pu faire la moindre des blessures
que j'ai pour vous, et que j'élirais plutôt de n'avoir
jamais été que de n'être blessé de vos yeux, comme je
suis. — Je n'entends pas, dit-elle, pourquoi vous êtes
de cette opinion, car il me semble que les blessures
sont toujours blessures, de qui que nous les recevions.
— Il y a, reprit Andrimarte, des blessures honorables
et agréables, et d'autres qui sont honteuses et
fâcheuses, et celles que je reçois de vous sont du
nombre des premières et au contraire seraient celles
que vos compagnes me feraient si leurs yeux en
avaient la puissance. — Je ne puis, répondit la jeune
Silviane, m'imaginer sur quoi se fonde cette différence. — S'il se trouvait, dit Andrimarte, d'autres
Silvianes aussi belles et aussi accomplies que vous
êtes, et qui par leur beauté pussent faire d'aussi
aimables blessures, je vous accorderais qu'elles
seraient aussi désirables que les vôtres, mais cela ne
pouvant pas être, soyez certaine, madame, que jamais
je n'estimerai faveur ni remède que celui qui me
viendra de vous. »

Silviane était fort jeune, et toutefois non pas tant
qu'oyant parler Andrimarte de cette sorte elle ne lui
en sût bon gré[42] ; car l'amour de nous-mêmes est
tellement naturel en nous que rien ne nous peut
obliger davantage, en quelque âge que nous soyons,
que la bonne estime que l'on fait de nous. Et cela fut
cause qu'elle lui répondit : « La bonne opinion que
vous avez de moi vous fait tenir ce langage ; mais
croyez, Andrimarte, que vous y êtes obligé par celle
que j'ai de vous. »

Et peut-être leurs discours eussent passé plus outre,
sans la survenue de Childéric qui, avec une grande

troupe de ces jeunes enfants, allait courant par ces prés, faisant divers sauts et divers jeux d'exercice, et qui, passant auprès d'eux, les séparèrent, parce que ce jeune prince emmena Andrimarte presque par force pour sauter avec ses compagnons comme celui qui les surpassait tous en adresse et en agilité. Ce fut avec regret qu'il laissa la belle Silviane. Elle ne demeura pas seule avec moins de plaisir, parce qu'encore qu'elle n'eût aucun ressentiment d'amour jusques en ce temps-là, si est-ce que ces dernières paroles lui firent depuis penser à des choses qu'elle n'avait point encore imaginées. Et peu après, se remettant devant les yeux les mérites et les perfections du jeune Andrimarte, et repassant par sa mémoire les connaissances qu'elle avait eues de sa particulière bonne volonté, Amour commença de lui égratigner la peau si doucement qu'au lieu de la cuiseur, elle en ressentit une certaine démangeaison, qui peu à peu, en se grattant, s'agrandit de sorte qu'en peu de temps elle devint une plaie incurable.

Aussitôt qu'Andrimarte se put dérober de Childéric, il s'en recourut vers Silviane, lui demandant mille pardons de l'avoir laissée seule, s'excusant sur la force que ce jeune prince lui avait faite. « Voilà que c'est, répondit Silviane, si vous ne valiez pas tant, vos amies pourraient avoir plus longtemps le bien de vous voir. — Plût à Dieu ! dit incontinent Andrimarte, que vous voulussiez être de ce nombre, et que vous crussiez que de me voir pût être quelque bien[43]. — Et pouvez-vous douter, reprit Silviane, que l'un et l'autre ne soit pas ? Vous avez trop de mérites, Andrimarte, pour ne donner pas la volonté à ceux qui vous voient d'être de vos amis ; et il y a trop longtemps que je vous vois pour ne les avoir pas reconnus et estimés. — Madame, répondit-il, j'estimerais ce soir plus heureux que tous les jours de ma vie, si je pensais que la belle Silviane eût quelquefois daigné tourner ses beaux yeux sur mes actions, aussi bien que mon cœur les a ressentis tout-puissants, et si à cette heure j'en pouvais avoir quelque assurance par vos paroles. »

La jeune Silviane, ne pensant pas encore que l'amour fût quelque chose qui pût obliger un cœur à se donner entièrement à quelqu'un, mais seulement une certaine complaisance qui nous fait avoir plus agréable la vue et la conversation d'une personne que d'une autre, pensa bien qu'Andrimarte l'aimait, puisqu'il lui tenait ces discours, et, se considérant en elle-même, crut bien aussi d'avoir de l'amour pour lui, mais de l'amour faite comme je vous disais, et telle qu'une sœur a pour son frère, ou une fille pour son père. Et cela fut cause qu'avec cette innocence que son âge tenait encore en son âme, elle lui répondit : « Soyez certain, Andrimarte, que véritablement je vous aime, et que si vous me dites quelle assurance vous voulez que mes paroles vous en donnent, je le ferai très volontiers, vous protestant que je n'ai point de frère que j'aime plus que vous. »

Andrimarte, qui avait plus d'âge et plus d'amour aussi qu'elle, connut bien que ce n'étaient que des propos d'enfant, et toutefois lui semblant d'avoir déjà gagné un grand point sur elle, il se contenta pour ce coup, espérant que le temps et la continuation de sa recherche la pourraient faire sortir de cet amour innocent pour la porter à l'entière et parfaite affection qu'il en désirait ; et pour ce, lui prenant la main, il la lui baisa, et avec un visage riant : « Je demeure,

dit-il, le plus heureux et content [44] chevalier de ma
race, puisque j'ai eu cette déclaration de vous comme
la chose du monde que j'ai la plus désirée. D'une seule
chose je vous veux supplier, qui est de ne tromper
jamais l'assurance que vous m'en faites, et que je
puisse, pour marque de ce que vous dites, porter le
nom de votre frère, et vous appeler ma sœur, afin que
ces noms nous obligent davantage à nous rendre l'un à
l'autre les mêmes devoirs, et la même amitié. — Je le
veux, répondit franchement la jeune fille, et vous
promets de vous aimer, et vous estimer comme si vous
étiez mon frère. »

Il voulait répondre, mais, craignant le serein qui
commençait à tomber [45], [la reine Méthine] se retira
et les contraignit d'en faire de même, et de la suivre.
Il est vrai que depuis ce jour, Andrimarte sut de sorte
rechercher cette belle fille, que peu à peu il lui apprit
que l'amour ne s'arrête pas aux lois de l'amitié, ni
dans les termes que le parentage prescrit par sa
bienveillance, car en peu de temps elle l'aima de telle
façon que, quand elle se prit garde que c'était Amour
qui la liait en l'affection du jeune Andrimarte, il lui fut
impossible de s'en retirer, si bien qu'un jour qu'elle se
rencontra sur le bord de la Seine avec lui, où Méthine
comme de coutume s'était allée promener, s'étant
retirés à part sous certains arbres, elle prit occasion de
lui dire : « Eh bien, mon frère, c'est ainsi qu'elle
l'appelait, vous souvenez-vous des discours que nous
eûmes en ce même lieu il y a quelque temps, lorsque je
gravais mon nom sur l'écorce de cet arbre ? — Et
doutez-vous, ma sœur, répondit Andrimarte, que je ne
m'en souvienne tant que je vivrai ? Jamais ce jour ne
s'effacera de ma mémoire, puisque c'est celui qui a

donné commencement à tout le bien que j'aurai jamais. — Et qu'est-ce, dit-elle, qui vous contenta le plus en tout ce que nous dîmes alors ? — Ce fut, répondit-il, ces mots que vous me dîtes : Assurez-vous, Andrimarte, que véritablement je vous aime. — Or, dit Silviane, voulez-vous, mon frère, que je vous confesse la vérité ? Croyez, je vous supplie, continua-t-elle en souriant, que, quand je vous dis ces paroles, je ne savais véritablement ce que je vous disais. — Comment, reprit-il incontinent, vous ne saviez, ma sœur, ce que vous disiez ? — Assurément, répondit-elle, je n'en savais rien, et comment pourrais-je vous assurer de faire une chose que j'ignorais, et qui m'était inconnue ? — Vous me trompiez donc ? lui dit-il. — Véritablement, dit Silviane, je vous trompais, mais c'était après m'avoir déçue* moi-même, car il faut que j'avoue que, quand je disais que je vous aimais, je ne savais que c'était que d'aimer, et toutefois, la bonne volonté que je vous portais me faisait croire que c'était amour, ce qui n'était qu'une bienveillance d'enfant. »

Andrimarte, l'oyant parler ainsi, demeura un peu étonné, craignant qu'avec cette excuse elle ne se voulût dédire de tout ce qu'elle lui avait promis ; mais elle, qui avait bien d'autres intentions, le voyant muet, et se doutant bien de l'occasion de son silence : « Mais, mon frère, ne soyez point en peine de ce que je vous dis, car ce n'est seulement que pour vous donner maintenant de plus certaines assurances de l'amitié que je vous porte. Je dis maintenant, parce que, depuis ce temps-là, je confesse que vos mérites et l'affection que j'ai reconnue en vous m'ont bien rendue plus savante que je n'étais pas : je sais à cette heure que c'est que d'aimer, non pas seulement un frère, mais Andrimarte, et le sachant, je vous proteste que je l'aime autant que son amitié m'y oblige. »

Andrimarte, oyant ce discours tant à son avantage, se relevant à genoux, car ils étaient assis en terre : « Si j'employais toute ma vie à vous remercier, madame, dit-il, et tout mon sang à votre service, je ne saurais sortir de l'obligation où vos paroles m'ont mis, tant cette déclaration me lie, et tant je reconnais la grandeur du bien que vous me faites. Mais puisqu'il vous plaît que j'aie de si favorables assurances, ayez agréable que je vous supplie à l'exemple des dieux de vouloir rendre le bien que vous me faites du tout parfait. — Et qu'est-ce, dit Silviane, que vous voulez que je die davantage pour vous contenter, puisque vous déclarant que je sais à cette heure que c'est qu'aimer, j'aime Andrimarte autant que son amitié m'y oblige ? — Dites, madame, ajouta-t-il, encore davantage, car peut-être mon amitié ne vous oblige guère, et ainsi vous ne m'aimeriez que fort peu. — J'aime, reprit-elle, Andrimarte autant que je dois. — Dites plus encore, répondit-il, car il n'y a rien parmi les hommes qui mérite l'honneur que vous me faites. — J'aime, reprit-elle, Andrimarte autant qu'il m'aime. — A ce coup, dit Andrimarte, je suis content. — Or, continua Silviane, il me plaît maintenant de dire davantage : J'aime Andrimarte plus qu'il ne m'aime, et je proteste devant les nymphes et les déités de ce fleuve que je n'en aimerai jamais point d'autre, et je veux seulement une chose de mon frère, c'est qu'il me promette, sur la foi qu'il veut que je lui tienne, en ce que je viens de lui dire, que jamais il ne recherchera de moi que ce que mon honnêteté lui peut librement permettre. — Que tous les supplices, dit-il incontinent, des plus haïs du Ciel me tombent sur la tête ; que tout le courroux des dieux m'accable, et que jamais je ne voie l'accomplissement d'aucun de mes désirs, si jamais, non pas en effet *, mais en pensée seulement, j'outrepasse les limites que vous me donnez. »

Lorsqu'ils se tinrent ces discours, Silviane pouvait avoir treize ou quatorze ans, et Andrimarte seize ou dix-sept, âge si propre à recevoir toutes les impressions d'Amour qu'il imprima ces jeunes cœurs de tous les caractères qu'il voulut ; si bien que depuis ce jour, ils allèrent de sorte augmentant que, n'eût été la longue et familière nourriture * qu'ils avaient ensemble, et qui couvrait beaucoup des actions de leur amour sous le voile de la courtoisie, et de leur ancienne connaissance, plusieurs sans doute s'en fussent pris garde, mais ayant eu tant de familiarités, étant petits enfants, personne ne trouvait étranges les devoirs qu'ils se rendaient l'un à l'autre, même pouvant encore les couvrir sinon de l'enfance, pour le moins d'une bien tendre jeunesse qui était en eux.

Ils véquirent ainsi pleins de contentements, et de toutes les plus grandes satisfactions qu'ils pouvaient recevoir, attendant que, par le consentement de leurs parents, ils pussent être mariés, et ce bien leur continua jusques à ce que par malheur Childéric tourna les yeux sur cette belle fille, car il faut bien croire que ce fut un malheur qui la lui fit trouver alors si belle, l'ayant vue seule auparavant tant de fois, sans s'en être soucié, mais à ce coup, se trouvant à un bal où Silviane s'était déguisée, comme durant les Bacchanales l'on a accoutumé de faire suivant la coutume des Romains, il la trouva tant à son gré que depuis il

l'aima furieusement. Silviane s'en prit garde bientôt
après ; et parce qu'elle eût pensé commettre une
extrême faute de ne dire tout ce qu'elle pensait à son
cher frère, aussitôt qu'elle put parler à lui, elle l'en
avertit, et lui raconta tout ce qu'elle en avait reconnu.
Andrimarte crut bien incontinent cette nouvelle affection : « Et je m'étonne plus, lui dit-il, qu'il ait tant
demeuré à vous aimer, vous ayant continuellement
devant les yeux, que non pas de savoir qu'il vous aime
maintenant. Mais, ma sœur, l'ambition d'être aimée
du fils du Roi Mérovée effacera-t-elle l'affection de
votre frère, et sera-t-il vrai que je sois la misérable
tourterelle délaissée de sa compagne ? — Mon frère,
lui dit-elle lors, en lui prenant la main, soyez certain
que vous ne serez jamais la tourterelle que vous dites
que quand la mort me ravira le moyen de vous
accompagner. Et si je pensais que la doute vous en fut
seulement entrée en l'âme, l'amitié que je vous porte
s'en plaindrait grandement ; car croyez, Andrimarte,
que la mort même ne me fera jamais changer la
volonté que j'ai pour vous, puisque je la vous veux
conserver entière en la seconde vie que nos druides
nous assurent que nous aurons après cette-ci, et cette
bague que je vous donne, et que je mets ici en dépôt
entre vos mains, si vous êtes cet Andrimarte que j'ai
cru m'aimer si parfaitement, me sera rendue par vous
en cette autre vie, afin que vous me puissiez sommer
de la parole que je vous ai donnée, et qu'à cette heure
je vous reconfirme d'être perpétuellement à vous. »

Est-il possible, madame, de pouvoir représenter
avec des paroles le contentement du jeune Andrimarte ? Il se jette à genoux, lui baise la main, et cent
fois la bague qu'elle lui avait donnée, avec ces

extrêmes serments de la lui représenter au temps qu'elle lui commanderait. Et, prenant des ciseaux qu'elle portait à sa ceinture, s'en piqua de sorte le doigt où il avait mis la bague qu'il ensanglanta le mouchoir en plusieurs lieux, et puis le présentant à Silviane : « C'est ainsi, madame, lui dit-il, que je signe de mon sang les serments que je viens de vous faire, et je vous conjure de me vouloir rendre ce mouchoir avec ce sang, au temps que vous m'avez commandé de vous rendre cette bague, afin que par ces marques, et les vivants et les morts puissent connaître combien est grande l'affection qu'Andrimarte porte à la belle Silviane, et combien cette affection a été heureuse de rencontrer par-dessus ses mérites une si entière amitié en elle. »

Amour allait de cette sorte, nouant de plus forts liens les cœurs de ces deux amants, afin de faire perdre l'espérance à toutes les puissances du monde d'en pouvoir jamais délier ni rompre les chaînes, et toutefois cela n'empêcha pas Childéric de continuer l'amour commencée, et de s'y laisser emporter de sorte qu'il n'avait ni contentement ni repos que quand il était auprès d'elle. Au commencement, de peur que Mérovée n'en fût averti, il cacha le plus qu'il put cette passion, et cette considération fut cause que même il n'osa la déclarer par ses paroles à la belle Silviane, quoique ses actions fussent si connues de chacun que c'était une chose superflue que de dire ce que personne n'ignorait plus.

En ce temps, d'autant qu'il n'avait point un plus grand contentement que de la voir, il commanda à un peintre de la peindre sans qu'elle s'en prît garde, croyant bien que de sa volonté elle n'y consentirait jamais. Et le peintre fut si diligent à satisfaire au désir de ce jeune prince que la voyant par deux ou trois fois cependant que les sacrifices se faisaient, il la peignit si bien que, quand Childéric la vit, il la baisa plus de mille fois, et, ne pensant pas que son heur fût entier, si Silviane ne savait le trésor qu'il possédait, la trouvant dans l'antichambre de la reine sa mère, il la tira à part, et lui dit : « Belle Silviane, je vous apporte une nouvelle que peut-être vous ne savez pas : c'est que vous pensez être seule fille de votre mère, et toutefois vous avez une sœur. — Si je pensais, répondit-elle, seigneur, que cette nouvelle fût vraie, je la tiendrais pour la meilleure que je puisse recevoir, et je vous aurais beaucoup d'obligation de la peine que vous daignez prendre de me la dire. — Vous avez raison, dit Childéric, d'en être bien aise, car, encore qu'elle ne soit pas si belle que vous, elle ne laisse de vous ressembler fort. Et afin que vous en puissiez juger, voyez-la, dit-il en lui montrant le portrait qu'il avait fait faire, et avouez que j'ai dit vrai. »

Soudain que Silviane jeta les yeux dessus, elle s'y reconnut, et, à même temps, reçut un très grand sursaut de se voir entre les mains d'autre que d'Andrimarte, lui semblant que ne voulant être à personne qu'à lui, lui seul aussi en devait avoir la ressemblance ; et tendant la main pour le prendre, feignant de le vouloir mieux considérer, il le lui donna, mais l'ayant un peu regardé, et ne sachant de quelle sorte elle le lui pourrait ôter entièrement, sans considérer davantage ce qui en pourrait arriver, et, se voyant près de la cheminée, elle le jeta dans le feu, qui, étant fort grand, et le portrait n'étant fait que du carton, l'eut plus tôt brûlé que presque Childéric n'y eut pris

garde. Mais elle ne l'eut pas si tôt jeté qu'elle se
repentit de sa promptitude, voyant combien ce jeune
prince était demeuré étonné. Et pour couvrir en
quelque sorte sa faute : « Mon Dieu ! dit-elle, seigneur,
il était si mal fait que j'avais honte que l'on me vît si
laide. — Silviane, répondit Childéric, vous m'avez
grandement offensé, et je ne sais avec quelle patience
je le souffre. — Seigneur, répondit-elle en rougissant,
j'en serais extrêmement marrie, car c'est la vérité
qu'il était si mal fait que j'aimerais autant la mort que,
de me laisser voir ainsi. »

Le dépit alors et l'amour eurent un grand débat
dans le cœur offensé de ce prince. Enfin l'amour étant
le plus fort : « Je verrai bien, dit-il, si c'est pour
l'occasion que vous me dites, ou si la haine, ou le
mépris, le vous a fait faire. Car si ce que vous dites est
vrai, et que ce ne soit pas une excuse, vous permettrez
qu'un autre peintre vous peigne tout à loisir, afin qu'il
rencontre[46] mieux que le premier n'a pu faire qui
avait dérobé ce portrait sans que vous l'ayez su.
Que si vous refusez ce que je demande, je croirai
avec raison que c'est pour m'offenser ; et que vous
méprisez un prince qui ne l'a jamais été de personne
que de vous. » La jeune Silviane, qui craignait d'être
tancée de la gouvernante et de ses parents, fut
contrainte d'accorder ce que Childéric lui demanda,
avec des paroles si pleines de courtoisie qu'il ne put
refuser son amour, de n'être content de cette satisfaction. — Vous me permettez donc, reprit le prince, que
je vous fasse peindre. — Je vous accorde, seigneur, lui
répondit-elle, tout ce qu'il vous plaît, pourvu qu'il
dépend de moi, mais c'est sans doute* que la reine le
trouvera mauvais, si ce n'est avec sa permission, ou

pour le moins avec celle de la gouvernante. — Ce m'est
assez, dit Childéric, que je connaisse que votre volonté
consent à ce que je désire, et que vous n'avez jeté ce
portrait au feu que parce qu'il était mal fait. » Et
d'autant qu'elle faisait paraître d'être grandement en
peine du déplaisir qu'il en avait reçu, et que quelques-
unes de ses compagnes s'en étaient pris garde, de peur
qu'elle n'en fût tancée, lui-même dit que le portrait
était si mal fait que véritablement il ne méritait pas
moins de punition que le feu. Et afin que l'on pensât
que Silviane n'avait rien fait que par son consentement, il en fit des vers qu'il lui donna, et qui étaient tels :

SONNET
Que nul qu'Amour ne doit oser peindre
sa Maîtresse.

Que tu fus téméraire, ô toi dont le pinceau
Osa bien dessiner les traits de ce visage !
Ton art put seulement en un hardi tableau
Imiter la nature, et non pas davantage.

Mais, peintre, ne vois-tu qu'un si parfait ouvrage
Est même en la nature un miracle nouveau :
Et comment penses-tu d'en bien faire l'image,
Ne pouvant elle-même en refaire un si beau ?

Que ton art cède donc où cède la nature,
Et ne te va plaignant que l'on t'ait fait injure,
En brûlant ce crayon par trop ambitieux.

Pour un si haut dessein faible est la main d'Appelle,
Nul ne le doit oser, et fût-il l'un des dieux,
Qu'Amour, qui dans le cœur me l'a peinte si belle.

Si ce portrait ne servit à autre chose, il fut cause pour le moins que ce jeune prince fit savoir à la belle Silviane quelle était son affection envers elle ; car cette belle fille ne put s'empêcher d'ouïr tout ce qu'il voulut lui en dire, de peur que, lui en faisant refus, il ne se plaignît de la promptitude de laquelle elle avait jeté son portrait dans le feu. Et depuis, continuant cette recherche, il ne se passa occasion qu'il la lui pût témoigner sans lui en faire voir la grandeur . Et parce qu'il est bien malaisé que la violente passion d'amour se renferme dans les limites de la raison et de la discrétion, depuis que Childéric eut donné air à sa flamme, en la déclarant à Silviane, elle s'accrut de sorte que, rompant bien souvent les bornes de la modestie, il advint qu'un jour, la voyant chanter, il se trouva de sorte transporté de cette puissante amour, qu'encore qu'il la vît au milieu de ses compagnes, et qu'il y eût une fort grande assemblée et de dames, et de chevaliers, il ne se put empêcher de la prendre par la tête et de la baiser par force. Silviane, n'ayant aucune bonne volonté pour Childéric, se sentit grandement offensée de cette violence, et même voyant que c'était devant les yeux presque de toute la Cour, elle n'en fit pas une petite plainte, et d'autant plus qu'Andrimarte de fortune * s'y était rencontré, auquel elle ne voulait donner aucune opinion que cette recherche de Childéric pût altérer en quelque sorte l'affection qu'elle lui avait jurée. Toutefois ce jeune prince, mettant tout en risée, la voyant en colère, chanta sur ce sujet ces vers pour essayer de l'adoucir.

SONNET

Qu'il lui veut rendre ce qu'il lui a dérobé.

Elle se plaint, Amour, qu'en l'aimant je l'of-
[*fense,*
Et voudrait en effet* que j'eusse moins de feux :
Pourquoi, s'il est ainsi, resserres-tu mes nœuds,
Et d'en sortir jamais m'ôtes-tu l'espérance ?

Si pressé, si vaincu d'extrême violence,
Un baiser je dérobe, ou dérober je veux,
Sans pitié de mon mal, et méprisant mes vœux,
Colère, elle me dit : « Quelle est cette inso-
[*lence ? »*

A quelle étrange loi m'a le destin soumis ?
Dans le règne d'Amour le larcin est permis,
Et si votre beauté ce larcin me commande.

Mais s'il vous déplaît tant, enfin je me résous
Pour effacer l'erreur qui vous semble si grande,
De rendre mon larcin, mais de le rendre à vous.

Silviane toutefois ne pouvait prendre en jeu la continuation de l'amour de Childéric, et Andrimarte, quelque mine qu'il en fît, n'était pas sans peine de voir que son maître était son rival, sachant assez que l'amour et la domination ne veulent point avoir de compagnon ; et cela fut cause qu'il se résolut de demander Silviane à la reine, après toutefois d'être sorti d'entre ces enfants d'honneur du roi, puisque même l'âge lui en donnait une bonne excuse. Et afin de ne rien faire qui déplût à Silviane, il lui communiqua son dessein, lequel elle approuva fort, « tant, disait-elle, pour sortir de la tyrannie de Childéric que pour pouvoir passer nos jours ensemble sans contrainte ».

Andrimarte donc, qui n'avait nulle plus grande envie que de posséder seul et entièrement sa chère Silviane, ne manqua point de proposer à son père le juste désir qu'il avait de ne plus demeurer parmi les enfants, ni perdre son âge tant inutilement, puisque tant de belles occasions se présentaient de le pouvoir employer auprès de Mérovée et dans ses armées, à l'imitation de ses ancêtres, que les années qu'il avait lui commençaient à faire honte, se voyant encore nourri* entre les femmes et les enfants, qu'il le suppliait de trouver bon qu'il laissât la robe de l'enfance pour prendre la virile, et celle que le nom de Franc, et la mémoire de ses prédécesseurs, et l'exemple particulier qu'il lui donnait, lui faisaient trouver plus convenable et à son humeur et à son âge. Le père, qui était généreux, et qui voyait son fils assez fort pour le suivre dans les armées, et supporter la peine des armes, fut bien aise de remarquer en lui cette généreuse intention, et, après l'en avoir loué et estimé beaucoup, lui promit de satisfaire bientôt à son désir. Et, pour ne mettre cet affaire en plus de longueur, le jour même il en parla au roi Mérovée, qui, le trouvant bon, le fit savoir à Childéric, afin que, lui faisant les gratifications[47] ordinaires, il pût donner l'épée, et mettre l'éperon au jeune Andrimarte avec les cérémonies de l'accolée, comme ils ont accoutumé depuis peu, et à l'imitation d'Artus, roi de la Grande-Bretagne, lorsqu'il mettait les jeunes bacheliers[48] et écuyers au rang des chevaliers.

Ce jeune prince, qui était entièrement amoureux de la belle Silviane, fit très volontiers toutes ces faveurs au gentil Andrimarte, sous l'espérance qu'il avait que, soudain qu'il serait armé chevalier, il serait contraint de s'en aller dans les armées, et lui laisser Silviane, de laquelle il espérait de gagner plus aisément la bonne volonté lorsqu'elle n'aurait plus devant les yeux ce jeune homme, auquel il avait bien reconnu qu'elle ne lui voulait point de mal.

Toutes choses donc favorisant au dessein d'Andrimarte, il fut armé chevalier par les mains de Childéric, qui avait été fait chevalier quelque temps auparavant par le roi Mérovée. Et lorsqu'il fallut lui ceindre l'épée, et que l'on mit à son choix d'élire telle dame qu'il voudrait, le jeune Andrimarte, mettant un genou en terre, supplia la belle Silviane de lui vouloir faire cette faveur, afin qu'il se pût dire le chevalier du monde qui eût reçu cet honneur de la plus belle main et de la plus belle dame qui vive. Childéric fut surpris, lui voyant faire cette requête à Silviane, et peu s'en fallut qu'il ne fît quelque démonstration violente du déplaisir qu'il en recevait, mais la présence du roi son père le retint en son devoir, non toutefois sans rougir, et sans donner connaissance à plusieurs que cet acte lui déplaisait grandement, et plus encore lorsqu'il vit que cette belle fille, avec une façon joyeuse, la lui avait ceinte après en avoir demandé et obtenu le congé de la reine Méthine, montrant et à ses yeux et à ses actions le contentement qu'elle avait de la requête qu'Andrimarte lui avait faite. Mais celui que le jeune chevalier fit paraître fut extrême, lorsque, la remerciant de cette faveur, il lui protesta d'employer cette épée et sa vie à son service. Et elle, qui ne se souciait guère de cacher la bonne volonté qu'elle lui portait, sachant bien qu'il ne tarderait pas de la demander en mariage

à la reine et à ses parents, elle lui répondit : « Je prie
Hésus qu'il vous rende cette épée aussi heureuse que
de bon cœur je la vous ai ceinte, et que je voudrais
faire encore davantage pour vous témoigner l'estime
que je fais de votre mérite. — Vous aurez donc
agréable, lui dit-il, madame, afin qu'aujourd'hui je
reçoive toute sorte de contentement, que je puisse
porter cette épée que j'ai reçue de vos mains, et
l'employer à votre service, et afin qu'elle soit plus
heureuse, que je me puisse honorer du titre de votre
chevalier. »

Silviane alors, rougissant un peu : « Ce serait moi,
répondit-elle, qui en cela recevrais de l'honneur ; mais
je ne puis ni ne veux que cela soit que par le
consentement de la reine qui peut disposer de moi
comme il lui plaît. » Andrimarte, qui connut bien
qu'elle avait parlé avec beaucoup de discrétion, mettant un genou en terre devant Méthine : « C'est
aujourd'hui, madame, le jour qui semble me devoir
être le plus heureux. Ne vous plaît-il pas que par votre
commandement je reçoive le plus grand honneur que
maintenant je puisse espérer ? »

Childéric, perdant toute patience, l'interrompit : « Il
me semble, lui dit-il, Andrimarte, que si vous n'eussiez point été tant outrecuidé, vous eussiez attendu de
faire cette demande à la reine, et à Silviane, lorsque
par quelque belle action, vous vous en fussiez rendu
digne. » Andrimarte, qui connut bien pourquoi Childéric lui en parlait de cette sorte : « Seigneur, lui
répondit-il, j'avoue que je ne mérite pas cette faveur,
mais je ne laisse de la demander, pour le désir que j'ai
de vous rendre quelque bon service, et je sais bien que
quand j'aurai l'honneur d'être chevalier de Silviane,

ce nom glorieux me donnera tant de force et tant de courage qu'il n'y a entreprise, pour difficile qu'elle soit, de laquelle je ne vienne heureusement à bout. — Cette pensée, répondit le prince tout en colère, serait bonne, si elle n'était injuste, mais il n'est pas raisonnable que vous vous donniez un nom qui ne peut être mérité qu'avec le sang. — Mon sang, reprit incontinent le jeune chevalier, ne sera jamais épargné pour ce sujet, non plus que ma vie pour le service du roi. Mais, seigneur, je me trouve bien déçu de l'espérance que j'avais qu'en cette occasion, et en toute autre, vous seriez mon protecteur, et que ce serait vous qui me procureriez toute sorte d'avantage, comme le prince à qui je suis, et à qui la nature et ma volonté m'ont donné. »

Childéric voulait répondre, et, peut-être porté de la violence de sa passion, eût parlé outrageusement, si Mérovée, trouvant cette action très mauvaise en son fils, n'eût pris la parole, afin de couvrir l'imprudence de Childéric : « Vous avez raison, Andrimarte, dit le sage roi, de penser que Childéric vous favorisera en tout ce qu'il lui sera possible : il le veut, et je le lui commande ; mais ce qu'il a dit, ç'a seulement été pour passer le temps et pour vous mettre un peu en peine. Et, à cette heure, et lui et moi prions la reine de trouver bon que Silviane vous reçoive pour son chevalier, étant très raisonnable qu'une si belle fille ait un si gentil [49] chevalier qu'Andrimarte. »

Ce jeune homme, tout transporté de contentement, vint baiser la main au roi et à Childéric, pour la grâce qu'il recevait de lui ; et, quoique le jeune prince le lui permît, si fût-ce avec un visage qui témoignait assez que ce n'était que pour le respect du roi qu'il le consentait. Et, quoique Méthine le reconnût aussi bien que Mérovée, qui en eut un grand déplaisir, si est-ce qu'elle ne laissa pas de commander à Silviane qu'elle reçût Andrimarte pour son chevalier, puisqu'elle voyait que le roi le trouvait bon. La jeune fille n'obéit jamais à commandement que la reine lui eût fait plus volontiers qu'à celui-ci, et d'un visage si content que chacun le remarqua fort aisément, ce qui toucha encore plus vivement le cœur de Childéric, qui se résolut, à quelque prix que ce fût, de rompre cette amour qui lui était tant à contrecœur. Et parce qu'il connut bien qu'il avait donné trop de connaissance de sa passion, et que le roi n'en était pas content, il se contraignit le plus qu'il lui fut possible, afin de faire croire que tout ce qu'il en avait fait avait seulement été pour le sujet que Mérovée avait dit ; mais il n'y en eut guère en la compagnie qui ne connût bien cet artifice, et même Andrimarte, qui savait l'affection qu'il portait à Silviane, et qui prévit assez les traverses qu'il en recevrait. Toutefois, n'y ayant rien de trop difficile pour son amour, il se résolut à tout ce qui lui en pouvait arriver ; et d'autant que l'ordre de chevalerie qu'il avait reçu l'obligeait à ne demeurer plus oisif parmi les dames, il fit dessein de partir pour aller à l'armée, aussitôt qu'il aurait pu prendre congé de Silviane, et n'en point retourner que, par quelque acte signalé, il n'eût mérité cette belle dame. Elle, qui jugea qu'il fallait de nécessité que cette séparation se fît, et qu'ils parvinssent tous deux au contentement qu'ils désiraient par cette voie, lui donna le congé qu'il lui demanda, quoique avec beaucoup de déplaisir ; sachant que le roi avait cette coutume, pour inciter le courage généreux des jeunes chevaliers à faire des actions plus hardies, de donner semblables récompenses à ceux qui, par leur vaillance, se signalaient dans les armées, ils se contraignirent l'un et l'autre, et avec regrets et larmes se séparèrent, sous l'espérance de parvenir plus tôt à ce qu'ils désiraient par cet éloignement que par leur présence.

De raconter ici les adieux qu'ils se dirent, et les démonstrations de bonne volonté qu'ils se firent en cette cruelle séparation, outre que je le crois inutile, encore ai-je opinion qu'il serait impossible. Il suffira de penser qu'ils n'en oublièrent une seule de toutes celles que la pudicité de Silviane put permettre à Andrimarte, et que l'honnêteté d'un si parfait amour lui donna la hardiesse de rechercher, mais je pense être aussi peu à propos de rapporter maintenant tout ce qu'il fit ensuite de ce dessein, lorsqu'il fut dans l'armée, car il faudrait beaucoup plus de temps qu'il ne nous reste de jour pour raconter les choses seulement plus signalées[50]. Tant y a qu'en la conquête que Mérovée fit de la seconde Belgique[51], il donna de telles preuves et de son courage et de sa force, que Mérovée l'élut pour conduire le secours qu'il envoyait contre les enfants du roi Clodion, auxquels il avait été préféré en la couronne des Francs, tant pour la pusillanimité et lâche courage de Renaud que pour la jeunesse d'Albéric, et lesquels toutefois il avait partagés de la moitié du royaume d'Austrasie[52].

Mais eux, étant venus en âge, et Albéric se trouvant seigneur de Cambrai et des pays voisins, et Renaud duc d'Austrasie, et ayant épousé la fille de Multiade, roi des Tongres[53], nommée Hasemide, ils firent une étroite alliance avec les Saxons, et, désireux de ravoir le royaume paternel, vinrent fondre avec une très puissante armée sur le reste de l'Austrasie. Et n'eût été que prudemment Mérovée y envoya un puissant secours sous la conduite du vaillant Andrimarte, il est certain que leurs armes se fussent fait voir jusques aux portes de Paris; et peut-être eussent non seulement retardé les autres conquêtes de ce vaillant roi, mais lui eussent mis sa couronne en un grand hasard. Au contraire, la valeur et la prudence d'Andrimarte fut telle qu'arrêtant les progrès de ces deux frères, il les restreignit enfin dans l'Austrasie, attendant que Mérovée eût le temps de se démêler des ennemis que les Romains secrètement lui avaient suscités, et ce service fut si grand que ce sage roi, en voulant bien donner connaissance par toute sorte de témoignages, ne fut avare des louanges que sa vertu méritait, ni des récompenses dignes des services qu'il en avait reçus.

Il serait malaisé de dire les contentements de Silviane, lorsque à tous coups les feux de joie qui se faisaient n'étaient accompagnés que des réjouissances pour les valeureux exploits de son tant aimé Andrimarte, la présence duquel elle désirait infiniment, pour se pouvoir réjouir avec lui de tant d'heureux succès. Et toutefois elle ne pouvait être marrie de le savoir éloigné, puisque son courage généreux lui donnait tant de satisfaction, en l'honneur qu'elle lui voyait acquérir, qu'elle voulait bien participer à ses peines par les ennuis de son absence, puisqu'elle avait si bonne part aux gloires qu'il y acquérait, avec tant d'avantage pour la couronne des Francs, montrant bien par une si vertueuse résolution qu'elle était véritablement petite-fille de Semnon, duc de la Gaule Armorique, et si bon et fidèle ami du roi Mérovée.

Il n'y avait personne qui n'aimât et louât grande-

ment le vaillant et sage Andrimarte ; aussi en six ans
qu'il demeura dans les armées, il n'eut jamais accident de fortune, qui ne lui fût heureux. Un seul
Childéric était celui qui avait à contrecœur ses
victoires, encore qu'elles fussent à l'avantage de la
couronne qu'il devait porter après Mérovée ; mais
l'amour, qui était plus forte en lui que l'ambition, lui
faisait trouver toutes ses actions mauvaises, et en
diminuer la gloire, tant qu'il lui était possible,
connaissant bien que ces louanges ne servaient que
d'allumer davantage l'affection que Silviane avait
pour lui. Enfin Andrimarte ne pouvant plus vivre
éloigné de sa dame, encore que bien souvent il en eût
des lettres, et que de même il lui fît savoir le plus
souvent qu'il pouvait de ses nouvelles, il obtint congé
d'aller à Paris, pour donner ordre à quelques affaires,
qu'il feignait lui être survenues.

Il se présenta donc devant la reine, de laquelle il
reçut toutes les caresses qu'il put désirer, et ayant
trouvé la commodité de voir Silviane et reconnu que
sa bonne volonté était de beaucoup augmentée en son
éloignement, il lui fit trouver bon qu'il parlât à la
reine de leur mariage. Jamais en toutes les victoires
que la fortune lui avait données, il ne remercia le Ciel
avec plus de grâces que recevant cette permission,
qu'il estimait par-dessus toutes les autres bonnes
fortunes ; et pour faire connaître à Silviane l'impatience de son affection, aussitôt qu'elle lui eut permis,
il pria quelques-uns de ses plus proches parents, car il
n'avait plus de père, de faire cette requête à la reine
pour lui, et la lui demander en grâce, attendant que
ses services lui puissent faire mériter une si grande
récompense.

Méthine, qui savait les mérites d'Andrimarte, et les grands et signalés services qu'il avait rendus au roi son mari, fut très aise que l'occasion se fût présentée de faire pour lui quelque chose qu'il désirât ; et pour témoigner à ceux qui lui en portèrent la parole combien ce mariage lui était agréable : « Dites, leur répondit-elle, à Andrimarte, que non seulement je consens à ce qu'il désire, mais d'autant que Silviane est petite-fille de Semnon, notre cher ami, seigneur de la Gaule Armorique, et qu'il ne serait pas raisonnable d'en disposer sans savoir sa volonté, je lui promets que je lui ferai trouver bon, et au roi aussi, si pour le moins ils veulent me complaire en quelque chose. Et pour témoignage de ce que je dis, je lui permets de vivre avec elle, non seulement comme son serviteur, mais comme son futur mari. »

Cette réponse tant avantageuse, et aussi favorable qu'Andrimarte eût pu espérer, fut reçue avec tant de contentement par ce jeune chevalier qu'il lui fut impossible de la tenir secrète, de sorte que la nouvelle s'en épandit par toute la Cour, et bientôt dans toute l'armée, parce que Mérovée, en ayant été averti par Méthine, il l'eut si agréable qu'il la dit en dînant tout haut, montrant qu'il était bien aise que cette volonté fût venue à ce gentil* chevalier, afin de commencer par là à reconnaître les grands services qu'il avait reçus de lui ; et pour ne mettre les affaires en plus de longueur, il dépêcha incontinent vers le duc Semnon, son cher et ancien ami, pour lui faire trouver bon ce mariage, lui promettant d'avantager de sorte Andrimarte qu'il n'aurait point de regret de lui donner sa petite-fille.

Mais Childéric, qui se trouva alors dans l'armée,

ayant appris au commencement cette nouvelle par les lettres de la reine sa mère, et puis par les discours de Mérovée, en reçut un si grand déplaisir qu'il ne se put empêcher d'en parler à son père, couvrant son dessein sous la feinte apparence de son service : « Seigneur, lui dit-il, le trouvant en particulier, j'ai su par les lettres de la reine et par les discours que vous en avez tenus ce matin, qu'Andrimarte prétend d'épouser Silviane. Le très humble service que je vous dois me commande de vous représenter des choses que je pense être bien dignes de considération. Et encore que je ne doute point que votre prudence accoutumée ne les ait bien déjà prévues, toutefois les grandes et plus preignantes [54] affaires que vous avez sur les bras me font craindre que, n'ayant pas eu loisir de bien considérer celles qui semblent être de beaucoup moindre importance, vous pourriez peut-être passer légèrement par-dessus, sous l'espérance juste de récompenser les services de ce chevalier, que j'avoue, seigneur, être dignes de reconnaissance, pour donner courage aux autres d'en faire autant que lui, quand vous leur ferez l'honneur de les employer, mais que je nie bien mériter de vous faire commettre une si grande et préjudiciable offense contre Semnon, votre cher ami et allié, et contre vous-même, car il est certain que les récompenses ne doivent jamais être faites au désavantage de nos amis, et de ceux qui s'assurent en nous des choses qu'ils tiennent les plus chères. Semnon, comme vous savez, seigneur, est duc de la Gaule Armorique, c'est lui qui, à votre arrivée en ces contrées, vous a reçu en son amitié, vous a assisté de ses forces et de ses conseils, et il se peut dire que lui, et Gyweldin, gouverneur des Eduois, ont été les deux plus fermes

pierres sur lesquelles vous avez assuré les fondements
de votre domination. Est-il maintenant raisonnable
que, s'il vous a confié cette fille qui doit être le support
et le soulagement de sa vieillesse, vous en deviez
disposer sans son contentement ? Ou seulement est-il
bien à propos que vous lui proposiez un parti tant
inégal, et que chacun jugera si désavantageux ? Voulez-vous donc que l'on die que le roi Mérovée récompense ceux qui le servent, aux dépens des princes ses
voisins et amis ? Souffrirez-vous que l'on puisse reprocher que le roi des Francs, sous prétexte d'amitié et de
considération, apparie si mal les filles de telle qualité
que de les donner en paiement des services reçus à des
personnes de qui la naissance leur est tant inférieure ?
Pardonnez-moi, seigneur, si je parle si hardiment
devant vous, et accusez le naturel désir que j'ai de ne
voir point votre nom taché d'aucun soupçon de chose
que je sais bien être entièrement éloignée de votre
intention, et du tout contraire à toutes vos actions
passées. Ce n'est pas que je ne tienne[55] pour très
raisonnable, et digne de louange, la volonté que vous
avez de faire pour Andrimarte ; mais je vous supplie,
seigneur, que ce soit à vos dépens, et de chose où vous
seul ayez intérêt, car en cela vous acquerrez le nom de
prince généreux et magnanime, et vous vous rendrez
aussi bien le roi des cœurs que vous l'êtes des corps
des Gaulois. Il ne manque pas dans votre royaume des
partis pour Andrimarte, et que lui-même jugera lui
être plus convenables que celui de Silviane, de
laquelle il ne peut prétendre que du mécontentement,
puisque, au lieu d'acquérir des amis par cette si peu
égale alliance, il se fera des ennemis immortels, qui
jamais ne lui pardonneront l'offense qu'ils penseront

avoir reçue de vous à son occasion. Et ainsi, sans qu'il lui en revienne aucun avantage, il vous fera perdre et le crédit et l'amitié qu'avec tant de peine vous avez acquise, et qu'avec tant de soin et de prudence vous vous êtes conservée parmi tous ceux qui ont connu votre nom.

Ne croyez pas, seigneur, que je sois l'auteur de ces considérations, plusieurs de vos meilleurs serviteurs et qui n'ont osé le vous dire se sont adressés à moi, afin que vous les apprissiez de moi, sachant bien que les grands rois, qui ont toujours l'esprit occupé à des grandes entreprises, ne daignent bien souvent tourner les yeux sur ces choses qu'ils pensent n'être pas capables de faire des grands effets, et qui quelquefois traînent après les commencements d'un grand mal. Je sais que, quand Andrimarte saura de quelle importance, ou plutôt de quel préjudice est ce mariage à votre service, il est tant votre serviteur qu'il sera le premier à vous supplier, pour amoureux qu'il soit, de ne faire rien qui puisse altérer le service de votre Majesté, ou troubler le repos de votre peuple, ou diminuer tant soit peu l'amitié et la bienveillance de vos alliés. Et quand il vous plaira me le commander pour vous décharger de cette importunité, je m'offre à le lui faire entendre, et à lui en déduire les raisons de telle sorte que jamais plus il n'y pensera. »

Ainsi finit Childéric, qui fut écouté si attentivement de son père qu'il pensa d'avoir à l'heure même la commission d'en parler à Andrimarte ; mais le sage roi qui, dès longtemps, avait bien pris garde que ce jeune prince était amoureux de Silviane, et que toutes ces considérations ne lui étaient dites que pour l'envie qu'il avait de la posséder tout seul, lui ayant donné audience telle qu'il voulut, et voyant qu'il attendait sa réponse, après y avoir quelque temps pensé, reprit ainsi la parole avec un visage sévère, et lui témoignant assez par là le peu de satisfaction qu'il avait reçu de sa harangue :

« Je suis très marri de reconnaître en vous les choses que je voudrais le moins y être, et particulièrement deux, qui seront la cause de votre perte, si avec prudence vous ne vous en dépouillez bientôt. La première, cette humeur efféminée qui vous emporte à une vie dissolue, et à la recherche des délices et de l'amour, car si par les contraires l'on fait de contraires effets, et si les Gaules que je possède ont été ravies d'entre les mains de ces vaillants et puissants Romains, par la force et par la générosité de Pharamond et de Clodion [56], et s'il a fallu que j'aie tant sué sous le harnois, et couru tant de hasards pour conserver et agrandir les limites de l'Empire qu'ils m'ont laissé, comment ne puis-je juger avec raison que quand je vous aurai remis cette couronne après moi, vous ne la conserverez guère longtemps, puisque vous vous éloignez et des moyens que nous avons tenus, et de la guerrière vertu de la nation des Francs ? Mais l'autre condition que je blâme grandement en vous, c'est d'employer votre esprit à vouloir couvrir votre vice sous le voile de la vertu. Pensez-vous, Childéric, que j'aie si peu de connaissance des affaires du monde, que je ne juge bien que toutes les choses que vous me venez représenter ne sont seulement que pour empêcher que Silviane, que vous aimez, ne se marie encore de quelque temps ? Pensez-vous que je ne me souvienne des paroles que vous tîntes lorsque Andrimarte fut armé chevalier ? Avez-vous opinion que je n'aie su

qu'elle jeta un portrait dans le feu, que vous aviez
d'elle sans qu'elle le sût ? Et croyez-vous que je n'aie
été averti de la violence que vous lui fîtes quand vous
la baisâtes par force ? Ne vous figurez point, Childéric,
que pas une de vos actions envers elle me soit
inconnue, et que si, jusques ici, je les ai supportées, et
fait semblant de ne les voir pas, ce n'a été que sous
l'espérance qui me restait encore que peut-être vous
retireriez-vous de vous-même de la mauvaise façon de
vivre que vous avez prise, et que vous ne pouvez pas
douter qu'il ne me déplaise ?

Vous faites le grand homme d'Etat et me venez
représenter ce que je dois à l'amitié de Semnon, et aux
bons offices qu'il m'a rendus ; et envers lequel de tous
mes voisins, et de tous mes alliés m'avez-vous vu
manquer en ce que je leur dois, et d'amitié et de
bienveillance ? Et pourquoi, si vos pensées étaient
bien saines, ne jugeriez-vous qu'en cette occasion je ne
défaux [57] non plus à ces devoirs envers celui que
j'aime et que j'estime par-dessus tous les Gaulois ?
Que si vous ne pouvez pénétrer jusques au profond de
mes desseins, que ne jugez-vous que ce qui vous est
inconnu ne laisse d'être fait avec autant de raison que
vous en voyez en ceux que vous savez et que vous
entendez ? Qu'est-ce que j'ai fait jusques ici que mes
amis aient blâmé ? Ou dites-moi de quoi mes propres
ennemis me peuvent accuser, si ce n'est de leur avoir
ôté par la valeur de nos armes ce que, autrefois, ils
avaient acquis sur des autres, mais plus avec la peau
du renard qu'avec les ongles du lion ? Et un seul
Childéric sera celui qui condamnera les actions de son
père, et pourquoi ? Parce qu'il consent au mariage
d'une fille que, poussé d'une folle affection, il voudrait

déshonorer entre les bras même de sa mère, et devant les yeux de son père.

Trouverez-vous plus à propos, ou plus honorable pour ce généreux Semnon, et notre ancien ami, comme vous dites, que sa fille soit remise entre vos mains, que mariée avec Andrimarte ? La voulez-vous peut-être épouser ? Votre folle humeur vous porterait-elle bien à cette faute ? Je ne le veux pas croire, car j'aimerais mieux que ce gesse[58] que j'ai en la main vous fût dans le cœur que non pas une si vile pensée ; non que je n'estime la vertu du père, et la nourriture* de la fille, car l'un et l'autre sont estimables : mais j'élirais* plutôt de rendre à Renaud ou à son frère Albéric le sceptre entier de leur père Clodion que de consentir qu'un courage si abaissé que serait le vôtre eût la souveraine puissance sur un peuple si généreux et si belliqueux que celui auquel je commande. Or si vous ne la voulez point épouser, et, quand vous le voudriez, si mon consentement n'y sera jamais, qu'est-ce donc que vous pensez faire de Silviane ? La tiendrez-vous pour concubine ? Avez-vous opinion que l'honneur de ma maison le comporte ? que la réputation de la reine le souffre, ou que le courage de Semnon, et la générosité de sa race le puisse endurer ?

Cessez, Childéric, de remontrer à votre père ce qu'il doit faire en une chose où il n'a point d'autre passion que celle de la raison, et vous dépouillez de cette folle amour qui vous préoccupe l'entendement, et lors vous verrez que, si je ne faisais ce mariage, je manquerais grandement à ce que je dois. Car, si les princes sont obligés, comme vous dites, de récompenser les services reçus par des bienfaits et des honneurs, qu'est-ce que je ne dois pas faire pour Andrimarte, qui, sans parler des autres exploits qu'il a faits pour nous, n'a pas seulement résisté à la force des enfants de Clodion, mais, en les contraignant de demeurer dans les limites de l'Austrasie, peut dire nous avoir conservé le reste de nos Etats, donné le moyen de faire le progrès que mes armes ont fait depuis le temps que, me surprenant engagé à de nouvelles conquêtes, ils s'en venaient fondre si inopinément sur nous, si la valeur et la sage conduite d'Andrimarte ne nous eussent fait épaule, et n'eussent réprimé l'insolence de leurs armes ? Et dites-moi, Childéric, qu'est-ce que je ne dois pas à un si signalé service, et de quelle ingratitude ne serais-je point avec raison accusé, si je refusais à son affection, à sa fidélité, à son courage, et à ses mérites, la première chose qu'il m'a demandée ?

Mais, dites-vous, récompensez-le à vos dépens, et non pas à ceux de Semnon, qui garde cette fille pour le support de sa vieillesse, et pour le soulagement de son dernier âge. Au contraire que ce soit à ses dépens, ce serait véritablement à son dommage, si je refusais pour sa petite-fille un parti si convenable, et si avantageux. Car y a-t-il ni prince, ni grand roi qui ne crût avoir beaucoup gagné de s'être acquis à tel prix un semblable gendre, et qui est capable non seulement de conserver un Etat, mais d'acquérir cent royaumes par sa valeur, et par sa prudence ? Que peut désirer Semnon de plus avantageux sur ses vieux jours que de voir Silviane entre les mains d'un vertueux chevalier, et son Etat sous la garde d'un vaillant, prudent, et heureux capitaine ? Souvenez-vous, Childéric, que je dois non seulement cette gratification à Andrimarte, pour les services qu'il m'a faits, mais je dois ce gendre à Semnon, pour l'amitié et la fidélité qu'il m'a toujours montrées, et je sais que vous-même le reconnaissez bien ainsi, et que, quand vous avez parlé à moi d'autre sorte, ce n'a pas été Childéric qui a parlé, mais cette folle passion qui le fera perdre et qui lui ôtera enfin la couronne que je porte, s'il ne change bientôt et de conduite, et d'humeur.

Et pour ce, si vous me voulez plaire, vous quitterez non seulement cette vie, qui vous rendra méprisable et odieux à tous ceux qui la sauront, et particulièrement aux Francs, de qui le courage guerrier ne peut aimer ni supporter un vicieux, ni un fainéant pour son roi, mais aussi cet artifice duquel vous essayez de couvrir vos desseins efféminés sous le visage déguisé de la vertu. Autrement, Childéric, soyez assuré que, si de nom je suis votre père, je ne le serai point d'affection, et qu'au contraire je ferai paraître et à vous, et à chacun, que je ne contribue ni consens en rien à la honteuse et méprisable vie que vous faites. »

Childéric demeura grandement confus, oyant cette réponse de Mérovée, parce que sa propre conscience le convainquait, et toutefois, suivant l'ordinaire coutume de tous ceux qui veulent couvrir leur faute, il essaya de s'excuser en partie des choses que son père lui avait reprochées, en niant entièrement les unes, et déguisant de sorte les autres qu'il eût peut-être rendu sa cause bonne s'il eût parlé à une personne moins avisée que Mérovée. Mais le sage père, ayant quelque temps écouté ses excuses : « Enfin, dit-il en l'interrompant, vous êtes bien marri, Childéric, que j'aie eu assez bonne vue pour reconnaître votre faute, mais ce n'est pas de cela que vous devez être fâché : soyez-le d'avoir failli, et non pas que je l'aie reconnu, car, étant votre père comme je suis, j'aurai toujours plus de soin de cacher votre erreur que vous-même. Mais si vous êtes sage, ne continuez plus cette vie qui sans doute vous fera perdre honteusement, et vous souvenez que tout prince qui veut commander à un peuple se doit rendre plus sage, et plus vertueux que ceux desquels il veut être obéi, autrement il n'y parviendra jamais qu'avec la tyrannie, qui ne peut être assurée ni agréable à celui même qui l'exerce. »

A ce mot, Mérovée, le laissant sans vouloir plus ouïr ses répliques, dépêcha incontinent à la reine Méthine que, sans plus prolonger ce mariage, elle en donnât avis à Semnon, le bon duc de la Gaule Armorique, afin que le tout se fît par son consentement et qu'ensemble elle l'assurât qu'il rendrait Andrimarte tel qu'il n'aurait point de regret d'avoir accordé sa petite-fille à un si accompli chevalier. La reine, qui ne désirait pas avec moins de passion de contenter Andrimarte, sans perdre un moment de temps, y envoya un ambassadeur, qui n'eut beaucoup de peine à l'y faire consentir, parce que Semnon, oyant le nom d'Andrimarte, duquel la renommée lui avait raconté tant de belles et généreuses actions, le reçut pour son gendre avec infinis remerciements à la reine de la faveur qu'elle lui faisait de vouloir donner un tel mari à Silviane, se sentant de telle sorte obligé à Mérovée et à elle pour cette élection* qu'il tenait pour bien récompensés tous les services qu'il leur avait autrefois rendus, et leur remettant dès lors entre les mains toute l'autorité qu'il avait sur elle, il les suppliait d'en vouloir disposer comme étant à eux. Que seulement il désirait de voir Andrimarte, afin de connaître celui à qui Silviane et ses Etats devaient être, et pour l'obliger, par la bonne chère* qu'il prétendait de lui faire, à aimer dàvantage sa fille, et à chérir selon leurs mérites les peuples sur lesquels il devait commander.

Cette réponse ayant été reçue, la reine en donna incontinent son avis à son mari, qui jugea être à propos qu'Andrimarte fît promptement le voyage vers le bon duc Semnon, afin de lui rendre le devoir auquel il était obligé, et cela d'autant plus tôt qu'en ce temps-là il avait paix ou trêve avec tous ses voisins, si bien qu'il avait moins à faire de sa présence. Andrimarte et Silviane, avertis de cette prochaine séparation, encore qu'ils sussent que de ce voyage dépendait tout leur contentement futur, si * est-ce que l'extrême affection qu'ils se portaient ne les y pouvait faire consentir qu'avec un déplaisir extrême, d'autant que les autres fois qu'Andrimarte l'avait éloignée *, ce n'avait été que pour aller à l'armée, qui ne le séparait que de deux ou trois journées. Et Mérovée y étant, elle en avait des nouvelles presque tous les jours, mais cet éloignement semblait devoir être plus long, tant pour la distance des lieux, que pour prévoir que le bon duc Semnon ne le laisserait pas si tôt retourner, et leur amour impatiente ne pouvait sans une très grande peine se préparer à cette longue absence. Toutefois la nécessité les y contraignant, Andrimarte, avant que de partir, pour témoignage de sa passion, lui donna ces vers :

STANCES
Sur un départ.

I

Dieux ! qui savez quelle peine
Donne l'absence inhumaine,

Accomplissez, s'il vous plaît,
Mon souhait.

II

Faites-moi, puisque l'absence
Me doit ravir sa présence,
Aussitôt qu'un souvenir,
Revenir.

III

Faites, comme un androgyne,
D'une puissance divine,
Rassembler par le dehors
Nos deux corps.

IV

Ainsi ma fortune première
Me serait rendue entière,
Ayant par votre pitié
Ma moitié.

V

Faites, comme le lierre
L'ormeau de son bras enserre,
Qu'elle soit jusqu'au trépas
En mes bras.

VI

Pour rompre la douce étreinte
De cette union si sainte,
Le Ciel n'a rien, ni la mort
D'assez fort.

VII

Faites, comme aux hirondelles,
Qu'il me soit donné des ailes,
Afin de plutôt pouvoir
     La revoir.

VIII

Si j'obtenais cette grâce,
Pour loin que je m'éloignasse,
J'y ferais cent fois retour
     Chaque jour.

IX

Que si cela ne peut être,
Veuillez mon retour permettre
Tout aussitôt en ce lieu
     Que l'adieu.

X

Ma voix, où s'adresse-t-elle ?
Les dieux, la voyant si belle,
En sont amants et jaloux
     Comme nous.

XI

Ayant donc l'âme saisie
D'une froide jalousie,
La pitié dans leur esprit
     S'assoupit.

XII

Vainement je les réclame,
Puisque amoureux de ma dame,
Ils m'en éloignent d'auprès
Tout exprès.

XIII

Mais en vain, remplis d'envie,
Vous nous troublez notre vie :
Nos nœuds sont, et nos liens,
Gordiens.

Ainsi s'en alla le gentil* Andrimarte, plus désireux de revenir que d'être possesseur de la Gaule Armorique.

Je ne vous raconterai point ici, madame, la réception qui lui fut faite, tant par Semnon que par ses peuples, qui, ayant su la volonté de leur seigneur, s'étaient préparés à le recevoir avec toute sorte d'honneur et de contentement, infiniment réjouis de l'élection* que leur bon duc en avait faite, tant pour Silviane que pour être leur seigneur après lui, car cela ne fait rien au discours que vous désirez savoir de moi. Il suffira de dire que Semnon, après l'avoir reçu avec toute sorte de magnificence, et retenu quelque temps auprès de lui, lui accorda non seulement Silviane, comme il désirait, mais, de plus, le fit proclamer seigneur de la Gaule Armorique après lui, et en vertu de ce futur mariage, le fit reconnaître pour tel par tous ses vassaux, et sujets, n'y ayant ni ambassades, soldu-

riers, ni chevaliers qui ne le reçussent avec applaudis-
sement.

Quelque temps auparavant, Clidaman était arrivé
dans l'armée de Mérovée, de sorte qu'il avait vu
Andrimarte, et avait été fort souvent témoin, ou pour
mieux dire son compagnon d'armes en tant de beaux
exploits qui s'étaient faits, et même* quand Mérovée
se rendit entièrement seigneur de la seconde Belgique,
de sorte que les nouvelles, qui se surent aussitôt dans
la Cour de Mérovée, du bonheur de ce gentil* chevalier, lui furent très agréables, comme aussi à tous les
autres seigneurs, et princes francs, n'y ayant que
Childéric seul qui en reçût du déplaisir.

Car, encore qu'il feignît le contraire, depuis que son
père l'en avait tancé, il n'avait eu la hardiesse de faire
paraître l'amour qu'il portait à Silviane, qui toutefois,
au lieu de diminuer, allait croissant de jour en jour,
non toutefois qu'il eût aucune intention de l'épouser,
car il tournait les yeux à quelque chose de plus relevé,
mais il eût bien voulu la posséder en autre qualité. Et
lorsque chacun ouït la bonne élection* que Semnon
en avait faite, il ne se pouvait empêcher d'en parler
désavantageusement, le blâmant quelquefois d'injustice, et d'autrefois d'imprudence : d'injustice, privant
les justes successeurs de son bien ; et d'imprudence, en
soumettant la Gaule Armorique à une France qui était
une nation étrangère.

Et ne pouvant vaincre la passion qui le consommait,
et trouvant un jour commodité de parler à Silviane, il
lui dit : « Est-il possible, belle dame, que vous soyez
résolue de vous donner à Andrimarte ? — Et n'est-ce
pas, seigneur, lui répondit-elle, un chevalier qui
mérite plus que je ne vaux ? — Vous faites bien

paraître, répliqua-t-il, que vous vous connaissez fort peu en la valeur des choses, puisque vous l'estimez plus que vous, de qui le moindre mérite surpasse tout ce que peut valoir Andrimarte. — Si je vaux quelque chose, répondit-elle en souriant, je le rendrai bientôt riche ; car je me donnerai entièrement à lui, et, quant à moi, il m'est assez, pourvu qu'il m'aime, et à cela j'espère de l'obliger par l'amitié que je lui porterai. — Cela est bon, dit Childéric, avec ceux desquels l'ambition ne suffoque pas le jugement, ou de qui la perfidie naturelle ne prévaut [59] par-dessus la raison. »

Silviane alors, offensée de ce discours : « Seigneur, lui répondit-elle, si vous tenez ce discours pour me fâcher, c'est sans raison, puisque je n'eus jamais autre volonté que de vous honorer. Que si c'est pour offenser Andrimarte, je ne sais comme vous en avez le courage, puisque ce pauvre chevalier, outre les grands services qu'il vous a déjà rendus, et qui sont si signalés, encore ne parle-t-il jamais que de l'ambition qu'il a d'employer le reste de sa vie en augmentant votre couronne. — Ma belle fille, répondit le jeune prince, ce n'est ni pour vous déplaire, ni pour l'offenser, mais seulement pour ne vous voir perdre, comme je prévois que vous ferez, si vous ne vous retirez de cette jeune et peu prudente affection. Croyez-moi que je ne parle point sans raison, si vous saviez quel bonheur vous attend, peut-être ne vous précipiteriez-vous point de cette sorte. — Seigneur, répliqua Silviane, mettez, je vous supplie, votre esprit en repos, et croyez que tous les plus grands avantages qui se peuvent imaginer ne me divertiront jamais de l'affection que j'ai promise à Andrimarte. La reine et le roi le veulent, Semnon le treuve * bon, et me le commande, qu'est-ce qui m'en

peut donc retirer ? — Eh quoi ! Silviane, reprit Childéric, vous ne faites donc point de compte de ma
volonté, et vous ne pensez pas que mon consentement
y soit nécessaire ? — Si fait, seigneur, répondit-elle,
mais je n'en parle point, croyant qu'il ne sera jamais
autre que la volonté de Mérovée. — L'amour, dit-il,
que je vous porte est telle que je contrarierais même à
Tautatès, s'il était nécessaire pour votre bien ; mais
puisque vous l'estimez si peu, allez, et souvenez-vous
que je suis Childéric, c'est-à-dire le fils du roi, et qu'un
jour je vous ferai paraître combien follement vous
méprisez maintenant ma bonne volonté. » Et à ce
mot, sans attendre sa réponse, il partit tout en colère,
de quoi elle fut bien marrie, non pas pour elle, mais
pour la crainte qu'elle avait que son courroux ne pût
rapporter du mal à son cher Andrimarte.

Cependant, Semnon, ayant retenu quelques mois
Andrimarte auprès de lui, et lui semblant qu'il était
temps de le renvoyer vers Mérovée, il lui donna congé
de s'en retourner, à condition qu'aussitôt que le
mariage serait accompli, il lui amènerait Silviane, et
se résoudrait de demeurer avec lui d'ordinaire pour
prendre soin de ses Etats, et lui donner le moyen de
vivre le reste de ses jours en repos. Chacun à son tour
le reçut avec toute sorte d'honneur et de caresses.
Mérovée, qui le traitait déjà comme duc de la Gaule
Armorique, était bien aise que, par son moyen, il y eût
une personne de sa nation, et sur laquelle il avait tant
de puissance, qui commandât à un peuple si grand, et
son voisin, lui semblant que c'était une grande assurance pour sa couronne d'avoir ce côté-là si assuré, et
duquel il pouvait entièrement disposer. Et en cette
considération, il commandait à Childéric d'en faire

cas, et de l'aimer non pas comme son vassal, mais
comme son voisin, et duquel il pouvait retirer beaucoup d'utilité pour le progrès et l'affermissement de
ses conquêtes. Mais ce ne fut rien au prix de la bonne
chère * que Silviane lui fit, qui déjà, le tenant pour son
mari, vivait presque avec l'honnête liberté de femme
auprès de lui, et quoiqu'elle ne voulût rien cacher de
tout ce qu'elle faisait ou qu'elle avait en la pensée, si
est-ce qu'elle crut n'être pas bien à propos de lui dire
les discours que Childéric lui avait tenus, tant parce
qu'elle savait bien qu'ils étaient faux que d'autant
qu'ils lui donneraient un grand mécontentement;
seulement elle résolut de se retirer avec lui dans les
Etats de Semnon le plus tôt qu'il lui serait possible, et
aussitôt que leur mariage serait fait, afin d'éviter la
tyrannie du jeune Childéric, et les insolences qu'elle
prévoyait lorsqu'il serait maître absolu des Francs.

N'y ayant donc plus rien qui empêchât l'accomplissement de ce tant souhaité mariage, Méthine, par
l'autorité du roi, et ensuite de la volonté de Semnon,
en fait passer les articles[60], et, huit jours après, les
cérémonies en furent faites au contentement général
de tous, et avec tant de satisfaction de Silviane et
d'Andrimarte que jamais on ne vit deux amants plus
contents, ni deux visages où le plaisir, et la joie se
remarquassent plus visiblement. Un seul Childéric
soupirait en son cœur de ce que tout le peuple se
réjouissait; mais comme si le Ciel eût attendu seulement que ce mariage fût accompli pour mêler toute la
Gaule de trouble et de tristesse, dans sept ou huit
jours Mérovée tomba malade, et bientôt après mourut, plein de gloire et d'honneur, et tellement regretté
de son peuple et des Gaulois, que jamais les Francs

n'ont fait paraître un si grand déplaisir pour roi qu'ils aient perdu[61].

Childéric, comme je vous disais, madame, fut élevé sur le pavois, et proclamé roi des Francs incontinent après, avec des espérances bien trompeuses qu'il serait imitateur des vertus de son père[62]. Silviane, alors qu'elle se ressouvint des paroles désavantageuses qu'il lui avait tenues, conseilla son cher mari d'éloigner* promptement ce jeune roi, et de se retirer en la Gaule Armorique, tant pour éviter la mauvaise volonté de Childéric que pour satisfaire à ce qu'il avait promis à Semnon. Mais Andrimarte, qui ignorait les derniers propos que Childéric avait tenus à Silviane, et qui pensait être obligé de demeurer quelque temps avec ce nouveau roi pour le servir à son avènement à la couronne, ne voulut croire le conseil de Silviane, lui semblant qu'il manquerait à son devoir s'il se retirait avant que de voir le nouveau règne de Childéric bien assuré. Et ainsi sans rejeter entièrement ce qu'elle lui avait proposé, allait dilayant[63], et faisant semblant que les choses nécessaires à leur voyage se préparaient, et cependant demeurait ordinairement auprès de la personne du roi avec tant de soin et d'affection que tout autre que Childéric s'en fût ressenti obligé. Lui, au contraire, conservant dans son cœur l'outrage qu'il pensait avoir reçu de lui, n'allait éloignant* la résolution qu'il avait prise en son âme qu'autant que duraient les cérémonies et les réjouissances de son couronnement. Et le malheur ne voulut-il pas que cependant les nouvelles vinrent à Silviane, et au valeureux Andrimarte, que Semnon, le bon duc, était mort, et que tous les vassaux et sujets leur faisaient instante prière de venir en leurs Etats ?

Le déplaisir de Silviane fut très grand, et celui d'Andrimarte ne fut guère moindre, ayant reçu tant de bienfaits de ce prince sans avoir eu le loisir de lui en rendre services; mais lorsque les premières larmes commençaient de se sécher, il sembla que le Ciel leur voulut donner occasion de les renouveler avec plus d'amertume encore que les premières.

Déjà Childéric voyait, ce lui semblait, ses affaires assurées, et la couronne bien raffermie sur sa tête, lorsque cette nouvelle vint à Silviane, et déjà il avait commencé de vivre si licencieusement, s'abandonnant à toute sorte de voluptés que, comme je vous ai dit, madame, chacun avait perdu l'espoir que la vertu du père avait fait concevoir du fils. Le peuple s'en plaignait, les grands en murmuraient, et les plus affectionnés en soupiraient. Enfin, après qu'ils eurent quelque temps supporté cette honteuse vie, et plusieurs autres tyrannies et foules[64] qu'il faisait sur son peuple, les grands de l'Etat s'assemblèrent à Provins, et puis à Beauvais, où toutes choses bien considérées et débattues, enfin ils résolurent de le déclarer indigne et incapable de la couronne des Francs, et en même temps en élirent un, qu'encore que Romain, ils jugèrent toutefois être personne si pleine de mérites qu'il était digne d'être leur roi[65]. Celui-ci s'appelait Gillon, qui, dès longtemps, avait quitté le parti des empereurs Romains pour suivre celui de Mérovée, auquel il avait toujours rendu un fort bon et fort fidèle service, et qui même avait augmenté l'Etat des Francs de la ville de Soissons dont il était gouverneur. Mais quant à moi, je crois qu'ils firent élection de cet homme ambitieux, parce qu'il n'y eut point de Franc qui en voulût prendre ni le nom, ni la charge, de peur de ne la pouvoir maintenir contre leur roi naturel, ou pour ne point être atteint du crime de félonie, qui est si détesté parmi eux.

Mais voyez, madame, comme, lorsque Tautatès veut châtier les fautes des hommes, il fait rencontrer les occasions inespérées. En ce même temps que déjà Gillon se préparait secrètement pour s'armer, et le reste des grands pour joindre leurs vassaux et leurs ambactes[66] avec lui, ne voilà pas que Childéric se résolut, avec toute l'impudence que l'on saurait imaginer, d'ôter par force Silviane à Andrimarte, non pas pour l'épouser, car aussi ne le pouvait-il plus, étant déjà mariée, mais pour en passer sa fantaisie, comme déjà il avait fait de quelques autres, depuis le décès de Mérovée. Et ce qui portait ce jeune prince à semblables désordres, c'était l'opinion que quelques flatteurs lui donnaient que toutes choses étaient permises au roi ; que les rois faisaient les lois pour leurs sujets, et non pas pour eux, et que, puisque la mort et la vie de ses vassaux étaient en sa puissance, qu'il en pouvait faire de même pour tout ce qu'ils possédaient. Ces trois fausses, mais flatteuses maximes, après plusieurs autres violences, et qui avaient donné sujet aux plus grands de s'assembler par deux fois pour le dépouiller de l'autorité qui lui était si mal due, le portèrent à yeux clos à faire cet outrage à Silviane, et au valeureux Andrimarte[67].

La reine Méthine s'était retirée pour lors en la ville des Rémois, tant pour n'être témoin des mauvaises et honteuses actions de Childéric, puisqu'elle ne pouvait plus y remédier, que pour passer plus doucement l'ennui de la perte qu'elle avait faite, avec les ordinaires consolations d'un grand personnage nommé

Remy[68] qui reluit de tant de vertus, qu'encore que le Dieu qu'il adore soit inconnu aux Francs, et à nous, si est-ce que jamais personne affligée ne part d'auprès de lui sans être soulagée de sa peine. Or Childéric, prenant donc occasion l'éloignement de sa mère, pour faire qu'Andrimarte laissât Silviane seule, il le tire à part, et lui controuve mille fausses raisons pour lui faire croire qu'il était nécessaire qu'il allât de sa part lui communiquer des affaires qu'il ne voudrait commettre à la fidélité d'autre que de lui, et que, pour ce sujet, il le prie de vouloir incontinent partir, qu'il ne doute pas du déplaisir que ce lui est d'éloigner* Silviane ; mais que, le voyage étant de peu de jours, et si nécessaire pour le bien de sa couronne, il voulait croire qu'il ne le refuserait pas. Andrimarte, qui n'eût jamais pensé qu'un roi, fils de Mérovée, eût une si damnable pensée, répondit qu'il était prêt à le servir, et en cette occasion et en toute autre ; qu'à la vérité il aimait Silviane comme sa femme, mais qu'il honorait Childéric comme son seigneur, que ces deux affections n'étaient point incompatibles, et qu'il lui témoigne-rait toujours qu'il n'avait rien de plus cher que le bien de son service. Avec semblables propos, Childéric lui faisant donner ses dépêches, il n'eut pas plus de loisir à se préparer à ce voyage que la prochaine nuit, durant laquelle il fit savoir à sa bien aimée Silviane la charge que Childéric lui avait donnée, et lui recom-manda très expressément de pourvoir en sorte aux choses nécessaires à leur retour en la Gaule Armori-que que rien ne les pût retarder plus de cinq ou six jours, quand il serait revenu de la ville des Rémois.

La sage Silviane, ayant écouté paisiblement tout ce qu'Andrimarte lui avait dit, comme elle avait un

esprit prompt et subtil, elle lui répondit en soupirant :
« Ce voyage ne me promet point de contentement, et
Dieu veuille que l'opinion que j'en ai soit fausse. Vous
devez vous souvenir que Childéric m'a aimée, ou que
pour le moins il en a fait le semblant, durant que le roi
son père a vécu. Il m'a tenu des langages que je n'ai
jamais voulu vous redire, et que je vous supplie ne me
point commander de vous faire savoir, tant y a qu'il
m'a bien fait paraître, et qu'il n'avait pas beaucoup de
mémoire des services que vous avez rendus, et à lui, et
à Mérovée, et que s'il eût eu en ce temps-là l'autorité
qu'il a maintenant, jamais notre mariage n'eût eu une
si heureuse conclusion que le Ciel nous a voulu
donner ; depuis, vous avez vu quelle sorte de vie il a
faite, à quelles violences il ne s'est point laissé aller, et
par là vous pouvez prévoir ce que nous en devons
espérer ; quant à moi, je vous dirai que je crains
infiniment cet homme. Il a aussi les deux conditions
qui sont à craindre en une personne ; c'est à savoir la
volonté mauvaise, et la puissance entière et absolue.
Vous pouvez juger quel sujet il a de vous envoyer vers
la reine si hâtivement que, s'il n'est bien vraisemblable, je penserais que votre commission n'a point été
donnée avec le bon dessein. L'on dit que les femmes
sont ordinairement soupçonneuses, et m'oyant tenir
ce langage, vous ne perdrez pas cette opinion, mais,
mon fils[69], considérez si c'est avec raison que je la
suis, et si ce n'est point une extrême affection que je
vous porte, qui m'en fait parler ainsi, et vous servant
de votre prudence accoutumée, recevez ce que je vous
dis pour y pourvoir, en sorte que ni vous ni moi n'en
ayons point de déplaisir. Car je sais bien qu'en tous les
accidents où je vois celles de notre sexe sujettes, j'ai

un recours qui ne me défaillera point, et une porte par laquelle je trouverai toujours mes assurances, qui est la mort ; mais j'avoue qu'il me fâcherait grandement d'éloigner* si tôt mon fils, et de le perdre pour si longtemps. »

A ce mot, se relevant sur un bras, elle lui jeta l'autre autour du col, et, le baisant, le couvrit tout de ses larmes, desquelles le généreux chevalier fut grandement ému. Et après avoir longtemps considéré sans dire mot les discours de Silviane, et lui semblant qu'elle parlait avec beaucoup de raison, il lui répondit : « Ces pleurs qui me mouillent le visage me touchent encore plus vivement le cœur, et faut que je vous avoue, que, si j'eusse bien pensé à tout ce que vous me venez de représenter avec tant de justes raisons, j'eusse fait en sorte que quelque autre eût eu ce voyage en ma place, mais puisque j'ai pris congé du roi, et que toutes les dépêches sont entre mes mains, quelle excuse puis-je prendre qui soit valable ? Et comment m'en puis-je dédire sans rompre tout à fait avec lui ? Cela véritablement ne se peut, et puisque nous en sommes venus si avant, il faut passer plus outre, et non point toutefois sans essayer d'y pourvoir au mieux que nous pourrons, et voici ce que je pense que nous devons faire.

Il faut premièrement que j'aille et revienne avec toute la plus grande diligence qu'il me sera possible, et que cependant vous vous mettiez dans la maison d'Andrénic, notre ancien et fidèle serviteur, sans toutefois que personne le sache, feignant que vous êtes toujours en celle-ci. Que si Childéric a quelque mauvais dessein, sans doute il viendra ou envoiera ici, et par là sa mauvaise volonté nous sera connue ; que si de fortune* cela n'est pas, je serai bien aise que nous n'en ayons point fait d'éclat, et assurez-vous que la diligence que je ferai en mon voyage lui donnera fort peu de loisir d'exécuter ses desseins. Que si je pensais qu'en son âme il l'eût ainsi résolu, jamais il ne verrait la fin du jour de demain, car je lui ravirais l'âme du corps, au milieu même de toutes ses gardes, et de tous ses solduriers, mais, en étant en doute, je ne veux pas qu'on die qu'Andrimarte ait commis une telle félonie, sous un faible soupçon de jalousie. »

Telle fut la résolution d'Andrimarte, qui, partant de bon matin, fit entendre à son fidèle Andrénic tout ce qu'il avait résolu avec Silviane, lui commandant de tenir l'affaire si secrète que personne n'en sût rien. Cet Andrénic était un vieux serviteur qui avait eu le soin de sa jeunesse, et de qui l'affection était si grande, et la fidélité si connue qu'il avait autant d'assurance en lui qu'en soi-même. Son logis était assez près de celui d'Andrimarte, car il avait été contraint d'en prendre un séparé, lorsque le chevalier n'était pas marié, parce qu'il avait femme et enfants, et depuis l'avait toujours gardé sous l'opinion que son maître s'en irait bientôt en la Gaule Armorique.

Soudain qu'Andrimarte fut parti, Silviane, sans en rien dire à ses filles, se retira dans la maison d'Andrénic, feignant de vouloir demeurer seule dans son cabinet, pour le déplaisir qu'elle avait de l'éloignement de son mari, et leur commanda, si quelques dames venaient pour la visiter, de dire qu'elle se trouvait mal, et qu'elle ne voulait voir personne, donnant ordre qu'Andrénic seul et un valet de pied, qu'Andrimarte lui avait laissé pour l'avertir en diligence, s'il était nécessaire, avant son retour, comme

celui auquel il se fiait infiniment, lui portassent à
manger, ou feignissent pour le moins de le lui porter.
Elle cependant, se renfermant seule avec la femme
d'Andrénic, demeurait aux écoutes, tressaillant au
moindre bruit qu'elle oyait, et lui semblant de voir
déjà Childéric à la porte de sa chambre. C'est une
grande chose que les connaissances aveugles que nous
avons quelquefois des accidents qui nous doivent
arriver.

Silviane avait à la vérité occasion de craindre la
fâcheuse insolence de Childéric, mais il n'y avait rien
qui lui en dût donner une si grande appréhension,
puisque, depuis la mort de Mérovée, il avait fait
paraître d'avoir d'autres intentions, et par ses violences s'était adressé à plusieurs autres, ce qui pouvait
bien donner l'opinion que ses pensées fussent portées
ailleurs. Et toutefois il y avait quelque bon démon qui
continuellement lui disait dans le cœur qu'elle ne
verrait point son cher mari que quelque malheur ne
lui fût arrivé, et cela fut cause qu'elle se représentait
tous ceux qu'elle pouvait craindre, et, à même temps,
recherchait quels remèdes elle y pourrait apporter,
prévoyant par ainsi * son mal, et y remédiant avant
qu'il fût advenu ; et parce qu'elle se fiait grandement
en la femme d'Andrénic, comme celle qui n'avait rien
plus en son cœur que le bien d'Andrimarte, aussitôt
qu'une pensée lui venait, elle la lui déclarait, et
soudain elles recherchaient ensemble par quel moyen
elles pourraient y pourvoir, et l'ayant trouvé, y donnaient l'ordre qui leur semblait être nécessaire.

Silviane lui proposa donc à quoi elles se résou-
draient si Childéric ne la trouvant point dans son
logis, sa mauvaise fortune le faisait venir en celui où

elle était. Premièrement elles recherchèrent un lieu où se cacher, car, de résister à la force du roi, il était impossible ; mais voyant la maison petite et incommode pour cet effet, et n'y ayant place si retirée où incontinent elle ne fût trouvée, son recours à la mort ne lui faillit pas, car c'était toujours son dernier et extrême refuge. Mais la bonne femme, qui, outre l'amitié qu'elle lui portait, savait bien qu'Andrimarte ne survivrait guère la nouvelle de son trépas : « Non, non, madame, dit-elle, ne parlons point de mort, mais si vous voulez me croire, je vous donnerai un moyen qui vous assurera de toute violence, et qui n'est point trop malaisé. Vous êtes jeune, vous avez le corps long, la jambe bien faite, et n'avez point encore beaucoup de sein : je suis d'avis que vous vous habilliez en jeune chevalier, j'ai ici des habits de l'un de mes fils, qu'il y a longtemps qu'il n'a portés, et par conséquent ils ne seront point reconnus, nous choisirons celui qui sera plus propre à votre taille, je m'assure qu'il n'y a personne qui, vous voyant l'épée au côté, et le chapeau avec le panache sur la tête, ne vous méconnaisse pour Silviane. Et parce que vos cheveux vous pourraient faire reconnaître, je suis d'avis que nous les coupions, mais seulement à l'extrême nécessité, et que cependant que nous avons le loisir, nous vous habillions, parce que cela ne peut vous rapporter aucune incommodité. — O ma mère ! s'écria alors Silviane, que heureuse à jamais soit celle qui vous a fait naître, puisque par votre prudence je me vois aujourd'hui conservée à mon cher Andrimarte, ne croyant pas qu'il y ait autre moyen de me garder en vie, vu la violence que je prévois de l'insolent Childéric. Usons, ma douce mère, de diligence, puisque le cœur me dit que nous n'aurons pas du temps de reste ; et quant à mon poil, tenez les ciseaux prêts pour en faire l'office, et croyez que je ne le plaindrai aucunement, si je le perds en une si bonne occasion. »

A ce mot, cette vertueuse Silviane commença à se déshabiller, cependant que la bonne femme alla quérir ses habits, desquels elle avait parlé ; et parce qu'elle désirait grandement de la bien servir, elle fut incontinent de retour, et se renfermant toutes deux seules, choisirent celui qui leur sembla plus à propos, et moins remarquable, et le mettant sur la belle Silviane, elle parut le plus beau chevalier de la Cour, mais de telle sorte déguisé que la bonne femme n'eut plus d'opinion qu'elle pût être reconnue, même * que le *bardiac*, qui est une certaine sorte de vêtement que les Lingones[70] ont accoutumé de porter, lui était si juste qu'il semblait avoir été fait sur son corps.

Et lors, lui ceignant une épée au côté : « Je vous fais chevalier, lui dit la bonne femme, et ce nom vous oblige de maintenir l'honneur des dames. — Ma mère, répondit Silviane, je vous promets, devant les dieux domestiques qui nous voient et qui nous écoutent, que cette épée maintiendra aujourd'hui l'honneur d'une dame pour le moins, et que l'ayant à mon côté, je ne crains plus la violence de Childéric, sachant bien m'en servir, contre lui, ou s'il est trop fort, contre moi-même, qui, encore que plus faible, n'aurai pas moins de courage qu'un homme à m'en aller attendre l'autre vie, sans tache d'aucune souillure. Mais il me semble qu'il me faudrait encore des bottes et des éperons, parce que si ce tyran vient ici, il n'y a pas apparence que je m'y arrête[71], et de m'en aller à pied, vous savez qu'une personne si bien vêtue que je suis n'y va pas

ordinairement, et cela peut-être me ferait reconnaître
plus aisément. — Puis, dit la bonne femme, que vous
avez ce courage, je vous le conseille, et afin qu'il n'y
ait point de doute de votre pudicité, quoique je sache
bien qu'Andrimarte est trop assuré de votre vertu
pour en rien soupçonner à votre désavantage, je vous
veux accompagner, afin de pouvoir rendre témoignage de toutes vos actions. Et de fortune *, il y a deux
chevaux que j'ai ouï dire à Andrénic être si aisés et
commodes que nous pouvons sans crainte les monter,
et avant que de me déguiser, je vais commander qu'ils
soient sellés et bridés, et que le valet de pied d'Andrimarte les tienne, tant pour nous les donner, quand
nous en aurons affaire, que pour nous aider à monter à
cheval. »

Cependant qu'elle descendit pour donner ordre à
tout ce qu'elle avait dit, Silviane demeura seule dans
sa chambre, si aise de se voir déguisée de cette sorte
qu'elle ne se pouvait assez regarder ni remercier le
Ciel de lui avoir donné un si bon moyen pour tromper
les desseins de Childéric ; car, se souvenant des derniers discours qu'il lui avait tenus, elle croyait infailli-
blement qu'il n'avait éloigné Andrimarte d'elle que
pour lui faire quelque violence. Et en même temps, il
lui vint une opinion qui lui gela l'âme de peur. Ce
tyran, disait-elle en soi-même, ayant desseigné [72] de
me faire quelque violence, et connaissant le courage
d'Andrimarte, n'enverra-t-il point sur les chemins
pour le faire tuer à son retour ? Et lorsqu'elle était sur
cette pensée, la femme d'Andrénic revint, à laquelle
toute tremblante, et les larmes aux yeux : « Ah ! ma
mère, lui dit-elle, je suis morte si vous ne me secourez.
Ce méchant, continua-t-elle, connaît bien que le cou-

rage d'Andrimarte ne supportera pas l'injure qu'il a pensé de me faire, sans vengeance ; c'est pourquoi il faut tenir pour chose certaine qu'il le fera massacrer à son retour si nous n'y prévoyons. — Madame, lui répondit-elle, laissez-moi habiller vitement, afin que je vous puisse suivre, car il me semble d'avoir ouï quelque bruit dans la rue, et cependant je penserai à ce que nous aurons à faire, parce que ce que vous dites n'est pas sans apparence, puisque jamais un méchant ne fait à moitié une mauvaise action s'il peut. » Et lors, s'accommodant au mieux qu'il lui fut possible, à peine avaient-elles pris des bottes que le valet de pied s'en vint tout effrayé leur dire que le roi était entré dans la maison d'Andrimarte, et qu'il cherchait Silviane, faisant de grandes menaces à Andrénic, et aux autres domestiques, pour savoir où elle était. Silviane alors se décoiffant : « Coupe ces cheveux, lui dit-elle, mon ami, et dépêche-toi le plus que tu pourras. » Mais le valet de pied en faisant quelque difficulté, elle-même mit les ciseaux dedans, et parce qu'elle se gâtait toute, il lui dit : « Puisqu'il vous plaît, madame, je les couperai, à condition que, l'occasion passée, je les puisse appendre au temple de la chaste Diane pour témoignage de cette action si généreuse. — Dépêche-toi, lui dit-elle, je te prie, et fais-en ce que tu voudras, étant résolue que ma mort me signalera bien mieux devant tout le monde, si cet artifice ne me fait échapper la violence de ce tyran. »

Cependant que ce jeune homme coupait les cheveux de Silviane, elle tondait la femme d'Andrénic, et fût * bien ou mal, elle eut fait plus tôt que lui, et sans perdre temps, descendant tous trois dans l'écurie, après toutefois avoir bien serré[73] leurs robes, elles

montèrent à cheval, et si à temps qu'à peine étaient-
elles hors de la maison lorsque Childéric et toutes ses
gardes y entrèrent par l'autre porte, faisant un bruit et
une si grande violence que ces pauvres dames, en
oyant la rumeur, tremblaient de crainte de tomber
entre ses mains. Mais le jeune homme qui s'était
trouvé plusieurs fois dans les dangers de la guerre
avec son maître, sans s'effrayer : « Suivez-moi, leur
dit-il, et ne craignez rien, car je jure par la vie de
Monseigneur que je le tuerai plutôt que de souffrir
qu'il fasse injure à la femme de mon maître. » Et lors,
hâtant un peu leur pas, parce que la clameur du
peuple avec celle des domestiques d'Andrimarte allait
augmentant, il leur fit passer le pont, et puis prenant
le chemin du Mont de Mars, les mit au derrière de la
montagne en un lieu bas, où l'on avait tiré des pierres,
et d'une certaine chaux blanche, qu'ils appellent
plâtre[74], afin qu'elles ne fussent vues, avec intention
d'aller la nuit reposer en quelque village auprès de là.

Mais la femme d'Andrénic, qui était grandement en
peine de son mari, et Silviane aussi, fort désireuse de
savoir ce qu'aurait fait Childéric, quand il ne l'aurait
pas trouvée, lui commandèrent d'aller dans la ville
pour leur en rapporter des nouvelles. Ce jeune homme
incontinent s'y en alla, et de fortune* entra dans la
ville au même temps que l'on en voulait fermer les
portes, laissant ces deux dames si étonnées de se voir
seules en lieu écarté et en cet habit déguisé que la plus
assurée tremblait de crainte et de frayeur.

Toutefois, l'extrême affection de Silviane envers
Andrimarte, parmi toutes ses peurs et ses étonne-
ments, eut bien encore assez de force pour la faire
ressouvenir du péril qu'elle avait prévu pour lui à son

retour ; et si elle eût su le chemin, il est certain qu'elle
n'eût pas attendu ce jeune homme, mais dès l'heure
même s'y en fût allée, tant que les chevaux eussent pu
marcher, de quoi elle se plaignit grandement avec
cette bonne femme, qui jugea bien être nécessaire de
lui en donner avis, mais qui connaissait bien aussi que
d'y aller sans guide, c'était perdre le temps. Et pour
ce, la consolant au mieux qu'elle pouvait, la supplia
de ne vouloir rien précipiter, que le Ciel avait si bien
conduit leur dessein jusque-là qu'il ne leur serait non
plus avare de ses faveurs à l'avenir.

Attendant donc avec impatience le retour de ce
jeune homme, et le temps commençant à leur sembler
fort long, enfin elles l'aperçurent de loin qui venait
tant qu'il pouvait courre*, car, de temps en temps,
tantôt l'une et tantôt l'autre sortaient sur le haut pour
voir s'il ne revenait point, et parce qu'elles virent qu'il
n'y avait personne qui les pût apercevoir, pressées
d'impatience, elles allèrent à sa rencontre afin de
savoir tant plus tôt les nouvelles qu'il leur apportait.
Soudain qu'il fut arrivé, et qu'il put reprendre son
haleine pour parler : « Madame, lui dit-il, les dieux ne
vous ont jamais mieux assistée, et vous n'eûtes jamais
une plus sage résolution, que celle que vous avez faite
de vous déguiser. Car sachez que cet ingrat de Childéric (il ne mérite pas que nous le nommions roi,
puisqu'il en fait ses actions toutes contraires), ce
méchant, dis-je, et ce tyran a fait des violences les plus
extraordinaires dans votre maison, et dans celle d'Andrénic, qui jamais aient été commises par les plus
cruels barbares en la prise et au saccagement d'une
ville ennemie. — Eh ! mon ami, dit Silviane, conte-
nous par le menu tout ce que tu en sais. — Madame,

interrompit la femme d'Andrénic, permettez-lui premièrement de me dire comme se porte mon mari. —
Votre mari, répondit ce jeune homme, est en bonne
santé, et a été surpris d'une joie extrême, quand je lui
ai dit la résolution que vous aviez prise. Et parce que
ce lieu est trop près de la ville, je crois, madame, qu'il
serait bien à propos de vous en éloigner, et par les
chemins je vous raconterai toutes mes nouvelles. —
Mon ami, répondit Silviane, conduis-nous du côté
d'Andrimarte, car je suis résolue de l'aller moi-même
avertir de tout ce qui s'est passé. »

Ce jeune homme alors, se mettant devant et prenant
le chemin que son maître lui avait assuré qu'il
tiendrait à son retour, parvint enfin à Villeparisis, et
puis, laissant à main droite les Galle-Helvétiens,
essaya de gagner par les endroits les plus couverts
Lisy et Gandelu, parce qu'Andrimarte lui avait assuré
qu'il reviendrait par Lagery, par Fère, et par Coincy,
droit à Gandelu. Et d'autant qu'il était déjà bien tard
et qu'il eut opinion que Silviane, n'étant guère accoutumée d'aller de cette sorte à cheval, se trouverait
bientôt lasse, il fit dessein de ne passer point Claye
pour ce soir[75].

Et cependant, pour ne perdre temps, s'étant mis au
milieu d'elles deux, il commença de parler de cette
sorte à sa maîtresse pour leur rendre le chemin moins
ennuyeux : « Vous désirez, madame, de savoir ce qui
s'est passé en votre logis depuis que vous êtes dehors,
encore qu'il n'y ait pas longtemps ; toutefois j'ai tant
de choses à vous raconter que je ne sais par lesquelles
je commencerai. Ce n'a point été sans raison (et faut
croire que le Grand Tautatès vous en donné la pensée),
si vous avez eu crainte de Childéric, étant un miracle

que vous ayez échappé de ses inhumaines mains, parce que véritablement il est venu avec la plus grande insolence dans votre logis que jamais l'on ait ouï dire. Sachez, madame, que quand je suis arrivé à la porte de la ville, j'ai été tout étonné de la voir à moitié fermée, si bien que pour peu que j'eusse retardé davantage, il m'eût été impossible d'y pouvoir entrer. Quantité des notables y étaient accourus avec les armes, et avec un si grand tumulte qu'incontinent les chaînes se sont trouvées tendues et garnies des hommes du quartier. Je suis enfin avec beaucoup de peine parvenu en votre logis, où j'ai trouvé la plus grande rumeur, et la plus grande foule du peuple, et des solduriers, et des gens de la garde de ce tyran, et qui, en armes les uns contre les autres, se présentaient furieusement les piques, avec contenance de venir bientôt aux mains. Cependant l'on entendait de grands cris dans nos deux logis, et plusieurs disaient que c'était Silviane que Childéric voulait déshonorer, et que, pour en avoir plus de commodité, il avait envoyé Andrimarte vers la bonne reine Méthine, que c'était une grande honte au peuple de Paris de souffrir une si grande violence devant ses yeux, que d'avoir déjà supporté semblables actions lui donnait et la volonté, et la hardiesse de continuer, et que désormais il n'y aurait plus de sûreté pour l'honneur de leurs femmes et de leurs filles, puisque l'on s'adressait à des personnes de telle qualité, et qu'il valait bien mieux mourir pour une fois, que vivre avec tant de honte et vitupère.

Je remarquai que parmi ceux qui tenaient ces langages, il y avait et des Gaulois, et des Francs, et que peu de chose les porterait aux armes. Cela fut cause

qu'aux Francs, je leur disais : Ah ! Messieurs ! souf-
frira-t-on qu'Andrimarte soit traité avec tant d'indi-
gnité devant les yeux de nous tous ? et aux Gaulois :
Eh quoi ? la fille du bon duc Semnon demeurera
donc sans secours, et sera honteusement forcée dans
notre ville ? Il ne fallut guère leur répliquer ces
paroles pour tout à coup les faire venir aux mains,
mais avec tant de furie que des gardes et des solduriers du tyran une partie a été tuée, et l'autre s'est
mise en fuite, avec un si grand désordre que ç'a été
tout ce qu'il a pu faire lui-même de se sauver dans son
palais, où maintenant tout le peuple le tient investi, et
ne sait-on ce qui s'ensuivra. Quant à moi, j'ai incontinent couru dans votre logis, où j'ai trouvé Andrénic
sans chapeau, et sans manteau, et y a apparence que
les suivants [76] de Childéric l'aient maltraité ; toutefois
il n'a point de blessure. La maison est tout ainsi que si
elle avait été saccagée, et toutes les filles et les femmes
échevelées et déchirées par de si grandes violences que
jamais l'on n'a vu désordre si grand en une maison.
Aussitôt qu'Andrénic m'a vu, et toutes ces filles, l'une
me sautait au col d'un côté, l'autre me tirait de l'autre,
criant toutes comme insensées, et me demandant où
vous étiez. Je leur ai brièvement répondu à toutes
que vous étiez en lieu où la plus grande peine que
vous aviez était l'appréhension de leur mal. Et me
retirant à part avec Andrénic, je lui ai raconté tout au
long ce que vous aviez fait et le lieu où vous étiez. Lui
alors, ravi de joie, se laissant choir les genoux en terre,
et levant les mains en haut : Soyez-vous à jamais béni,
ô grand Tautatès, a-t-il dit, puisqu'il vous a plu par
votre prévoyance prévenir un si grand malheur. Et
puis se relevant, il ne pouvait se lasser de me deman-

der comment vous aviez fait, si sa femme ne vous
avait point abandonnée, et de quelle sorte vous étiez
toutes deux sans être reconnues, et ayant satisfait le
plus brièvement qu'il m'a été possible à toutes ses
demandes, je l'ai laissé le plus content homme du
monde. Il m'a commandé, lorsqu'il m'a vu partir, de
dire à sa femme de mourir plutôt que de vous
éloigner*.

Et parce que j'ai eu crainte que le temps ne vous
semblât trop long, je m'en suis revenu vers vous,
madame, mais non pas sans peine, car j'ai trouvé cent
chaînes tendues, et à chacune il a fallu demeurer
longtemps avant que de pouvoir passer. Enfin, voyant
ce peuple si animé et presque tous parler si avantageusement de mon seigneur, je me suis résolu de leur
dire tout ouvertement que j'étais à Andrimarte, et que
vous m'envoyiez vers lui pour l'avertir de la violence
dont Childéric avait voulu user contre vous. Vous
saurais-je dire, madame, avec combien d'affection ils
se sont tous venus offrir à moi ? Je n'ai pas eu depuis
beaucoup de peine à passer, car se disant à l'oreille
l'un à l'autre qui j'étais, et où j'allais, ils faisaient à
l'envi à qui me rendrait plus de courtoisie et de
faveur ; de cette sorte, étant à la porte, elle m'a été
incontinent ouverte, et celui qui y commande, lorsque
je suis sorti : Mon enfant, m'a-t-il dit, ne manquez de
dire à votre maître qu'il se hâte de venir, et que cette
ville lui fera paraître combien elle ressent l'outrage
qu'on lui a voulu faire, et qu'il ne craigne point la
force ni la violence de personne, parce que nous
mettrons tous la vie[77] pour lui faire réparer une si
grande injure. »

Ainsi finit ce jeune homme, et cependant cette belle

dame marchait le plus diligemment qu'elle pouvait, pour le désir qui la pressait de rencontrer Andrimarte, afin de lui raconter tout cet accident, et lui en faire voir la vengeance que le peuple lui promettait.

Mais, madame, nous étions d'autre côté bien empêchés, parce qu'aussitôt que Childéric fut assuré qu'Andrimarte était parti, prenant quelques jeunes gens malavisés et qui ordinairement le portaient à ces violences, il s'en alla dans la maison d'Andrimarte, où ne trouvant que le fidèle Andrénic, et quelques-uns lui faisant accroire qu'il avait caché la belle Silviane, ou pour le moins qu'il savait bien où elle était, il se saisit de sa personne, lui fit des injures sans nombre, et je crois que sans Clidaman et Lindamor, il l'eût fait mourir. Mais eux, ayant été avertis que le peuple s'assemblait, et enfin qu'il prenait les armes, ils accoururent malheureusement où le tumulte était le plus grand, avec ceux que promptement ils avaient pu assembler des leurs, et bien à propos pour le roi, parce que sans leur secours il eût été en danger d'éprouver quelle est la furie d'un peuple ému, et qui avec raison a pris les armes. Mais Clidaman, voyant Childéric en ce danger, mettant la main à l'épée, et tous ceux qui étaient de sa suite, nous y fîmes de si grands efforts qu'enfin le roi fut désengagé, non point toutefois que Clidaman et Lindamor n'y fussent grandement blessés, non pas tant qu'ils ne l'accompagnassent tous deux dans son palais, où incontinent tous nos Ségusiens s'assemblèrent au mieux qu'ils purent, encore qu'il ne leur fût pas permis d'y venir en troupe, et entre autres Guyemants s'y trouva, qui, encore que reconnu pour serviteur de Childéric, n'était pas haï du peuple, parce que chacun savait bien qu'il n'était point du nombre de ceux qui consentaient, ou qui poussaient ce jeune prince à ces indignes et honteuses violences.

Quand Lindamor l'aperçut : « Eh bien, lui dit-il, Guyemants, vous avez enfin voulu que Clidaman ait porté la pénitence de la faute qu'il n'a pas faite ? — Vous pouvez croire, répondit-il tout troublé, que ma créance n'a jamais été qu'un si grand malheur dût arriver. » Et approchant de lui, il se mit à genoux auprès du lit où il était couché, parce qu'il ne pouvait plus se tenir debout, et lui prenant une main : « Seigneur, lui dit-il, ne voulez-vous pas faire paraître que votre courage peut vaincre encore un plus grand malheur ? — Mon cher ami, lui répondit-il, jamais Clidaman ne manqua de courage, mais je ne puis résister à la force de la mort. » Alors Guyemants, les larmes aux yeux : « J'espère que Tautatès ne nous affligera point de tant que nous ravir un prince si nécessaire pour le bien des hommes, et qu'il nous fera la grâce de vous posséder plus longuement. — Guyemants, répondit-il, nous sommes tous en sa main, il peut disposer de nous, et pourvu qu'il me fasse le bien de laisser cette vie avec la bonne réputation que mes ancêtres m'ont acquise, je demeure content et satisfait du temps que j'ai vécu. »

Et lors, appelant Lindamor qui était blessé, mais non pas mortellement comme lui, et qui fondait tout en pleurs pour voir son seigneur en cette extrémité : « Vous êtes, leur dit-il, les deux personnes en qui j'ai plus de confiance. Je vous conjure, vous, Guyemants, d'assurer Childéric que je meurs son serviteur, et que j'emporte un extrême regret de ne lui avoir pu rendre plus de témoignage de mon affection. Que si toutefois

les services que je lui ai rendus, et au roi son père, ont
quelque pouvoir envers lui, qu'il trouve bon que vous
lui disiez de ma part que s'il ne délaisse la vie
honteuse qu'il a faite depuis qu'il est roi, il doit
attendre un très âpre châtiment du Ciel. Et vous,
Lindamor, aussitôt que la mort m'aura clos les yeux,
si pour le moins vos blessures le vous permettent,
ramenez tous ces chevaliers Ségusiens en leur pays, et
les rendez de ma part à la nymphe ma mère[78], à
laquelle je vous conjure par l'amitié que je vous ai
portée, de continuer le service que vous avez
commencé, et lui dites que je la supplie de ne se point
affliger de ma perte, puisque le Ciel l'a ainsi voulu, et
que les humains sont entièrement en sa disposition.
Qu'elle se console en ce que, le peu de temps que j'ai
vécu, je pense avoir toujours fait les actions d'un
homme de bien, et que je vais attendre l'autre vie avec
cette satisfaction que je crois avoir passé celle-ci sans
reproche. Dites aussi à ma chère sœur que, si j'ai
quelque regret de mourir si tôt, c'est plus pour n'avoir
plus le bien de la voir que pour autre chose que je
laisse parmi les hommes. »

Et lors nous faisant tous appeler, et nous voyant la
plupart tout autour de son lit les larmes aux yeux, il
nous tendit, quoique avec peine, la main à tous, et
après nous commanda d'obéir à Lindamor comme à
sa propre personne, et surtout de vous servir,
madame, et la nymphe Galathée, avec toute la fidélité
de vrais chevaliers, et qu'il s'assurait que nous rece-
vrions de vous la récompense des services que nous lui
avons rendus.

Il semblait qu'il voulût dire encore quelque chose,
mais une faiblesse le prit, qui lui ravit enfin la vie,

demeurant pâle et froid entre les bras de Lindamor, qui, le voyant en tel état, de douleur tomba évanoui de l'autre côté. Je ne saurais vous redire les pleurs et les gémissements que nous fîmes, et tous ceux de la Cour aussi, quand ils surent sa mort. Mais ce qui fut une grande preuve de sa prud'homie : le peuple même de la ville, qui, étant ému[79], est ordinairement sans respect et sans amour, l'oyant dire, le plaignit, et en chantait à haute voix la louange, criant que c'était grand dommage de la mort de ce prince tant ami de leur nation et de leur couronne, et d'autant plus qu'ils savaient bien tous qu'il n'avait jamais consenti aux violences et tyrannies de Childéric.

Il ne faut point douter que les plaintes et les regrets n'eussent duré encore davantage, sans l'éminent péril où nous nous trouvâmes incontinent après, mais l'appréhension de la mort qui se présentait aux yeux de tant que nous étions nous contraignit de nous mettre en défense. De fortune *, en même temps, tous ces seigneurs qui s'étaient assemblés à Provins, et depuis à Beauvais, sans savoir cet accident, étaient venus en troupe pour essayer[80] la volonté du peuple, et le trouvant avec ses armes en la main, pour le même dessein qu'ils étaient venus, ils se mirent à la tête de tout ce peuple, et vinrent investir le Palais Royal, avec quantité de tambours et de trompettes, et menant un si grand bruit que Childéric commença d'appréhender la furie de ces mutinés. Et parce qu'il avait un grand espoir en la valeur de Lindamor, et au conseil de Guyemants, il les envoya quérir tous deux, afin d'aviser à son salut. Ni l'un, ni l'autre ne voulurent en cette présente occasion lui reprocher ses fautes, mais tous deux lui offrirent toute sorte d'aide et de secours, au

péril de leurs vies, et Lindamor, encore que blessé,
voulut, à l'heure même, aller donner dans l'ennemi, et
conseillait le roi de mourir, mais en roi et en homme
de courage. Au contraire Guyemants, comme sage et
prudent : « Il ne faut jamais, dit-il, Seigneur, se
précipiter où il n'y a point d'espoir de salut. Quand
chacun de nous aurait la fortune de cinq cents, nous
ne serions encore point égaux au nombre grand des
ennemis que nous avons. Le temps, à qui sait bien s'en
servir, rapporte les biens à la fin qu'il lui a ravis, c'est
pourquoi sa suprême sagesse est de fléchir au temps et
de naviguer selon le vent. Il ne faut point penser que,
quelque effort que nous pussions faire à cette heure,
nous puissions changer la volonté de ce peuple tumul-
tueux ; et d'autant moins que nous voyons les principaux des Francs et des Gaulois être joints avec eux, il
faut croire qu'Andrimarte et tous ses amis y sont, car
ils auront promptement envoyé après lui, sans doute
Gillon le Romain n'aura pas été oublié, ni tous les
autres qui sont mal contents. Et qui sait si Renaud et
son frère, enfants de Clodion, n'ont pas déjà été mandés
pour s'y trouver ? Que si cela est, comme nous le
devons croire, quelle force avons-nous pour les remettre à leur devoir ? Ou seulement pour nous garantir de
leur outrage ? Je vous conseille donc, Seigneur (s'il
vous plaît de croire mon conseil, je m'oblige de ma vie
à vous remettre au trône de votre père), je vous
conseille, dis-je, de céder à la violence de cette fortune
contraire, vous retirer hors de ce royaume, et demeurer en repos auprès de Basin en Thuringe[81]. Il est
votre parent et votre ami, il sera bien aise de vous
retirer en sa maison, et de vous rendre tous les devoirs
de l'hospitalité due à un si grand prince affligé et

cependant je prends les dieux pénates pour témoins que, tant que vous serez absent, je ne penserai, ni ne travaillerai à chose quelconque qu'à vous remettre bien avec vos peuples, et j'espère d'en venir à bout, si vous suivez les avis que je vous donnerai. »

A peine avait-il fini de parler ainsi, lorsqu'on ouït une trompette, qui s'étant un peu approché du pont-levis, après avoir sonné par trois fois, dit à haute voix ces paroles :

Les druides, princes et chevaliers des Francs, et Gaulois assemblés et unis, déclarent Gillon roi des Francs, et Childéric tyran, et incapable de porter la couronne de ses aïeux.

A même temps Guyemants, qui était accouru, et Childéric même virent porter le long de la rue Gillon sur le pavois selon la coutume des Francs, avec des exclamations si grandes qu'il connut bien que Guyemants avait raison ; et craignant que les siens mêmes ne les trahissent, il se retira avec le fidèle Guyemants, où, après fort peu de discours, il se sépara d'avec lui, emportant la moitié d'une pièce d'or, pour signe que, quand Guyemants lui envoierait l'autre moitié qu'il gardait, il pourrait revenir en toute assurance dans son royaume, et, la figure de cette pièce étant rejointe, avait d'un côté une tour pour montrer la constance, et de l'autre un dauphin au milieu des vagues tourmentées avec ce mot tout à l'entour : REND LES DESTINS CONTRAIRES [82]. Et en même temps, changeant d'habits, il pria Lindamor, tout blessé qu'il était, de le vouloir accompagner jusques hors des mains de ce peuple avec ses chevaliers Ségusiens ; et Lindamor le lui

ayant accordé, Guyemants promit de donner telle
sépulture au prince Clidaman que l'on connaîtrait
combien il l'avait honoré durant sa vie. La nuit étant
venue, le roi passa secrètement par la porte qui sortait
hors de la ville et, accompagné de tous nos chevaliers,
fut conduit jusques auprès de Thuringe, et parce que
le travail* avait beaucoup fait de mal aux plaies de
Lindamor, il fut contraint de s'arrêter à son retour en
la ville des Rémois, où la reine Méthine prit un soin
tout particulier de lui, et de sa cure. Là nous sûmes
que le généreux Andrimarte, ayant rencontré la belle
Silviane, se résolut incontinent à la vengeance, mais
averti le même jour de la punition que Childéric en
avait reçue, il pensa, sans lui faire plus de mal, de se
retirer en ses Etats, et de pardonner cette faute à
Childéric, qu'il excusait en quelque sorte, considérant
l'extrême beauté de Silviane. Lindamor, d'autre côté,
ne lui semblant pas à propos que vous fussiez plus
longtemps sans être avertie de ces nouvelles, encore
que très mauvaises, m'a commandé de les vous apporter, vous avouant, madame, n'avoir jamais eu charge
plus ennuyeuse, ni qui me donnât plus de souci ; mais
craignant que cela n'importât à votre service, je n'ai
pas voulu manquer au commandement qu'il m'en a
fait. »

Ainsi finit le chevalier avec les larmes aux yeux :
mais Galathée, oyant la mort de son frère, encore
qu'elle se contraignît tant qu'elle put, si fallut-il enfin
qu'elle lâchât la bonde à ses pleurs, et, quelque
remontrance qu'Amasis lui pût faire, qu'elle payât le
tribut de la faiblesse humaine, et de son bon naturel.
Cela fut cause que sa mère, lui voulant donner un peu
de temps pour se décharger de cette juste douleur,

demanda cependant au chevalier si Lindamor ne reviendrait point bientôt et, lui ayant répondu, qu'il attendrait son entière guérison, elle tira Adamas à part, ayant commandé à ce chevalier de s'en aller dans la salle, jusques à ce qu'elle lui fît entendre ce qu'elle voulait qu'il fît, et, sur toute chose, qu'il fût secret, et ne parlât à personne de la mort de Clidaman, ni des autres accidents arrivés à Lindamor et au roi Childéric.

Et se tournant vers le druide, lorsqu'elle vit le chevalier hors de la galerie, et que personne ne la pouvait entendre, que la nymphe Galathée : « Or, mon père, lui dit-elle, vous avez ouï les malheureuses nouvelles que ce chevalier m'avait déjà racontées, et faut que j'avoue que la perte de mon fils m'a tellement touchée, que si je n'eusse permis à ma douleur de se décharger la nuit par mes larmes, je crois que l'estomac * me fût ouvert, tant j'ai ressenti vivement ce coup de fortune. Mais la nécessité des affaires que je me vois tomber sur les bras m'a contrainte de dissimuler cette douleur, et il est nécessaire, ma fille, que vous en fassiez de même, car si la mort de Clidaman vient à être sue avant que nous ayons donné ordre à nos affaires, je crains que Polémas n'use de quelque trahison envers nous, nous voyant même dénuées de tant de chevaliers, qui sont encore avec Lindamor. Et je ne dis pas ces choses sans raison, puisque j'ai remarqué, il y a quelque temps, que cet homme s'attribue plus d'autorité qu'il ne devrait, qu'il a entrepris par deux fois de faire mourir Damon, et même en votre présence, cela d'autant qu'il craint que je ne prenne fantaisie de le vous faire épouser. Mais ce qui me découvre plus clairement sa mauvaise inten-

tion, j'ai vu des lettres que Gondebaud, le roi des
Bourguignons, lui écrit, par lesquelles je remarque
une grande et fort particulière intelligence, qui,
m'ayant été si soigneusement cachée, ne peut être
qu'à mon désavantage ; je crois que son dessein est de
s'emparer de cet Etat et, afin de s'affermir son
usurpation, me ravir Galathée et l'épouser, ou de
bonne volonté ou de force. — O dieux ! Madame,
s'écria Galathée, serait-il possible que cet outrecuidé
eût bien conçu un si méchant dessein ? — N'en doutez
point, madame, répondit le druide, je juge sur ce que
madame vous a dit que ce fut pour ce sujet qu'il fit
venir il y a quelque temps ce trompeur auprès des
jardins de Montbrison, pour vous abuser sous le nom
de sa feinte sainteté et le titre de druide, et essayer si,
par ce moyen, il pourrait parvenir à l'honneur de vos
bonnes grâces. Et voyant que cela ne lui a profité de
rien, et que Clidaman, Lindamor et tous ces autres
chevaliers sont absents, il pourrait bien prendre maintenant l'occasion aux cheveux, et s'en servir par le
moyen des intelligences qu'il a eu loisir de faire,
depuis que l'entier gouvernement de cette contrée lui
a été remis. C'est pourquoi je serais d'avis, madame,
dit-il se tournant vers Amasis, que vous fissiez retourner ce chevalier en toute diligence vers Lindamor,
pour le hâter de venir avec tous ses vaillants et
aguerris chevaliers qui lui restent, et autant qu'il en
pourra promptement recouvrer d'ailleurs ; et cependant retirez-vous dans votre ville de Marcilly, où, sans
en faire semblant, je vous envoierai le plus de solduriers et de chevaliers que je pourrai, et moi-même je
m'y rendrai dans deux jours, et, s'il m'est possible, y

ferai porter Damon, ne le croyant guère assuré en ce lieu champêtre contre la violence de Polémas.

— Je jure, interrompit Galathée, que s'il était si mal avisé que d'entreprendre contre ma personne de cette sorte, avec les mains et avec les ongles même je l'étranglerais. — Ma fille, répondit Amasis, Dieu vous garde d'être en ces extrémités, j'aimerais mieux vous voir morte dans un cercueil que soumise à la discrétion de cet insolent; mais j'espère aussi que cela ne sera jamais, et toutefois si* faut-il de notre côté y apporter le remède que la prudence d'Adamas et sa fidélité nous propose. Et pour ce, je suis d'avis que, ce soir même, vous vous en veniez avec moi à Marcilly, et qu'ensemble nous emmenions Alcidon et Daphnide avec toute leur suite, et que nous les priions de quitter les habits si peu convenables à leur condition, et sans leur en dire le sujet, nous nous prévaudrons de leur aide, si nous en avons de besoin. Et demain j'enverrai une litière pour emporter Damon et Madonte, m'assurant que si nous lui en donnons tant soit peu de connaissance, il s'efforcera de sorte qu'il pourra bien supporter le branle de la litière. Mais, dit-elle, se tournant du côté d'Adamas, à propos du druide qui vint, il y a quelque temps, autour de Montbrison, qui devinait et qui vivait avec tant d'apparence de sainteté, il faut que vous sachiez, mon père, qu'il y est retourné, et qu'il recommence de faire comme la première fois. — O madame! dit le druide, que c'est un grand abuseur, et que si vous saviez en quoi Polémas s'en est voulu servir, vous jugeriez bien que l'un et l'autre est bien digne de châtiment, mais le discours en serait trop long pour cette heure que je vois le soleil se baisser si fort, que vous n'avez pas du temps à perdre pour vous en retourner de jour. Tant y a que si l'on s'en pouvait saisir, vous découvririez par lui tout le dessein de Polémas, car il en est un des plus assurés instruments. »

Galathée, à qui le dépit avait séché en partie les larmes : « Si madame veut, dit-elle, nous le prendrons assurément, parce qu'il faut seulement que je feigne de vouloir parler encore à lui ; mais je ne saurais conduire cette affaire sans Léonide, c'est pourquoi il est nécessaire de l'envoyer quérir. — Madame, répondit Adamas, je vous assure que demain, lorsque je reconduirai Damon, je la vous amènerai. Cependant je suis d'avis que, dès le grand matin, vous mandiez Silvie vers ce trompeur, pour lui dire que dans deux ou trois jours vous le voulez aller voir ; cela abusera Polémas, et pourrait bien être cause de retarder d'autant le mauvais dessein qu'il a, ce qui nous serait un grand avantage, pour avoir le loisir de donner ordre à la défense que je prévois qu'il nous faudra faire. »

Avec quelques autres semblables discours, ils se résolurent à ce qu'ils avaient à faire. Amasis pour ne perdre point le temps et en donner à Galathée de bien sécher ses yeux, se faisant apporter du papier et une écritoire, écrivit à Lindamor qu'en la plus grande diligence qu'il pourrait, il vînt la trouver, et que, comme que ce fût[83], il se fît plutôt porter, pour une occasion[84] tant importante, qu'il saurait par ce porteur. Et, à même temps, faisant appeler le chevalier, lui donna la lettre, et lui commanda de ne perdre une heure de temps, et de dire à Lindamor qu'à ce coup elle connaîtrait quelle était son affection, par la diligence qu'il ferait à revenir avec toutes les troupes

qui lui restaient ; et parce que c'était un homme fort
fidèle, et en qui Lindamor avait toute confiance, elle
lui fit entendre le mauvais dessein de Polémas afin de
le convier d'aller plus vite, et ramener tant plus
promptement Lindamor.

Le chevalier, sans retarder davantage, prenant
congé des Nymphes, les assura et de la fidélité de
Lindamor et de la sienne. Et Galathée, pour obliger
davantage Lindamor à revenir promptement :
« Dites-lui, chevalier, dit-elle, que je connaîtrai, par la
hâte qu'il aura de revenir, s'il est toujours de nos
amis[85]. »

A ce mot, le chevalier partit, feignant d'aller à
Marcilly et incontinent les Nymphes et Adamas sortirent, qui, après quelques propos communs, supplièrent Daphnide et sa troupe vouloir venir à Marcilly
passer le temps pour quelques jours. Daphnide tournant l'œil sur Alcidon, et voyant qu'il s'en remettait à
elle, pensa n'être pas à propos de refuser la Nymphe,
et s'offrit à l'accompagner partout où il lui plairait ; de
quoi Amasis l'ayant remerciée et la prenant par la
main, elle s'approcha de Damon et de Madonte :
« Seigneur chevalier, dit-elle, je vous envoierai
demain une litière, il faut, s'il vous plaît, que vous
vous efforciez de venir pour les raisons qu'Adamas
vous fera entendre. — Madame, répondit Damon, j'ai
encore assez de force pour vous aller servir partout où
il vous plaira. »

Et après quelques autres semblables discours, le
soir contraignit la Nymphe de partir avec toute cette
bonne compagnie, et, le lendemain, fut si soigneuse
d'envoyer vers Damon qu'avant les dix heures du
matin il fut à Marcilly avec Madonte, Adamas et

Léonide. Car, dès que les nymphes furent parties, le
druide voulut envoyer quérir Léonide, mais Paris,
désireux de ne perdre point de temps pour aller vers
Bellinde, le supplia de lui donner la lettre qu'il lui
voulait écrire, avant que d'envoyer vers Léonide, tant
son affection le pressait, et Adamas, pour le contenter,
mettant la main à la plume, écrivit ce qu'il désirait. Et
à l'heure même il partit, si aise et content du congé
que Diane lui avait donné, et si satisfait de la permission qu'il avait eue d'Adamas qu'il lui semblait ne le
pouvoir être davantage [86].

Mais Adamas, pour ne manquer à ce que Galathée
désirait, envoya dès le soir même vers Léonide, afin
que le lendemain elle se trouvât à bonne heure le
matin auprès de lui ; et d'autant que c'était pour aller
vers Galathée, il lui écrivit qu'il ne fallait point
qu'Alexis vînt de peur d'être reconnue, et que, pour ce
sujet, elles cherchassent ensemble quelque bonne
excuse, et que cette séparation ne serait que pour deux
ou trois jours au plus. Lorsque Léonide reçut cette
lettre, il était presque nuit, et de fortune * Astrée les
avait conduites chez Diane parce que le déplaisir
qu'elle avait reçu de la tromperie de Laonice lui avait
fait un peu de mal, et la contraignait de tenir la
chambre, de sorte que, cependant qu'Astrée entretenait Diane et Daphnis, la nymphe fit voir à Alexis la
lettre qu'elle avait reçue. Au commencement elle se
troubla un peu, lui semblant bien étrange de demeurer seule en ce lieu, où, si elle venait à être reconnue,
elle pensait recevoir toute sorte de reproches ; mais
considérant que d'aller vers la nymphe Galathée ce
serait se ruiner entièrement, elle consentit de demeurer encore en ce lieu, feignant que son mal n'était

point encore passé, et disant toutefois à la belle Astrée en secret qu'elle aimait de sorte cette vie retirée qu'il lui fâchait d'aller vers Galathée, qui l'envoyait quérir, et qu'elle faisait semblant d'être malade pour vivre avec elle en ce repos parmi ces lieux éloignés de la fréquentation de tant de gens.

Et ainsi Léonide, dès le plus grand matin, laissant Phillis auprès d'Astrée dans le lit, parce que Diane, affligée depuis le départ de Madonte, n'était point sortie de son logis, elle prit congé de ces belles bergères, avec promesse de revenir bientôt quérir Alexis, et puis s'approchant d'elle qui n'était bien encore levée : « Souvenez-vous, lui dit-elle à l'oreille, d'être bonne ménagère du temps, et de ne point perdre les occasions inutilement. » Alexis lui répondit en soupirant.

Et ainsi Léonide s'en alla trouver Adamas, et puis, avec lui, s'achemina à Marcilly, vers Galathée, laissant la déguisée druide dans l'abondance des contentements, si elle eût eu l'assurance de s'en prévaloir.

FIN

DE LA TROISIÈME PARTIE
D'ASTRÉE.

Quatrième Partie

L'histoire d'Astrée et de Céladon passe un peu au second plan dans cette Quatrième Partie, publiée deux ans après la mort de d'Urfé. L'unité de l'œuvre n'en est pas moins forte. Elle tient à la montée des périls et, à travers divers récits, dont surtout ceux des aventures de Dorinde, à la mise en question de la fidélité masculine.

L'ambitieux Polémas entend, on le sait, s'emparer du pouvoir en épousant, de gré ou de force, Galathée. Comme dans la Première Partie, il est aidé dans ses desseins par le faux druide et faux magicien Climanthe. Il fait aussi alliance avec le roi des Burgondes, Gondebaud, devenu le rival de son propre fils Sigismond, qui aime Dorinde et en est aimé. Or, Dorinde parvient à quitter Lyon pour se réfugier dans le Forez, où Sigismond doit la rejoindre. Mais il est mis en état d'arrestation par Gondebaud. Son frère, le prince Godemar, prend parti pour lui et, en rejoignant Dorinde, il apporte son concours à Amasis.

A Marcilly, c'est Adamas qui organise la résistance, en regroupant autour du pouvoir légitime les chevaliers qui viennent lui prêter main-forte. Diane, cependant, découvre qu'elle a été victime de Laonice et que Silvandre l'aime toujours. De son côté, Silvandre apprend qu'il est aimé de Diane. En revanche, un oracle, qui le désespère, lui révèle qu'elle ne pourra épouser que Paris. Par ailleurs, un certain nombre d'épisodes sont plus ou moins étroitement attachés au conflit qui s'annonce. Ainsi, les malheurs de la reine des Pictes, Argire, donnent lieu à une histoire particulièrement complexe. Elle s'achève, au livre XI, par la description d'une curieuse cérémonie religieuse qui assure la guérison miraculeuse du fils d'Argire, Rosiléon, atteint d'une douce folie amoureuse. De par leur étonnante ressemblance, Ligdamon et Lydias continuent à provoquer une suite de quiproquos savamment entretenus. Quant à Silvanire, elle est victime du jaloux Tirinte qui, à l'aide d'un miroir magique, lui donne les apparences de la mort pour la soustraire au monde et la contraindre à l'aimer. Mais il y a place pour bien d'autres histoires amoureuses : la Quatrième Partie constitue de beaucoup, avec les huit cents pages de l'édition Vaganay, le plus gros volume de l'*Astrée*.

Malgré l'appui de Gondebaud, qui a tenté en vain de faire enlever Dorinde, Polémas échoue dans l'assaut qu'il lance contre Marcilly. Ses agents ont été démasqués : Climanthe, en particulier, s'est suicidé dans sa prison. Polémas parvient néanmoins à enlever deux nymphes, Léonide et Silvie. Léonide lui échappe, mais Astrée, habillée en Alexis, est également emmenée par les soldats. Céladon se précipite à la suite d'Astrée, et devient à son tour l'otage de Polémas. Les prisonniers sont alors attachés et contraints de protéger de leurs corps l'attaque lancée par les troupes rebelles contre Marcilly. Mais celui qui les dirige, Sémire, est celui-là même qui, par jalousie, avait calomnié Céladon auprès d'Astrée et avait ainsi provoqué la rupture des amants. Il trahit alors Polémas et se rachète noblement en les délivrant au pied des murailles. Céladon-Alexis et Astrée sont sauvés. Sémire, blessé à mort, demande à Astrée son pardon, qu'elle aurait mauvaise grâce à lui refuser. « Astrée alors : Sois en repos, Sémire, lui dit-elle, et t'assure que, si autrefois tu me fis perdre ce que j'aimais, tu m'as maintenant conservé tout ce que je puis aimer. On vit à ces paroles que le visage de Sémire se remit, comme s'il n'eût point eu de mal, tant elles lui donnèrent de contentement. Et puis tout à coup soupirant : Le Ciel vous soit toujours favorable, lui dit-il, et conserve Astrée à son heureux Céladon. Ce furent là les dernières paroles qu'il proféra, et avec lesquelles son âme s'envola : heureux en son malheur d'avoir donné sa vie pour celle qu'il aimait, et d'avoir vu les beaux yeux d'Astrée jeter des larmes à son trépas, sinon larmes d'amour, au moins de compassion. »

Cinquième Partie

La cinquième et dernière partie, œuvre de Baro, noue définitivement les fils du destin, en amenant à leur terme les aventures des différents personnages. Les méchants sont punis : des traîtres sont châtiés dans Marcilly, et, juste retour des choses, le rebelle Polémas est tué en combat singulier par Lindamor. La guerre s'achève ainsi par la mort du factieux et la victoire du bon droit. Le peuple manifeste sa joie aux cris de « Liberté ! ». Les bons sont récompensés, et les amants séparés ne songent plus qu'à s'unir : Lindamor et Galathée, Sigismond, réconcilié avec le roi Gondebaud, son père, et Dorinde, Rosiléon et Rosanire, Damon et Madonte, Alcidon et Daphnide, Ligdamon et Silvie... Seuls, Silvandre et Céladon sont poursuivis par le mauvais sort. L'amour de Silvandre semble condamné par l'oracle qui accorde Diane à Paris. Et si Céladon parvient à surmonter ses scrupules et révèle à Astrée qu'il est Alexis, Astrée prend, douloureusement mais fermement, le parti de « la raison et de l'honneur » et chasse Céladon, ou plus exactement Alexis, et lui ordonne cette fois de mourir.

Le désespoir conduit chacun des amants, Diane, Astrée, Céladon et Silvandre vers la fontaine de la Vérité d'amour, avec la ferme intention de s'y laisser dévorer par les animaux qui la gardent. En fait, la fontaine devient subitement le lieu d'étonnants prodiges : loin de déchirer les amants, les licornes et les lions les protègent et, au cours d'un orage, annonciateur des révélations divines, l'Amour apparaît, qui promet de rendre le lendemain ses oracles. C'est alors qu'après une intervention pressante d'Adamas, Céladon et Astrée se retrouvent : pleurs de joie d'Astrée et bonheur sans mélange de Céladon ! Silvandre, en revanche, voit confirmés les arrêts du destin. Bien qu'il soit assuré à présent des sentiments de Diane, l'Amour exige qu'il meure, en laissant Paris épouser Diane, et charge Adamas de procéder au sacrifice. Mais alors qu'Adamas s'apprête, dans la douleur, à immoler Silvandre à l'Amour, une marque sur son bras révèle au druide que Silvandre est son véritable fils, ce Paris qui lui a été enlevé en bas âge. Paris n'a jamais été que son fils adoptif, et il se découvre, peu après, qu'il n'est autre que le frère de Diane, lui aussi perdu dès l'enfance. L'oracle, l'amour et les convenances se trouvent dès lors réconciliés : celui qui, après tant de traverses, vient de mourir sous le nom de Silvandre, reprend sa véritable identité et peut épouser Diane.

L'enchantement qui interdisait l'accès à la fontaine est, dès lors, définitivement levé. En se penchant sur le miroir de l'eau, chacun peut apprendre s'il est aimé. Il n'est pas jusqu'à Hylas qui n'y voie apparaître l'image de Stelle, l'inconstante. Tout s'achève ainsi par des mariages et dans l'allégresse des fêtes qui sont données à Marcilly. « Durant les huit jours qu'Amasis avait destinés au plaisir, tous ces amants consommèrent heureusement leurs mariages, excepté Dorinde, que Godemar emmena à Lyon, après avoir su que Gondebaud consentait enfin que Sigismond l'épousât. Rosiléon et Rosanire s'en retournèrent auprès d'Argire ; Diane et Alcidon allèrent revoir leurs maisons et tous les bergers et bergères revinrent raconter à Lignon les triomphes qu'ils avaient emportés en la jouissance des faveurs qu'ils avaient si longtemps attendues ; dont cette rivière se rendit si savante qu'il semble encore aujourd'hui que, dans son plus doux murmure, elle ne parle d'autre chose que du repos de Céladon et de la félicité d'Astrée. »

DOSSIER

CHRONOLOGIE

1554. 23 mai. Mariage de Jacques d'Urfé, bailli et lieutenant-général au gouvernement de Forez, avec Renée de Savoie, fille aînée de Claude de Savoie, lieutenant-général du roi en Provence. Douze enfants naîtront de ce mariage, dont trois s'intéresseront vivement aux lettres : Anne, Honoré et Antoine. Leur résidence : le château de La Bastie, dont le Lignon traverse les jardins. Construit au XIIIᵉ ou XIVᵉ siècle, il a été remanié dans le goût italien au XVIᵉ par le père de Jacques, Claude d'Urfé, ambassadeur à Rome sous François Iᵉʳ. Une société de notables locaux, humanistes, historiens ou poètes se réunissait à La Bastie, dont la bibliothèque comptait plus de 4 500 volumes.

1555. Naissance d'Anne d'Urfé, frère aîné d'Honoré.
Naissance, à Caen, de Malherbe.

1559. Avril. Traité de Cateau-Cambrésis : la France renonce à toute visée en Italie et rend au duc de Savoie le Piémont, la Savoie, la Bresse et le Bugey.
Juillet. Mort d'Henri II. François II lui succède.
Publication de *La Diana*, roman pastoral de Montemayor.

1560. Conspiration et « tumulte » d'Amboise.
Décembre. Mort de François II. Charles IX lui succède, sous la régence de Catherine de Médicis.
Alonso Perez publie, sous le titre *La Diana*, une suite de *La Diana* de Montemayor.

1562. Le massacre de Vassy, perpétré par le duc de Guise contre des protestants, marque le début des guerres de religion. A Montbrison, les 14 et 15 juillet, plus de huit cents personnes sont tuées par le baron des Adrets.

1563. Décembre. Fin du concile de Trente.

1564. Gil Polo publie la *Diana enamorada*, suite de *La Diana* de Montemayor.

1567. 10 ou 11 février. Naissance à Marseille d'Honoré d'Urfé, lors d'un voyage de Renée de Savoie en Provence.
Août. Naissance à Thorens de François de Sales.
D'Urfé passe son enfance au château de La Bastie.

1571. Naissance d'Antoine d'Urfé, qui sera prieur de Montverdun, abbé de La Chaise-Dieu et évêque de Saint-Flour.

1572. 24 août. Massacre de la Saint-Barthélemy.

1573. Représentation à Ferrare de l'*Aminta* du Tasse, pastorale dramatique.

1574. Mai. Mort de Charles IX. Henri III lui succède.
D'Urfé accompagne sans doute sa mère en Provence.
Octobre. Mort de son père, Jacques d'Urfé, au château de Marro, dans le comté de Nice.
Novembre. Son frère aîné, Anne, est nommé bailli du Forez.
Mariage, en 1574 ou 1575, d'Anne d'Urfé avec Diane de Châteaumorand.

1575 (environ). Entre au collège de Tournon. Fondé en 1542 et tenu par les jésuites depuis 1561, le collège est particulièrement florissant ; il a été érigé en université en 1552 et d'Urfé y passera sans doute les huit années de sa scolarité.

1576. L'édit de pacification de Beaulieu accordé aux protestants entraîne, de la part des catholiques les plus hostiles au protestantisme, la formation de la Ligue, autour d'Henri de Guise.

1580. Première édition des *Essais* de Montaigne (livres I et II).

1580 ou 1581. Selon une pratique courante pour les cadets de famille noble, d'Urfé fait profession dans l'ordre de Malte. En 1592, cette profession sera annulée par un rescrit du pape, parce que faite avant l'âge de seize ans et sous la contrainte morale des parents.

1583. Pour l'entrée à Tournon de Madeleine de La Rochefoucauld, qui vient y épouser Just Loys, baron de Tournon, il est chargé par ses maîtres d'en écrire la relation, qui est publiée la même année à Lyon sous le titre : *La triomphante entrée de noble et très illustre dame Madame Magdeleine de La Rochefoucauld*. Le livre contient une fantaisie pastorale en vers composée par d'Urfé, et une bergerie en latin, anonyme.

1584. Cervantès : *La Galatea*, roman pastoral.

1585 (environ). Retour à La Bastie. Les années suivantes sont mal connues : d'Urfé fit-il le voyage de Malte ? Séjourna-t-il à Parme, où se trouvaient sa mère et sa sœur ?

Mort de Ronsard, au prieuré de Saint-Cosme, près de Tours.

1588. Edition des *Essais*, avec un livre III et de nombreux ajouts. Décembre. Assassinat du duc de Guise.

1589. Janvier. Mort de Catherine de Médicis.

Août. Assassinat d'Henri III. Henri IV lui succède, et doit combattre la Ligue, qui refuse de reconnaître un roi protestant. Lyon, puis le Forez, se sont déclarés pour la Ligue.

1590. Siège de Paris par Henri IV, qui échoue.

Mai. Honoré est engagé, aux côtés de son frère Anne, dans les opérations militaires de la Ligue. Chargé de garder Saint-Etienne, il doit l'évacuer peu après.

Les opérations se poursuivent dans la région de Saint-Etienne, du Puy et en Auvergne.

Guarini, *Il Pastor fido*, pastorale dramatique.

1591. Expéditions de d'Urfé contre le château d'Espaly, et de nouveau en Auvergne.

La Ligue fait régner la terreur à Paris.

1592. Mort de Montaigne.

Antoine d'Urfé publie à Lyon deux livres en dialogue, *L'Honneur* et *La Vaillance*. Le premier contient une épître, dédiée à Honoré, « de la préférence des Platoniciens aux autres philosophes ».

1593. D'Urfé abandonne la faction du duc de Nemours, mais demeure favorable à la Ligue.

Juillet. Henri IV abjure le protestantisme.

Du Crozet dédie à d'Urfé sa *Philocalie* et y fait allusion au roman des *Bergeries* (premier titre de l'*Astrée*), que d'Urfé lui a communiqué.

1594. Mars. Henri IV fait son entrée à Paris. Lyon s'est, en février, déclarée pour le roi. Contrairement à Anne, Honoré ne se soumet pas.

Juillet. Il est nommé par Nemours, qu'il soutient de nouveau, lieutenant-général du gouvernement du Forez. A ce titre, il combat les troupes d'Henri IV et lève la taille pour la Ligue. Octobre. Mort d'Antoine d'Urfé, tué sous les murs de Villerest.

1595. Février. Il est arrêté à Feurs. Libéré contre rançon, il rejoint Nemours en Savoie.

Nemours meurt. Il revient en Forez pour défendre Montbrison. Septembre. Il est arrêté à Montbrison. Il date de cette seconde prison le premier livre de ses *Epîtres morales*.

1596. Libéré, il quitte la France pour les Etats du duc de Savoie. Il se fixe dans le Bugey, à Senoy ou Senoil, près de Virieu-le-Grand. Il achève la composition d'un poème pastoral, *Le Sireine*, imité de *La Diana* de Montemayor, et compose des poésies religieuses.

1597-1598. Il fait campagne pour le duc de Savoie, Charles-Emmanuel, contre les troupes du roi de France commandées par le maréchal de Lesdiguières.

1598. Edit de Nantes (mars) et paix de Vervins (mai), avec l'Espagne. La Savoie et la France se réconcilient.

Publication à Lyon par les soins du président Favre, ami de François de Sales, des *Epîtres morales*, dédiées au duc de Savoie.

L'Arcadia de Lope de Vega.

1600. 15 février. Epouse Diane de Châteaumorand, dont le mariage avec Anne d'Urfé a été annulé, en 1599, en cour de Rome, pour cause d'impuissance. Anne, qui s'est démis de ses fonctions de lieutenant-général du Forez en 1599, sera ordonné prêtre en 1603.

Habite dorénavant le château de Châteaumorand, à Saint-Martin d'Estreaux (Loire), Paris, ou Virieu.

Est lié d'amitié avec François de Sales, J.-P. Camus et le président Favre, qui fonderont à Annecy l'Académie florimontane en 1606.

1601. Reçoit d'Henri IV le titre de gentilhomme ordinaire de la Chambre du roi. Est néanmoins soupçonné, mais à tort, lors de l'arrestation du maréchal de Biron (juin 1602), qui, accusé de conspiration avec l'Espagne et la Savoie, est condamné à mort. Le conflit qui a brusquement éclaté en 1600, entre la France et la Savoie, s'achève en 1601 par le traité de Lyon, qui restitue à la France, avec la Bresse, le Valromey et le pays de Gex, le Bugey. Virieu-le-Grand redevient ainsi possession française, comme avant 1559.

Compose avant 1606 une épopée à la gloire de la maison de Savoie, *La Savoysiade*, qui restera inachevée.

1603. *Les Epîtres morales* (livres I et II), Paris.

1604. Publication, à Paris, du *Sireine*, qui connaîtra de très nombreuses rééditions.

1607. *Les Douze Livres d'Astrée*, Paris. Correspondant à la Première Partie de l'*Astrée*.

1608. Les d'Urfé s'installent à Paris, où ils resteront environ deux ans.

Les Epîtres morales (livres I, II et III), Paris, dédiées à Marguerite de Valois, qu'il connaît de longue date puisqu'elle a soutenu la Ligue forézienne lorsqu'elle était au château d'Usson, et qui a constitué à Paris un cercle littéraire relativement important.

D'Anne d'Urfé paraît à Lyon un livre d'*Hymnes*.

La marquise de Rambouillet s'installe dans l'hôtel de la rue Saint-Thomas du Louvre. Il est probable que d'Urfé le fréquenta.

1609. François de Sales, *Introduction à la vie dévote*, Lyon. Un fragment de *La Savoysiade* paraît à Paris dans le *Nouveau recueil des plus beaux vers de ce temps*.

1610. *L'Astrée. Seconde Partie*, Paris.
Mai. Assassinat d'Henri IV. Louis XIII lui succède. Régence de Marie de Médicis.

1611. Est chargé de mission secrète par Marie de Médicis auprès du duc de Savoie, pour le projet de mariage établi avant la mort d'Henri IV entre Madame Elisabeth et le prince de Piémont. Ce projet, en fait, n'aboutira pas.

1613 (vers). Séparation à l'amiable d'Honoré d'Urfé et de sa femme.

1614. Se retire à Virieu.

1614-1616. Voyage : Châteaumorand, Paris, Turin, Rome, Venise, le Montferrat, Gênes, Parme. Certains de ces voyages sont liés à des missions qui lui sont confiées par le duc de Savoie.

1616-1617. Participe aux campagnes du duc de Savoie en guerre contre l'Espagne, et soutenu militairement par la France.

1617. Echoue à prendre Verceil.
Assassinat de Concini et exil à Blois de Marie de Médicis.

1618. Reçoit du duc de Savoie le collier du grand ordre de l'Annonciade. Est traité en grand personnage à la cour de Savoie.

1619. *L'Astrée, Troisième Partie*, Paris.
A partir de cette date, d'Urfé réside parfois à Châteaumorand, mais plus souvent à Virieu ou à Turin.

1620. Le conflit entre la reine-mère et son fils aboutit à un accord négocié par Richelieu.

1622. Mort de François de Sales.

1624. Richelieu entre au Conseil du Roi.

1625. Printemps. D'Urfé lève un régiment et participe à la guerre de la Valteline, où la Savoie et la France sont alliées contre l'Espagne. Tombe gravement malade.
1er juin. Meurt à Villefranche, actuellement Villefranche-sur-Mer. Les funérailles sont célébrées à Turin, et il est probable que le corps a été ramené dans le Forez.

1626. 8 mars. Mort de Diane de Châteaumorand.

1627. *L'Astrée. Quatrième Partie*, Paris. Publiée par les soins du secrétaire de d'Urfé, Balthazar Baro.

Publication de *Sylvanire ou la Morte-vive*, pastorale dramatique en cinq actes, sous un privilège d'avril 1625 accordé à Honoré d'Urfé. Le thème est traité dans l'histoire de Sylvanire, premier épisode de la *Quatrième Partie* de l'*Astrée*.

1628. *La Conclusion et Dernière Partie d'Astrée*, par Balthazar Baro, Paris.

Publication des *Tristes amours de Floridon, berger, et de la belle Astrée, naïade*, sous un privilège de février 1625 accordé à Honoré d'Urfé.

BIBLIOGRAPHIE

La bibliographie des études parues sur l'*Astrée* peut s'établir à l'aide des instruments de base que sont la *Bibliographie de la littérature française du XVIIᵉ siècle* d'Alexandre Cioranescu, Paris, C.N.R.S., t. III, 1967, pp. 1928-1931, la *Bibliographie de la littérature française du Moyen Age à nos jours*, de René Rancœur, Paris, Colin (un volume par an), et la *Bibliographie der französischen Literaturwissenschaft* d'Otto Klapp, Francfort, V. Klostermann (un volume par an).

On trouvera dans notre Note sur le texte les renseignements indispensables sur les premières éditions des cinq parties de l'*Astrée*. Le texte en a été publié par Hugues Vaganay en cinq volumes, à Lyon (1925-1928), édition qui a été l'objet d'une réimpression en 1966 (Slatkine Reprints, Genève).

Des extraits, précédés de préfaces, ont été publiés par Maurice Magendie (Librairie académique Perrin, 1928, et « Classiques Larousse », 1935), par Gérard Genette (Union générale d'éditions, « 10/18 », 1964) et par Maxime Gaume (Saint-Etienne, Le Hénaff éditeur, 1981). On s'y reportera avec profit pour corriger l'image, inévitablement déformée, que donne tout recueil de « morceaux choisis »

Sur le roman du premier dix-septième siècle, on consultera :

REYNIER (G.), *Le Roman sentimental avant l'Astrée*, Paris, Colin, 1908 (2ᵉ éd., Colin, 1970).

MAGENDIE (M.), *Le Roman français au XVIIᵉ siècle, de l'Astrée au Grand Cyrus*, Paris, Droz, 1932.

Et surtout :

ADAM (Antoine), *Histoire de la littérature française au XVIIᵉ siècle*, Paris, Domat, 1949-1956, 5 vol. (2ᵉ éd., Del Duca, 1962) (tome I, ch. 2, pour le roman entre 1590 et 1630).

COULET (Henri), *Le Roman jusqu'à la Révolution*, Paris, Colin, coll. U, 1967-1968, 2 vol.

WENTZLAFF-EGGEBERT (Harald), *Der französische Roman um 1625*, Munich, W. Fink, 1973.

CHUPEAU (Jacques), « Le roman de la première moitié du XVIIᵉ siècle », dans l'*Histoire littéraire* de la France, p.p. P. Abraham et R. Desné, Paris, Editions sociales, 1975, t. III, pp. 263-311.

LEVER (Maurice), *Le Roman français au XVIIᵉ siècle*, Paris, P.U.F., 1981.

Parmi les très nombreux travaux dont l'*Astrée* a été l'objet, on retiendra :

ADAM (Antoine), « La théorie mystique de l'amour dans l'*Astrée* et ses sources italiennes », *Revue d'Histoire de la Philosophie et d'Histoire générale de la civilisation*, Lille, IV, 1936, pp. 193-206.

ARAGON (E.), « Conformité et déviance dans l'*Astrée* d'H. d'Urfé », *Cahiers de littérature du dix-septième siècle*, Univ. de Toulouse, 1979, nº 1.

« L'enchâssement dans l'*Astrée* d'H. d'Urfé », *Cahiers de littérature du dix-septième siècle*, 1981, nº 3.

BERTAUD (Madeleine), « La qualité de la vie selon Honoré d'Urfé, le choix des bergers », *Marseille*, nº 109, 2ᵉ trimestre 1977, pp. 105-109.

BOCHET (Henri), *L'Astrée. Ses origines, son importance dans la formation de la littérature classique*, Genève, 1923 (Genève, Slatkine Reprints, 1967).

BONNET (Jacques), *La Symbolique de l'Astrée*, Saint-Etienne, Le Hénaff, 1981.

Colloque commémoratif du quatrième centenaire de la naissance d'Honoré d'Urfé, numéro spécial de la *Diana*, Montbrison, 1970. Communications de M. DEBESSE, M. GAUME, M. I. GEHRARDT, R. LATHUILLÈRE, M. LAUGAA, R. LEBÈGUE, C. LONGEON, A. PIZZORUSSO, M. VALLÉE.

DERCHE (Roland), « L'*Astrée*, source de " l'inoculation " de l'amour dans *La Nouvelle Héloïse* », *Revue d'Histoire littéraire de la France*, avril-juin 1966, pp. 306-312.

DESPRECHINS (Anne), « Images de l'*Astrée* : étude de la réception du texte à travers les tapisseries », *R.H.L.F.*, mai-juin 1981, pp. 355-366.

DUBOIS (C.-G.), *Celtes et Gaulois au XVIᵉ siècle, le développement littéraire d'un mythe nationaliste*, coll. « De Pétrarque à Descartes », Paris, Vrin, 1972.

EHRMANN (Jacques), *Un paradis désespéré. L'amour et l'illusion dans « l'Astrée »*, Yale University Press-P.U.F., New Haven-Paris, 1963. Préface de Jean Starobinski.

GAUME (Maxime), *Les Inspirations et les sources de l'œuvre d'Honoré d'Urfé*, Saint-Etienne, Centre d'études foréziennes, 1977.

« Magie et religion dans l'*Astrée* », *R.H.L.F.*, mi-août 1977, pp. 373-385.

GENETTE (Gérard), « Le serpent dans la bergerie », in *Figures*, Paris, Le Seuil, 1966, pp. 109-122.

GIORGI (Giorgetto), « *L'Astrée* » *di Honoré d'Urfé tra Barocco e Classicismo*, Florence, La Nuova Italia, 1974.

GRIEDER (Josephine), « Le rôle de la religion dans la société de l'*Astrée* », *XVIIe siècle*, no 93, 1971, pp. 3-12.

GUICHEMERRE (Roger), « Rois barbares et galants (histoire et romanesque dans quelques épisodes de l'*Astrée*) », *XVIIe siècle*, no 114-115, 1977, pp. 43-70.

HENEIN (Eglal), « Romans et réalités (1607-1628) », *XVIIe siècle*, no 104, 1974, pp. 29-44.

HERSANT (Yves), « L'Astrée ou l'enchantement de la parole », *Micromegas*, II 2, maggio-agosto 1975, pp. 1-11.

« Comique et pastorale : l'*Astrée* d'Honoré d'Urfé », in *Formo del Comico, Metodologie della critica letteraria*, Bologna, Pàtron ed., 1979, pp. 27-35.

« Mythe et allégorie dans l'*Astrée* », in *Mythe, symbole, roman*, Paris, P.U.F., 1980.

KOCH (Paule), « Encore du nouveau sur l'*Astrée* », *R.H.L.F.*, mai-juin 1972, pp. 385-399.

« L'ascèse du repos, ou l'intention idéologique de l'*Astrée* », *R.H.L.F.*, mai-août 1977, pp. 386-398.

LAUGAA (Maurice), « Structures ou personnages dans l'*Astrée* », *Etudes françaises*, février 1966, pp. 3-27.

LONGEON (Claude), *Les Ecrivains foréziens du XVIe siècle, Répertoire bio-bibliographique*, Saint-Etienne, Centre d'études foréziennes, 1970. *Une province française à la Renaissance. La vie intellectuelle en Forez au XVIe siècle*, Saint-Etienne, Centre d'études foréziennes, 1975.

MAGENDIE (Maurice), *Du nouveau sur l' « Astrée »*, Paris, Champion, 1927.
L'Astrée d'Honoré d'Urfé, Paris, S.F.E.L.T., 1929.

MOLINIÉ (Georges), *Du roman grec au roman baroque*, Toulouse, publ. de l'Université de Toulouse-Le Mirail, 1982.

MOREL (Jacques), « Honoré d'Urfé », in *Littérature française, La Renaissance*, III, 1570-1624, Paris, Arthaud, 1973, pp. 229-257.

Papers on French Seventeenth Century Literature, no 10-2, 1978-1979. Actes du colloque de Toronto de 1978. Communications de B. YON, J. MACARY, D. CHOUINARD, E. TILTON, Y. JEHENSON, P. BUTLER, A. SUOZZO, A. EUSTIS

REURE (O.-C.), *La Vie et les œuvres d'Honoré d'Urfé*, Paris, Plon-Nourrit, 1910.

YATES (Frances A.), *Astraea, the Imperial Theme in the Sixteenth Century*, London and Boston, Routledge & Kegan Paul, 1975.

YON (Bernard), *Une autre fin de l'Astrée, la Quatrième Partie de 1624, les*

Cinquième et Sixième Parties de 1625 et 1626. Thèse de 3ᵉ cycle, Lyon, 1972.

Éd. de Marin Le Roy de Gomberville, *Histoire de Parisatis et de Zénobias*, Saint-Etienne, publ. de l'Université, 1975.

« Composition dans l'*Astrée*, composition de l'*Astrée* », *Papers on French Seventeenth Century Literature*, nᵒ 10-2, 1978-1979.

YORK (R. A.), « La rhétorique dans l'*Astrée* », *XVIIᵉ siècle*, nᵒ 110-111, 1976, pp. 13-24.

COMPLÉMENTS BIBLIOGRAPHIQUES DE LA SECONDE ÉDITION

BERTAUD (Madeleine), « *L'Astrée* » et « *Polexandre* ». *Du roman pastoral au roman héroïque*, Genève, Droz, 1986.

CHAILLOU (Michel), « La pastorale : lit du langage pressentiment d'une terre approche de quelques rimes » *[L'Astrée]*, in *Figures du baroque*, p. p. J. M. Benoist, Paris, P.U.F., 1983, pp. 273-285.

CUÉNIN (Micheline), « *L'Astrée* », in *L'Idéologie amoureuse en France (1540-1627)*, Paris, Aux Amateurs de livres, 1987, pp. 63-119.

HOROWITZ (Louise K.), *Honoré d'Urfé*, Boston, Twayne, 1984.

LAUGAA (Maurice), « Coulées et proies du sommeil dans quelques romans français entre 1600 et 1650 », *R.S.H.*, 194, avril-juin 1984, pp. 51-70.

STROSETZKI (Christoph), « L'idéalité du lieu de la conversation ou la destruction d'un mythe. D'Antonio de Guevara à l'*Astrée* », in *Horizons européens de la littérature française du XVIIᵉ siècle*, p. p. W. Leiner, Tübingen, Narr, 1988, pp. 365-374.

WENTZLAFF-EGGEBERT (Christian), « Structures narratives de la pastorale dans l'*Astrée* », in *C.A.I.E.F.*, 39, 1987, pp. 63-78, 315-316.

ZÉRAFFA (Michel), « L'amour comme espace de discours » in *Revue des sciences philosophiques et théologiques*, LXVII, 1983, pp. 586-594.

ZÉRAFFA (Michel), « Raisons du cœur et raison de *L'Astrée* », in *Le Récit amoureux*, p. p. D. Coste et M. Zéraffa. Seyssel, éd. du Champ Vallon, 1984, pp. 39-52

NOTE SUR LE TEXTE

Nous avons suivi le texte de l'édition Vaganay, que nous avons corrigé en recourant aux différentes éditions du XVIIᵉ siècle, là où la nécessité l'imposait. Nous signalons ces corrections en note. Nous avons également suivi Vaganay dans la distribution des alinéas et la suppression des guillemets qui, dès l'édition de 1607, signalent en marge les sentences. Dans les deux cas, il semble que les imprimeurs du temps aient obéi à des règles trop imprécises pour qu'on se sente tenu de les respecter. En revanche, nous n'avons pas donné, comme le fait Vaganay à la suite des éditions anciennes, les tables des histoires, des lettres, des poésies, parfois des oracles, qui n'auraient pas présenté de réel intérêt dans une édition fragmentaire. Signalons au passage que la première édition (1607) de la Première Partie, dans l'exemplaire de la Bibliothèque nationale, ne comporte pas de gravures et se limite à une table, celle des histoires.

Selon le principe de la collection, nous avons modernisé l'orthographe et la ponctuation. Pour modifier le moins possible l'organisation phonétique de la phrase, nous avons maintenu les formes où jouait encore l'alternance *eu/ou* de la voyelle radicale : on trouvera ainsi je *treuve*, je *preuve*, j'*épreuve* pour je *trouve*, je *prouve*, j'*éprouve*. Dans le même esprit, la forme *die* du subjonctif de *dire*, pour *dise*, a été gardée. De même, *ils véquirent* (p. 318) pour *ils vécurent*.

Pour éviter de réduire l'*Astrée* aux amours de Céladon et d'Astrée et pour proposer, si possible, une image plus fidèle du roman, nous avons pris un double parti.

Celui, d'abord, de nous en tenir au texte publié par l'auteur, c'est-à-dire aux trois premières Parties. Non que la Quatrième Partie soit sans intérêt, ou doive être tenu *a priori* pour suspecte, mais, malgré les assurances de Baro, nous sommes condamnés à ignorer jusqu'à quel point il a été fidèle au manuscrit laissé par d'Urfé dans les « mains de son Altesse de Savoie ». Comme notre choix était de toute façon limité, nous n'avons vu aucun inconvénient majeur à nous en tenir à ces trois Parties, qui sont les seules à être, sans conteste possible, de d'Urfé.

Notre second parti a consisté à donner des livres entiers — on sait qu'il y a douze livres par Partie — afin d'éviter la pratique des « morceaux choisis », qui, pour le meilleur ou pour le pire, détachent et valorisent certains passages. Le choix des livres retenus reste sans aucun doute très subjectif. Sur les 2 600 pages qui seraient nécessaires pour donner l'intégralité des trois premières Parties en « Folio », nous n'avons pu en retenir que 340. En sachant qu'il y avait là une gageure impossible à tenir, nous avons seulement essayé d'offrir un échantillon aussi représentatif que possible de la diversité des moyens mis en œuvre dans l'*Astrée*. Peut-être sera-t-on sensible en particulier au rythme qui est propre à chacun des livres.

Les livres I et XII de la Première Partie constituent, à nos yeux, un exemple privilégié d'ouverture et de clôture. Très différents l'un de l'autre, les livres V et VI de la Seconde Partie font suivre l'évocation des Tables d'amour et leur falsification par Hylas de l'une des meilleures histoires enchâssées, celle de Damon et Madonte. En clôture à nouveau, le livre XII de la Troisième Partie associe la continuation des aventures de Damon à l'histoire « mérovingienne » de Childéric, Silviane et Andrimarte et fait planer la menace de la guerre. Cette préparation laisse attendre une Quatrième, puis une Cinquième Partie, que d'Urfé n'aura pas le temps de publier ou de composer.

Au regard de l'édition Vaganay, la chronologie de la publication se présente ainsi :

1607. *Les douze livres d'Astrée, où, par plusieurs Histoires et sous personnes de Bergers et d'autres, sont déduits les effets de l'honnête amitié*, Paris, Toussainct du Bray, in-8°, 508 ff. Privilège du 18 août 1607.

Ces livres, parus sans nom d'auteur et sans épître au roi, constituent la Première Partie de l'*Astrée*. L'ouvrage, dont il subsiste très peu d'exemplaires, sera révisé et sa langue modernisée par l'auteur dans les éditions suivantes.

1610. *L'Astrée de Messire Honoré d'Urfé. Seconde Partie*, Paris, Toussainct du Bray, ou Jean Micard, in-8°, 904 pp. Privilège du 15 février 1610. Epître dédicatoire à Henri IV. Texte de l'édition Vaganay.

1612. *Première Partie*, Paris, Toussainct du Bray, in-8°, 408 ff. Texte de l'édition Vaganay.

1619. *Troisième partie*, Paris, Toussainct du Bray ou Olivier de Varennes, in-8°, 548 ff. Achevé d'imprimer du 3 juin 1619.

1624. Edition partielle de la *Quatrième Partie*, à Paris, in-8°, 945 pp., désavouée par d'Urfé. Achevé d'imprimer du 2 janvier 1624.

1625. (Mort d'Honoré d'Urfé.)

1627. *La Vraie Astrée. Quatrième Partie*, Paris (divers éditeurs), in-8°, 1343 pp. Achevé d'imprimer du 5 novembre 1627. Texte de l'édition Vaganay.

1628. *La Conclusion et dernière partie d'Astrée*, Par le Sʳ Baro, Paris, François Pomeray, in-8°, 900 pp. Texte de l'édition Vaganay.

1631. *Troisième Partie*, Paris, Nicolas et Jean de la Coste, in-8°, 975 pp. Texte de l'édition Vaganay.

Pour les suites parues après la mort de l'auteur, la tradition a, de longue date, privilégié la *Quatrième Partie*, procurée par Balthazar Baro en 1627, et la *Cinquième Partie* que le même Baro composa et publia sous son nom en 1628.

Il y eut néanmoins d'autres suites publiées sous les titres de *Quatrième, Cinquième, Sixième Parties* sur lesquelles on consultera P. Koch, « Encore du nouveau sur l'*Astrée* », *Revue d'Histoire littéraire de la France*, mai-juin 1972, pp. 385-399, et les travaux de B. Yon, dont on trouvera un résumé dans son Introduction à l'*Histoire de Parisatis et de Zénobias*, de Marin Le Roy de Gomberville, publ. de l'Université de Saint-Etienne, 1975. Ces recherches permettent d'éliminer l'attribution à un certain « Borstel de Gaubertin » des livres composés par Gomberville, qui sera académicien et l'auteur à succès de *Polexandre*, avant de renoncer au roman pour devenir dévot et janséniste.

L'édition Vaganay, on le constate à la lecture de cette chronologie, si elle a le grand mérite d'exister, a le grand défaut de n'être pas homogène. Les *Première* et *Troisième Parties* sont établies sur des rééditions postérieures, et l'argumentation qui a fait préférer telle version du texte pour la *Troisième Partie* est pour le moins discutable. C'est du reste dans cette partie que se rencontrent le plus grand nombre de fautes d'impression.

Est-il déraisonnable de souhaiter qu'une intégrale de l'*Astrée*, sinon critique, du moins annotée, soit un jour prochain proposée par l'édition française ?

L'AUTEUR
À LA BERGÈRE ASTRÉE

Il n'y a donc rien, ma bergère, qui te puisse plus longuement arrêter près de moi? Il te fâche, dis-tu, de demeurer plus longtemps prisonnière dans les recoins d'un solitaire cabinet, et de passer ainsi ton âge inutilement. Il ne sied pas bien, mon cher enfant, à une fille bien née de courre * de cette sorte, et serait plus à propos que, te renfermant ou parmi des chastes Vestales et Druides, ou dans les murs privés des affaires domestiques, tu laissasses doucement couler le reste de ta vie ; car entre les filles celle-là doit être la plus estimée dont l'on parle le moins. Si tu savais quelles sont les peines et difficultés qui se rencontrent le long du chemin que tu entreprends, quels monstres horribles y vont attendant les passants pour les dévorer, et combien il y en a eu peu qui aient rapporté du contentement de semblable voyage, peut-être t'arrêterais-tu sagement où tu as été si longuement et doucement chérie. Mais ta jeunesse imprudente, qui n'a point d'expérience de ce que je dis, te figure peut-être des gloires et des vanités qui produisent en toi ce désir. Je vois bien qu'elle te dit que tu n'es pas si désagréable, ni d'un visage si étrange, que tu ne puisses te faire aimer à ceux qui te verront, et que tu ne seras pas plus mal reçue du général que tu l'as été des particuliers qui t'ont déjà vue. Je le souhaiterais, ma bergère, et avec autant de désir que toi ; mais bien souvent l'amour de nous-même nous déçoit [1], et nous opposant ce verre devant les yeux, nous fait voir, à travers tout, ce qui est en nous beaucoup plus avantageux qu'il n'est pas. Toutefois, puisque ta résolution est telle, et que si je m'y oppose, tu me menaces d'une prompte désobéissance, ressou-viens-toi pour le moins que ce n'est point par volonté, mais par souffrance que je te le permets.

Et pour te laisser à ton départ quelques arrhes de l'affection paternelle que je te porte, mets bien en ta mémoire ce que je te vais dire.

Si tu tombes entre les mains de ceux qui ne voient rien d'autrui que pour y trouver sujet de s'y déplaire, et qu'ils te reprochent que tes bergers sont ennuyeux, réponds-leur qu'il est à leur choix de les voir ou ne les voir point : car encore que je n'aie pu leur ôter toute l'incivilité du village, si * ont-ils cette considération de ne se présenter jamais devant personne qui ne les appelle.

Si tu te trouves parmi ceux qui font profession d'interpréter les songes et découvrir les pensées plus secrètes d'autrui, et qu'ils assurent que Céladon est un tel homme, et Astrée une telle femme, ne leur réponds rien, car ils savent assez qu'ils ne savent pas ce qu'ils disent ; mais supplie ceux qui pourraient être abusés de leurs fictions de considérer que si ces choses ne m'importent point, je n'eusse pas pris la peine de les cacher si diligemment, et si elles m'importent, j'aurais eu bien peu d'esprit de les avoir voulu dissimuler, et ne l'avoir su faire. Que si, en ce qu'ils diront, il n'y a guère d'apparence, il ne les faut pas croire, et s'il y en a beaucoup, il faut penser que, pour couvrir la chose que je voulais tenir cachée et ensevelie, je l'eusse autrement déguisée. Que s'ils y trouvent en effet des accidents semblables à ceux qu'ils s'imaginent, qu'ils regardent les parallèles, et comparaisons que Plutarque a faites en ses Vies des hommes illustres[2].

Que si quelqu'un me blâme de t'avoir choisi un théâtre si peu renommé en Europe, t'ayant élu le Forez, petite contrée, et peu connue parmi les Gaules, réponds-leur, ma bergère, que c'est le lieu de ta naissance, que ce nom de Forez sonne je ne sais quoi de champêtre, et que le pays est tellement composé, et même * le long de la rivière de Lignon, qu'il semble qu'il convie chacun à y vouloir passer une vie semblable. Mais qu'outre toutes ces considérations encore j'ai jugé qu'il valait mieux que j'honorasse ce pays, où ceux dont je suis descendu, depuis leur sortie de Suobe[3], ont vécu si honorablement par tant de siècles, que non point une Arcadie comme le Sannazare[4]. Car n'eût été Hésiode, Homère, Pindare, et ces autres grands personnages de la Grèce, le mont de Parnasse, ni l'eau d'Hippocrène, ne seraient pas plus estimés maintenant que notre Mont d'Isoure, ou l'onde de Lignon. Nous devons cela au lieu de notre naissance et de notre demeure, de le rendre le plus honoré et renommé qu'il nous est possible.

Que si l'on te reproche que tu ne parles pas le langage des villageois, et que toi ni ta troupe ne sentez guère les brebis ni les chèvres, réponds-leur, ma bergère, que pour peu qu'ils aient connaissance de toi, ils sauront que tu n'es pas, ni celles aussi qui te suivent, de ces bergères nécessiteuses, qui, pour gagner leur vie, conduisent les troupeaux aux pâturages, mais que vous n'avez toutes pris cette condition que pour vivre plus doucement et sans contrainte. Que si vos conceptions et paroles étaient véritablement telles que celles des bergers ordinaires, ils auraient aussi peu de plaisir de vous écouter, que vous auriez beaucoup de honte à les redire. Et qu'outre cela, la plupart de la troupe est remplie d'Amour, qui dans l'Aminte[5] fait bien paraître qu'il change et le langage et les conceptions, quand il dit :

> Queste selve hoggi ragionar d'Amore
> Udranno in nuova guisa : e ben parrassi
> Che la mia deità sia qui presente.
>
> In se medesma e non ne' suoi ministri.
> Spirerò nobil senzi a' rozzí petti,
> Raddolcirò de le lor lingue il suono.

Mais ce qui m'a fortifié davantage en l'opinion que j'ai, que mes bergers et bergères pouvaient parler de cette façon sans sortir de la bienséance des bergers, ç'a été que j'ai vu ceux qui en représentent sur les théâtres ne leur faire pas porter des habits de bureau[6], des sabots ni des accoutrements mal faits, comme les gens de village les portent ordinairement. Au contraire, s'ils leur donnent une houlette en la main, elle est peinte et dorée, leurs jupes sont de taffetas, leur panetière[7] bien troussée, et quelquefois faite de toile d'or ou d'argent, et se contentent[8], pourvu que l'on puisse reconnaître que la forme de l'habit a quelque chose de berger. Car s'il est permis de déguiser ainsi ces personnages à ceux qui particulièrement font profession de représenter chaque chose le plus au naturel que faire se peut, pourquoi ne m'en sera-t-il permis autant, puisque je ne représente rien à l'œil, mais à l'ouïe seulement, qui n'est pas un sens qui touche si vivement l'âme ?

Voilà, ma bergère, de quoi je te veux avertir pour ce coup, afin que, s'il est possible, tu rapportes quelque contentement de ton voyage. Le Ciel te le rende heureux[9], et te donne un si bon génie que tu me survives autant de siècles que le sujet qui t'a fait naître me survivra en m'accompagnant au cercueil.

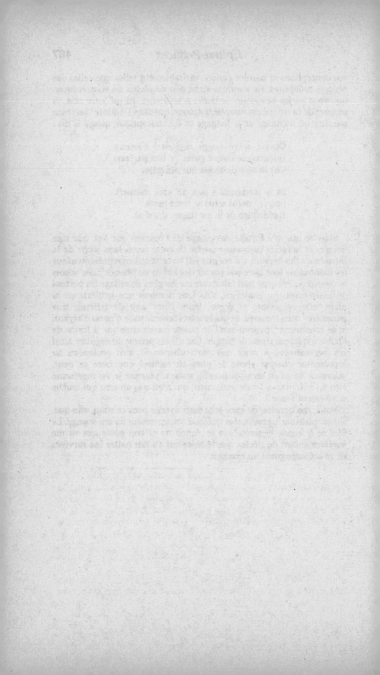

L'AUTEUR
AU BERGER CÉLADON

C'est une étrange humeur que la tienne, Céladon, de te cacher avec tant de peine et d'opiniâtreté à ta bergère, et de désirer avec tant de passion que toute l'Europe sache où tu es, et ce que tu fais. Il vaudrait bien mieux, ce me semble, mon berger, que ta seule Astrée le sût, et que le reste de l'univers l'ignorât, car j'ai toujours ouï dire que les sacrifices d'amour se font en secret et avec silence.

Tu m'opposes des raisons qui pourraient être recevables en un autre siècle, mais certes, en celui où nous sommes, on se rira plutôt de ta peine qu'on ne voudra imiter ta fidélité.

Ne dis-tu pas que ton amour ne peut jamais être sans le respect et sans l'obéissance ? Que la fortune te peut bien priver de tout contentement, mais non pas te faire commettre chose qui contre-vienne à la volonté de celle que tu aimes, ou au devoir de celui qui veut se dire amant sans reproche ? Que les peines et les tourments que tu souffres ne sont que des témoignages glorieux de ton amour parfaite ? Qu'au milieu des plus cruels supplices tu jouis d'un bien extrême, sachant que tu fais ce que doit faire un vrai amant ? Et bref, que la vie sans la fidélité ne te peut être qu'odieuse, au lieu que ta fidélité sans la vie t'est de sorte agréable que tu es marri de n'être déjà mort, pour laisser à la postérité un honorable exemple de constance et d'amour ?

Ah ! berger, que l'âge où nous sommes est bien contraire à ton opinion ! Car on dit maintenant qu'aimer comme toi, c'est aimer à la vieille Gauloise, et comme faisaient les chevaliers de la Table Ronde, ou le Beau Ténébreux [10]. Qu'il n'y a plus d'Arc des loyaux amants, ni de Chambre défendue pour recevoir quelque fruit de cette inutile loyauté. Que si toutefois il y a encore quelques chambres qui se puissent appeler défendues, elles le sont seulement à ceux qui aiment comme tu fais, pour châtiment de leur peu de courage, et pour preuve de leur peu de bonne fortune.

Et bref, que l'on tient aujourd'hui des maximes d'état d'amour bien différentes, à savoir qu'aimer et jouir de la chose aimée doivent être

des accidents inséparables. Que de servir sans récompense sont des
témoignages de peu de mérites. Que de languir longuement dans le
sein d'une même dame, c'est en vouloir tirer l'amertume, après en
avoir eu toute la douceur. Que d'obéir à celle que l'on aime, en ce qui
nous éloigne de la possession du bien désiré, c'est imiter ceux qui vont
à contre-pied de leur chasse. Que d'aimer en divers lieux, c'est être
amant avisé et prévoyant. Que de se donner tout à une, c'est se faire
dévorer à un cruel animal, et qui n'a point pitié de nous. Et bref, que
le change[11] est la vraie nourriture d'une amour parfaite et accomplie.

Or considère, berger, comme tu dois espérer de trouver quelque
juge favorable parmi ces personnes préoccupées d'une opinion si
différente ; et, si tu m'en crois, ne te laisse voir qu'à ton Astrée, et te
tiens caché à tout autre.

Mais quoi ? tu rejettes mon conseil, et pour toute raison tu me
réponds que tu t'es de sorte dédié à la gloire d'Astrée que, les siècles et
les opinions des hommes pouvant changer en bien, aussi bien qu'en
mal, tu désires qu'à l'avenir on reconnaisse quelle a été la beauté, et la
vertu d'Astrée, par les effets de ton amour, et par les tourments que tu
auras endurés. J'avoue, mon berger, ce que tu dis, et qu'il peut être
que les amants reviendront à cette perfection qu'ils méprisent
maintenant ; mais parce que cependant il y en aura plusieurs qui te
pourront blâmer, mets en ta mémoire ce que je te vais dire, afin de
leur répondre, s'il en est de besoin.

Accorde-leur d'abord sans difficulté, que véritablement tu aimes à
la façon de ces vieux Gaulois qu'ils te reprochent, ainsi que tu les veux
ensuivre en tout le reste de tes actions, comme ils le pourront
aisément reconnaître s'ils considèrent quelle est ta religion, quels
sont les dieux que tu adores, quels les sacrifices que tu fais, et bref
quelles sont tes mœurs et tes coutumes. Et que ces bons vieux Gaulois
étaient des personnes sans artifices, qui pensaient être indigne d'un
homme d'honneur de jurer et n'observer point son serment, qui
n'avaient point la parole différente du cœur, qui estimaient que
l'amour ne pouvait être sans le respect, et sans la fidélité, qui
cherchaient l'entrée du Temple d'Amour par celui de l'honneur, et
celui de l'honneur par celui de la vertu. Et bref, qui méprisaient et
leur vie et leur contentement propre, pour ne tacher en rien la pureté
de leur affection. Que, quant à toi, ayant été nourri et élevé parmi ces
honorables personnes, tu ne peux sans blâme contrevenir à une si
bonne nourriture. Que s'ils veulent aimer comme ceux qui t'ont
instruit, tu leur serviras de guide très assurée ; que s'ils veulent
continuer en leur erreur comme ils ont fait jusques ici, encore ne leur
seras-tu point inutile puisque prenant tes actions au rebours, ils
pourront tirer de cette sorte un parfait patron de leur imperfection.

L'AUTEUR
À LA RIVIÈRE DE LIGNON

Belle et agréable rivière de Lignon, sur les bords de laquelle j'ai passé si heureusement mon enfance, et la plus tendre partie de ma première jeunesse, quelque paiement que ma plume ait pu te faire, j'avoue que je te suis encore grandement redevable, pour tant de contentements que j'ai reçus le long de ton rivage, à l'ombre de tes arbres feuillus, et à la fraîcheur de tes belles eaux, quand l'innocence de mon âge me laissait jouir de moi-même, et me permettait de goûter en repos les bonheurs et les félicités que le Ciel, d'une main libérale, répandait sur ce bienheureux pays, que tu arroses de tes claires et vives ondes. Mais il faut que tu croies pour ma satisfaction que, s'il me restait encore quelque chose avec laquelle je pusse mieux témoigner le ressentiment [12] que j'ai des faveurs que tu m'as faites, je serais aussi prompt à te la présenter que de bon cœur j'en ai reçu les obligations et les contentements. Et pour preuve de ce que je te dis, ne pouvant te payer d'une monnaie de plus haut prix que de la même que tu m'as donnée, je te voue et te consacre, ô mon cher Lignon, toutes les douces pensées, tous les amoureux soupirs et tous les désirs plus ardents, qui, durant une saison si heureuse, ont nourri mon âme de si doux entretiens qu'à jamais le souvenir en vivra dans mon cœur.

Que si tu as aussi bien la mémoire des agréables occupations que tu m'as données comme tes bords ont été bien souvent les fidèles secrétaires de mes imaginations et des douceurs d'une vie si désirable, je m'assure que tu reconnaîtras aisément qu'à ce coup je ne te donne, ni t'offre rien de nouveau, et qui ne te soit déjà acquis, depuis la naissance de la passion que tu as vu commencer, augmenter, et parvenir à la perfection le long de ton agréable rivage et que ces feux, ces passions, et ces transports, ces désirs, ces soupirs et ces impatiences sont les mêmes que la beauté qui te rendait tant estimé par-dessus toutes les rivières de l'Europe fit naître en moi durant le temps que je fréquentais tes bords, et que, libre de toute autre passion, toutes mes pensées commençaient et finissaient en elle, et tous mes desseins, et tous mes désirs se limitaient à sa volonté.

Et si la mémoire de ces choses passées t'est autant agréable que mon âme ne se peut rien imaginer qui lui apporte plus de contentement, je m'assure qu'elles te seront chères, et que tu les conserveras curieusement dans tes demeures sacrées, pour les enseigner à tes gentilles Naïades, qui peut-être prendront plaisir de les raconter quelquefois, la moitié du corps hors de tes fraîches ondes, aux belles Dryades, et Napées, qui le soir se plaisent à danser au clair de la lune parmi les prés qui émaillent ton rivage d'un perpétuel printemps de fleurs. Et quand Diane même avec le chaste chœur de tes nymphes viendrait, après une pénible chasse, dépouiller ses sueurs dans ton sein, ne fais point de difficulté de les raconter devant elles ; et sois assuré, ô mon cher Lignon, qu'elles n'y trouveront une seule pensée qui puisse offenser leurs chastes et pudiques oreilles. Le feu qui alluma cette affection fut si clair et beau qu'il n'eut point de fumée, et l'embrasement si pur et net qu'il ne laissa jamais noirceur après la brûlure en pas une de mes actions, ni de mes désirs.

Que s'il se trouve sur tes bords quelque âme sévère, qui me reprenne d'employer le temps à ces jeunes pensées, maintenant que tant d'hivers ont depuis neigé dessus ma tête, et que de plus solides viandes * devraient désormais repaître mon esprit, je te supplie, ô mon cher Lignon, réponds-lui pour ma défense : Que les affaires d'Etat ne s'entendent que difficilement, sinon par ceux qui les manient ; celles du public sont incertaines, et celles des particuliers bien cachées, et qu'en toutes la vérité est odieuse. Que la philosophie est épineuse, la théologie chatouilleuse, et les sciences traitées par tant de doctes personnages que ceux qui, en notre siècle, en veulent écrire courent une grande fortune, ou de déplaire ou de travailler inutilement, et peut-être de se perdre eux-mêmes, aussi bien que le temps et le soin qu'ingratement ils y emploient.

Mais qu'outre cela, il faut qu'elle sache que les nœuds dont je fus lié dès le commencement sont gordiens, et que la mort seule en peut être l'Alexandre. Que le feu qui me brûla est semblable à celui qui ne se pouvait éteindre que par la terre et que celle de mon tombeau seule en peut étouffer la flamme ; de sorte que l'on ne doit trouver étrange si, la cause ne cessant point, l'effet ne continue encore. Que ni les hivers passés, ni tous ceux qu'il plaira à mon destin de redoubler à l'avenir sur mes années, n'auront jamais assez de glaçons, ni de froideurs, pour geler en mon âme les ardentes pensées d'une vie si heureuse. Ni je ne croirai point pouvoir jamais trouver une plus forte nourriture que celle que je reçois de son agréable ressouvenir, puisque toutes les autres qui depuis m'ont été diverses fois présentées m'ont toujours laissé avec un si grand dégoûtement, et avec un estomac si mal disposé que je tiens pour une maxime très certaine *la peine,* *l'inquiétude, et la perte du temps être des accidents inséparables de l'ambition.* Et au contraire, *aimer* que nos vieux et très sages pères disaient *amer*, qu'est-ce autre chose qu'abréger le mot d'*animer*, c'est-à-dire, faire la propre action de l'âme. Aussi les plus savants ont dit, il y a longtemps, qu'elle vit plutôt dans le corps qu'elle aime, que dans celui qu'elle anime[13]. Si *aimer* est donc la vraie et naturelle action de notre âme, qui est le sévère censeur qui me pourra reprendre de repasser par la mémoire les chères et douces pensées des plus agréables actions que jamais cette âme ait produit en moi ? Que personne ne trouve donc mauvais si je m'en ressouviens aussi longtemps que je vivrai ; et de peur que, même par ma mort, elles ne cessent de vivre, je te les remets, ô mon cher et bien aimé Lignon, afin que, les conservant, et les publiant, tu leur donnes une seconde vie, qui puisse continuer autant que la source éternelle qui te produit, et que par ainsi* elles demeurent à la postérité aussi longuement que dans la France l'on parlera français.

NOTES

Nous nous sommes servi, pour les notes et le lexique, de différents dictionnaires, mais surtout du *Dictionnaire de la langue française du XVIᵉ siècle* d'Edmond Huguet, Paris, Champion, puis Didier, 7 vol., 1926-1965. Bien qu'au premier volume, Huguet ne porte pas l'*Astrée* dans la liste des ouvrages qu'il a dépouillés, il y fait appel néanmoins dans les volumes suivants.

Les références empruntées au *Dictionnaire* de Huguet sont signalées par (H.), au Furetière par (F.), et au *Dictionnaire de l'Académie* de 1694, par (Ac.).

Pour les passages qui ne sont pas donnés dans cette édition, les renvois à l'*Astrée* indiquent successivement la partie, le livre et la page de l'édition Vaganay.

Première Partie (livre i)

Page 35.

1. Le Forez — prononcé comme le mot *forêts* — est, au XVIᵉ siècle, cité comme un « pays », au même titre que le Vivarais, le Lyonnais ou le Bourbonnais. Entouré de montagnes au nord et à l'ouest, il se limite dans l'*Astrée* à une plaine parcourue par le Lignon, qui se jette dans la Loire à Feurs. Il semble avoir été particulièrement cher à d'Urfé, qui y passa son enfance et les vacances du temps où il fréquentait le collège de Tournon. La géographie du Forez romanesque correspond, pour les lieux, les trajets et la configuration du terrain, au Forez réel (cf. M. Gaume, 1977, pp. 177-204, avec les cartes de la région, pp. 181, 184 et 191).

2. Les monts de Cervières, au nord-ouest, et de Chalmazel, à l'ouest, donnent naissance à deux cours d'eau, l'Auzon et le Lignon, qui étaient confondus au XVIIᵉ siècle sous le nom de Lignon. La

difficulté est signalée par l'épithète « douteux en sa source » qui est appliquée ici au Lignon.

Page 37.

3. **Les bergers et bergères** habitent les hameaux des bords du Lignon. Galathée et ses nymphes, qui sont d'un rang social supérieur, résident à Isoure, l'actuel Chalain d'Uzore, et la mère de Galathée, la nymphe Amasis, qui joue le rôle de reine du Forez, habite le château de Marcilly. Isoure et Marcilly sont situés au sud du Lignon sur des routes allant vers Montbrison.

4. *Plus chérie :* la plus chérie. Notons, une fois pour toutes, que le comparatif s'emploie couramment alors pour le superlatif relatif. Quelques lignes plus haut, *l'herbe moins foulée* doit s'entendre de même : *l'herbe la moins foulée.*

Page 38.

5. *la doute :* le doute. Le genre des mots n'est pas toujours, aux XVIe et XVIIe siècles, celui de la langue moderne. Certains de plus sont employés aux deux genres. Signalons pour les noms féminins, actuellement masculins, qu'on rencontre dans l'*Astrée : amour, art, doute, guide, malheur, roche, trompette* (pour l'homme qui joue de la trompette), et pour les noms masculins : *affaire, énigme, image, tige* (cf. Gougenheim, *Grammaire de la langue française du XVIe siècle*, IAC, Lyon-Paris, 1951, pp. 41-46).

Page 40.

6. *plus que n'est pas :* plus que n'est. Usage conforme à l'emploi des négations dans les comparatives (cf. Gougenheim, *op. cit.*, et A. Haase et Obert, *Syntaxe française du XVIIe siècle*, Paris, Delagrave, 1935).

7. *essayer :* mettre à l'épreuve (H.).

8. **Comprendre :** je me trouve déchargée d'une promesse qui, si elle s'était réalisée (par le mariage), m'aurait déplu encore plus que ton infidélité.

Page 44.

9. **Les nymphes** — Galathée, Léonide et Silvie — viennent au bord du Lignon pour y rencontrer, on l'apprendra bientôt, celui que le Ciel destine pour époux à Galathée. Du moins si l'on en croit le magicien Climanthe, qui leur a montré le lieu de la rencontre dans un miroir.

10. *un linomple :* un linon, étoffe de lin très fine.

Page 45.

11. *plus enflé :* nous adoptons ici la leçon de l'édition de 1614 (l'éd. Vaganay donne *enflé plus*).

Page 46.

12. Céladon raconte l'origine des bergers du Forez au livre II de cette Première Partie : « Il y a plusieurs années, les habitants de la région, excédés de l'ambition et de l'esprit de domination des Romains jurèrent solennellement de renoncer à toute ambition, et « de vivre, eux et les leurs, avec le paisible habit de bergers ». C'est pourquoi « tant de bonnes et anciennes familles » ont depuis vécu « entre les bois et les lieux solitaires » (I, II, 48). Céladon, quant à lui, descend d'une vieille et honorable famille de chevaliers (I, IX, 368).

Page 47.

13. *ententive :* attentive (H.).

Page 49.

14. Céladon a dû quitter pendant trois ans le Forez pour l'Italie, où son père l'a envoyé pour lui faire oublier, mais en vain, Astrée.

15. *des mêmes paroles :* des paroles elles-mêmes.

Page 50.

16. *bié :* bief. Littré conseille encore la prononciation *bié*.

Page 52.

17. *comme que ce soit :* de quelque façon que ce soit (H.).

Page 54.

18. *curieusement :* soigneusement (H.).

Page 56.

19. *elle se ramentut :* elle se ressouvint (du verbe *se ramentevoir*).

Page 57.

20. *le premier appareil :* « se dit aussi des médicaments, des emplâtres qu'on applique sur une plaie. *Mettre le premier appareil* » (Ac.). D'où, au moral, le sens de *remède*.

Page 58.

21. *effort :* force, énergie, pouvoir, violence, dommage (H.).

Page 62.

22. *mes franchises :* liberté d'agir sans s'asservir à la morale de la fidélité en vigueur parmi les bergers, mais aussi liberté de parler.

Page 63.

23. *si, en tout votre corps, il y aurait plus une place saine :* s'il y

aurait encore une place intacte — sans plaie amoureuse — en tout
votre corps.

Page 64.

24. *quitter quelque chose à quelqu'un :* céder (Ac.). Le *Dictionnaire
de l'Académie* donne, entre autres exemples : *il n'en quitterait pas sa
part à un autre.*

Page 65.

25. *que :* sans que.

Page 66.

26. Nous corrigeons le vers, faux au demeurant, donné par Vaganay, en recourant à l'édition de 1614. Il faut en effet ajouter *et la fleur,*
omis dans l'édition Vaganay.
27. *de notre volonté :* volontairement.

Page 68.

28. *d'ores en là :* désormais (H.).

PREMIÈRE PARTIE (LIVRE XII)

Page 73.

29. Léonide et Silvie, « sa compagne », ont pris avec Adamas, qui
est l'oncle de Léonide, la décision de faire évader Céladon en le
déguisant en nymphe (I, X, 383).
30. *garde-robe :* « petite chambre voisine de celle où on couche, qui
sert à serrer les habits et les hardes d'une personne » (F.).

Page 74.

31. *empêché :* occupé, affairé (H.). *Faire l'empêchée,* c'est ici, pour
Léonide, jouer l'affairement et l'inquiétude.
32. *où :* alors que.

Page 77.

33. *sous la charge de :* sous le commandement de (H.).

Page 79.

34. *puis, lui dit-il, que :* puisque, lui dit-il.
35. *que c'est qu'amour :* ce que c'est que l'amour.

Page 80.

36. *fuitif :* fugitif (H.).
37. *Neustrie :* l'une des quatre régions de la Gaule mérovingienne,

correspondant à la Gaule du nord-ouest. Elle comprend les territoires limités par la mer du Nord, la Meuse et la Loire, mais le terme de Neustrie semble n'apparaître qu'au VIIe siècle. Les autres régions sont l'Austrasie (entre Meuse, Rhin et Moselle), l'Aquitaine et la Bourgogne.

Page 81.

38. *tout le contentement que peut une personne :* tout le contentement que peut éprouver une personne.

Page 84.

39. *Rothomague : Rothomagus* ou *Rotomagus* est le nom latin de Rouen.

Page 87.

40. *je ne fus point étonnée que quand :* je ne fus étonnée que quand (*point* est, comme très souvent, explétif).

Page 88.

41. *étrieu :* ancien et moyen français pour *étrier.*

42. *salade :* « en terme de guerre, est un léger habillement de tête que portent les chevau-légers, qui diffère du casque en ce qu'il n'a point de crête, et n'est presque qu'un simple pot » (F.). Les dictionnaires modernes précisent : « casque à courte visière fixe et à grand couvre-nuque, porté par les gens de guerre à cheval » (Darmesteter, Hatzfeld).

Page 89.

43. Le texte de l'éd. Vaganay n'est pas satisfaisant. Il est cependant conforme à celui de l'éd. originale (cf. f. 490 v°). Le passage à la ligne ayant eu lieu après « en colère », la ou les lignes suivantes ont dû sauter à l'impression.

44. *mépartir :* répartir, partager (H.).

Page 90.

45. *Rigiaque : Rigiacum* est le nom latin d'Arras.

Page 96.

46. *crotton :* cachot souterrain (H.).

47. *léans :* en ce lieu-là (*céans :* en ce lieu-ci). Se rencontre encore chez Scarron et La Fontaine.

48. Tel est bien le texte de l'édition originale. Comprendre : et qu'il fut déclaré traître à sa patrie.

Page 98.

49. *je lairrai :* je laisserai.

Page 99.

50. *qu'ils étaient devenus* : ce qu'ils étaient devenus.
51. *fraîchement* : récemment (F.).

Page 101.

52. *l'idole* : l'image.

Page 102.

53. *les dégoûtements d'amour* : les dégoûts d'amour.

Page 103.

54. *d'or' en là* : désormais (H.).
55. *de n'user jamais en son endroit que* : de ne la traiter que.

Page 104.

56. *se ravir de nous* : se dérober à nous.

Page 105.

57. *encores* : l'une des trois formes du même adverbe, à côté de *encor* et *encore*.
58. *commis* : l'accord avec le complément d'objet placé avant le verbe n'est pas toujours respecté, hors même de la poésie.

Page 106.

59. Vaganay : *avant de voir*. Nous corrigeons, en suivant l'édition de 1614 et en fonction de l'octosyllabe, en : *avant que de voir*.
60. Comprendre : que le Ciel veuille que je meure avant que de voir que mon père ait plus de pouvoir (...) à nous séparer d'amitié que notre amitié (...) n'a de pouvoir à nous joindre et à nous unir.
61. *ce divorce* : cette séparation.
62. Certaines strophes de ce poème prouvent que d'Urfé n'est pas un aussi mauvais poète que le veut une tradition qui remonte à Malherbe, du moins selon le *Segraisiana* (*Œuvres diverses* de Segrais, 1733, p. 117). Et on retiendra l'intérêt d'un thème, dont on a longtemps attribué un peu rapidement la découverte aux romantiques.

Page 107.

63. *adjouster avec* : ajuster à (H.).

Page 111.

64. *elle n'est plus endolue* : elle n'est plus endolorie (H.). Les deux exemples donnés par Huguet de *s'endoloir* et *endolu* sont empruntés à l'*Astrée*.

Page 112.

65. *sur tous :* plus que tous (les maux).

Page 113.

66. *il le commanda :* il le recommanda.

67. Le pont de la Bouteresse permet de franchir le Lignon, qui sépare le domaine des nymphes (Marcilly pour la reine Amasis, Isoure pour sa fille, Galathée) des hameaux des bergers, au nord. L'itinéraire emprunté par Céladon depuis le palais d'Isoure correspond fidèlement à la carte des routes du xviᵉ siècle (cf. M. Gaume, 1977, p. 181 et p. 191).

68. Les d'Urfé ont été les restaurateurs et les protecteurs d'une abbaye cistercienne de femmes, sise à Bonlieu et dédiée à la Vierge. La transposition de cette réalité à l'époque du roman en fait la « demeure des chastes Vestales » et le lieu d'un culte à la Bonne Déesse, « la Vierge qui doit enfanter » (cf. M. Gaume, 1977, p. 197).

Page 114.

69. *étant grande :* étant haute, en état de crue.

Page 117.

70. *par bon rencontre :* par suite d'un heureux hasard. *Rencontre* qui signifie « l'arrivée fortuite de deux personnes ou de deux choses en même lieu » (F.) se trouve encore au masculin chez Saint-Simon.

Page 118.

71. *se reprendre :* redevenir maître de soi, reprendre la maîtrise de soi.

SECONDE PARTIE (LIVRE V ET LIVRE VI)

Page 125.

1. *d'or' en là :* désormais (H.).

Page 128.

2. *il paya bien chèrement ce plaisir :* mécontente du jugement porté par Silvandre contre son amour pour Tircis, Laonice suscitera, dans la Troisième Partie, la jalousie de Diane (cf. *infra*, note 81). Dans ses origines comme dans son intérêt romanesque, la brouille qui s'ensuit entre Diane et Silvandre redouble le motif de la séparation d'Astrée et de Céladon.

3. *tonne :* tonnelle (H.).

Page 129.

4. *Hésus, Teutatès et Tharamis :* noms de trois dieux gaulois qui correspondent, selon les historiens du XVIe siècle (cf. C. Fauchet, *Antiquités gauloises,* 1. I, ch. 3), à Mars, Mercure et Jupiter. Teutatès, ou Tautatès, est le plus important des trois (cf. Fauchet, *ibid.,* et César, *Guerre des Gaules,* VI, 17).

5. *préau :* pré, prairie (H.).

Page 130.

6. Selon l'éd. Vaganay : *les lièvres.* Ni le mot *lièvres,* ni le mot *lèvres* (éd. 1614) ne donnent un sens satisfaisant. En raison d'une mauvaise lecture d'un *v* pour *u,* il est vraisemblable que le mot doit être lu : *lieures,* que nous modernisons en *liures.* Le mot est féminin et signifie : action de lier ou lien (H.).

Page 131.

7. *net :* « se dit de ce qui est sans tache, sans défaut » (F.).

Page 134.

8. *mot :* équivaut ici au *motto* italien, qui s'applique, dans l'emblème, à la devise qui accompagne l'image. Selon Furetière, se dit « d'une sentence, apophtegme, ou autre parole remarquable, instructive ou récréative ».

Page 137.

9. *pour sujet qui se vienne offrir :* quel que soit le sujet qui se présente.

Page 138.

10. Comprendre : qu'il tienne pour perdus les jours qui sont dépensés (perdus) loin d'elle.

Page 141.

11. *ayant d'un tige tiré ces trois branches :* nous adoptons ici la leçon de l'édition de 1614 (*un tige*) qui est beaucoup plus satisfaisante que celle de l'éd. de 1610, que suit Vaganay (*un type*). Le mot *tige* est alors couramment masculin.

12. La triade Hésus, Teutatès (ou Tautatès), Tharamis (cf. *supra,* n. 4) est ici complétée par Bélénus, que les Romains assimilaient à Apollon. C'est Adamas qui a dicté le programme religieux du temple en l'honneur d'Astrée, en expliquant à Céladon que « ces trois noms — Hésus, Bélénus, Tharamis — signifient trois personnes qui ne sont qu'un Dieu, le Dieu fort, le Dieu homme, et le Dieu répurgeant. Le *Dieu fort* est le Père, le *Dieu homme* est le Fils, et le *Dieu répurgeant,*

c'est l'amour de tous les deux, et tous trois ne font qu'un Teutatès, c'est-à-dire un Dieu ». Quant à « la Vierge qui enfantera », vénérée par les druides, elle est « la mère de ce Dieu homme » (II, 8, 322-327). Pour d'Urfé, la religion des Gaulois se trouve ainsi préfigurer le christianisme.

13. *si fit bien ce qu'ils aperçurent :* ce qui les étonna beaucoup, ce fut ce qu'ils aperçurent.

Page 142.

14. *mon serviteur :* Phillis ne « sert » Diane que par jeu. C'est en effet à qui, de Phillis ou de Silvandre, se montrera le meilleur « serviteur » de Diane. A la fin du livre IX de la Troisième Partie, Diane rendra son jugement, en proclamant « que véritablement Phillis est plus aimable que Silvandre, et que Silvandre se sait mieux faire aimer que Phillis ». Jugement admiré des bergers, qui éprouvent toutefois quelque peine à l'interpréter.

Page 144.

15. *séparer :* intransitif, s'éloigner (H.), se tenir à l'écart.

Page 145.

16. *éprouver :* essayer (H.).

Page 146.

17. Ce sonnet a paru, avant la *Deuxième Partie*, dans le *Nouveau recueil des plus beaux vers de ce temps*, Paris, 1609, sous le titre : *D'un portrait.*

Page 148.

18. *Dis :* Dis ou *Dis pater* est Pluton, roi des Enfers. La croyance à l'errance de ceux qui sont morts sans sépulture relève de la mythologie classique.

19. *connaître :* savoir, reconnaître, voir clairement (H.).

Page 149.

20. *encore qu'il véquît :* encore qu'il vécût.

Page 150.

21. *cette satisfaction, que mon honnêteté n'a jamais permis qu'il eût reçue :* cette satisfaction que mon honnêteté ne lui a jamais permis de recevoir.

22. *un vain tombeau :* un cénotaphe. Ce cénotaphe sera évoqué à nouveau au livre VIII (II, VIII, 334). Il est édifié et une cérémonie religieuse a lieu avec la participation de tous les bergers et bergères. Silvandre a rédigé l'épitaphe aux dieux mânes.

Page 152.

23. *une hart* : lien d'osier, de bois pliant (H.), « lien d'un fagot, d'un cotret, un morceau de bois menu et tortillé » (F.). Le nom de *hart*, appliqué à ce qui servait à attacher au gibet les condamnés, ne sera bientôt employé que « dans les arrêts et dans les sentences » pour désigner « la corde dont on étrangle les criminels » (Ac.).

Page 156.

24. *en effet* : l'édition Vaganay, qui reproduit l'édition de 1610, porte *en effait*, que ne donne aucun dictionnaire et qui ne se justifie sans doute que comme rime pour l'œil.

Page 160.

25. Cf. *supra*, les notes 4 et 12, sur les pages 129 et 141.

Page 161.

26. *à la peine du livre* : traduction de l'expression, d'usage scolaire, *ad poenam libri*. Lorsqu'un élève alléguait un texte de façon contestable, on le renvoyait par là au livre d'où était tiré le texte. Cf. Tallemant, *Historiettes*, Pléiade, t. I, p. 11, n. 7.

Page 162.

27. *supposer* : « mettre une chose à la place d'une autre par fraude et tromperie. Il y a des femmes qui *supposent* des enfants à leurs maris, quoiqu'elles ne soient point accouchées » (F.).

Page 163.

28. *il y en parlait* : l'édition de 1614 donne : *il en parlait*.

Page 164.

29. *le temple de la Bonne Déesse* : il s'agit de Bonlieu, déjà évoqué dans la Première Partie (cf. la note 68, page 113). Chrisante est « la principale des filles druides », l'abbesse en quelque sorte de cette abbaye du temps des druides.

Page 165.

30. *il n'y eut celle qui* : il n'y eut aucune d'elles qui.

Page 166.

31. Rappelons que Silvandre est un « berger inconnu », puisqu'il ignore qui sont ses parents, et que Paris est le fils d'Adamas, « prince de nos druides ». L'incertitude, fertile en épisodes romanesques, subsistera jusqu'à la Cinquième Partie, où Silvandre sera reconnu par Adamas pour Paris, son véritable fils, et Paris pour Ergaste, frère de Diane

SECONDE PARTIE (LIVRE VI)

Page 173.

32. Thierry I, roi des Wisigoths, est dit, au livre XII de cette Deuxième Partie, « le plus puissant roi » de tous ceux qui avaient occupé les Gaules, « car il tenait presque toute l'Espagne, et une grande partie de la Gaule, à savoir depuis les Pyrénées jusques à Loire » (II ; XII, 523).

33. Le siège d'Orléans et la victoire du romain Aétius, de Thierry et du roi franc Mérovée sur Attila, qui avec « cinq cents mille combattants » échoue à prendre Orléans, puis est vaincu aux Champs Catalauniques près de Troyes, sont évoqués dans les pages du livre XII auxquelles nous renvoyons dans la note précédente. L'événement se situe en 451.

Page 174.

34. Torrismonde, ou Torrismond, était le fils aîné de Thierry I. Lui succéderont Thierry II, puis Euric, dont l'histoire est racontée au livre III de la Troisième Partie.

Page 176.

35. *oiseux :* oisif, inactif (H.), « fainéant, inutile » (F.).
36. *incompatible :* insociable, de caractère difficile, avec qui on ne peut s'accorder (H.).

Page 181.

37. *comme que ce fût :* de quelque façon que ce fût (H.).

Page 183.

38. *l'effort de vos yeux :* la force, le pouvoir de vos yeux (H.).

Page 184.

39. *si je ne faux point :* si je ne me trompe point (du verbe *faillir*).
40. L'édition Vaganay porte : *pourquoi voulez-vous.* Nous adoptons la version de l'édition de 1614 : *pourquoi vous voulez-vous.*

Page 193.

41. L'édition Vaganay porte : *et l'on a coutume.* Nous adoptons, ici encore, la version de l'édition de 1614 : *où l'on a coutume.*

Page 196.

42. *que j'en avais fait :* ce que j'en avais fait.
43. *Et qu'était celui, demandai-je.* L'édition de 1614 donne une

version — *et qu'était-ce, lui demandai-je* — dont on peut se demander si elle n'est pas préférable à la leçon de l'édition de 1610 retenue par Vaganay.

Page 197.

44. *une autre :* dans l'édition Vaganay, *un* autre. Nous adoptons la version de l'édition de 1614. On notera cependant qu'*un autre* renvoie au xviie siècle aussi bien à un féminin qu'à un masculin. Corneille encore se conformera à cet usage ancien, puis l'abandonnera (Haase, § 54).

Page 205

45. *comme que ce fût :* de quelque façon que ce fût.

Page 208.

46. *les chevaux plus vites :* les chevaux les plus rapides. *Vite,* adjectif : « léger, prompt à la course » (F.).

Page 209.

47. *indiscrétion :* manque de discernement (H.).

48. *qui est ceci :* qu'est ceci ? La langue du xvie siècle autorise cet emploi de *qui* pour *que.* L'édition de 1614 n'en corrige pas moins en *qu'est ceci.*

49. *pourchasser :* procurer, causer (H.).

Page 210.

50. *traversée :* perverse (H.).

Page 217.

51. *quelque bon mire :* quelque bon médecin. Cf. le fabliau *Du Vilain mire,* qui est à l'origine du *Médecin malgré lui* de Molière.

Page 219.

52. *quelle manie :* quelle folie.

53. *hoqueton :* sorte de casaque (H.) en coton. La Fontaine emploie le mot pour le vêtement d'un berger (*Fables* III, 3).

Page 222.

54. *rêver :* délirer. « Se dit de ceux qui, en veillant, font ou disent des extravagances » (F.).

Page 227.

55. *tranchées :* coliques aiguës. Se dit en particulier des douleurs précédant l'accouchement.

Page 229.

56. *qu'elle ne se méfît :* on peut hésiter entre les deux sens de *se mesfaire* qui signifie, selon Huguet, *se tuer*, ou *agir mal*. Comme Madonte s'est, au dire de Lériane, adressée à une sage-femme pour « perdre son enfant », le sens d'*agir mal* en se faisant avorter est sans doute le plus vraisemblable.

Page 232.

57. *en façon du monde :* en aucune façon.

58. *qui n'y tournait point les yeux :* malgré l'ambiguïté du *y*, il semble qu'il faille comprendre : qui ne tournait pas les yeux vers « le bien », qui est recherché tout au contraire par la femme de Léontidas.

Page 233.

59. *si j'eusse été visitée :* si j'eusse été examinée.

Page 234.

60. *linceul :* drap de lit. « Drap délié qu'on fait de lin. On le p end généralement pour toutes sortes de draps » (F.).

Page 235.

61. Rappelons que Torrismonde a succédé, comme roi des Wisigoths, à son père Thierry I tué, ainsi que le père de Madonte, dans la bataille qui l'opposait à Attila aux Champs Catalauniques. Madonte fait allusion à ces événements au début de son histoire.

Page 237.

62. *vérifier :* prouver, démontrer (H.).

63. *cacheter :* fermer en marquant d'un sceau (H.).

Page 239.

64. L'épreuve du feu que vient de s'imposer Madonte est un jugement de Dieu, une ordalie, semblable à celles que les juges imposaient aux prévenus : Dieu abandonnait les criminels et faisait triompher l'innocence, comme c'est ici le cas. Le duel judiciaire qui va suivre relève également de l'ordalie.

65. *à outrance :* de manière à blesser, à tuer (H.). « On appelle combat à *outrance*, à fer émoulu, celui où on en veut à la vie de son ennemi » (F.).

Page 241.

66. *échafaud :* échafaudage, estrade, gradins (H.), « ouvrage de charpenterie élevé en forme d'amphithéâtre pour y placer des spectateurs afin de voir commodément quelque grande cérémonie ».

67. *à l'avantage :* bien, convenablement, avantageusement (H.).

Page 242.

68. *bois* : lance (H.). « Les anciens chevaliers appelaient *bois* leurs lances » (F.).

69. *s'adresser à* : se diriger vers (H.).

Page 243.

70. *avoir en tête* : avoir devant soi.

71. *et vous adressez à moi* : et dirigez-vous, tournez-vous contre moi.

Page 247.

72. *Le Mont-d'or* : Le Mont-Dore actuel.

Page 248.

73. On apprendra, au livre VI de la Troisième Partie, la suite de l'histoire de Damon et Madonte, de la bouche même de Damon (éd. Vaganay, pp. 302-333). Ce « chevalier inconnu » est, bien entendu, Damon qui, en fait, n'a parlé du Mont-d'or que pour brouiller les pistes. Il se fait chevalier errant, et quitte même l'Europe pour l'Afrique. Un oracle auquel il demande quand il trouvera la fin de ses maux ne lui répond que « Forests ». Galathée lui explique qu'il est à présent dans le pays qui s'appelle « Forests » (: Forez), et que c'est sans doute là ce que voulait dire l'oracle. On trouvera, au livre XII de la Troisième Partie, la continuation des aventures de Damon et Madonte.

Page 250.

74. *fantastique* : rêveur, extravagant, fou (H.).

75. *comment que* : Huguet ne donne que deux sens : *quoique* et *de quelque façon que*. Il semble qu'il y ait ici une brachylogie et qu'il faille comprendre : comment (penser, admettre) que.

76. *druiser* : semble être un néologisme créé par Hylas pour exprimer l'idée de « faire le druide », « tenir un discours de druide ».

Page 253.

77. L'édition porte : « est le même qu'il aime », qui est très peu satisfaisant. Nous corrigeons, en suivant l'édition de 1633, en : « est la même chose qu'il aime », entendu au sens de « est la même chose que ce qu'il aime ».

78. *les écoles des Massiliens* : il sera plusieurs fois question dans le roman de ces « écoles » — appelées aussi « Universités » — qu'ont fréquentées Silvandre et Hylas, à des époques sans doute différentes. Cf. Maxime Gaume, 1977, pp. 61-63.

Page 255.

79. *comme pour certain, je crois que l'on a :* comme je crois assurément que l'on a (connaissance du passé).

Page 256.

80. Rappelons que Diane et Filandre se sont aimés, et que Diane reste attachée au souvenir de son amant. Filandre est mort pour avoir défendu Diane contre un étranger, un Noir, qui a tenté de l'embrasser pendant son sommeil. L'aventure est racontée dans les dernières pages du livre VI de la Première Partie.

Page 257.

81. Laonice veut se venger de Silvandre depuis le jour où il a rendu un jugement qui lui était défavorable. Laonice aime en effet Tircis depuis son enfance, mais Tircis aime Cléon, qui est morte à Paris, où ses parents et elle-même se sont réfugiés pour fuir la guerre. Tircis entend rester fidèle à Cléon. Le cas est soumis à Silvandre, qui, après divers plaidoyers dont celui d'Hylas pour Laonice, se prononce en faveur de Tircis. La haine de Laonice l'amène à faire croire à Diane que Silvandre aime Madonte (Troisième Partie, livre XI).

Page 258.

82. *s'il eût survécu Filidas :* s'il eût vécu après la mort de Filidas. La bergère Filidas est morte, comme Filandre, en défendant Diane.

Page 259.

83. On a ici l'annonce des révélations du dénouement, annonce justifiée par l'emploi du très vieux procédé de « la voix du sang ». Voir, *supra*, la note 31.

Page 260.

84. *rond :* franc, loyal (H.). « On appelle un homme franc et rond celui qui est sincère, qui va droit en besogne, qui ne cherche point de finesses » (F.).

Page 261.

85. *toute conférence :* toutes relations (H.).

86. *se déporter de quelque chose :* renoncer à, s'abstenir de quelque chose (H.), « quitter, abandonner une entreprise, un dessein » (F.).

TROISIÈME PARTIE (LIVRE XII)

Page 271.

1. C'est à Bonlieu qu'est le temple de la Bonne Déesse, « où présidait la vénérable Chrisante ». Il est décrit au début du livre II de

cette Troisième Partie : il rassemble des « vierges vestales », qui servent Vesta, et des « vierges druides », attachées au service du culte gaulois. Chrisante elle-même appartient à l'ordre des druides. Cf. la note 68 de la Première Partie (I, 12).

2. Daphnide et Alcidon sont venus en Forez pour consulter la fontaine de la Vérité d'Amour. Leur histoire, liée à celle d'Euric, est racontée aux livres III et IV de cette Troisième Partie. Lérindas est un messager de Galathée.

Page 272.

3. Halladin est le nom de l'écuyer de Damon.

Page 273.

4. *avaler :* abattre, faire tomber (par un coup), trancher (H.), « *avaler* une oreille. *avaler* un bras à quelqu'un signifie les couper avec une arme tranchante, et les faire choir à terre » (F.).

5. *soldurier :* Fauchet, dans ses *Antiquités gauloises* (ch. V), explique que « les chevaliers » emmenaient avec eux à la guerre des gens « appelés en leur langue Ambactes et Solduriers ». Les Ambactes sont « de moindre qualité, et comme sujets roturiers ». Les Solduriers s'étaient « donnés ou voués en amitié » à un chevalier et avaient pour condition de « courre * même fortune qu'eux, et à la vie et à la mort ».

Page 276.

6. *se démarcher :* marcher, aller, s'avancer (H.).

Page 280.

7. La mort de Tersandre et la rencontre, toute romanesque, de Damon et de Madonte mettent fin à la quête commencée à la fin du livre VI de la Deuxième Partie, et continuée aux livres I et VI de la Troisième. Le combat de Damon contre les solduriers envoyés par Polémas contre lui redouble un combat identique : Damon a vaincu en duel un neveu de Polémas, Argantée, qui exprimait devant lui sa haine des femmes, et déjà Polémas avait envoyé contre lui sept ou huit chevaliers. Damon n'avait alors dû son salut qu'à l'intervention d'un des lions qui gardent la fontaine de la Vérité d'Amour (Troisième Partie, VI, 292).

8. L'oracle de Bélénus (ou Bellenus) s'est prononcé par la voix de la sibylle Cléontine, prédisant à Damon qu'il serait rappelé de la mort à la vie par celui des humains à qui il voudrait le plus avoir ôté la vie, c'est-à-dire par Tersandre. D'où l'ordre qu'il reçoit : « Laisse donc contre lui désormais tes dédains. »

Page 284.

9. *s'aboucher :* se pencher en avant, abaisser le visage, approcher la

bouche (H.). Pour Furetière, *aboucher* c'est « aborder quelqu'un de près, conférer avec lui bouche à bouche ».

Page 285.

10. Nous corrigeons « *de* bonheur » (Vaganay) en « *du* bonheur ».

Page 288.

11. Comprendre : qu'il *ne* faut divulguer *que* les desseins que l'on ne veut pas exécuter.

Page 289.

12. Amasis a exigé de Polémas qu'il « chasse de son service » ceux qui avaient attaqué Damon après le duel avec Argantée (III, VI, 339). Polémas ne s'exécute qu'avec peine et jure de se venger. Il prépare une seconde attaque (III, VI, 341-342).

13. Le départ de Clidaman, fils d'Amasis, de Guyemants et de Lindamor pour l'armée des Francs est racontée dans les premiers livres de la Première Partie, en particulier dans le livre III : il s'agit pour eux, à la suite de diverses aventures amoureuses, de combattre « pour la défense des Gaules, que tant de barbares allaient inondant » (I, III, 93).

Page 290.

14. « L'histoire de la tromperie de Climanthe » est rapportée au livre V de la Première Partie.

15. Les Ségusiens sont les habitants du Forez, dont le nom ne vient pas de « Forêts », nous explique d'Urfé au second livre de la Première Partie, mais de Feurs, sous son nom latin de *Forum Segusianorum* (I, II, 45).

Page 291.

16. *Druides, Eubages, Saronides, Vacies :* noms de divers prêtres gaulois. Fauchet ne connaît que les Druides et les Eubages.

17. Nous corrigeons l'édition Vaganay, qui donne : « avec des biens plus rudes, et plus tyranniques. »

18. *outré de :* rempli de l'excès (H.). Ici, comblé (d'obligations).

19. Gondebaud est roi des Bourguignons, c'est-à-dire des Burgondes. Il joue un rôle important dans l'histoire de Cryséide et Arimant, au livre VIII de cette Troisième Partie, et dans la Quatrième Partie avec l'histoire de Dorinde.

20. Là encore, la correction s'impose, l'édition Vaganay portant : « conversation » pour « conservation ».

Page 292.

21. Ces nouvelles ont été transmises à Galathée au livre XI (III, XI,

588-589) : les Francs se sont soulevés contre leur roi, Childéric, et on craint pour la vie de Clidaman, Lindamor et Guyemants. On apprendra bientôt, à la fin de ce livre XII, que Clidaman a été tué.

22. On peut se demander s'il ne convient pas de lire : « parce qu'*il* désirait savoir quelle avait été sa fortune »...

Page 293.

23. *que je ne lui presse* : le texte est fautif d'origine. Vaganay le signale par un *sic* que nous avons supprimé. Le sens cependant ne fait pas problème : que je n'éprouvasse pour lui (une affection peu commune).

Page 294.

24. *curieusement* : soigneusement (H.).

25. Bellenus (ou Bélénus) est présenté par d'Urfé comme le Dieu-homme, et une sorte de préfiguration du Christ (cf. II, XI, 586).

26. Ce récit, Madonte l'a déjà fait pour les bergères (cf., *supra*, la fin de son histoire, au livre VI de la Deuxième Partie).

27. *le* ou *se* voyait ?

Page 297.

28. *basse cour* : dans un palais, un château, etc., cour où se trouvaient les écuries et d'autres dépendances (H.).

29. *faire semblant de* (quelqu'un) : le contexte indique ici le sens de « prêter attention à quelqu'un ». Huguet ne fait pas état de cette acception.

Page 299.

30. *pour l'empêcher d'ennuyer* : pour l'empêcher de s'ennuyer.

31. *retirer* : accueillir (H.), emmener.

32. Faute de ponctuation dans l'exemplaire utilisé par Vaganay, le texte proposé par lui est manifestement fautif : « d'autant que si nous avons le loisir de nous en retourner à Marcilly avant qu'il soit nuit. — Ce m'est assez, madame, répondit Adamas » (p. 649). L'édition de 1646 ponctue correctement : « avant qu'il soit nuit, ce m'est assez — Madame, répondit Adamas ».

Page 301.

33. Les renseignements historiques qu'on va lire sont empruntés à divers historiens du XVIe siècle, et tout spécialement à Du Haillan, Claude Fauchet et Etienne Pasquier. Voir à ce sujet M. Gaume, *Les Inspirations et les sources...*, pp. 132 sqq. et pp. 672-687. Ainsi la discussion sur le nom de Mérovée-Merveich se rencontre dans les *Antiquités gauloises* de Fauchet, au chapitre XIII du second livre.

Page 302.

34. *ils (le) nommaient : le* a été, à juste titre, ajouté par Vaganay.

35. Huguet cite ici Fauchet, qui, parlant de l'écu de France, dit de « la fleur de pavillée » qu'elle est « un petit lis jaune, lequel vient près et dedans les marais ».

Page 303.

36. *il me serait possible :* on attendrait plutôt « il *ne* me serait possible » ou « il me serait *impossible.* »

37. Allusion probable aux mœurs d'Henri III et de sa cour.

Page 304.

38. Clodion succéda à Pharamond comme roi des Francs. Ses trois fils furent évincés, à sa mort, par Mérovée, qui était son cousin ou le gouverneur de ses fils.

Page 305.

39. Les Palus Méotides correspondent aux régions de la mer Noire. Pour d'Urfé, comme pour Du Haillan, les Sicambriens ou Sicambres assurent le lien entre Francs et Gaulois, qui sont ainsi de la même race. Fauchet consacre aux Sicambriens les deux premiers chapitres du second livre des *Antiquités gauloises :* faisant peu de cas de la légende troyenne de Francion ou Francus, il assimile les Francs aux Sicambres.

Page 306.

40. *desseigner de :* projeter de (H.), avoir dessein de.

Page 310.

41. *ressentiment :* sentiment, notion, idée (H.).

Page 312.

42. L'édition Vaganay donne : « elle lui en sût bon gré » Il faut rétablir la négation : « elle *ne* lui en sût bon gré ».

Page 313.

43. Le texte de l'édition Vaganay : « que vous crussiez de me voir, peut-estre quelque bien », est bien celui de l'édition de 1631 et il est également celui de 1627. En revanche l'édition de 1646 (Paris, A. Courbé) propose une phrase enfin compréhensible : « que vous crussiez *que* de me voir pût être quelque bien ».

Page 315.

44. Nous corrigeons *constant* de l'éd. Vaganay en *content.*

45. Le texte de Vaganay, qui est aussi celui des éditions que nous

avons consultées, ne peut signifier que ceci : Andrimarte « se retira et les contraignit d'en faire de même », ce qui est absurde. Il faut supposer l'omission d'un sujet, qui ne peut être que « la reine Méthine », ou « Méthine ».

Page 322.

46. *rencontrer :* réussir (H.), « réussir en ses affaires, en ses conjectures » (F.).

Page 326.

47. *gratifications :* service (H.), « don, présent, libéralité, bienfait » (F.). Le service rendu par Childéric à Andrimarte consiste à l'adouber selon les lois de la chevalerie, dont on remarquera que le référent historique n'est autre que celui du mythique roi Arthur, législateur sinon fondateur, aux yeux de d'Urfé, de l'ordre de chevalerie.

48. *bachelier :* jeune homme. Depuis le Moyen Age, le mot s'applique particulièrement, comme ici, au jeune gentilhomme qui aspire à devenir chevalier.

Page 329.

49. *gentil :* noble par naissance ou moralement, brave (H.).

Page 331.

50. *signalé :* remarquable (H.). Comprendre : pour ne raconter que les choses (les actions) les plus remarquables.

51. Fauchet, au chapitre XIII de ses *Antiquités gauloises*, explique que la mort d'Aétius, en 454, et l'impéritie des empereurs permirent aux Francs d'entrer plus avant en Gaule. « Les Francs, écrit-il, (...) entrèren, en la première province germanique, c'est-à-dire Mayence, Worms, Spire, Strasbourg ; et en la seconde Belgique, qui comprend Amiens, Reims et Châlons. »

52. Voir, plus haut, la note 38. D'Urfé ne parle ici que de deux fils de Clodion : Renaud et Albéric. Du Haillan parle de trois fils, qu'il nomme Auberon, Renaud et Rancaire, et il leur donne la royauté sur le Hainaut, la Lorraine, le Brabant et Namur. Pour d'Urfé, c'est Mérovée qui leur aurait accordé la moitié du royaume d'Austrasie : le souci de donner le beau rôle à Mérovée est évident dans tout ce passage. Par ailleurs, l'histoire moderne ne date la naissance de l'Austrasie que de 511, où se trouve partagé le *regnum Francorum* constitué par Clovis.

53. Les Tongres habitent le Limbourg actuel, autour de Tongres (néerlandais Tongeren), important relais routier sous les Romains. Le pays constituait la *civitas Tongrorum*

Page 335.

54. *preignant :* pressant. Nous corrigeons la graphie *prégnant* (Vaganay) en *preignant*, exigé par le contexte.

Page 336.

55. *que je ne tienne :* nous corrigeons le texte de l'édition Vaganay, *que je tienne,* en raison, là encore, du contexte.

Page 338.

56. Fauchet donne 419 ou 420 pour date du couronnement de Pharamond (ou Faramond), premier roi des Francs et instaurateur de la loi salique. Clodion lui aurait succédé en 430 ou 431 et serait mort en 449 ou 450 (*Antiquités gauloises,* livre II, ch. X et XI).

Page 339.

57. *défaillir :* manquer, faire défaut (H.).

Page 340.

58. *gesse :* dard ou javelot gaulois. Selon Fauchet, c'est l'arme par excellence des raids sur l'ennemi, opérés par des « avanturiers » appelés « gessates » (*Antiquités gauloises,* I, ch. VI).

Page 349.

59. L'édition Vaganay donne : *ne prenant par-dessus la raison,* qui n'a aucun sens. L'édition de 1646 corrige l'erreur des premières éditions en : *ne prevaut par-dessus la raison,* soit : ne prévaut sur la raison.

Page 351.

60. *en fait passer les articles :* fait accepter les articles du contrat de mariage, qui est très généralement signé quelques jours avant la cérémonie.

Page 352.

61. Fauchet donne, pour la mort de Mérovée, la date de 458 (*Antiquités gauloises,* II, ch. XIII) et rappelle que les rois de France furent jusqu'à Pépin « surnommés Mérovingiens, comme descendant de son estoc en droite ligne ».

62. Childéric était, selon Fauchet, un « prince vaillant et courageux » mais « vilainement sujet à la paillardise : jusques à offenser les Français, les femmes et les filles desquels il débauchait ou forçait » (*Antiquités gauloises,* II, ch. XIV). Ce qui sera la cause de sa chute : l'histoire de Silviane est donc créée par d'Urfé dans la logique du personnage « historique » de Childéric.

63. *dilayer :* retarder par des délais. « Différer, fuir, chicaner, user de remises » (F.).

Page 353.

64. *foule :* action de fouler, d'opprimer, charge excessive, oppres-

sion. Huguet note que les mots *foule* et *oppression* sont souvent associés. L'action de Childéric répond à la définition du « tyran ».

65. Fauchet place en 461 le départ de Childéric pour l'exil en Thuringe et l'élection de « Egide, ou Gilon, envoyé par l'empereur Martian pour être chef des garnisons gauloises, et gouverner les villes tenant encore pour l'Empire » (*Antiquités gauloises*, II, ch. XIV).

Page 354.

66. Sur les ambactes, qui sont des soldats d'origine roturière, voir, *supra*, la note 5.

67. La réflexion sur les droits du prince renvoie plus, on le conçoit, aux préoccupations des lecteurs des xvie et xviie siècles qu'à un souci de reconstituer les mentalités du ve siècle.

Page 355.

68. On a reconnu saint Remy, évêque de Reims, qui baptisera Clovis en 500.

Page 356.

69. *fils* est à prendre ici comme terme d'affection et désigne Andrimarte.

Page 361.

70. Les Lingones habitent le pays de Langres.

71. *s'arrêter :* tarder, s'attarder.

Page 362.

72. *desseigner de :* projeter de (H.), avoir dessein de.

Page 363.

73. *serrer :* enfermer (H.). Cf. « Serrez ma haire avec ma discipline », de Tartuffe.

Page 364.

74. La scène se passant à Paris, il s'agit des carrières de gypse qui, dès les temps mérovingiens, étaient exploitées, puisque certaines tombes sont faites à partir de ce plâtre de Paris, célèbre encore au xvie siècle, et au-delà. Il semble que d'Urfé donne pour étymologie à Montmartre « Mont de Mars », alors qu'il s'agit du Mont de Mercure ou des Martyrs.

Page 366.

75. La route suivie par Silviane et celle d'Andrimarte pour son retour de Reims sont conformes aux itinéraires décrits par le *Tableau géographique des Gaules* de Jean Boisseau et *La Guide des Chemins de*

France de Ch. Estienne, comme l'a montré M. Gaume (*Les Inspirations et les sources...*, pp. 224-225).

Page 368.

76. Les premières éditions, et Vaganay, donnent « *les fuyans* » qui n'a guère de sens. L'édition de 1646 donne « *les suyuans* », qui est bien préférable. La confusion est du reste très courante entre le *f* et le *s*.

Page 369.

77. *mettre la vie que :* Huguet connaît l'expression *mettre sa vie que* au sens de « parier sur sa vie que ». Elle ne semble pas convenir ici. Sans doute faut-il comprendre : nous mettrons tous notre vie en jeu pour lui faire réparer une si grande injure.

Page 372.

78. *la Nymphe ma mère :* Amasis, qui est en quelque sorte la reine du Forez, ne porte jamais que le titre de *nymphe*, qu'elle partage avec sa fille Galathée et les princesses de leur cour.

Page 373.

79. *le peuple, étant ému, est ordinairement sans respect :* entendre : le peuple, lorsqu'il est en état de soulèvement, est ordinairement sans respect.

80. *essayer la volonté du peuple :* mettre à l'épreuve, sonder la volonté du peuple.

Page 374.

81. Selon Fauchet, Childéric se réfugie en effet, en 461, auprès de Bisin (ou Basin), roi de Thuringe, en suivant les conseils de Guyemants, qu'il appelle Guinemaux. Fauchet parle également de cette pièce d'or coupée dont il est question à la page suivante (pratique qui renvoie au sens premier du *symbole* en tant que signe de reconnaissance).

Page 375.

82. Dans les éditions de 1627, 1631, 1646, que nous avons consultées, le « mot », c'est-à-dire la devise, est « Rien les destins contraires ».

Page 380.

83. *comme que ce fût :* de quelque façon que ce fût.
84. *occasion :* cause, motif, raison (H.).

Page 381.

85. Le propos de Galathée prépare le retour en grâce de Lindamor auprès d'elle.

Page 382.

86. Paris se rend auprès de Bellinde, mère de Diane, pour lui demander la main de sa fille. Il a obtenu le « congé », la permission de Diane et celle d'Adamas, qui lui donne une lettre de recommandation. Ce voyage est annoncé à la fin du livre XI de cette Troisième Partie (voir notre résumé).

NOTES DES ÉPÎTRES — PRÉFACES

Préface de la Première Partie

Page 405.

1. D'Urfé adapte ici une expression de Cicéron — *nisi forte me communis Philautia decipit* — qui est extraite des *Lettres à Atticus* (XIII, 13, 1). « Décevoir » a le sens de « tromper », et le mot grec *philautia* est traduit, selon son étymologie, par « amour de soi ». Rabelais écrit dans le *Tiers Livre* (ch. 29) : « Philautie et amour de soi vous déçoit », en jouant sur les mots *de soi* et *déçoit*. Les moralistes du XVIIᵉ siècle accorderont à ce thème de l'amour de soi, ou de l'amour-propre, des développements importants, en particulier La Rochefoucauld, Pascal et Nicole (où l'image du *prisme* qui déforme le réel joue un rôle très comparable à celle, chez d'Urfé, du « verre devant les yeux »).

Page 406.

2. L'auteur refuse toute interprétation du roman qui le réduirait à un roman à clefs. Le public ne sera pas entièrement convaincu par cette dénégation. Il est vrai que d'Urfé lui-même écrivait à Pasquier : « Cette bergère que je vous envoyai n'est véritablement que l'histoire de ma jeunesse, sous la personne de qui j'ai représenté les diverses passions, ou plutôt folies, qui m'ont tourmenté l'espace de cinq ou six ans » (E. Pasquier, *Lettres*, Paris, 1619, t. II, p. 417, passage cité par Gaume, 1977, p. 166). Des clefs circuleront, la plus connue étant celle de l'avocat Patru, qu'on imprimera parfois à la suite de l'*Astrée* (éd. Vaganay, Slatkine, t. V, pp. 545-550).

3. Une généalogie des d'Urfé, établie par Anne d'Urfé ou par son secrétaire, donne à la famille des ancêtres germaniques, du nom de Wlf, Wulf ou Wolf, qui aurait été francisé en Ulfé ou Ulphé, puis Urfé. La sortie de la Souabe daterait de 750 environ. Cf. Reure, 1910, p. 5, et Gaume, 1977, p. 17.

4. Le poète italien Sannazar (Iacoppo Sannazaro) est l'auteur

d'une *Arcadie* (1502-1504) en vers et prose, qui est à l'origine de la littérature pastorale européenne.

Page 407.

5. La pastorale l'*Aminta* du Tasse est jouée à la cour de Ferrare en 1573 et est très tôt connue en France, où on lit alors couramment l'italien. Les vers qui suivent appartiennent au Prologue (v. 76-81), confié à l'Amour. « Aujourd'hui, ces forêts entendront parler d'amour d'une façon toute nouvelle, et l'on verra bien que ma divinité paraît ici en personne, et non dans ses ministres. J'inspirerai de nobles sentiments à d'humbles cœurs, j'adoucirai la rudesse de leur langage. »

6. *bureau :* dérivé de *bure,* désigne une sorte de bure, d'étoffe de laine grossière.

7. *la panetière* est le sac où les bergers portent leur pain. Elle est *bien troussée* quand les plis en sont soigneusement marqués.

8. *se contenter :* être content (H.).

9. L'édition Vaganay porte : « le Ciel *telle* rende heureux ». Il faut lire, avec l'édition de 1633 : « le Ciel *te le* rende heureux ».

PRÉFACE DE LA SECONDE PARTIE

Page 409.

10. Les chevaliers de la Table Ronde sont les héros de la cour du roi Arthur et de la quête du Graal. Les romans de Chrétien de Troyes au XIIe siècle et les versions en prose qui en furent faites aux XIIIe et XIVe siècles les rendirent très populaires. Quant au Beau Ténébreux, il est le nom pris par Amadis, le parfait chevalier et le parfait amant, lorsque sa maîtresse Oriane le croit amoureux de la reine Briolanie et lui interdit de se présenter désormais devant elle. On a reconnu le point de départ de l'*Astrée.* Comme Céladon, Amadis se retire dans la solitude, à l'ermitage de la Rochepauvre, et, après bien des tribulations et des promesses d'Amadis, le roman s'achève, comme l'*Astrée,* par la réconciliation et le mariage des amants et de nombreux chevaliers. En France Nicolas Herberay des Essarts en avait commencé la traduction, sur l'ordre de François Ier, en 1540. Elle ne sera achevée par ses continuateurs qu'en 1615.

11. Le change, c'est-à-dire le changement, l'inconstance, est un des grands thèmes de cette période, de Montaigne aux poètes baroques.

Préface de la Troisième Partie

Page 411.

12. *ressentiment :* sentiment.

Page 413.

13. « Les plus savants » sont les philosophes scolastiques, pour qui l'âme de l'amant *« magis est ubi amat quam ubi animat ».* La Rochefoucauld reprendra l'idée dans la maxime supprimée 13 (éd. « Folio » des *Maximes,* p. 133) et Mme de Sablé dans la maxime 79 (*ibid.,* p. 247).

LEXIQUE

admiration : étonnement.
ainsi (par) : ainsi.
amuser (s') à : s'occuper à.
artifice : peut avoir le sens d'*art.*

certain (pour) : certainement, assurément.
chère : visage, mine, accueil. *Faire bonne (mauvaise) chère,* faire bon (mauvais) accueil.
courage : cœur.
courre : courir (cf. chasse à *courre*).

d'abord que : dès que.
décevoir : tromper.
déçu de : trompé du fait de, dans.
doute (sans) : sans aucun doute.

élection : choix.
éloigner quelqu'un : s'éloigner de quelqu'un, quitter quelqu'un.
en effet : en réalité, réellement, en fait.
ennui : affliction, douleur, tristesse.
ennuyer : accabler de tristesse, impatienter.
estomac : poitrine.

fortune (de) : par hasard.
fût (que)... fût (que) : soit (que)... soit (que).
fût (que)... ou : soit (que)... ou.

gentil : noble.

même : peut avoir le sens de *surtout.*

nourrir (un enfant) : élever (un enfant).
nourriture : éducation.

plaindre : se plaindre.
plaindre quelqu'un, quelque chose : se plaindre de quelqu'un, de
   quelque chose.

recourre : recourir.
rengréger : augmenter le mal (F.).
rengrègement : augmentation de mal ou de douleur (F.).

sembler (quelqu'un) : ressembler à quelqu'un.
si : ainsi, aussi — pourtant — explétif dans bien des cas.
siècle : période de trente ans chez les Gaulois.
souloir : avoir coutume.

travail : labeur, peine, fatigue (...) du corps (Ac.).
travailler : éprouver, torturer.
trop : a souvent le sens de *très.*

viande : nourriture.

Impression Bussière
à Saint-Amand (Cher),
le 6 août 2007.
Dépôt légal : août 2007.
1ᵉʳ dépôt légal dans la collection : janvier 1984.
Numéro d'imprimeur : 072749/1.
ISBN 978-2-07-037523-3./Imprimé en France.